U0723634

李白集

郁贤皓 ○ 注评

凤凰出版社

李白集

天马行空
浮世谪仙

· 目录 ·

其子李歆继位，被沮渠蒙逊打败而死，诸弟奔逃。李白所说当指此事。李阳冰《草堂集序》、范传正《唐左拾遗翰林学士李公新墓碑》也都说李白是凉武昭王李暠九代孙。而唐朝皇帝也自称是李暠后代，由此可说李白与唐皇室同宗。可是，《新唐书·宗室世系表》载凉武昭王李暠后代各支甚众，却没有李白这一家族。他在诗文中称李唐皇室的人为从祖、从叔、从兄、从侄，也往往不符合他作为李暠九世孙的辈分。李阳冰还说李白先世曾「谪居条支」，范传正则说隋末「被窜于碎叶」，曾隐姓埋名，中宗神龙初年（705）才逃归蜀中，李白出生时才恢复李姓。这些说法也存在一些矛盾。据李白在至德二载（757）写的《为宋中丞自荐表》说当时年五十七，李阳冰在李白临终受嘱写序时为宝应元年（762），李华《故翰林学士李君墓志》称李白卒时年李白是唐代最伟大的诗人之一，是中国古代诗歌史上无与伦比的一代诗仙，他以独特的成就，把中国的诗歌艺术推上了顶峰。他的许多优秀诗篇，不但在中国脍炙人口，而且在世界各国人民中也具有广泛的影响。现在，我们将他的优秀诗篇精选出来，汇为一编，供广大读者阅读，显然是很有意义的。

一

李白（701—762），字太白，号青莲居士，排行十二。自称「家本陇西人，先为汉边将」（《赠张相镐二首》，是西汉飞将军李广的后裔。在《上安州裴长史书》中说，他的祖先曾「遭沮渠蒙逊难，奔流咸秦，因官寓家」，据《晋书·凉武昭王李玄盛传》记载，凉武昭王李暠字玄盛，乃李广十六代孙，东晋安帝隆安四年（400），李暠在敦煌一带被部众推戴为凉公。死后由唐朝安西都护府（后属北庭都护府）管辖。李白五岁时才从碎叶迁居蜀中，住在绵州昌隆县（后避玄宗讳，改名昌明县；五代时又因避讳改名彰明县，今四川江油）。

李白父亲的真正名字和生平事迹均不详。因从西域到蜀中，蜀人以「客」称之。范传正说他「高卧云林，不求禄仕」，可是他能让李白长期漫游，轻财好施，因此不少研究者认为他可能是个大商人。李白家庭的其他成员，现存资料很少。李白晚年在浔阳狱中写的《万愤词投魏郎中》诗中提到有一个弟弟在三峡：「兄九江兮弟三峡。」据《彰明逸事》记载，还有一个妹妹名月圆，嫁在本县。其他情况均无考。

李白从五岁到二十四岁（705—724），是在蜀中读书和任侠时期。他读书涉猎很广：「五岁诵六甲，十岁观百家。」「轩辕以来，颇得闻矣。常横经籍书，制作不六十二，都可证知李白生于武后长安元年（701），至神龙初归蜀时已五岁，说明李白并不是生在蜀中。二十世纪三十年代，陈寅恪先生发表《李白氏族之疑问》（《清华学报》第十卷第一期，1935 年 1 月），认为李白先世「本为西域胡人」，「陇西李氏」说乃「诡托之辞」。日本学者松浦友久亦赞同此说（《李白传记论·李白的出生地和家系》）。此外，张书城在《李白家世之谜》（兰州大学出版社 1994 年版）中提出李白不是凉武昭王李暠后裔，而是李陵—北周李贤—杨隋李穆一系的后代。看来，李白的种族、籍贯、家世、出生地等，至今还未取得一致的意见。

关于李白的出生地，目前也有蜀中说、中亚碎叶说、条支说、焉耆碎叶说等，但多数学人认为李白出生于中亚碎叶（今吉尔吉斯斯坦托克马克附近），当时属

005

从兄襄阳少府皓》。魏颢《李翰林集序》说他「少任侠，手刃数人」；刘全白《唐故翰林学士李君碣记》说他「少任侠，不事产业」；范传正《唐左拾遗翰林学士李公新墓碑》说的「少以侠自任，而门多长者车」，当是真实情况。此外，由于时代风尚的影响，在蜀中时李白已与道士交往，有《访戴天山道士不遇》诗可证。二十岁后游峨眉山，结识道友元林宗，求仙问道思想已很强烈，《登峨眉山》诗中已向往「倘遇骑羊子，携手凌白日」了。

从二十四岁到四十二岁（724—742），是李白追求功业的时期。开元十二年（724），他认为「大丈夫必有四方之志，乃仗剑去国，辞亲远游；南穷苍梧，东涉溟海」。然后到安陆（今属湖北省），被故相许圉师家招亲，「妻以孙女」（《上安州裴长史书》）。从此「酒隐安倦。」（《上安州裴长史书》）从书本中接受了各种思想的影响。李白很早从事诗赋创作：「十五观奇书，作赋凌相如。」（《赠张相镐二首》其二）开元九年（721）春，他在路中拜见益州（治所在今四川成都市）长史苏颋时，苏颋就赞赏他的作品「天才英丽」，「若广之以学，可以相如比肩」。（《上安州裴长史书》）说明那时李白的诗赋已写得很好。据《彰明逸事》《唐诗纪事》卷一八引）记载，在拜见苏颋前，李白曾跟「任侠有气、善为纵横学」的赵蕤学习岁余。赵蕤著有《长短经》（一名《长短要术》）十卷，论述王霸之道、统治之术。后来李白一生喜谈王霸之道，以管（管仲）葛（诸葛亮）自许，当是受赵蕤的影响。李白青年时代就仗剑任侠：「十五好剑术，遍干诸侯」（《与韩荆州书》）「结发未识事，所交尽豪雄。……托身白刃里，杀人红尘中」（《赠色彩。从此他为实现这一理想目标而奋斗了一生。要实现辅佐君王的理想，当时有两条路可走。一是大部分士子走的通过科举考试，慢慢地从小官升迁到卿相，但李白"不求小官，以当世之务自负"（刘全白《唐故翰林学士李君碣记》），于是选择了另一条道路——隐逸以待明主征召，以布衣一举而为卿相。这条路在唐前期是可行的。唐代皇帝经常下令各地长官推举隐逸之士，参与政治。武后时的卢藏用，屡试不第，后来隐居终南山，得到武后召见，出山做官，一直做到尚书左丞。当时著名道士司马承祯说这是"仕宦之捷径"（《新唐书·卢藏用传》）。但李白在安陆隐居未能建立声誉，从《上安州裴长史书》中可以看出他在安陆受到毁谤，大约在开元十八年（730），他怀着"西入秦海，一观国风，何王公大人之门不可曳长裾乎？"（《上安州裴长史书》）的陆，蹉跎十年」（《秋于敬亭送从侄耑游庐山序》）。出蜀初期，虽还有任侠举动，如丐贷营葬友人吴指南的「存交重义」，在扬州不到一年「散金三十万」接济落魄公子等事，但通过「黄金散尽交不成」（《答王十二寒夜独酌有怀》）的教训后，基本上结束了任侠生活。他在《淮南卧病书怀寄蜀中赵征君蕤》诗中第一次提到「功业莫从就，岁光屡奔迫」。他所谓的「功业」，在安陆写的《代寿山答孟少府移文书》中曾申述说：「申管晏之谈，谋帝王之术，奋其智能，愿为辅弼。使寰区大定，海县清一，事君之道成，荣亲之义毕，然后与陶朱、留侯，浮五湖，戏沧洲，不足为难矣。」就是要以范蠡、张良为榜样，辅佐君王，建功立业，然后功成身退。这实际上是儒家积极用世、兼济天下的思想与道家「知足」「知止」思想的结合，并带有明显的纵横家这一时期李白写了许多乐府诗，深信终有一天能施展自己的抱负。

从四十二岁到四十四岁（742—744），是李白供奉翰林时期。天宝元年（742），由于好友元丹丘通过玉真公主的推荐，唐玄宗下诏征召李白进京。李白认为实现理想的机会来了，兴高采烈地告别儿女奔赴长安。一开始玄宗确实给李白以殊遇："降辇步迎，如见绮皓。以七宝床赐食，御手调羹以饭之。……置于金銮殿，出入翰林中。问以国政，潜草诏诰，人无知者。"（李阳冰《草堂集序》）李白也觉得很光荣，决心"尽节报明主"，酬谢"君王垂拂拭"的知遇之恩（《驾去温泉宫后赠杨山人》），并切盼升迁。但实际上玄宗只把他作为侍从文人，主要让他写些《宫中行乐词》《清平调词》等点缀歌舞升平的作品，并没有提拔他做朝廷大臣的打算。据目的初入长安，隐居终南山，结识了玄宗宠婿卫尉卿张垍，请求援引，可是张垍没有帮助他。接着西游邠州（今陕西彬县）、坊州（今陕西黄陵）寻觅知己，可是位卑职小的朋友们更无法帮助他找到「一佐明主」的机会。李白终于悲愤地吟唱着「大道如青天，我独不得出」（《行路难》其二），颓丧而归。应道友元丹丘邀请，隐居嵩山。但当他听到善于奖掖后进的韩朝宗出任荆州长史兼襄州刺史（治所在今湖北襄阳）时，又立即写了《与韩荆州书》，并前往揖拜，希望得到他的推荐。可是韩朝宗没有赏识他。他只能借酒浇愁，与好友元演游洛阳、太原，又到随州去见道士胡紫阳。后移家山东兖州，与孔巢父等隐于徂徕山，人称「竹溪六逸」。其间有过游仙思想，但始终未能忘情功业，时常发出「功业若梦里，抚琴发长嗟」（《早秋赠裴十七仲堪》）的感叹。

封）、偃师（今属河南）之间。李白这年暮春被赐金还

山出京后，在商州盘桓一些时日，又到南阳与赵悦相处

了一段日子，秋天也来到梁（开封）宋（今河南商丘）。

「李白与杜甫相遇梁宋间，结交欢甚」（《唐诗纪事》卷

一八引杨天惠《彰明逸事》）。当时李白一心求仙访道，

杜甫对李白非常仰慕，对自己在洛阳两年经历的机巧生

活感到厌恶，所以受李白思想的影响，也和他一起求仙

访道。杜甫在第一首《赠李白》诗中就谈道：「李侯金

闺彦，脱身事幽讨。亦有梁宋游，方期拾瑶草。」当时

诗人高适也正在梁宋一带漫游，于是三人同登吹台，慷

慨怀古。又同游「梁孝王都」的宋州，还到单父孟诸泽

纵猎。当时诗人贾至正在单父县尉任，当参与了共同活

动。所以「梁宋游」时有不少诗坛明星围绕在两曜周

围。不久，高适离梁宋东行，李白赴齐州紫极宫从高如

魏颢（原名魏万）《李翰林集序》记载，玄宗本来准备让李白担任中书舍人，可是，"以张垍谗逐"，其事未成。李白对此非常气愤，后来他经常提到此事："谗惑英主心，恩疏佞人计。"（《答高山人》）由于佞人进谗，玄宗就疏远李白，李白就浪迹纵酒，并请求还山，玄宗也顺水推舟，"乃赐金归之"（《草堂集序》）。天宝三载（744）暮春，李白终于离开了朝廷。实际只有一年半的翰林供奉生活，使李白对唐王朝的腐败政治有了深刻的认识，而追求功业的思想却被消极颓放的思想所代替了。

天宝三载（744）秋天，是中国诗歌史上值得纪念的日子。诗坛两曜——李白和杜甫终于相遇了。杜甫自结束吴越、齐赵之行，回到洛阳已有两年。这年五月继祖母范阳太君（祖父杜审言的继室）卒于陈留之私第，八月归葬偃师，杜甫作墓志，奔走于陈留（今河南开时，因道教思想占上风，李白加入了道士行列。他说道："我本不弃世，世人自弃我"（《赠蔡山人》），以此表示对现实的反抗。其实李白也明知神仙世界是虚幻的，他在告别东鲁南下会稽时写的《梦游天姥吟留别》中写道："海客谈瀛洲，烟涛微茫信难求。"所以当他在江南获悉奸相李林甫在朝中制造冤狱，好友李邕、李适之等横遭惨死、崔成甫受累被贬时，便立即从弃世思想中惊醒，深深为国事忧虑。特别是朝廷内外盛传安禄山在北方招兵买马、阴谋叛乱时，他更不顾安危，深入虎穴探看虚实。目睹安禄山嚣张气焰后，预感到唐王朝将出现灾难，谴责"君王弃北海，扫地借长鲸"，奔到黄金台上哭昭王。回到江南宣城后，他一直注视着事态的发展。当时杨国忠两次发动对南诏的战争都遭全军覆没，使国家和人民遭受重大损失，此时李白济世思想甚切，贵道士受道箓，杜甫赴兖州省父，暂时分手。次年春，李白到兖州家中与儿女团聚，再与杜甫同游，泗水边赏春，同访范居士，同到东蒙山元丹丘处作客。杜甫《与李十二同寻范十隐居》诗说：「醉眠秋共被，携手日同行。」可见友谊之深。这年夏天，他们还曾一起到齐州（今山东济南），与李邕、高适、卢象等诗人相会。齐州之会也是诗坛两曜和众星相聚的盛事（详见拙著《天上谪仙人的秘密——李白考论集·李杜交游新考》，台湾商务印书馆1997年版）。这年秋天，杜甫告别李白，李白有《鲁郡东石门送杜二甫》诗。从此两人再也没有见面，但他们都经常思念着对方。杜甫走后不久李白便有《沙丘城下寄杜甫》诗，杜甫则有更多忆念、梦见李白的诗。

从四十四岁离开长安后到五十五岁（744—755），是漫游时期，也是思想极为复杂的时期。游梁宋、齐鲁皇，并下令永王李璘回蜀中。李璘刚愎自用，不从命，肃宗即派兵讨伐。永王部下顷刻之间成鸟兽散。李璘被杀，李白也被系浔阳狱中。经御史中丞宋若思等营救，才得以出狱，但不久又被判流放夜郎。欲报效祖国却反而获罪，李白痛心疾首。幸而在乾元二年（759）春因天旱而发布大赦令，李白才在流放途中在白帝城遇赦获释。回到江夏，又盼望朝廷能起用他。认为「今圣朝已舍季布，当征贾生」（《江夏送倩公归汉东序》），请江夏太守韦良宰回朝时不要忘了推荐自己，经历大难的李白仍想为祖国出力。可是朝廷不需要他，他在江夏等了几个月，毫无消息，便懊丧地回到豫章（今江西南昌），与夫人宗氏团聚。后又重游宣城等地，但他报效祖国的热情并未消退。上元二年（761），当他听说太尉李光弼出镇临淮时，六十一岁高龄的李白又毅然从军，希望发只恨报国无门。

五十五岁到六十二岁（755—762），是安史之乱时期，也是报国蒙冤时期。天宝十四载（755）冬，安禄山叛乱时，李白正在梁园，匆匆携夫人宗氏逃难，由梁园经洛阳到函谷关，西上莲花山。次年春又南下宣城，经溧阳到杭州，后来在庐山屏风叠隐居。当时两京陷落，玄宗逃往蜀中，永王李璘受命为江陵大都督，经略南方军事。当永王水师东下到达浔阳（今江西九江）时，三次征召李白，在国家危难时刻，李白认为「苟无济代心，独善亦无益」（《赠韦秘书子春》），抱着平叛志愿，参加了永王幕府。他天真地认为这是报效祖国的好机会，正当他自比谢安，高唱着「为君谈笑静胡沙」（《永王东巡歌》）时，统治阶级内部矛盾激化了。此时肃宗李亨在灵武（今宁夏境内）即位，尊玄宗为太上定有施展的机会，「天生我材必有用」（《将进酒》），「长风破浪会有时，直挂云帆济沧海」（《行路难》其一），「东山高卧时起来，欲济苍生应未晚」（《梁园吟》），经常在诗中以管仲、张良、诸葛亮、谢安自比，深信自己能成为王者师。「余亦南阳子，时为《梁甫吟》……愿一佐明主，功成还旧林」（《留别王司马嵩》）。一旦机会来到，他兴高采烈：「仰天大笑出门去，我辈岂是蓬蒿人！」（《南陵别儿童入京》）歌颂朝廷「巨海纳百川，麟台多才贤」（《金门答苏秀才》），决心要「尽节报明主」（《驾去温泉宫后赠杨山人》）。这些诗句充分体现了时代精神，也就是人们常说的「盛唐气象」。李白《古风》其四十六写唐王朝国势，《君子有所思行》描绘长安形势，《明堂赋》铺叙建筑的宏伟，宣扬大唐「列圣之耿光」，最后点出「镇八荒，通九垓。四门启兮万国挥铅刀一割之用。不幸因病半途折回，次年冬天病逝当涂（今属安徽省）。「大鹏飞兮振八裔，中天摧兮力不济」（《临终歌》），他为自己的理想未能实现而抱恨终生！

二

李白在政治上不得志，未能实现「安社稷」「济苍生」的理想抱负，但在诗文创作上他充分施展了才华，为后人留下了十分珍贵的文学遗产。李白诗今存千首，文六十多篇，全面而深刻地反映了那个时代的精神风貌和社会生活。开元时代是带有浪漫情调、诱人追求的时代，李白一生以大鹏自喻，二十四岁出蜀时写的《大鹏遇希有鸟赋》，后来改写题为《大鹏赋》，即以「激三千以崛起，向九万而迅征」的大鹏形象，表现自己不同凡俗的性格、气概和抱负。直到临终时他还自比大鹏，充分显示出高傲的个性和宏大的气魄。他相信自己的才能嘲龙，鱼目混珍；嫫母衣锦，西施负薪」（《鸣皋歌送岑征君》）的不合理现实。甚至把批判的矛头直指唐玄宗，把他比作殷纣王、楚怀王，把被李林甫陷害的李适之、崔成甫等比作古代忠良贤臣：「殷后乱天纪，楚怀亦已昏。夷羊满中野，菉施盈高门。比干谏而死，屈平窜湘源。」（《古风》其五十一）诗人晚年还在《泽畔吟序》中为崔成甫的遭遇鸣不平，追叙当年李林甫陷害韦坚案件牵连数十人的恐怖气氛。

李白所处的时代发生过多种不同性质的战争，他的诗歌都作了正确的反映。对于抵御和抗击外族入侵的战争，就写诗高歌祝颂，如《塞下曲六首》《白马篇》等描写「横行负勇气，一战静妖氛」「叱咤经百战，匈奴尽奔逃」的英雄气概，《送梁公昌从信安王北征》《送白利从金吾董将军西征》等鼓励友人英勇杀敌，胜利归来」的主题：《大猎赋》写开元天子大猎于秦，「虽秦皇与汉武兮，复何足以争雄！」诗人热情赞颂前所未有的盛唐气象，都充满了时代的自豪感。

盛唐时代也有弊政，有许多不合理现象，李白对此都作了深刻的揭露和批判。早在开元年间李白初入长安时，就写有《古风》，其二十四揭露宦官、斗鸡徒骄横跋扈的嚣张气焰，《行路难》等诗抒发了有志之士找不到出路的苦闷。《古风》其十八揭露贵族官僚骄奢淫逸的生活，《梁甫吟》描绘了君王被雷公、玉女、阍者等小人所包围，有才能的人见不到明主的情景。天宝年间，李林甫、杨国忠相继为宰相，排挤陷害贤能之士，李白写了许多诗歌揭露「珠玉买歌笑，糟糠养贤才」（《古风》其十五）、「梧桐巢燕雀，枳棘栖鸳鸾」（《古风》其三十九）、「鸡聚族以争食，凤孤飞而无邻；蛩蜓己推人，对劳动人民的苦难洒下同情之泪。

李白热爱祖国山川，写有许多描绘自然景物的诗。李白笔下有庐山飞瀑，蜀道奇险，《西岳云台歌送丹丘子》中笼罩着神话气氛的华山，《将进酒》《公无渡河》中奔腾咆哮的黄河，《关山月》中的苍茫天山，《横江词》中的长江风浪，都写得惊心动魄。还有写大自然明媚秀丽的景色，《渡荆门送别》的「月下飞天镜，云生结海楼」，《夜下征虏亭》的「山花如绣颊，江火似流萤」，《秋登宣城谢朓北楼》的「两水夹明镜，双桥落彩虹」等，充满健康明朗的气息。李白特别爱用具有透明意象的词写景，诸如碧山、绿水、白玉、明月等景色，在他的诗中俯拾即是。尤其是对明月，诗中吟诵最多。

李白一生钦仰六朝诗人谢朓，向往光明晶莹的李《古朗月行》《峨眉山月歌》《静夜思》等，都是赋明月的。

来。对于统治阶级发动的黩武战争，如天宝年间杨国忠发动对南诏的两次战争，李白写有《古风》其三十四、《书怀赠南陵常赞府》等诗予以揭露批判。而对于安史之乱，李白从国家命运和人民安定出发，写了许多积极支持朝廷平叛战争的诗篇，李白在《古风》其十九中揭露敌人的凶残和无耻：「流血涂野草，豺狼尽冠缨。」在《赠江夏韦太守良宰》诗中责问：「白骨成丘山，苍生竟何罪！」《赠张相镐二首》表示：「誓欲斩鲸鲵，澄清洛阳水！」充分表现出同情人民和仇恨敌人的深切感情。

李白对人民的艰苦生活和不幸遭遇都非常地关心和同情。如《丁都护歌》写纤夫的繁重劳动，《北风行》叙幽州思妇在丈夫出征战死后的剧烈悲痛，《宿五松山下荀媪家》描写农家艰苦生活和殷勤招待，诗人都能以为了牟取富贵，而主要是为了显示「安社稷」「济苍生」的才能。

以上只是叙述了李白诗歌的主要内容，其实他的诗歌内容是非常丰富的，涉及社会的各个方面乃至日常生活，不可能逐一介绍，只能从略。

三

谈到对李白的评价，我想起马鞍山市采石矶李白纪念馆中吴嘉写的一副对联。其上联曰：「谢宣城，何许人，只凭江上五言诗，教先生低首。」其下联曰：「韩荆州，差解事，肯让阶前盈尺地，使国士扬眉。」对得非常工整。尤其是上联用范围副词「只」，下联用反诘副词「肯」，把作者揶揄调侃李白的神情巧妙地表达出来了。只，仅也；肯，岂也。意思是说：南朝齐代的宣城太守谢朓，是个什么样的人，仅靠「澄江净如练」这白自然被谢诗中「澄江净如练」那样清新明丽的诗句打动。

李白性格疏放倔强，自视极高，不做小官，欲一举取卿相。生活潇洒自在，摆脱家庭、环境束缚。自以为在天下大乱时能施展自己的才华。他在许多诗中自抒抱负。同时，他又表现出蔑视权贵，否定功名富贵的思想。如《梦游天姥吟留别》诗说：「安能摧眉折腰事权贵，使我不得开心颜！」《答王十二寒夜独酌有怀》又说：「严陵高揖汉天子，何必长剑拄颐事玉阶。达亦不足贵，穷亦不足悲。」明确表示对独立人格和自由生活的追求。功名富贵本是士子的追求目标，李白诗却说：「钟鼓馔玉不足贵，但愿长醉不复醒。」(《将进酒》)「功名富贵若长在，汉水亦应西北流。」(《江上吟》)当然，有些诗是失意后的牢骚，但李白对功业的追求确实不是联是赞扬李白的谦虚，下联是批评韩朝宗的不识人。这种看法至今尚有人在。他们认为：下联称李白为「国士」，说明是肯定和赞扬李白，其实，「国士」原是李白《与韩荆州书》中恭维韩朝宗的称呼，这里移用于李白，与上联的「先生」相同，都带有揶揄调侃之意。质言之，这副对联用调侃的语气，上联是对李白文学成就的评价，下联则是对李白政治见识的评价，虽是揶揄调侃语气，实际上却是比较公允的。

关于李白的政治识见，历史上已有许多人发表过意见。虽然李白有很高的理想与抱负，以「安社稷」「济苍生」为己任，经常以管仲、范蠡、张良、诸葛亮、谢安等自比，但实际上他并没有像上述人物那样具备「运筹帷幄之中，决胜千里之外」的才能。恰恰相反，当国家政治、军事发生重大变化的关键时刻，李白不能样的五言诗，让李白低首钦敬；唐朝的荆州长史韩朝宗，颇为明白事理，岂能让出官场地盘，使不善从政的李白扬眉做官。言外之意是：李白的诗歌艺术成就，早就大大地超过谢朓，所以李白实在不需要一生俯首。而李白不善于政治权术，韩朝宗比较了解李白的性格，怎能让出官位举荐他，使诗人忘乎所以？关于这副对联，早在一九八六年八月十五日我应《马鞍山报》副刊特约，写过《吴激对联乃揶揄李白之作》一文，可惜当时只有上海古籍出版社编审朱金城先生撰文赞同拙见，不少年轻的同志却不太理解古汉语中「肯」字是反诘副词作「岂」解（张相《诗词曲语词汇释》已用大量的例证说明），他们用现代汉语解释「肯」作能愿动词。而且还加「如果」二字进行解释说：韩荆州如果比较懂事，肯让出阶前盈尺地，就能使李白扬眉吐气。他们认为上坰为谋主，因有异志。肃宗闻之，诏令归觐于蜀，璘不从命。十二月，擅领舟师东下。」由此可知，当时肃宗已即位，并已下诏命永王李璘「归觐于蜀，璘不从命」，「擅领舟师东下」，原因是「有异志」。但李璘「虽有窥江左之心，而未露其事」，所以当时有些将士如季广琛等跟随李璘东下，还以为是去抗击安禄山叛军。等到李璘东至丹阳郡，肃宗下令讨伐李璘时，季广琛才「谓诸将曰：『与公等从王，岂欲反邪？上皇播迁，道路不通，而诸子无贤于王者。如总江淮锐兵，长驱雍洛，大功可成。今乃不然，使吾等名绕叛逆，如后世何？』」于是诸将都叛离永王而去。其实在此之前，当时有识之士对于李璘东下多持躲避不合作态度。如《资治通鉴》至德元载十二月记载，肃宗敕永王「归觐于蜀，璘不从」时，「江陵长史李岘辞疾赴行在」。胡三省注：「璘清醒地认识形势，往往提出错误的主张，做出错误的举动。安史之乱是李白一生经历中最重大的政治事件。他对安禄山的叛乱给国家和人民造成的灾难十分痛恨，在诗中大声责问："白骨成丘山，苍生竟何罪！"(《赠江夏韦太守良宰》)他表示要"誓欲斩鲸鲵，澄清洛阳水！"这种爱国爱民的精神是十分可贵的，但他并没有找到正确的出路。就拿他参加永王李璘幕府一事来说，虽然李白主观上是想报效祖国，建功立业，但他对李璘的"异志"缺乏认识。《旧唐书·玄宗诸子传》："永王璘，玄宗第十六子也。……(天宝)十五载六月，玄宗幸蜀，至汉中郡，下诏以璘为山南东路及岭南黔中江南西路四道节度采访等使、江陵大都督，余如故。七月至襄阳，九月至江陵，召募士将数万人，恣情补署，江淮租赋，山积于江陵，破用钜亿。以薛镠、李台卿、蔡

029

原因，一是李白的功名心太强，一是李白的政治识见不高。这从他后来参加宋若思幕府时写的《为宋中丞请都金陵表》也可看出。他认为："今自河以北，为胡所凌；自河之南，孤城四垒。大盗蚕食，割为洪沟……臣伏见金陵旧都，地称天险。龙盘虎踞，开局自然。六代皇居，五福斯在。雄图霸迹，隐轸由存。咽喉控带，萦错如绣。天下衣冠士庶，避地东吴，永嘉南迁，未盛于此。……伏惟陛下因万人之荡析，乘六合之诪张，去扶风万有一危之近邦，就金陵太山必安之成策。苟利于物，断在宸衷。"李白完全不理解肃宗驻行在于扶风是为了收复两京的重要意义，却认为南北分裂的大局已定，又将出现南北朝局面，所以力主迁都金陵，可见他政治识见极低。李白始终认为永王是奉父皇之命行动，全然不懂何以成为叛逆。他缺乏皇室正统继承的顺逆观

将称兵，岘不欲预其祸也。"邵说《有唐相国赠太傅崔

公（祐甫）墓志铭》曰："属禄山构祸……寻江西连帅

皇甫侁表为庐陵郡司马，兼倅戎幕。时永王总统荆楚，

搜访俊杰，厚礼邀公，公以王心匪臧，坚卧不起。人闻

其事，为之惴栗，公临大节，处之怡然。"李华《扬州

功曹萧颖士文集序》："辞官避地江左，永王修书请

君，君遁逃不与相见。"《旧唐书·孔巢父传》："永王

璘起兵江淮，闻其贤，以从事辟之，巢父知其必败，侧

身潜遁，由是知名。"李白自己写的《天长节使鄂州刺

史韦公德政碑》曰："曩者永王以天人授钺，东巡无

名。利剑承喉以胁从，壮心坚守而不动。"为什么崔祐

甫、萧颖士、孔巢父、鄂州刺史韦良宰等都知道永王之

心"匪臧""东巡无名"，早就认识到永王必败，所以

无论怎样威胁都不从，而李白却就入其幕呢？这有两个

势，形成独特的雄奇、奔放、飘逸的风格。龚自珍《最录太白集》说："庄屈实二，不可以并；并之以为心，自白始。"李白的作品既有屈原执着炽热的感情，又有庄周放达超脱的作风。这在他的乐府诗、歌吟体诗以及绝句中最能体现。

李白诗歌艺术成就最高的是乐府诗。诗人自己也认为擅长乐府，晚年在江夏还把古乐府之学传授给好友韦冰的儿子韦渠牟（详见拙著《李白丛考·李白暮年若干交游考索》）。李白现存乐府149首，多为旧题乐府。这些诗与古辞和前人创作已经形成的传统题材、主题、气氛、节奏有紧密联系。如《陌上桑》《杨叛儿》等内容与古辞相同，《白头吟》写卓文君故事，与本事紧密相连。《夜坐吟》《玉阶怨》等明显是模拟鲍照、谢朓的同题作品。即使像《丁都护歌》似乎与原曲主题无关，但念，认为肃宗和永王只是同室操戈。正因为如此，李白同时还写下了乐府诗《上留田行》，诗中有「昔之弟死兄不葬，他人于此举铭旌」「参商胡乃寻天兵？孤竹延陵，让国扬名」「尺布之谣，塞耳不能听」等句，《树中草》有「如何同枝叶，各自有枯荣」等句，显然都是用比兴手法借古喻今，讽刺肃宗兄弟不能相容。李白始终不认为肃宗是以正讨逆。罗大经《鹤林玉露》卷六引朱文公曰：「李白见永王反，便从臾之，诗人没头脑至于如此。」在这点上，说得是很对的。所以李白只能做个伟大的诗人，却决不可能成为杰出的政治家。

四

李白诗歌艺术的最大特点是融会了屈原和庄周的艺术风格。在他的作品中，经常综合运用丰富的想象、极度的夸张、生动的比喻，纵横飞动的文字、充沛的气这种极度夸张展现了黄河震撼人心的魅力。其文笔纵横驰骋，他的伟大之处，并不在于扩大题材，改换主题，恰恰相反，他是在继承前人创作总体风格的基础上，沿着原来的方向把这一题目写深、写透、写彻底，发挥到淋漓尽致、无以复加的境地，从而使后来的人难以为继，再也无法在这一旧题内超越他的水准。

李白的乐府诗多表现出浑成气象，多用比兴手法，不显露表现意图，这在一些代表作杂言乐府中尤为明显。同时，他又把瑰丽奇幻的想象注入这些作品，使乐府旧题获得新的生命。前人对此特点已有评述。如《河岳英灵集》论李白诗说："至如《蜀道难》等篇，可谓奇之又奇，然自骚人以还，鲜有此体调也。"李阳冰《草堂集序》说："其言多似天仙之辞，凡所著述，言多讽兴。"王世贞《艺苑卮言》卷四："太白古乐府，诗中仍有「一唱《都护歌》，心摧泪如雨」，说明创作时对原乐曲的悲惨意境有深切的联想。李白乐府包括《静夜思》《宫中行乐词》等新题乐府在内，几乎都是写战争、闺怨、宫女、饮酒、思乡、失意等传统题材的，而且在表现这些题材时，总是将个别特定的感受转化为普遍传统的形象表现出来。例如《战城南》，有汉乐府本辞，经过梁、陈的吴均、张正见以及唐初卢照邻的创作，已经形成描写北方战争悲惨情形的特定内容。尽管李白的《战城南》可能是对唐代某一战事的独特感受，也写到一些具体地名，但很难考证出写的具体是哪一次战事，给人的印象并不是某个特定战事的反映，而是自古以来北方战争的集中概括，与古辞主题相同。又如《将进酒》的主题也与前人之作类似，但李白诗中充满乐观豪迈之情：「黄河之水天上来，奔流到海不复回！」

求功业无门而郁积的强烈苦闷。李白现存的乐府代表作，大都是出蜀以后追求功业时期的作品，尤其是初入长安失意而作的居多。《梁甫吟》原是诸葛亮出山前隐居隆中之作，李白选用此题表明自己亦未出山。作品开头就说：「长啸《梁甫吟》，何时见阳春？」可知尚未见过明主。诗中用雷公、玉女、阍者等神话中形象以喻张垍等小人，写出了自己初入长安被小人阻于君门之外的激愤心情。后期的《北风行》则一开头用极度夸张的形象渲染严酷气氛：「燕山雪花大如席，片片吹落轩辕台。」最后又用「黄河捧土尚可塞，北风雨雪恨难裁」这样极度夸张的比喻，将思妇失去丈夫后的深切痛苦刻画得入木三分。由此可见，李白把旧题乐府发展到顶峰，对旧题乐府作了辉煌、伟大的完成和结束。从此以后，再也没有人能用乐府旧题写出超越李白的作品。

窈冥惝恍，纵横变幻，极才人之致。」这些都是指李白乐府故意不点出主题寓意，多比兴寄托而使之有丰富的内涵。这些特点造成李白许多乐府代表作至今还存在很大的认识分歧。妙处还在于这些乐府可以允许有的人认为有寄托，有的人认为没有寄托，所以胡震亨《唐音癸签》卷三说：「乐府妙在可解可不解之间。」但如果我们掌握了这些特点后，对李白一些有分歧的代表作也可以取得较为一致的认识。如《蜀道难》的主旨和寓意是历来分歧最大的，前人作品中，阴铿的《蜀道难》已有作：「李白《蜀道难》，羞为无成归。子今称意行，蜀道安觉危！」的思想，唐人姚合《送李余及第归蜀》诗也认为李白《蜀道难》乃因功业无成而「蜀道难如此，功名讵可要」的思想。由此可以明白李白在诗中再三用「蜀道之难，难于上青天」的极度夸张，正是寄寓着初入长安追李白五言古诗较多，以《古风五十九首》为代表，这是编集者将李白数十年间所写的五言咏古诗的汇编，并非一时一地之作。这些诗的内容主要是指斥朝政、感伤己遇和抒写抱负等。这些诗与李白的乐府诗、歌吟体诗不同，写得比较严密，较少夸张跳跃，但也常用比兴手法。《唐宋诗醇》说这些诗「远追嗣宗《咏怀》，近比子昂《感遇》，其间指事深切，言情笃挚，缠绵往复，每多言外之旨」，基本上说得不错。但应该说这些作品还是继承了《风》《雅》和楚《骚》的传统，如《古风》其一就以恢复《风》《雅》传统为己任。而五十九首诗中又有不少篇章是学习屈原以香草美人自喻来抒发感慨的。此外，其中有些咏史诗是脱胎于左思，游仙诗则显然受到郭璞的影响。这些诗比起前人的作品来，内容更为显豁，感情更为深挚，意境更为明朗，语李白的歌吟体诗现存八十余首，有不少是送别留别诗。如《白云歌送刘十六归山》《鸣皋歌送岑徵君》《梦游天姥吟留别东鲁诸公》《西岳云台歌送丹丘子》《宣州谢朓楼饯别校书叔云》（应作《陪侍御叔华登楼歌》）《金陵歌送别范宣》《峨眉山月歌送蜀僧晏入中京》等，这类诗与乐府诗不同，不仅因为它没有旧题的制约，而且因为它不像乐府那样寄兴于客体，相反，它都用第一人称表现，而且对象明确，创作意图都在诗中和盘托出，淋漓尽致。如《梦游天姥吟留别》以色彩缤纷、瑰奇壮丽的梦幻和神话相结合的形式，来抒发对现实的感受，但主题却非常明确：「安能摧眉折腰事权贵，使我不得开心颜！」而并没有像乐府诗那样因「迷离惝恍」而使后人对其寓意捉摸不定。歌吟体诗与乐府诗特质的区别，大概就是从李白开始的吧！

杜甫不同。李白还有不少诗不屑来缚束对偶，往往只用一联对句，甚或全用散句，有时平仄也不全部协调。如《夜泊牛渚怀古》，按平仄协调是一首律诗，但却没有一联对仗，而且最后两句："明朝挂帆席，枫叶落纷纷。"含不尽之意于言外，不符合意象应起讫完整的律诗原则。又如《送友人》首联对仗，颔联却用"此地一为别，孤蓬万里征"散句，它和尾联的"挥手自兹去，萧萧班马鸣"都呈现出诗意的不完结状态，这是绝句的意境和气象。七律《登金陵凤凰台》虽然平仄对仗都符合要求，但首联反复出现相同的词语，全诗的气氛、风格也不像律诗。所以，胡应麟《诗薮》认为"杜（甫）以律为绝，李（白）以绝为律"，是有道理的。

李白的绝句今存93首，历来一致公认"冠古绝今"。绝句的特点除平仄与律诗相同外，其余却相反。

言更为流畅。这是李白对咏怀诗、感遇诗的发展（详见拙著《天上谪仙人的秘密·论李白古风五十九首》）。

李白的律诗现存一一〇首，绝大多数为五律，七律仅八首。诗人早年曾花相当功夫攻五律，现存最早诗篇之一《访戴天山道士不遇》，就是一首工稳整饬的五律。开元年间写的《渡荆门送别》《送友人入蜀》《江夏别宋之悌》《太原早秋》《赠孟浩然》等，平仄对仗都合律，意境也是律诗气象。天宝初应制立就的《宫中行乐词》，律对非常工切，也可说明李白对五律是有功力的。即使在后期，李白也还有格律严整的佳构如《秋登宣城谢朓北楼》等作。《唐诗品汇》说：「盛唐五言律句之妙，李翰林气象雄逸。」沈德潜《唐诗别裁集》也说李白五律「逸气凌云，天然秀丽」。从上列诸诗看，李白五律确有一种飞动之势，英爽之气，与王维、孟浩然、白绝句的特点是：语言明朗，声调优美，感情深挚，意境含蓄，韵味深长。上列诸诗都有这些特点，所以千百年来脍炙人口，传诵不绝，确实无人能企及。沈德潜《说诗晬语》卷上说："七言绝句，以语近情遥、含吐不露为主。只眼前景、口头语，而有弦外音、味外味，使人神远，太白有焉。"这些说法都并非过誉。

李白诗歌是他文学主张的实践。他在《古风》其一诗中提出文章贵"清真"，反对"绮丽"，其三十五又提出反对模仿、"雕琢"，主张"天真"、自然。他一生敬仰谢朓诗的"清发"，提出诗歌应当像"清水出芙蓉，天然去雕饰"（《经乱离后天恩流夜郎忆旧游书怀赠江夏韦太守良宰》），这些就是李白的美学理想。李白的诗文，确实以真率的感情和自然的语言构成"清水芙蓉"之美。方回《杂书》论李白的诗说："最于赠答篇，肺即要求散句，不要对仗；要意脉疏放跳跃，突出一点，不要完整严密；要含蓄，留有余地，不要完全说出表现意图。而这正好符合李白性格，所以李白的绝句写得最好。王世贞《艺苑卮言》云：「五七言绝句，李青莲、王龙标最称擅场，为有唐绝唱。」胡应麟《诗薮·内编》卷六说：「太白五七言绝句，字字神境，篇篇神物。」又说：「太白五言，如《静夜思》《玉阶怨》等，妙绝古今。」「太白七言绝，如『杨花落尽子规啼』『朝辞白帝彩云间』『谁家玉笛暗飞声』『天门中断楚江开』等作，读之真有挥斥八极、凌属九霄意。贺监谓为谪仙，良不虚也。」李白有些描绘山水和抒发忧愤的绝句，用极度夸张的比喻，充满超迈奔放的激情。如「飞流直下三千尺，疑是银河落九天！」写出雄伟气势；「白发三千丈，缘愁似个长！」显示深广忧愤，都富有强烈感染力。李

（一）他被流放遇赦归来后，认为皇帝又将起用他，就写道：「圣主还听《子虚赋》，相如却欲论文章。」（《自汉阳病酒归寄王明府》）即使是些男女冶游言笑，他也不掩饰：「千金骏马换小妾，笑坐雕鞍歌《落梅》。车旁侧挂一壶酒，凤笙龙管行相催。」（《襄阳歌》）坦率得何等天真可爱。李白诗文的语言都不假雕琢，自然流畅，明白如话，音节和谐，浑然天成。即王世贞《艺苑卮言》所谓「以自然为宗」。「黄河之水天上来，奔流到海不复回」（《将进酒》），「飞流直下三千尺，疑是银河落九天」（《望庐山瀑布二首》），何等雄健！「桃花潭水深千尺，不及汪伦送我情」（《赠汪伦》），何等深情！「百年三万六千日，一日须倾三百杯」（《襄阳歌》），何等豪放！「床前明月光，疑是地上霜，举头望明月，低头思故乡」（《静夜思》），又何等清新隽永，通体光华！这些腑露情愫。何至昌谷生，一一雕丽句？亦焉用玉溪，纂组失天趣？」他认为李白的诗能袒露真情，不像李贺、李商隐那样雕章琢句，全赖人工。李贺、李商隐的诗，使人总感到如雾里看花，隔着一层，而李白的诗却能使人洞见肺腑，这在许多赠送亲友的诗文中特别显著，他从不掩饰自己的真实情感。追求功业，就给韩朝宗上书说：「而君侯何惜阶前盈尺之地，不使白扬眉吐气、激昂青云耶！」奉诏进京的喜悦，他就说：「仰天大笑出门去，我辈岂是蓬蒿人！」（《南陵别儿童入京》）希望升官，就写道：「恩光照拙薄，云汉希腾迁。」（《金门答苏秀才》）对得志时人们巴结、失宠后无人理睬的世态炎凉，他写道：「当时笑我微贱者，却来请谒为交欢。一朝谢病游江海，畴昔相知几人在？前门长揖后门关，今日结交明日改。」（《赠从弟南平太守之遥》其屈大均、黄景仁、龚自珍等，都对李白非常仰慕，努力学习他的创作经验。

现在，李白诗歌不仅在中国广泛流传，有许多学者在认真研究，而且还流传到世界上许多国家，受到外国人民的喜爱，许多国家的学者也在研究李白的诗歌艺术，李白已经不仅是中国而且是全世界的文化名人。

五

本书是应凤凰出版社之约编写的。精选李白诗歌135首及文4篇，多为代表性作品，力求各体兼备，并兼顾各个时期，使广大读者能从这个选本中领略李白诗歌的大致风貌。入选的诗歌尽量按写作年代编排次序。但李白诗歌长于抒情，往往不着事迹，给编年增加了许多困难，许多诗歌的内容和写作年代迄今还众说纷纭，未能取得一致意见，故本书诗歌分两部分，大部分编语言，似乎都不假思索，信手写出，实际上这是李白长期从汉魏六朝乐府民歌和前人优秀作品的语言中吸取养料，加工提炼，终于达到炉火纯青的结果。

总之，李白诗歌把我国古代的诗歌艺术推向了顶峰，对后代产生了深远影响。李阳冰《草堂集序》称李白诗「千载独步，惟公一人」，皮日休《七爱诗》称李白「惜哉千万年，此俊不可得」，吴融《禅月集序》说：「国朝能为歌诗者不少，独李太白为称首。」唐代韩愈、李贺、杜牧都从不同方面受过李白诗风的熏陶；宋代苏轼、陆游的诗，苏轼、辛弃疾、陈亮的豪放派词，也显然受到李白诗歌的影响；而金元时代的元好问、萨都剌、方回、赵孟頫、范德机、王恽等，则多学习李白的飘逸风格；明代的刘基、宋濂、高启、李东阳、高棅、沈周、杨慎、宗臣、王稚登、李贽、清代的苑英华》《乐府诗集》等唐宋总集，择善而从，并尽量在注释中列出异文，供读者参考。

在注释方面，主要是训释难懂的词语和典故，疏通文字，对个别较难理解的句子进行串解。凡用典故或化用前人诗文典籍的句子，尽量注明出处。

为了帮助读者领悟诗意，本书对每首诗都作了简单的品评，限于水平，未必完全能符合诗歌旨意，仅供读者参考。

在本书撰写过程中，得到凤凰出版社许多先生的指导和帮助，谨在此致以衷心谢忱。

年，少部分也只是根据笔者的见解，可能与各家看法不同。有些诗篇实在无法考知其写作年代，只得不编年。

本书所选作品，以日本京都大学人文科学研究所影印静嘉堂文库藏宋蜀刻本《李太白文集》为底本（简称「宋本」）。参校元至大刻本宋杨齐贤集注、元萧士赟补注《分类补注李太白诗》（简称「萧本」），《四部丛刊》影印明郭云鹏重刊《分类补注李太白集》（简称「郭本」），南京图书馆藏清刻本胡震亨《李诗通》（简称「胡本」），清康熙缪曰芑翻刻《李太白文集》（简称「缪本」），清乾隆刊本王琦《李太白文集辑注》（一作《李太白全集》，简称「王本」），清光绪刘世珩玉海堂《景宋咸淳本李翰林集》（简称「咸本」），并参校敦煌写本《唐人选唐诗》《河岳英灵集》《又玄集》《才调集》《文

049

一

编年诗

访戴天山道士不遇 01

犬吠水声中， 桃花带露浓。

树深时见鹿， 溪午不闻钟。

野竹分青霭， 02 飞泉挂碧峰。

无人知去处， 愁倚两三松。 03

注·释

● 01 · 戴天山：又名大匡山、大康山，在今四川省江油市。姚宽《西溪丛语》卷下引《绵州图经》云："戴天山，在（彰明）县（今四川江油）北五十里，有大明寺。开元中李白读书于此寺。又名大康（匡）山，即杜甫所谓'康（匡）山读书处'也。"《唐诗纪事》卷十八引杨天惠《彰明逸事》云：李白"隐居戴天大匡山，往来旁郡，依潼江赵征君蕤。蕤亦节士，任侠有气，善为纵横学，著书号《长短经》。太白从学岁余，去游成都……益州刺史苏颋见而奇之"。说明李白青年时曾隐居戴天山读书。并知李白隐戴天山在游成都谒见苏颋之前。按《旧唐书·苏颋传》，苏颋于开元八年后由礼部尚书出为益州大都督府长史，则李白隐居戴天山读书约在开元七年（719），年十九岁。此诗当作于是年，为现存李白最早诗篇之一。

● 02 · 青霭：山中云气。王筠《苦暑》诗："日板散牛气，天隅岭青霭。"

● 03 · "愁倚"句：南朝宋谢灵运《于南山往北山经湖中瞻眺》诗："停策倚茂松。"

品·评

前六句写路途所见景色。首联二句为入山第一程，暗点时间是春天早晨，缘溪穿林入山。颔联二句是第二程，"时见鹿"反衬出不见人，午时该打钟而"不闻钟"，暗示道院中无人。颈联二句为第三程，已到深山道院前，"野竹""飞泉"，显示环境清幽，暗示道士志趣淡泊。尾联二句用问讯方式，从侧面写出"不遇"，"无人知去处"，是问讯的结果；"愁倚两三松"，是诗人怅然若失心态的外在表现。用笔迂回，感情骤转，留给读者想象的余地很深广。前六句写景，字字清幽优美，后二句抒情，情致婉转含蓄。全诗信手拈来，无斧凿痕，而平仄黏对都合律诗规则，中间两联尤属工对，足见诗人早年于律诗曾下过功夫。前人或谓李白不善律诗，岂其然乎？

登锦城散花楼

01

日照锦城头,　　朝光散花楼。*02*

金窗夹绣户,*03* 珠箔悬银钩。*04*

飞梯绿云中,*05* 极目散我忧。*06*

暮雨向三峡,*07* 春江绕双流。*08*

今来一登望,　　如上九天游。

注·释

●01·此诗当是开元八、九年（720、721）间游成都时作。锦城：锦官城的简称，故址在今四川省成都市南。三国时蜀汉管理织锦之官驻此，故名。后人即用作成都的别称。散花楼：在成都摩诃池上，乃隋末蜀王杨秀所建。

●02·"朝光"句：谓朝阳使散花楼闪闪发光。这里的"光"用作致使性动词。

●03·"金窗"句：金碧辉煌的窗子夹着雕绘华美的门户。形容楼中华丽的房屋。

●04·珠箔：即珠帘，由珍珠缀成或饰有珍珠的帘子。银钩：一作"琼钩"，银或玉制的帘钩。梁简文帝《东飞伯劳歌二首》："网户珠缀曲琼钩。"

●05·"飞梯"句：形容楼梯极高，似飞挂于绿云之中。

●06·极目：尽力所及远眺。忧：一作"愁"。

●07·三峡：古时山川称三峡者甚多，名称亦不一，而以长江上游的瞿塘峡、巫峡、西陵峡者为最著名。

●08·双流：《水经注·江水》："江水又东，径成都县，县以汉武帝元鼎二年立。县有二江，双流郡下。"按：二江，指郫（pí）江、流江。《元和郡县志》卷三一成都府双流县："北至府四十里。本汉广都县也，隋仁寿元年，避炀帝讳，改为双流，因县在二江之间，仍取《蜀都赋》云'带二江之双流'为名也。皇朝因之。"

品·评

首二句写清晨春光明媚，普照锦城，散花楼更是光彩夺目。点明登楼的时间和地点。次二句描绘散花楼的精美装饰。再次二句用夸张手法抒写登楼的感受。然后再二句正面描绘登高楼所见远近的景象。"暮雨"句暗用"巫山云雨"典故。末二句用比喻形容登楼观感，既叹楼之高，又赞所见景物。全诗所写先后顺序，由近及远，语言精美，体物工细，确是诗人早年的代表作之一。

峨眉山月歌

01

峨眉山月半轮秋，*02*

影入平羌江水流。*03*

夜发清溪向三峡，*04*

思君不见下渝州。*05*

注·释

● *01*·按此诗乃开元十二年（724）秋天作。时李白"仗剑去国，辞亲远游"，在离开蜀中赴长江中下游的舟行途中，写下这首脍炙人口的七言绝句。峨眉山：在今四川省峨眉山市西南。有两山峰相对，望之如蛾眉，故名。

● *02*·半轮秋：谓秋夜的上弦月形似半个车轮。

● *03*·平羌江：即今青衣江，大渡河的支流，在今四川中部峨眉山东北。源出宝兴县北，东南流经雅安、洪雅、夹江等地，到乐山会大渡河，入岷江。

● *04*·"夜发"句：古时称三峡者甚多，此诗中之三峡，似非指长江三峡。《乐山县志》谓当指乐山县之黎头、背峨、平羌三峡，而清溪则在黎头峡之上游。其说可供参考。王琦注引《舆地纪胜》："清溪驿在嘉州犍为县。"按：今广陵古籍刻印社本《舆地纪胜》无此文，且只称嘉定府，不称嘉州。或是王琦误引，而今各注本亦多沿其误。

● *05*·君：前人多谓指月亮。今人或谓指友人。按：似指友人为是，唯不知指谁。渝州：唐代州名，治所在巴县，即今重庆市。

品·评

前两句是舟中所见夜景：雄伟秀丽的峨眉山上空，高悬着半轮秋月，平羌江中，流动着月亮的映影。首句是仰望，写静态之景；次句是俯视，写动态之景。"影入江水流"之句，只有乘舟人顺流而下才能看到，所以此句不仅写出月影随波的美妙景色，而且暗点秋夜乘舟下行之人。意境空灵优美。第三句写出发的地点和前往的地点，末句写思念友人之情。抒情只有"思君"二字，但因为"峨眉山月"这一典型的艺术形象贯穿在整首诗的意境中，所以其意蕴也就非常丰富，令人有无穷的遐想。

在篇幅短小的绝句中，忌用人名、地名或数字，而李白此诗二十八字中连用五个地名，却不但没有被人讥讽，反而受到人们的赞赏，因为安排巧妙，毫无呆板、堆砌之迹，读来仍感明快、自然、流畅，显示出青年诗人的艺术天才。李白一生酷爱明月，常在诗中歌咏。对峨眉山月爱之尤深，晚年还写有《峨眉山月歌送蜀僧晏入中京》诗，可参读。

渡荆门送别

01

渡远荆门外， 来从楚国游。 02
山随平野尽， 03 江入大荒流。 04
月下飞天镜， 05 云生结海楼。 06
仍怜故乡水， 07 万里送行舟。

注·释

● 01·此诗乃开元十二年（724）李白离开蜀中行至楚地漫游时的作品。荆门：山名，在今湖北宜都市西北长江南岸。送别：唐汝询《唐诗解》云："题中'送别'二字，疑是衍文。"沈德潜《唐诗别裁集》卷二十云："诗中无送别意，题中（送别）二字可删。"其说良是。

● 02·从：至，向。楚国：指今湖北省境，春秋战国时属楚国。

● 03·"山随"句：荆门山以东，地势渐趋平坦。此句意谓随着平原的出现，长江两岸的高山消失殆尽。

● 04·大荒：广阔无际的原野。

● 05·"月下"句：谓月影倒映江中，如天上飞下的明镜。《玉台新咏·古绝句四首》："何当大刀头，破镜飞上天？"

● 06·海楼：即海市蜃楼。海上光线经过不同密度的空气层，发生显著折射时，把远处景物显示在空中或地面，变幻出像城市、楼台般的景象；古人误认为是蜃（大蛤）吐气而成，并称之为"海市蜃楼"。诗以"海楼"形容江上云彩奇异的变幻。

● 07·怜：爱。一作"连"，误。故乡水：长江水自蜀东流，诗人长于蜀中，极爱蜀中山水，故称之为"故乡水"。沈德潜《唐诗别裁集》云："太白蜀人，江亦发源于蜀。"

品·评

首联二句点明行踪已越过荆门，意味着已告别巴山蜀水，进入楚国境内。颔联二句极写舟过荆门后呈现的特有景象和视野顿然开阔的感受，是千古传颂的佳句。颈联二句分写月亮在水中的倒影和天空云彩的变幻，衬托江水的平静和江面的寥廓。尾联抒情。江水送诗人远游，一个"怜"字，充分表达了诗人对故乡的恋情。全诗风格雄健，意境高远。是一首色彩明丽、风姿秀逸而又格律工稳、对仗精切的早年五律佳构。

望庐山瀑布二首 *01*

（其一）

西登香炉峰，*02* 南见瀑布水。*03*

挂流三百丈，*04* 喷壑数十里。

欻如飞电来， 隐若白虹起。*05*

初惊河汉落，*06* 半洒云天里。*07*

仰观势转雄， 壮哉造化功。*08*

海风吹不断， 江月照还空。*09*

空中乱潈射，*10* 左右洗青壁。

注·释

● *01*·此二诗约开元十三年（725）初次登庐山时作。庐山：在江西省北部，耸立于鄱阳湖、长江之滨。江湖水气郁结，云海弥漫，多巉岩、峭壁、清泉、飞瀑，为著名游览胜地。

● *02*·香炉峰：庐山北部著名山峰。因水气郁结峰顶，云雾弥漫如香烟缭绕，故名。

● *03*·南见：一作"南望"。

● *04*·三百丈：一作"三千匹"。壑：坑谷。

● *05*·欻（xū）如：迅疾貌。飞电：空中闪电，一作"飞练"。隐若：一作"宛若"。沈约《被褐守山东》诗："掣曳泻流电，奔飞似白虹。"

● *06*·河汉：银河。一作"银河"。

● *07*·"半洒"句：一作"半泻金潭里"。

● *08*·造化：大自然。

● *09*·江月：一作"江山"。

● *10*·潈（cóng）：众水流相会在一起。

●11·穹石：大石。
●12·乐名山：一作"游名山"。
●13·琼液：琼浆玉液，仙家所饮。此指
山中清泉。
●14·"且谐"二句：一作"集谱宿所好，
永不归人间"，又一作"爱此肠欲断，不能
归人间"。谐，谐和。宿，旧。

飞珠散轻霞，　流沫沸穹石。 _11_

而我乐名山， _12_ 对之心益闲。

无论漱琼液， _13_ 且得洗尘颜。

且谐宿所好，　永愿辞人间。 _14_

品·评 首二句交代"望庐山瀑布"的立足点和所"望"的方向。接着十四句用各种形象从不同角度形容瀑布的壮伟气势和诗人的赞叹。所谓"挂流三百丈"，"初惊河汉落"，亦即第二首的"飞流直下三千尺，疑是银河落九天"之意，但不如后者的简练和生动。末六句抒写诗人的志趣和愿望。此首虽是古诗，其中却有不少对仗。古今读者多谓此首不如第二首绝句写得好，但也有不少人指出此诗自有妙句。如《苕溪渔隐丛话后集》卷四："然余谓太白前篇古诗云：'海风吹不断，江月照还空。'磊落清壮，语简而意尽，优于绝句多矣。"葛立方《韵语阳秋》卷十二："以余观之，银河一派，犹涉比类，未若白前篇云：'海风吹不断，江月照还空。'凿空道出，为可喜也。"韦居安《梅磵诗话》亦谓此二句"语简意足，优于绝句，真古今绝唱"，并认为"非历览此景，不足以见诗之妙"。

望庐山瀑布二首 01

（其二）

注·释

● 01·《文苑英华》题作《庐山瀑布》，《唐诗品汇》题作《望庐山瀑布水》。

● 02·"日照"二句：一作"庐山上与星斗连，日照香炉生紫烟"。香炉，香炉峰，庐山北部名峰。峰顶水气郁结，云雾弥漫如香烟缭绕，故名。紫烟，云雾在阳光照射下呈紫色烟雾。孟浩然《彭蠡湖中望庐山》："香炉初上日，瀑布喷成虹。"前川：一作"长川"。

● 03·九天：九重天，即天空最高处。此句极言瀑布落差之大。一作"半天"。

日照香炉生紫烟，

遥看瀑布挂前川。 02

飞流直下三千尺，

疑是银河落九天。 03

品·评

首句写香炉峰美景，红日初照，香炉峰笼罩在五彩纷呈的云霞之中，那蒸腾的云雾在太阳光线折射下，团团紫烟冉冉升起，犹如缥缈仙境。次句点题，写视线中的瀑布。"遥看"二字，点明瀑布距立足点很远，"挂前川"乃描绘遥望中的瀑布静态，瀑布如巨大素练高挂于山川之间，色彩鲜明，境界瑰丽。三、四两句由静态描写转为动态描写，"飞流"形容瀑布从高空落下时急猛四溅之状，"直下"形容瀑布的磅礴气势，"三千尺"极言瀑布流水之长，都写得非常精警，显示出飞瀑壮阔雄伟的景象。而这第三句的动态描绘气势，使结句的奇特之想神理相合。"疑"乃想象之辞，诗人将眼见的瀑布比拟为从九天落下之银河，将实景转为虚景，不仅传瀑布之神，而且合庐山高峰之理，更展现出诗人胸襟之高远逸放，后来中唐诗人徐凝也写一首《庐山瀑布》诗："虚空落泉千仞直，雷奔入江不暂息。千古长如白练飞，一条界破青山色。"其弊就在不能想落天外、虚实相生，缺乏"才气豪迈，全以神运"（赵翼《瓯北诗话》）之笔力。宋代苏轼曾评这两诗云："帝遣银河一派垂，古来惟有谪仙词。飞流溅沫知多少，不为徐凝洗恶诗。"《东坡志林》卷一《记游庐山》把李白诗推为古今绝唱，而徐凝诗却被斥为"恶诗"。

望天门山

01

天门中断楚江开，*02*

碧水东流至此回。*03*

两岸青山相对出，

孤帆一片日边来。

注·释

● *01*·此诗当是开元十三年（725）夏秋之交，二十五岁的诗人初次过天门山所作。天门山：在今安徽省马鞍山市当涂县西南长江两岸。东为博望山，西为梁山。两山夹江对峙，中间如门，故合称天门山。

● *02*·"天门"句：此句意谓天门山中间断裂，为大江打开通道。楚江，指长江。当涂在战国时代属楚国，故流经此处的长江称楚江。

● *03*·至此回：一作"直北回"，又一作"至北回"。按：作"至此回"为胜。因两山石壁突入江中，江面突然狭窄，上游水流至此冲撞石壁而形成漩涡回流。王琦注引毛西河语曰："因梁山、博望夹峙，江水至此一回旋也。时刻误'此'作'北'，既东又北，既北又回，已乖句调，兼失义理。"

品·评　题中著"望"字，可知诗中写的都是诗人"望"中的天门山胜景。四句诗虽无"望"字，却句句写"望"，只是"望"的角度和立足点不同。首句乃在上游远望天门山全景，因离得远，故望得广，东西两山都能望见。在诗人想象中，两山原为一山，阻挡着长江东流，由于长江汹涌水势的冲击，终于把山冲断，分为东西两截，使山中间开了一个天门，江水夺门而出。此句山水并写，从总体上概括描绘了山水的雄伟气势。次句乃近"望"。"至此"即点明了诗人小舟已驶抵天门山下。由于两山岩石突出江中，江水受山岩阻遏而激起波涛回旋。因为靠近，所以才看得清楚这种情景。这句单写水。第三句乃舟行至两山之间向左右"望"两岸。"出"字写得好，因为诗人站在正行进的船上望两岸的山，左顾右盼，随着小舟的行进，觉得两岸层出不穷的山都在移步换形，于是使静态的山有了动态的感受。"相对出"三字逼真地写出了舟行两山间"望天门山"两岸特有的态势,而且反映出诗人初次领略这种景致时所特有的新鲜喜悦之情,这句单写山。最后一句又写远"望",但与首句不同。首句是舟在上游时远望天门山,而末句则是小舟已驶出天门山,江面宽阔,诗人遥望前方,只见一片孤帆从日边迎面驶来。这句诗巧妙地把读者注意力引向远方,蕴含着无穷的余味。

全诗四句,每句都是一个特写镜头。在这幅壮丽的山水画中,山多么灵秀,水多么矫健,帆多么潇洒。在这景的背后,反映了诗人的气宇、感情和风貌。读者可从字里行间体会到诗人情绪是愉快的。在表现手法上,全诗都用白描。紧扣题中"望"字,每句都是"望"中所得,但都不落"望"字,四句都不说舟在行进,让读者从中去体会,这是此诗的高妙之处。

金陵城西楼[01]

月下吟

金陵夜寂凉风发，[02]
独上高楼望吴越。[03]
白云映水摇空城，[04]
白露垂珠滴秋月。[05]

注·释

● 01·此诗当是出蜀后初到金陵时开元十三年（725）作。金陵城西楼：一本无"城"字。金陵，即今江苏省南京市。按：《景定建康志》卷二一"李白酒楼"条下引此诗，则"城西楼"当即城西孙楚酒楼，诗人又有《玩月金陵城西孙楚酒楼访崔四侍御》诗，可参看。

● 02·夜寂：一作"夜静"。

● 03·高楼：一作"西楼"。吴越：指今江苏省南部和浙江省北部一带。古为吴国和越国的属地。

● 04·空城：一作"秋城"，又作"秋光"。此句意谓白云和城楼均倒映水中，随波摇荡。

● 05·"白露"句：一作"白露沾衣湿秋月"。江淹《别赋》："秋露如珠。"此句写白露在秋月下垂滴如珠。

● 06 · 沉吟：一作"长吟"。

● 07 · 来：一作"今"。相接：指在思想上
能引起共鸣的人。此句谓自古以来知己甚
少。

● 08 · 解道：懂得。长忆：一作"还忆"。
谢玄晖，南朝齐代诗人谢朓，字玄晖。其
《晚登三山还望京邑》诗有"余霞散成绮，
澄江净如练"句，令诗人叹慕倾倒。

月下沉吟久不归，⁰⁶

古来相接眼中稀。⁰⁷

解道澄江净如练，

令人长忆谢玄晖。⁰⁸

品·评 首二句点明登楼的时间是秋"夜"，是"独"自一人，目的是眺望东南的"吴越"。吴越一带山水秀丽，是历代名士隐居之地，"望吴越"正表现出李白向往的心情。而"夜寂""凉风""独上"则渲染了孤凄的氛围。次二句写登楼所见之景，"白云""白露"两个"白"字，极写月夜的皎洁纯净。"空"字也渲染了月夜的沉静。城本不会"摇"，但水波摇动，云影摇动，使诗人感到似乎空城在摇动。月本不会"滴"露珠，但在高楼见月光皎洁，使诗人感到晶莹的露珠似乎是从月亮中滴下的。"摇""滴"两个动词使静止的画面有飞动之感。显示出诗人对景物有敏锐的观察力和神奇的想象力。五、六两句抒写古今知音难觅的感慨。末二句直接表达对南齐诗人谢朓的仰慕之情。全诗结构巧妙，层层深入，驰骋古今，挥洒自如。足见诗人才华高超。

012

长干行

01

妾发初覆额，⁰² 折花门前剧。⁰³
郎骑竹马来， 绕床弄青梅。⁰⁴
同居长干里， 两小无嫌猜。⁰⁵
十四为君妇， 羞颜未尝开。⁰⁶
低头向暗壁， 千唤不一回。
十五始展眉，⁰⁷ 愿同尘与灰。⁰⁸
常存抱柱信，⁰⁹ 岂上望夫台？¹⁰

注·释

● 01·此诗当是开元十三、十四年（725、726）初游金陵时所作。长干行：乐府旧题。宋郭茂倩《乐府诗集》卷七十二《杂曲歌辞》有《长干曲》，原为长江下游一带民歌。行，古诗的一种体裁。按：《李太白文集》中《长干行》有二首，此其一。另一首实非李白作，前人已屡言之。长干，地名，即长干里、长干巷，在今江苏省南京市。六朝时建康（今南京市）城南秦淮河两岸有山冈，其间平地为吏民杂居之所。江东称山陇之间平地为"干"，故名。左思《吴都赋》："长干延属，飞甍舛互。"有大、小长干巷相连，大长干巷在今南京市中华门外；小长干巷在今南京市凤凰台南，巷西达古长江。

● 02·妾：古代妇女自称的谦词。初覆额：才遮额，指发尚短。

● 03·剧：游戏。

● 04·"郎骑"二句：写儿童时两小无猜相伴嬉戏之状。

● 05·嫌猜：嫌疑、猜忌。古代封建礼教规定：男女七岁以上，授受不亲，以别嫌疑。此句谓当时两人都很年幼，天真烂漫，所以不避嫌疑。

● 06·羞颜：脸上显示怕羞的神情。未尝：一作"未曾"，又作"尚不"。

● 07·展眉：开眉；谓略懂世事，感情展露于眉间。

● 08·尘与灰：尘、灰原是同类，本易凝合；此喻夫妻俩愿永远和合不分，亦即古诗"以胶投漆中"之意。

● 09·抱柱信：典出《庄子·盗跖》："尾生与女子期于梁（桥）下，女子不来。水至，不去。抱梁柱而死。"后人即以此称坚守信约。

● 10·岂：一作"耻"。望夫台：即望夫山。古代传说，夫久出不归，妻每天上山眺望，化为石头，因称之为望夫石，山亦被称为望夫山或望夫台。此盖以石形想象成说。

十六君远行，　瞿塘滟滪堆。[11]

五月不可触，　猿声天上哀。[12]

门前迟行迹，　一一生绿苔。[13]

苔深不能扫，　落叶秋风早。

八月蝴蝶来，[14]　双飞西园草。

●11·瞿塘：为长江三峡之一，指今重庆市奉节以下一段较窄的长江。滟滪堆：亦作"淫预堆"，为长江江心突起的大岩石，在奉节东五公里瞿塘峡口。附近水流湍急，乃旧时长江三峡的著名险滩。古乐府《淫预歌》："滟滪大如襥，瞿塘不可触。"阴历五月，江水上涨，滟滪堆被水淹没，船只不易辨识，容易触礁致祸，故曰"五月不可触"。

●12·猿声：一作"猿鸣"。古时三峡多猿，啼声哀切。《水经注·江水》引古歌谣说："巴东三峡巫峡长，猿鸣三声泪沾裳。"天上：形容峡中山高，猿声如在天上。以上四句写丈夫西去巴蜀，江行艰险，表现女子对丈夫安危的深切关怀。

●13·"门前"二句：谓久盼丈夫不归，门前小径长满了青苔。李白《自代内赠》诗："别来门前草，秋巷春转碧。扫尽更还生，萋萋满行迹。"迟，等待，动词。一作"旧"。行迹，足迹。绿苔，一作"苍苔"。

●14·胡蝶来：一作"胡蝶黄"。明代杨慎《升庵诗话》卷一〇谓秋天黄色蝴蝶最多，并引李白此句以为深中物理。认为今本改"黄"为"来"，"何其浅也"。但王琦注云："以文义论之，终以来字为长。"按：六朝至唐代诗中写黄蝶者甚多，如梁简文帝《春情》诗："蝶黄花紫燕相追，杨低柳合露尘飞。"李白好友张谓《别韦郎中》诗："峥嵘洲上飞黄蝶，滟滪堆边起白波。"可见无论春或秋季都有黄蝶。

感此伤妾心，¹⁵ 坐愁红颜老。¹⁶

早晚下三巴，¹⁷ 预将书报家。

相迎不道远，¹⁸ 直到长风沙。¹⁹

品·评

此诗当是开元十三、十四年初游金陵时所作。诗中以商妇自述的口吻，叙述了一个生动的爱情故事。第一节六句回忆童年时代，两人同住长干里，从小在一起游戏玩耍，"青梅""竹马"，童心天真从未有什么男女之嫌。第二节从"十四为君妇"至"岂上望夫台"八句，用细腻的笔触描写初婚时少女的羞涩情态。当时新婚燕尔，恩爱甜蜜，誓同生死。常怀着守约而抱柱死的痴情，哪里会想到今日要上望夫台的分离呢！第三节从"十六君远行"到"坐愁红颜老"十二句，描写丈夫远行后少妇的深切担心和刻骨思念，先想到丈夫前往的地方要经过险恶的滟滪堆，经历着猿长啼的环境，不由得为丈夫的安危担惊受怕。后是自己天天在门前盼望丈夫的归来，可是一次次的失望使她连门口也怕去了，以前等待的足迹也长满青苔，又盖上层层落叶。从五月到八月，她天天受着相思的煎熬。看到西园的蝴蝶尚且能双飞，更使自己感到孤独而伤心，长期的忧愁使少妇的容颜憔悴了。第四节是最后四句，寄语在远方的丈夫：不论何时归来，都要预先来个信儿，告知具体日期，少妇准备着到七百里外的长风沙去迎接丈夫，决不嫌远。

全诗通过具有典型意义的生活片段和心理活动的描写，展示了少妇的心理成长史和性格发展史。将这位南方女子温柔细腻的感情、心理，写得缠绵婉转，步步深入，充分显示出她单纯、娇柔、深情、脆弱等性格特点，塑造了一个美丽的少妇形象。全诗情、景、理三者交融，抒情和叙事完美结合，对后来白居易《琵琶行》等诗的创作有着重要影响。

阳叛儿

⁰¹

君歌《阳叛儿》，⁰²
妾劝新丰酒。⁰³
何许最关人？⁰⁴
乌啼白门柳。⁰⁵

注
·
释

●01·此诗亦当为青年时代游金陵时作。阳叛儿：一作"杨伴儿"，一作"杨叛儿"，六朝乐府《西曲歌》曲调名。《乐府诗集》卷四十九列为《清商曲辞》。《旧唐书·音乐志二》："《杨伴》，本童谣歌也。齐隆昌时，女巫之子曰杨旻，旻随母入内，及长，为后所宠。童谣云：'杨婆儿，共戏来。'而歌语讹，遂成'杨伴儿'。"后来演变为《西曲歌》的乐曲之一。现存古辞八首，皆为情歌。其二云："暂出白门前，杨柳可藏乌。欢作沉水香，侬作博山炉。"李白即以此意改写成诗。

●02·君歌：一作"君家"，非。

●03·新丰酒：指美酒。新丰：一是汉代县名，在今陕西临潼东北。汉高祖定都长安，因其父思归故乡，乃于故秦骊邑仿照丰、沛街巷筑城，迁丰、沛部分居民于此，以乐其父。名之曰新丰。六朝以来即以多出美酒闻名。梁元帝《登江州百花亭怀荆楚》诗："试酌新丰（一作春）酒，遥劝阳台人。"王维《少年行》亦有"新丰美酒斗十千"句。二是在今江苏省丹徒县。钱大昕《十驾斋养新录》卷十一二："丹徒县有新丰镇。陆游《入蜀记》：六月十六日，早发云阳，过夹冈，过新丰小憩。李太白诗云：'南国新丰酒，东山小妓歌。'又唐人诗云：'再入新丰市，犹闻旧酒香。'皆谓此，非长安之新丰也。然长安之新丰亦有名酒，见王摩诘诗。"

●04·何许：何处。关人：牵动人的情思。

●05·白门：六朝时都城建康（今南京市）的正南门即宣阳门，民间谓之白门。后来用为金陵（南京市）的别称。一说为"建康城西门也，西方色白，故以为称"（见胡三省《通鉴注》）。

● 06・博山炉：古香炉名，在香炉表面雕有重叠山形的装饰，香炉像海中的博山，下有盘，贮汤，使润气蒸香，以像海之回环（王琦注）。《西京杂记》卷一："长安巧工丁缓者……又作九层博山香炉，镂为奇禽怪兽，穷诸灵异，皆自然运动。"沉香：又名沉水香，南方瑞香科植物，产于我国台湾、越南、印度、泰国等地，木材心为著名的薰香料。紫霞：指天空云霞。二句诗用古歌意，女子以博山炉自喻，以沉香喻对方，象征男女爱情生活融洽欢乐。

乌啼隐杨花，

君醉留妾家。

博山炉中沉香火，

双烟一气凌紫霞。⁰⁶

品·评 此诗是继承古乐府《阳叛儿》而进行艺术再创造的一首情歌。乐府古辞原来只有四句，此诗衍化为八句，使男女形象更为丰满，生活气息更为浓厚。首二句写一对青年男女相爱的场面：男的唱歌，女的劝酒，感情非常融洽。一开头就将笼罩全篇的欢愉气氛展开了。接着又加了一句古辞没有的设问："何许最关情？"使诗意产生了变化，引起读者的注意。然后点出时间、地点和环境：是在日暮乌啼时金陵白门的柳树底下最牵动人的情思。"乌啼隐杨花"从古辞"藏乌"一语引出，但意境更美，乌鸦归巢后停止啼鸣，在杨花间甜蜜地憩息，这既是写景，又显得情趣盎然。"君醉留妾家"意思更清楚，这"醉"可能是酒醉，但也包含着男女间柔情的陶醉。末二句则将爱情推向高潮，形象地将男女幽会比喻为沉香投入火炉中，炽烈的爱情之火立刻燃烧化成轻烟升腾入云霞。前句箓栝了古辞的后半部分，又生发出最后一句的绝妙象征，使全诗的意趣得到完美的体现。

金陵酒肆留别

01

风吹柳花满店香，*02*

吴姬压酒唤客尝。*03*

金陵子弟来相送，*04*

欲行不行各尽觞。*05*

请君试问东流水，*06*

别意与之谁短长？

品·评

首二句在写景和叙事中点明留别的时节和地点。首句七字不仅将春光、东风、柳絮的优美景色生动而自然地脱口吟出，著一"香"字，引出下句的酒香、吴姬。而且"店"字在首句出现，初看不知为何店，至第二句始知是酒店，可谓安排妥帖而紧凑。首二句已将春光、柳絮、酒香、美女劝酒等美好境界全部写出，三、四两句便在这环境中接着写青年朋友间的深厚情谊：一群金陵子弟听说诗人要走，都赶到酒店来送行，于是，"欲行"的诗人和"不行"的金陵子弟都频频干杯，尽情饮酒。情意绵绵，依依不舍。面对这种场面，诗人激动万分，于是脱口而出最后两句，以具体形象的长江流水，比拟抽象的离别之情，意境含蓄而韵味深长，惜别之情得到淋漓酣畅的表现。这一表现手法为后代许多诗人效仿。值得注意的是：后代诗人以流水比拟情感之深长，多为愁情；而李白此诗则表现的是激动欢快的情绪。此时李白只有二十六岁，还不知道忧愁哩！

夜下征虏亭 ⁰¹

船下广陵去，⁰² 月明征虏亭。⁰³

山花如绣颊，⁰⁴ 江火似流萤。⁰⁵

品·评 首二句点明前往之地和离别之地，并点明是月夜舟行。后二句写景，以"绣颊"代称少女，用来形容山花之美；用飞来飞去的萤火虫来形容倒映在江中的闪烁渔火；一幅春江花月的舟行夜景图跃然纸上。语言明快，形象鲜明。

越中览古 01

越王勾践破吴归，02
义士还家尽锦衣。03
宫女如花满春殿，04
只今唯有鹧鸪飞。05

注·释

● 01·此诗当是开元十四年（726）初游会稽时所作。越中：指会稽（今浙江省绍兴市），春秋时越国国都。览古：游览古迹。

● 02·勾践：春秋时越国君主（前？—前465）。曾被吴王夫差打败，屈服求和。后卧薪尝胆，发愤图强，任用范蠡、文种等贤人整理国政。经过二十年的生息积聚，终于转弱为强，灭亡吴国。接着又在徐州（今山东滕州市南）大会诸侯，成为霸主。破吴，灭亡吴国，事在公元前473年。

● 03·义士：忠勇之士，即《史记·越王勾践世家》所称的君子六千人。一说，"义士"乃"战士"传写之讹。还家，一作"还乡"。锦衣：贵显者穿的锦绣衣。此句谓忠勇之士因破吴有功，回来时都得到官爵赏赐。

● 04·春殿：指越王的宫殿，因胜利凯旋而充满春意。春：美好的时光和景象。

● 05·只今：一作"至今"。飞：一作"啼"。鹧鸪：鸟名。羽毛多黑白相杂，尤以背上和胸腹等部的眼状白斑更显著。栖息于山地灌木丛，鸣时常立于山巅树上。多分布于我国南部。

品·评

首句点明怀古的具体内容：越王勾践灭亡吴国，班师回国。二、三两句分别写战士还家和越王回宫的情况：由于战争胜利结束，战士们都得到奖赏，所以不再穿铁甲，而是穿着锦衣布满宫殿，使宫殿喜气洋洋，犹如繁花盛开的春天，热闹欢乐，也充分反映出越王勾践志得意满、骄奢淫逸的情景。这三句都是写往昔的荣耀，越国的盛世。但最后一句却突然一转：过去荣华、富贵的越宫遗址上，现在还有什么呢？诗人看到的只有几只鹧鸪鸟在这宫殿故址上空飞来飞去。这一句慨叹今日的荒凉，与前三句写过去的繁华形成了鲜明的对照。诗意的重点就在这末句，前三句都是为末句作反衬的，正因为有前三句的反衬，读者才能更为强烈地感受到末句所写的凄凉情景。

此诗的结构与一般七言绝句也不同。一般七绝在第三句作转折，而此诗前三句却一气贯串直下，到末句才转折，而且转折得非常有力，对比非常强烈。这在一般诗人是难以做到的。

苏台览古
01

注·释

● *01* · 此诗当是开元十五年（727）春由越州回到苏州时作。苏台：即姑苏台。故址在今江苏省苏州市西南姑苏（又名姑胥、姑余）山上，春秋时吴王阖闾兴建；其子夫差增修，立春宵宫，与西施及宫女们为长夜之饮。越国攻吴国，吴太子友战败，遂焚姑苏台。

● *02* · 旧苑荒台：旧时吴王的园林和荒圮的台榭。

● *03* · 菱歌：采菱时所唱的歌曲。清唱：指歌声清晰响亮。一作"春唱"。菱歌清唱：一作"采菱歌唱"。不胜春：不尽的春意。

● *04* · 西江月：西边江上的月亮。西江，或指长江，见《夜泊牛渚怀古》诗注。一作"江西"，误。

旧苑荒台杨柳新，*02*

菱歌清唱不胜春。*03*

只今唯有西江月，*04*

曾照吴王宫里人。

品·评

首句写登台所见之景，"旧苑荒台"与"杨柳新"相衬，极写当年吴王的淫乐生活已成陈迹而自然界的杨柳依然蓬勃新发，在"旧""新"对比中，已揭吊古之端。次句接写当前景色：在春光中回荡着一群采菱女子清脆的歌声，弥漫着无穷的春意，而言外之意是昔日吴宫美女的笙歌却听不到了。首句写所见，二句写所闻，都蕴含着古今兴亡盛衰的无限感慨之情。所以到第三句便转折宕开一笔，借西江明月由今溯古。三、四两句合为一意：今日的西江明月，仍是往年的西江明月，只有明月，曾经照见过吴王宫里的美女。"唯有"二字，排除了一切。当年吴王与西施的狂欢情景，今天只有西江明月是永恒的历史见证，而今人却都永远见不到了。在结构上，末句"吴王宫里人"与次句"菱歌清唱"暗相对照，妙在不着痕迹。

此诗与《越中览古》主题相似，同为吊古。但此诗以今溯古，而《越中览古》则从盛写到衰，以古衬今；此诗之转在第三句，而彼诗之转在末句；可谓同中有异。由此可见李白诗歌艺术的构思巧妙多变。

乌栖曲

01

姑苏台上乌栖时，*02*

吴王宫里醉西施。*03*

吴歌楚舞欢未毕，*04*

青山欲衔半边日。*05*

注·释

●01·相传李白初入长安贺知章吟读此诗后，大为赞赏说"此诗可以泣鬼神矣"，则此诗当是李白出蜀后游苏州登姑苏台遗址有感而作。当是与《苏台览古》同期作品。乌栖曲：六朝乐府《西曲歌》旧题。郭茂倩《乐府诗集》卷四十八列于《清商曲辞》。梁简文帝、梁元帝、萧子显、徐陵、岑之敬等均有此题之作，内容多歌咏艳情，李白此诗则讽刺吴宫淫靡生活。按：《文苑英华》卷二〇六收李白此诗题为《乌夜啼》，误。

●02·姑苏台：见前《苏台览古》注。故址在今江苏省苏州市西南姑苏山上，春秋时吴王阖闾兴建、其子夫差增修的游乐之地。后为吴太子友所焚。乌栖时：指黄昏时。

●03·吴王：此指春秋时的吴王夫差（前? —前473）。公元前494年，夫差打败越王勾践，勾践献美女西施求和。从此夫差骄奢淫逸，与西施昼夜饮酒作乐。据《述异记》卷上记载，吴王在姑苏台上"别立春宵宫，为长夜之饮，造千石酒钟。夫差作天池，池中造青龙舟，舟中盛陈妓乐，日与西施为水嬉"。二十年后，勾践举兵攻打吴国，吴国遂亡。

●04·吴歌楚舞：春秋时吴国与楚国疆域相接，都在南方，故此泛指南方歌舞。

●05·"青山"句：形容太阳下山时的情景，意谓整天作乐，不觉又到了黄昏。衔半边日，太阳将要落山。

● 06 · 银箭金壶：一作"金壶丁丁"。我国古代的计时器。以铜壶盛水，水从壶底孔中缓缓滴漏下。水中立一有刻度的箭，度数随着水平面逐渐下降而变化，借以标志时间。又称"铜壶滴漏"。

● 07 · "起看"句：谓一夜又到了尽头。月亮沉入江水，乃黎明前的景色。起，一作"趋"。坠，一作"堕"。

● 08 · 东方渐高：东方渐晓。高，读 hào，白，明，晓色。汉乐府《有所思》"东方须臾高知之"，与此同意。奈乐何：一作"奈尔何"。此句意谓吴王日夜寻欢作乐，即使天亮，又对他怎样呢！

银箭金壶漏水多，⁰⁶

起看秋月坠江波，⁰⁷

东方渐高奈乐何！⁰⁸

品·评 首二句渲染日落乌栖时吴宫幽暗氛围和美人西施的蒙眬醉态，而昏暗的氛围与纵情享乐的情景构成鲜明对照，暗伏乐极生悲的象外之意。接着二句对"吴歌楚舞"只简单一提，重点却写时间在宴乐过程中的流逝，"歌未毕""欲衔日"，微妙地反映出吴王夫差的纵淫不止，又与首句的"乌栖时"呼应，使"歌未毕"而日已暮带上了享乐难久的不祥征兆。又接着二句是写从日暮以后继续作长夜之欢的荒淫活动，但作者不作正面描写，却巧妙地从侧面着笔，以铜壶滴水之多来暗示漫长的秋夜即将流逝，秋月已将坠入江波，时间已近黎明。整夜狂欢场面都留给读者去想象。诗中入"起看"二字，点明景物所组成的环境后面有人的活动，暗示宫内隐藏着淫荡场面。同时，"秋月坠江波"与首句日落乌栖相呼应，使昏暗凄凉的氛围更为浓重。最后又突破《乌栖曲》旧题都以偶句结束的传统格式，加上一个单句结尾，而且结尾意味深长，发人深省。

全诗构思的特点是以时间为线索，写出吴宫淫荡生活自暮达旦，又自旦达暮不断进行的过程。通过日暮乌栖、落日衔山、秋月坠江等富于象征色彩的物象，暗示荒淫君王不可避免的乐极生悲的下场。全篇纯用客观叙写，不入一句贬辞，但讽刺却很尖锐、冷峻、深刻。李白的乐府诗和七言古诗，多雄奇奔放，纵横淋漓，而此诗却收敛含蓄，深婉隐微，成为李白乐府诗中的别调。

静夜思
01

注·释

● *01* · 此诗是流传广泛、家喻户晓、脍炙人口的名篇。写静夜见月而思乡之词，疑作于"东涉溟海""散金三十万"以后的贫困之时。静夜思：诗人自制的乐府诗题，《乐府诗集》卷九十列入《新乐府辞》。但李白这类作品仍具有旧题乐府的传统特质，与后来元稹、白居易等人的新乐府不同。

● *02* · 看月光：一作"明月光"。

● *03* · "疑是"句：梁简文帝《玄圃纳凉》诗："夜月似秋霜。"此即化用其意。

● *04* · 山月：一作"明月"。

床前看月光，*02* 疑是地上霜。*03*

举头望山月，*04* 低头思故乡。

品·评

夜深人静的秋夜，明亮的月光洒落在床前地上，白皑皑一片，似乎是浓霜铺地。将月光比作霜，非常形象妥帖。中国古代诗歌一向有描写月夜思乡思亲友的传统，因为月亮普照天下，远隔千山万水的故乡亲友，与游子所见到的是同一个月亮。所以曹丕的《燕歌行》描写思妇在"明月皎皎照我床"的情况下思念客游边地的夫君；《古诗十九首·明月何皎皎》和南朝《子夜吴歌》分别写游子思乡和女子思念情人，都是由明月引起思念。这些诗对李白此诗的艺术构思乃至遣词造句都有一定的影响。此诗后两句写诗人举头赏玩皎洁的秋月，不久即低头，沉入思念故乡的愁绪中。在"举头"与"低头"之际，表现出诗人丰富而复杂的感情。这样，短短二十字，情景交融，描绘出一幅客子秋夜思乡的鲜明图画，语浅情深，委婉动人，完美地表现了旅人思乡的普遍性主题，所以此诗具有强烈的艺术魅力，永远激动人心。

淮南卧病书怀寄蜀中赵征君蕤 *01*

吴会一浮云，　飘如远行客。*02*
功业莫从就，　岁光屡奔迫。*03*
良图俄弃捐，*04*衰疾乃绵剧。*05*
古琴藏虚匣，　长剑挂空壁。*06*
楚怀奏钟仪，　越吟比庄舄。*07*

●01·这是李白出蜀后唯一一首寄蜀中友人的诗。按：李白《上安州裴长史书》云："曩昔东游维扬，不逾一年，散金三十万。"此诗当作于开元十五年（727）秋天游吴会后回到扬州时。其时黄金散尽，功业无成，加之贫病交迫，因而思乡寄友，情怀潸然。淮南：唐代开元时分全国为十五道，淮南道治所在扬州（今属江苏），故此以淮南称扬州。赵蕤：据《彰明逸事》记载，李白在蜀中曾从赵蕤学。参见《访戴天山道士不遇》诗注。征君：古时称曾被朝廷征聘而不就的隐士为征士或征君，赵蕤在开元中曾被朝廷多次征召不就，故诗人以征君称之。

●02·"吴会"二句：一作"万里无主人，一身独为客"。吴会，东汉时分会稽郡为吴郡和会稽郡，合称"吴会"。浮云，喻游子，此为自称。其时诗人客游苏州和会稽后回到扬州，故云。

●03·岁光：岁月时光。奔迫：奔走催逼。

●04·良图：指美好的志向、政治抱负。俄：顿时，顷刻。弃捐：舍弃。

●05·绵剧：延续加重。

●06·"古琴"二句：以琴、剑的虚藏空挂放置不用，喻己才能抱负无法施展。

●07·"楚怀"二句：一作"卧来恨已久，兴发思逾积"。上句又作"楚冠怀钟仪"。钟仪，春秋时楚国人，为晋所俘后，仍戴楚冠。晋君让他奏琴，他仍奏楚声，表示对楚国的怀念（见《左传·成公九年》）。庄舄，春秋时越国人，在楚国做官，病中仍吟越声（见《史记·张仪列传》）。此以二典表示自己怀念故乡。

09 · 相如台：西汉文学家司马相如的琴台，遗迹在今四川成都市。

10 · 子云宅：西汉文学家扬雄，字子云，其宅故址在今四川成都市。

11 · 初结缑：一作"如结骨"。按：结缑当作"结绺（gǔ）"，郁结不解之意。王逸《九思·怨上》："伫立兮忉怛，心结绺兮折摧。"《汉书·息夫躬传》："涕泣流兮崔兰，心结愲（gǔ）兮伤肝。"本作"结绖"，屈原《悲回风》："心结绖而不解兮，思蹇产而不释。""绺""愲"并为"绖"之通假字。

12 · 寂历：萧瑟，冷落。《文选》卷三十一江淹《杂体诗》："寂历百草晦。"李善注："寂历，凋疏貌。"

13 · "故人"二句：一作"故人不在此，而我谁与适？"适，合意。

14 · "赠尔"句：谢灵运《南楼中望所迟客》诗："路阻莫赠问，云何慰离析？"尔，你，第二人称代词。离析，离别分散。

国门遥天外，[08] 乡路远山隔。

朝忆相如台，[09] 夜梦子云宅。[10]

旅情初结缑，[11] 秋气方寂历。[12]

风入松下清， 露出草间白。

故人不可见， 幽梦谁与适？[13]

寄书西飞鸿， 赠尔慰离析。[14]

品·评　首二句表明诗人已游历过吴越，回到扬州。次六句写空怀抱负，无从施展，这是诗人第一次发出"功业莫从就"的感叹，并点明题中的"卧病"。接着六句写思乡之情非常殷切，先用钟仪、庄舄两典故，然后直接写乡路远隔，思念蜀中的古迹。又接着四句写只身在旅途，饱受秋风雨露的萧瑟之苦。末句写思念故人而寄诗，以慰离散之情。全诗结构完整，层次分明。

夜泊牛渚怀古

01

牛渚西江夜, ⁰² 青天无片云。

登舟望秋月, 空忆谢将军。 ⁰³

注·释

● 01 · 此诗自伤不遇知音，当作于青年时代名声未振之时。诗云"明朝挂帆席"，疑作于开元十五年（727）秋完成"东涉溟海"后溯江往洞庭拟安葬友人吴指南途经牛渚时作。题下原注："此地即谢尚闻袁宏咏史处。"按《世说新语·文学》注及《晋书·袁宏传》记载：东晋时，袁宏有才华，家贫，运租为生。时镇西将军谢尚镇守牛渚，曾于月夜乘舟泛江游览，闻袁宏在运租船上朗诵己作《咏史诗》，大加赞赏，邀谈直到天明。从此袁宏声名大著，后为一代文宗。牛渚，山名，在今安徽省马鞍山市。山北部突入长江，名采石矶。

● 02 · 西江：指从江西省九江市至江苏省南京市之间这一段长江。此段长江呈西南往东北流向。古称"西江"。牛渚山即在此段江边。

● 03 · 空忆：徒然想念。谢将军：指谢尚。《晋书·谢尚传》：谢尚，字仁祖，累官至建武将军，进号安西将军。永和中，拜前将军、豫州刺史，镇历阳（今安徽省和县）。入朝，进号镇西将军，镇寿阳。升平初（357），征拜卫将军，加散骑常侍，未至，卒于历阳。按：袁宏即在谢尚为安西将军、豫州刺史时被引入幕府参其军事。

余亦能高咏，　斯人不可闻。⁰⁴

明朝挂帆席，⁰⁵　枫叶落纷纷。⁰⁶

品·评　牛渚是因深厚历史文化积淀而充满魅力的山水胜地，因此更易引起诗人的怀古情绪。首联点牛渚夜泊，写江天明净宁静的夜晚景色。颔联承接首联，写诗人在这环境中登上小舟，仰望秋月，过渡到"怀古"，想起当年谢尚就是在这里听到吟诗而识拔袁宏的故事。但这一怀古情绪刚上心头，却又被现实打破：袁宏那样的机遇现在没有了，所以说"空忆"、空想。颈联回到现实中的自己，自己也像当年袁宏那样富有才华，而像谢尚那样识拔人才的人物却没有。"不可闻"回应"空忆"，蕴含着不遇知音的深沉感慨。尾联又宕开写景，想象明日小舟离开牛渚而去，枫叶纷纷飘落，秋声秋色无言送走寂寞的诗人，进一步烘托出诗人惆怅凄凉的情怀。

全诗意境明朗，萧散自然，富有令人神往的韵味。尾联更是余音袅袅，含不尽之意于言外。王士禛《带经堂诗话》称此诗"色相俱空。正如羚羊挂角，无迹可求，画家所谓逸品是也"。这是一首五律，平仄都合规矩，但中间两联却未按规矩对仗。这也是李白律诗不拘约束的一个特点。

028

黄鹤楼送孟浩然之广陵 01

故人西辞黄鹤楼, 02
烟花三月下扬州。 03
孤帆远影碧山尽,
唯见长江天际流。 04

● 01·此诗约作于开元十六年（728）暮春，时李白二十八岁，孟浩然四十岁，两人都未经过政治上的挫折，诗中洋溢着青春欢快的活力。题中一本无"黄鹤楼"三字。黄鹤楼：故址在今湖北省武汉市蛇山黄鹤矶上。相传始建于三国吴黄武二年（223），历代屡毁屡建。传说费祎登仙，每乘黄鹤于此憩驾，故号为黄鹤楼。孟浩然（689—740）：唐代诗人，襄州襄阳（今属湖北）人。早年隐居鹿门山，四十岁游长安，应进士试，不第。游历东南等地，曾一度为荆州张九龄幕府从事，后患疽卒。其诗多反映隐逸生活，以山水田园诗著称于世，风格清淡。与王维齐名，世称"王孟"。之广陵：敦煌写本《唐人选唐诗》作"下维扬"。之：往。广陵：今江苏省扬州市。
● 02·故人：指孟浩然。李白在此之前曾北游汝州（今河南省汝州市）途经襄州时结识孟浩然，故此次送行得以称他为"故人"。西辞：黄鹤楼远在广陵之西，故云。
● 03·烟花：形容春天繁花若雾的景象。
● 04·"孤帆"二句：陆游《入蜀记》卷五云："太白登此楼（黄鹤楼），送孟浩然诗云：'征帆远映碧山尽，唯见长江天际流。'盖帆樯映远山尤可观，非江行久不能知也。"影，一作"映"。山，一作"空"。碧，敦煌写本《唐人选唐诗》作"绿"。

前两句表面上只是点明送别的地点、时令和友人的去向，实际上每个词都在创造气氛。"故人"说明两人友谊已久，"辞"字反映友人挥手告别黄鹤楼的愉快心态，"黄鹤楼"是天下名胜，使人引起仙人飞升而去的遐想。"三月"是繁花似锦的季节，着"烟花"二字，不仅给人感觉到迷人的春色，而且感觉到这是一个繁华的时代，繁华的地方。扬州在唐代确实是最繁华的城市，开元时代也确实是中国历史上最繁荣的时代。次句意境优美，文字绮丽，《唐诗三百首》陈婉俊补注誉为"千古丽句"。后二句表面是写景，但其中蕴含着丰富而浓厚的感情。试想：诗人送友人上船，船扬帆而去，诗人还在江边目送远去的小舟，一直看到帆影越去越远，最后消失在碧空尽头，而诗人还在翘首遥望，只看到一江春水浩浩荡荡流向水天交接处。由此可想见诗人眺望时间之长，也可体会诗人对朋友感情之深。诗中没有直接抒写惜别之情，而是融情入景，含不尽之意，于言外见之，余味无穷。

山中答俗人 [01]

注·释

● 01· 此诗约作于开元十七或十八年（729或730）隐居安陆白兆山桃花岩之时。《河岳英灵集》题作"答俗人问"。一作"山中问答"，一作"答问"。
● 02· 何意：一作"何事"。栖，隐居。
● 03· 不答：一作"不语"。
● 04· 窅然：深远貌。窅，一作"宛"。

问余何意栖碧山，[02]

笑而不答心自闲。[03]

桃花流水窅然去，[04]

别有天地非人间。

品·评

首句设问，起得突兀，问者当然是"俗人"。所谓俗人，并非庸俗之人，而是指不懂得隐居快乐的一般世人。提的问题很简单，为什么要隐居在青翠碧绿的小山中，二句妙在"笑而不答"造成神秘的氛围和引人入胜的悬念。"心自闲"既是诗人心境的写照，也表示对俗人提的问题只能心会而不能口说，诗至此已摇曳多姿、魅力无穷。第三句宕开写景，化用陶渊明《桃花源记》的典故，写得幽美宁静，令人神往，使人联想到脱离人世的桃花源里自由自在的世界。末句轻轻点明此中别有天地，不是普通人间之景，实际上就是对俗人"何意栖碧山"的回答，同时也把诗人热爱山水的心灵和幽默风趣的性格传神地表现出来了。

乌夜啼

01

黄云城边乌欲栖，ʰ²

归飞哑哑枝上啼。ʰ³

机中织锦秦川女，ʰ⁴

碧纱如烟隔窗语。ʰ⁵

注·释

●01·此诗疑作于开元十八、十九年（730、731）初次到长安时。乌夜啼：六朝乐府《西曲歌》旧题，《乐府诗集》卷四十七列于《清商曲辞》。《旧唐书·音乐志二》："《乌夜啼》，宋临川王义庆所作也。元嘉十七年，徙彭城王义康于豫章。义庆时为江州，至镇，相见而哭。为帝所怪，征还宅，大惧。妓妾夜闻乌啼声，扣斋阁云：'明日应有赦。'其年更为南兖州刺史，作此歌。故其和云：'笼窗窗不开，乌夜啼，夜夜望郎来。'今所传歌似非义庆本旨。"按：今存《乌夜啼》本辞八首，多写男女离别思念之情。

●02·边：一作"南"。欲：一作"夜"。

●03·哑哑：乌鸦叫声。《淮南子·原道训》："乌之哑哑，鹊之唶唶。"吴均《行路难五首》："唯闻哑哑城上乌。"

●04·'机中'句：一作"闺中织妇秦家女"。秦川女，指苏蕙。《晋书·列女传》："窦滔妻苏氏，始平人也，名蕙，字若兰。善属文。滔，苻坚时为秦州刺史，被徙流沙。苏氏思之，织锦为《回文旋图诗》以赠滔，宛转循环以读之，词甚凄惋，凡八百四十字"。庾信《乌夜啼》："弹琴蜀郡卓家女，织锦秦川窦氏妻。"此泛指织锦女子。秦川，古地区名。泛指今陕西、甘肃秦岭以北平原地带，因春秋、战国时地属秦国而得名。

●05·碧纱如烟：谓黄昏时碧绿的窗纱朦胧如烟。

● 06 · "停梭"句：一作"停梭问人忆故夫"，一作"停梭向人问故夫"。梭，织锦用的梭子，即引导纬丝使之与经丝交织的器件。怅然，一作"怅望"，失意懊恼貌。远人，指远在外地的丈夫。

● 07 · 独宿孤房：一作"独宿空堂"，一作"知在流沙"，一作"知在关西"。

停梭怅然忆远人，⁰⁶

独宿孤房泪如雨。⁰⁷

品·评

一、二两句写景，描绘出一幅秋晚鸦归图。傍晚城头云色昏黄，成群的乌鸦在天际盘旋，哑哑地啼叫着飞回树枝上。乌鸦尚知回巢，远在外地的丈夫何时能回来？这两句描绘了环境，渲染了气氛，也牵出了愁绪。三、四两句描绘秦川女的形象，但没有详细描写她的容貌服饰，只是写出隔着烟雾般的碧纱窗，依稀可见她在机中织锦，隐约听到她的细声低语，使读者可体会到她有心事。末二句点明秦川女的愁思及其原因。因为丈夫远在外地，长期不归，使她夜夜"独宿空房"，愁肠百结，悲痛涌上心头，于是锦也织不下去，只得"停梭"，恼恨之极，终于"泪如雨"了。短短六句，既写景色烘托环境气氛，又描绘人物形象和心态，绘形绘声；最后既点明主题，又给读者留下想象空间，意味深长。

子夜吴歌四首

01

春

秦地罗敷女，*02* 采桑绿水边。

素手青条上，　红妆白日鲜。*03*

蚕饥妾欲去，　五马莫留连。*04*

注·释

● *01*·此诗疑初入长安时之作。子夜吴歌：六朝乐府《吴声歌曲》有《子夜歌》，《乐府诗集》卷四十四列为《清商曲辞》。此题古辞多为每首四句，李白沿用旧题，衍为每首六句。诗人这四首诗宋本、缪本题下俱有注春夏秋冬四字，每首复标春、夏、秋、冬。在《乐府诗集》中则题为《子夜四时歌》，每首分别标明《春歌》《夏歌》《秋歌》《冬歌》。

● *02*·罗敷：汉乐府《陌上桑》古辞中的人名。

● *03*·鲜：鲜艳明丽。一作"仙"，非。

● *04*·"蚕饥"二句：写女子拒绝纨绮子弟调戏之语。梁武帝《子夜四时歌·夏歌三首》："君住马已疲，妾去蚕欲饥。"李白另有《陌上桑》诗亦表现这一主题，可参读。诗云："美女渭桥东，春还事蚕作。五马如飞龙，青丝结金络。不知谁家子，调笑来相谑。妾本秦罗敷，玉颜艳名都。绿条映素手，采桑向城隅。使君且不顾，况复论秋胡。寒螿爱碧草，鸣凤栖青梧。托心自有处，但怪旁人愚。徒令白日暮，高驾空踟蹰。"

品·评
此诗檃栝汉乐府《陌上桑》诗意。首二句叙罗敷在水边采桑，次二句描绘罗敷之美。"素手"由青条衬托，更显白嫩美丽；"红妆"在阳光照耀下，愈加鲜艳动人。末二句概写罗敷拒使君的一长段话，只用十个字。"蚕饥妾欲去"，表示罗敷是劳动女子；"五马莫留连"，是赶使君立即离去。就此打住。其他的一切都留在言外，含蓄而有余味。

夏

镜湖三百里，[01] 菡萏发荷花。[02]
五月西施采，[03] 人看隘若耶。[04]
回舟不待月，　归去越王家。

注·释

● 01·此首是游吴越时之作。镜湖：又名鉴湖、长湖、庆湖，在今浙江省绍兴市会稽山北麓。东汉永和五年（140），会稽太守马臻征集民工修筑，周围三百一十里，呈东西狭长形。筑堤东起今曹娥镇附近，经郡城（今绍兴市）南，西抵今钱清镇附近，尽纳南山三十六源之水潴而成湖，灌田九千余顷，为古代长江以南大型水利工程之一。

● 02·菡萏（hàn dàn）：含苞待放的荷花。《诗·陈风·泽陂》："彼泽之陂，有蒲菡萏。"毛传："菡萏，荷花也。"《说文》："菡萏，芙蕖花。未发为菡萏，已发为芙蕖。"

● 03·西施：春秋末年越国美女，由越王勾践献给吴王夫差。后常用以喻镜湖一带的美女。

● 04·隘若耶：若耶，溪名，在浙江省绍兴市南，出若耶山，北流入镜湖。溪旁旧有浣纱石古迹，相传西施曾浣纱于此，故一名浣纱溪。隘，极言围看人多，使若耶溪因之显得狭小。

品·评

首二句描绘镜湖的广袤和荷花盛开的壮丽美景。以此为背景，接着二句便描写初夏五月美女西施在湖上采莲，而人们争着看西施的场面，诗中未写西施之美，但从人们争着看西施而使若耶溪被堵塞得狭隘难通的衬托中，可以想见其美的魅力。末二句既逗人情思，又引人联想，那娇美的西施未待明月东升，就归舟回去。而回去的地方是越王之家，后来的西施则尽在不言中。全诗风格清新含蓄，富有南朝乐府民歌的气息和情韵，耐人寻味。

● 01·此诗疑是初次到长安时的有感之作。

● 02·捣衣：用木棒捶击布帛，使之平贴，以备裁制。谢惠连《捣衣》诗："櫩高砧响发，楹长杵声哀。微芳起两袖，轻汗染双题。纨素既已成，君子行未归。裁用笥中刀，缝为万里衣。"李白亦有《捣衣篇》。

● 03·"秋风"二句：意谓秋风吹不走对远戍玉门关外的丈夫的思念之情。玉关，玉门关，在今甘肃省敦煌西北小方盘城。古代由西域输入玉石取道于此，因而得名。

● 04·良人：古代妻子对丈夫的称呼。《孟子·离娄下》："齐人有一妻一妾而处室者，其良人出，则必餍酒肉而后反（返）。"

秋 [01]

长安一片月，万户捣衣声。[02]

秋风吹不尽，总是玉关情。[03]

何日平胡虏，良人罢远征？[04]

品·评

一、二两句写景，但景中有情。长安上空高悬着一轮明月，千家万户传来捣衣之声。秋天是赶制征衣的季节，所以捣衣声也是特有的秋声，而这朗朗秋月、捣衣秋声，都是撩拨思妇想念丈夫而引起思愁之物。三、四两句直接形容思念之强烈，秋风劲吹，更撩拨少妇思念远在玉门关外的丈夫的心情。着"总是"二字，更见出情思之深长。"玉关情"之浓烈，不可遏制，于是最后两句让思妇直接表白心声：但愿早日平定敌人，丈夫能平安归来。有人认为最后两句可以删去，变成绝句，更觉浑含。其实不然。因为这两句反映了当时广大人民对和平安定生活的普遍愿望，有着深刻的社会思想意义。用《子夜吴歌》写思妇对征夫的思念之情，这是诗人的创新。全诗有画面，有画外音。细细品味，思妇形象无处不在，浓烈情思弥漫于月色秋声中，情景浑融无间。

注·释

● 01·此诗与前首诗词意相连，当为同时之作。

● 02·驿使：古时传递书信和物件者。

● 03·絮征袍：给征袍铺絮。絮，用作动词。

● 04·临洮：郡名。唐代临洮郡即洮州，属陇右道，治所在今甘肃省临潭县。

冬 01

明朝驿使发，02 一夜絮征袍。03

素手抽针冷， 那堪把剪刀。

裁缝寄远道， 几日到临洮？04

品·评 　首二句写思妇得知远送征袍的驿站使者明天就要出发，只得熬夜铺絮缝制征袍，诗中虽无"焦急"和"赶"字，但"明朝"和"一夜"两个表示时间词的连举，读者完全可以体会到思妇焦急的心情，想象到思妇紧张劳动的情景，接着二句写"抽针""把剪"的细节，把思妇缝制絮袍的动作描绘得非常具体、生动、形象。"素手""那堪"二词，思妇楚楚可怜的神态如在眼前。再着一"冷"字，既点时令，又揭示思妇之环境和思念亲人在边地受冻而焦急的心情。末二句写思妇缝制絮袍完成后，又想到临洮路途遥远，未知何日能将絮袍送到亲人手里。这急切的一问，字里行间体现出思妇对丈夫的情意何等深厚！诗中塑造的思妇形象情意绵绵，生动感人。

　按：此四诗疑非同时所作。第一首写"秦地女"，第三首写到"长安"，或作于长安。四首内容各异，均非行乐之词。首篇歌颂采桑女蔑视贵公子调戏，其二写越国女子之美，三、四两篇词意相连，从少妇思念征夫，写到希冀平房罢征，总不脱古乐府传统题材和民歌风韵。

古风

（其二十四）⁰¹

大车扬飞尘，　亭午暗阡陌。⁰²
中贵多黄金，　连云开甲宅。⁰³
路逢斗鸡者，⁰⁴　冠盖何辉赫！⁰⁵

注·释

● 01·此诗当是开元年间初次入长安时，目睹宦官穷奢极侈、斗鸡之徒气焰嚣张，深为愤怒而作。古风：即"古诗""古体诗"，李白创制。李白以后凡五言、七言之非律诗、绝句或杂言诗，皆可称"古风"。李白有《古风五十九首》，非一时一地之作，当是编集者因其性质都是咏怀而被汇集在一起，仿《古诗十九首》、阮籍《咏怀》诗、陈子昂《感遇》诗成例。

● 02·"大车"二句：谓大车驰过，灰尘扬起，使正午时的道路为之昏暗。亭午，中午。亭，正、当。阡陌，田间小路。《史记·秦本纪》："为田开阡陌。"司马贞《索隐》引《风俗通》："南北曰阡，东西曰陌；河东以东西为阡，南北为陌。"

● 03·"中贵"二句：谓宦官得到皇帝的重赏，构筑的高等住宅连云接霄。中贵，即中贵人，内臣之贵幸者，亦即有权势的宦官。甲宅，甲等住宅。《旧唐书·宦官传》："玄宗尊重宦闱，中官稍称旨，即授三品将军，门施棨戟……故南城中甲第、畿甸上田、果园池沼，中官参半于其间矣。"

● 04·斗鸡者：据陈鸿《东城老父传》记载，唐玄宗喜欢斗鸡游戏，治鸡坊于两宫间。开元间诸王、外戚、公主等养鸡成风。童子贾昌因善斗鸡，深受玄宗宠幸："金帛之赐，日至其家。"开元十三年笼鸡三百从封东岳，父死泰山下，县官为葬器丧车，乘传洛阳道，归葬雍州。十四年三月，衣斗鸡服会玄宗温泉。当时天下号为"神鸡童"。时人为之语曰："生儿不用识文字，斗鸡走狗胜读书。贾家小儿年十三，富贵荣华代不如。"

● 05·冠盖：指斗鸡者的衣冠和车盖。辉赫：显赫，气势熏灼。

鼻息干虹蜺，[06]**行人皆怵惕。**[07]

世无洗耳翁，[08]**谁知尧与跖！**[09]

- 06·"鼻息"句：形容斗鸡者气焰嚣张，不可一世。鼻息，呼吸。干，犯，上冲。虹蜺，云霞。按：李白《答王十二寒夜独酌有怀》云："君不能狸膏金距学斗鸡，坐令鼻息吹虹蜺。"可互参。
- 07·怵惕：害怕，恐惧。
- 08·洗耳翁：指尧时隐士许由。《高士传》卷上："尧又召为九州长，由不欲闻之，洗耳于颍水滨。时其友巢父牵犊欲饮之，见由洗耳，问其故。对曰：'尧欲召我为九州长，恶闻其声，是故洗耳。'"后因称之为洗耳翁。
- 09·尧与跖：尧，传说中的上古贤君。跖，相传是春秋末年奴隶造反的领袖。《史记·伯夷列传》张守节《正义》则曰："跖者，黄帝时大盗之名。"据《庄子·盗跖》记载，跖曾率"从卒九千人，横行天下，侵暴诸侯"。由于历来统治阶级对他的憎恶，"跖"一直被当作恶人的代表。《史记·淮阴侯列传》载韩信被杀后，汉高祖刘邦获悉蒯通曾劝韩信反，欲烹杀蒯通。蒯通说："跖之狗吠尧，尧非不仁，狗因吠非其主。"诗意谓如今没有像许由那样清白的人，怎能分清好人与恶人？

品·评　前八句分两个场面描写：第一场面是首四句，一队大车驰过，飞尘迷漫，使正午的道路昏暗不清，正午是阳光最明亮之时，但飞尘却能"暗阡陌"，可见飞尘之盛，同时也可知车辆之多、车速之快，而行车人飞扬跋扈的神态也寓于其中。开头两句写景烘托气氛，为宦官出场作铺垫。接着二句写宦官的显赫，但不作详细描绘，只选择最有代表性的"多黄金"和"甲宅"，显示他们的丰厚财富和豪华气势。第二个场面是接着四句，写斗鸡者的恃宠骄恣。先写服饰、车饰何等光彩夺目，然后用夸张的手法来形容他们的神态：呼吸上冲直犯天上虹蜺，这是正面描绘；接着又写行人避之犹恐不及的畏惧心理，这是从反面衬托，这些传神写照，把斗鸡者的气焰写得淋漓尽致。末二句运用典故，感慨当今没有像许由那样不慕荣华富贵之人。在盛唐治世，李白最早敢于直言讽刺统治者不辨善与恶，表现自己的愤慨情绪，体现出敏锐的眼光和超人的胆识。

玉真公主别馆苦雨赠卫尉张卿二首（其一）01

秋坐金张馆，02 繁阴昼不开。03
空烟送雨色， 萧飒望中来。04
翳翳昏垫苦，05 沉沉忧恨催。06
清秋何以慰？ 白酒盈吾杯。

注·释

● 01·此诗当是开元十九年（731）初入长安隐居终南山时，作客玉真公主别馆酬赠当时卫尉卿张垍之作。玉真公主：睿宗女，玄宗妹，太极元年出家为道士，筑观京师以居。别馆：别墅。按玉真公主别馆在终南山，王维有《奉和圣制幸玉真公主山庄因题石壁十韵之作应制》，储光羲有《玉真公主山居》诗，宋代苏轼有《壬寅二月十八日游楼观复过玉真公主祠堂》诗，即写终南山玉真公主别馆遗址。元代朱象先《古楼观紫云衍庆集》云："今楼观南山之麓有玉真公主祠堂存焉。俗传其地曰郎（一作邸）官，以为主家别馆之遗址也。"苦雨：《埤雅·释天》："雨久曰苦雨。"卫尉张卿：《旧唐书·职官志三》："卫尉寺，卿一员（从三品）……卿之职，掌邦国器械文物之事，总武库、武器、守宫三署之官属。"张卿指张垍（jì）。张九龄《故开府仪同三司行尚书左丞相燕国公赠太师张公（说）墓志铭并序》："开元十有八载，龙集庚午冬十二月戊申，开府仪同三司行尚书左丞相燕国公薨于位……长子均，中书舍人；次曰垍，驸马都尉，卫尉卿；季曰埱（chù），符宝郎，泣血在疚。"证知开元十八年前后卫尉卿乃张垍（详见拙著《李白丛考·李白与张垍交游新证》）。

● 02·秋：一作"愁"。金张：《汉书·张汤传》："功臣之世，唯有金氏、张氏，亲近宠贵，比于外戚。"案汉宣帝时，金日磾和张安世并为显宦，后世因以"金张"喻贵族。

● 03·繁阴：浓阴。

● 04·萧飒：同"萧索"，萧条寂寥。

● 05·翳翳：光线暗弱貌。昏垫：迷惘。

● 06·沉沉：深沉貌。

● 07·管乐：指管仲、乐毅。管仲，春秋
时齐国名相；乐毅，战国时燕国名将。《三
国志·蜀书·诸葛亮传》：“每自比于管仲、
乐毅。”诗人自比管乐，可见其欲追慕诸葛
亮，思立功业于当世。

● 08·经纶才：处理国家大事的才能。

● 09·“弹剑”二句：用冯谖在孟尝君门
下当食客的故事。《史记·孟尝君列传》记
载：战国时齐国孟尝君的门客冯谖曾多次
弹铗（剑把）而歌，感叹生活不如意：“长
铗归来乎，食无鱼！”“长铗归来乎，出无
车！”“长铗归来乎，无以为家！”后因以
“弹铗”或“弹剑”喻生活困窘，求助于人。

吟咏思管乐，⁰⁷ 此人已成灰。

独酌聊自勉， 谁贵经纶才。⁰⁸

弹剑谢公子， 无鱼良可哀。⁰⁹

品·评 从诗中可以看出，当时玉真公主不在别馆。诗人独自坐在贵族之家，秋雨连绵，忧愁满怀，只能借酒浇愁。诗人自以为有管仲乐毅之才，到长安来就是想“曳裾王门”，寻找出路的。但“谁贵经纶才”，诗人将张垍比作当年的孟尝君，自比冯谖，希望能得到张垍援引。全诗抒写困处境与苦闷心情，风格沉郁，与李白一贯的豪放诗风不同。

下终南山过斛斯山人宿置酒 01

暮从碧山下，　山月随人归。

却顾所来径，02　苍苍横翠微。03

相携及田家，04　童稚开荆扉。05

绿竹入幽径，　青萝拂行衣。06

欢言得所憩，07　美酒聊共挥。08

长歌吟松风，09　曲尽河星稀。10

我醉君复乐，　陶然共忘机。11

注·释

●01·此诗亦当是初入长安隐居终南山时作。终南山：秦岭山峰之一，在陕西西安市南。又称南山。古名太一山、地肺山、中南山、周南山。唐代士人多隐居此山。过：访问。斛（hú）斯：复姓。山人：隐士。按：杜甫有《过斛斯校书庄二首》，自注："老儒艰难时病于庸蜀，叹其殁后方授一官。"《文苑英华》注云："公名融。"杜甫有"走觅南邻爱酒伴"诗句，注云："斛斯融，吾酒徒。"未知斛斯山人即其人否。

●02·却顾：回头看。

●03·翠微：青翠掩映的山峦深处。

●04·田家：指斛斯山人的家。

●05·童稚：一作"稚子"。荆扉：柴门。

●06·青萝：即女萝，又名松萝，地衣类植物，常寄生在松树上，丝状，蔓延下垂。

●07·得所憩：得到休息之所，指被人留宿。

●08·挥：《礼记·曲礼上》："饮玉爵者弗挥。"郑玄注引何云："振去余酒曰挥。"此谓开怀尽饮。

●09·松风：古乐府琴曲有《风入松》。

●10·河星稀：银河中星辰稀少，谓夜已深。

●11·陶然：快乐陶醉貌。忘机：道家语，意谓忘却计较世俗的得失，此指心地旷达淡泊，与世无争。

品·评　首四句写"下终南山"，时间是傍晚。一个"暮"字，引出了第二句的"山月"和第四句的"苍苍"。"碧山"又与第四句的"翠微"呼应。"山月随人归"，写月之多情，乃拟人化手法。"却顾"句则写诗人对终南山之情，碧山笼罩在苍苍暮色中。后八句写"过斛斯山人宿置酒"。先是相携进门，次是经幽径，绿竹夹路，草萝牵衣，写出了庭院的幽静。然后是略事休息，就饮酒、唱歌，直到天河星稀。末二句抒情，写两人醉酒快乐，陶然忘机。诗中写山中幽静景色以及与山人歌酒取乐，风格飘逸清旷，闲澹入妙。王夫之《唐诗评选》称此诗"清旷"中而有"英气"，论断非常深刻。

登太白峰 01

● 01 · 此诗似是初入长安时期离终南山西游时所作。太白峰：即太白山。又名太乙，秦岭主峰，在今陕西眉县南。冬夏积雪，望之皓然，故名太白。

● 02 · 夕阳：指山的西部。《尔雅·释山》："山西曰夕阳。"穷：尽。此句意谓终于登上太白峰西部顶点。

● 03 · 太白：此指星名，即金星，一名启明星。

● 04 · 天关：天门。关本义为门闩，开关即打开门闩。

● 05 · 泠风：轻妙的和风。《庄子·逍遥游》："夫列子御风而行，泠然善也。"郭象注："泠然，轻妙之貌。"又《齐物论》："泠风则小和。"陆德明《释文》："泠风，泠泠小风也。"

● 06 · 武功：山名。在陕西武功县南一百里，北连太白山，最为秀杰。古谚云："武功太白，去天三百。"

● 07 · 更还：一作"见还"。

西上太白峰，　夕阳穷登攀。 02

太白与我语， 03　为我开天关。 04

愿乘泠风去， 05　直出浮云间。

举手可近月，　前行若无山。

一别武功去， 06　何时复更还？ 07

诗中描写登太白峰的情景，反映了诗人飘然欲仙的思想和奇异的想象力。首二句点题，从早到傍晚极力攀登，烘托太白峰的高峻，亦显示诗人勇敢的精神。接着便进入游仙境界，诗人登上高峰，似乎感觉到太白金星在与他对话，为他打开了进入天宫的门户，于是诗人希望乘着轻妙的和风，飘游在浮云之间，举手就可揽住明月，飞行中好像没有山峰了。这中间六句描绘游仙境界，构思新颖，想象奇特，化用《庄子》典实自然生动，无斧凿痕。表现出诗人追求自由、向往光明的理想。末二句突然转折，诗人思想又回到现实，此次离别武功，何时再能回来？反映出诗人出世与入世的矛盾心情。诗人一生怀抱"安社稷""济苍生"的大志，即使在游仙之时，仍不忘用世之念。于是形成此诗跌宕起伏，跳跃多变的结构。

登新平楼 01

注·释

● 01·此诗乃初入长安失意而西游至邠州新平时所作。新平：《旧唐书·地理志一》关内道邠（bīn）州有新平县。又云：邠州原是隋北地郡之新平县。义宁二年，割北地郡之新平、三水二县置新平郡。武德元年，改为豳州。……开元十三年，改豳为邠。天宝元年，改为新平郡。乾元元年，复为邠州，可知新平既是县名，又是郡名。新平郡即邠州，治所就在新平县。

● 02·去国：离开国都，此指离开京城长安。

● 03·"秦云"二句：写秦地暮云笼罩着峰林，北方的大雁飞回水中的沙岛。

● 04·苍苍：犹苍茫，昏暗旷远貌。

去国登兹楼，02 怀归伤暮秋。

天长落日远，　水净寒波流。

秦云起岭树，　胡雁飞沙洲。03

苍苍几万里，04 目极令人愁。

品·评　首二句即点明暮秋时节离开长安来到新平，登上城楼怀念归家。全诗从秋色的描摹中可体会到诗人不得志的深愁。末句点出"愁"字，实在是伤心至极。此诗四五句、六七句皆失黏；除首联外，出句第三字皆拗，对句第三字皆救。故或谓此乃五言古诗；然既有拗救，还应算律诗。三平对三仄，乃诗人故意为之。此种调式，王维亦有之，如七律《酌酒与裴迪》："草色全经细雨湿，花枝欲动春风寒。"即其例。胡震亨《李诗通》以此诗编入五律，良是。

蜀道难

讽章仇兼琼也 01
02

噫吁嚱！ 03 危乎高哉！蜀道之难，难于上青天！

蚕丛及鱼凫，04 开国何茫然！ 05 尔来四万八千岁，06 不与秦塞通人烟。07 西当太白有鸟道，可以横绝峨眉巅。08 地崩山摧壮士

● 01·蜀道难：南朝乐府旧题。《乐府诗集》卷四十列于《相和歌辞·瑟调曲》。今存梁简文帝《蜀道难》二首、刘孝威二首、陈阴铿一首、唐张文琮一首，都是五言短诗。李白此诗则为杂言长篇。

● 02·讽章仇兼琼：此乃宋人编集时所加的注。认为李白写此诗是讽刺章仇兼琼。其实，章仇兼琼天宝初为剑南节度使兼益州大都督府长史，并无据险跋扈之事；且李白有《答杜秀才五松山见赠》诗曰："闻君往年游锦城，章仇尚书倒屣迎。飞笺络绎奏明主，天书降问回恩荣。""章仇尚书"即指章仇兼琼，说明李白对此人很有好感。故"讽章仇兼琼"说不可信。

● 03·噫吁嚱：一作"噫嚱吁"，惊叹词。宋庠《宋景文公笔记》："蜀人见物异，辄曰'噫吁嚱'，李白作《蜀道难》，因用之。"以上为第一段。《唐宋诗醇》云："二语通篇节奏。"

● 04·蚕丛、鱼凫：传说中古蜀国的两个君主名。

● 05·何茫然：多么模糊。茫然：混沌不清貌。

● 06·尔来：从那时以来。四万八千岁：极言岁月悠久，非实际数字。

● 07·不与：一作"乃与"，又作"乃不与"。秦塞：犹秦地，指今陕西省西安市一带。塞，山川险阻处。通人烟：指互相交往。此句表明诗中所谓蜀道，是指蜀至秦的道路。古蜀国本与中原不相交通，战国时秦惠王灭蜀（前316），蜀地始与秦地交通。

● 08·太白：山名，又名太乙，秦岭主峰，在今陕西眉县南。冬夏积雪，望之皓然，故名太白。因在长安之西，诗人立足于长安，故云"西当"。鸟道：仅能容鸟飞过的通道，形容山峰极其高峻。横绝：横渡，跨越。峨眉：山名，在今四川省峨眉山市西南，有山峰相对如蛾眉，故名。巅：顶峰。二句谓只有鸟可以从太白山间的鸟道横飞到峨眉山顶。

死，[09] 然后天梯石栈相钩连。[10] 上有六龙回日之高标，[11] 下有冲波逆折之回川。[12] 黄鹤之飞尚不得过，[13] 猿猱欲度愁攀缘。[14] 青泥何盘盘，百步九折萦岩峦。[15] 扪参历井仰胁息，以手抚膺坐长叹。[16]

问君西游何时还？畏途巉岩不

- 09·"地崩"句：《华阳国志·蜀志》："秦惠王知蜀王好色，许嫁五女于蜀。蜀遣五丁迎之。还到梓潼，见一大蛇入穴中。一人揽其尾，掣之，不禁。至五人相助，大呼拽蛇，山崩时压杀五人秦五女并将从，而山分为五岭。"
- 10·天梯：喻高险的山路。石栈：在峭壁上凿石架木筑成的栈道。相：宋本《李太白文集》作"方"，据萧本、郭本、咸本、王本、《河岳英灵集》改。钩连：衔接。用铁索连续栈道。以上为第二段，写蜀道的来历。
- 11·六龙回日：古代神话，日神御者羲和每天赶着六龙所驾之车，载着日神在天空从东往西。高标：指蜀道上成为标志的最高峰。此句为仰视，极言山高，六龙也只能拖着日神的车由此回转。此句一作"横河断海之浮云"。
- 12·冲波逆折：指激浪冲撞岩石而逆流。回川：回旋的川流。此句为俯视，写谷深水急。
- 13·黄鹤：善于高飞之鸟，即黄鹄，古书中鹤、鹄二字通用。此句宋本作"黄鹄之飞尚不得（一作过）"，据萧本、郭本、咸本、王本、《河岳英灵集》改。《又玄集》作"黄鹤之飞兮不得上"。
- 14·猿猱：指身体便捷、善于攀缘的猿类动物。攀缘：或作"攀援""攀牵""牵率"。
- 15·青泥：岭名。《元和郡县志》卷二二兴州长举县："青泥岭在县西北五十三里（今甘肃徽县南，陕西略阳县北），接溪山东，即今通路也。悬崖万仞，上多云雨，行者屡逢泥淖，故号青泥岭。"盘盘：盘旋曲折貌。百步九折：形容山路曲折盘旋，转弯极多。萦岩峦：环绕着山峰岩峦。
- 16·扪：摸。历：越过。参、井：两星宿名。古代天文学者把天空中星宿的位置和地理区划相对应，并以天象卜地区吉凶，叫作分野。参宿是蜀分野，井宿是秦分野。胁息：敛住呼吸。抚膺：抚摸胸脯。膺，胸脯，一作"心"。以上为第三段，描绘蜀道之艰险。

可攀。¹⁷ 但见悲鸟号古木，¹⁸ 雄飞雌从绕林间。¹⁹ 又闻子规啼夜月，愁空山。²⁰ 蜀道之难，难于上青天，使人听此凋朱颜！²¹ 连峰去天不盈尺，²² 枯松倒挂倚绝壁。飞湍瀑流争喧豗，砯崖转石万壑雷。²³ 其险也若此，嗟尔远道之人胡为乎来哉？²⁴ 剑阁峥嵘而崔嵬，²⁵ 一夫当关，万夫莫开。所守或匪亲，化为

● 17 · 问君：一作"征人"。西游：成都在长安西南，故自秦入蜀，可称西游。何时：一作"何当"，意同。畏途：令人害怕的险路。巉岩：峥嵘高峻的山石。

● 18 · 号古木：在枯树上悲鸣。古木：一作"枯木"。

● 19 · 雌从：一作"从雌"，又作"呼雌"。林间：一作"花间"。

● 20 · 子规：鸟名，即杜鹃。蜀中最多，相传古蜀国王杜宇，号望帝，死后魂魄化为子规。春暮即鸣，夜啼达旦，啼声悲凄，似说"不如归去"。夜月：一本无"夜"字，一作"月落"。瞿蜕园、朱金城《李白集校注》以此二句十字断为五言二句。

● 21 · 凋朱颜：青春红润的容颜为之变老。凋：凋谢。朱颜：红颜，指年轻人的容颜。以上为第四段，渲染蜀道的阴森气氛。

● 22 · "连峰"句：一作"连峰入烟几千尺"。连峰：连绵的山峰。

● 23 · 飞湍：飞溅的激流，指瀑布。瀑流：瀑布，与"飞湍"同义。一作"暴流"。喧豗（huī）：喧闹声。砯（pīng）：水击岩石之声，此用作动词，撞击。宋本原作"冰"，据萧本、郭本、咸本、王本、《河岳英灵集》、敦煌写本《唐人选唐诗》等改。又作"峻"。后句谓激流冲击山崖发出的轰响在千山万壑间回荡，声如雷鸣。

● 24 · "其险"二句：一本无"也"字。若此，一作"如此"。嗟，感叹声。胡为，何为，为何。以上第五段，直接描绘蜀道险峻，并对西游者表示关心。

● 25 · 剑阁：今四川省剑阁县东北大剑山、小剑山之间的栈道，为三国时诸葛亮率众所开。后成为秦蜀间的一条主要通道，为历代戍守要地。唐代于此设剑门关。峥嵘、崔嵬：皆高峻貌。

狼与豺。²⁶朝避猛虎，夕避长蛇，磨牙吮血，杀人如麻。²⁷锦城虽云乐，不如早还家。²⁸蜀道之难，难于上青天，侧身西望长咨嗟！²⁹

● 26·"一夫"四句：语本晋张载《剑阁铭》："一夫荷戟，万夫趦趄。形胜之地，非亲勿居。"匪，同"非"。四句意谓剑阁形势险要，若非亲信防守，一旦叛变，将会发生像豺狼吃人那样的祸患。万夫，一作"万人"。匪亲，一作"匪人"。

● 27·"朝避"四句：悬想叛乱发生后的情况。猛虎、长蛇，喻据险叛乱者。吮，吸。

● 28·锦城：成都。锦官城的简称。故址在今四川成都市南。三国蜀汉时管理织锦之官驻此，故名。后人即用作成都的别称。云：一作"言"。按：敦煌写本《唐人选唐诗》无此二句。

● 29·长咨嗟：长长地叹息。一作"令人嗟"。以上第六段，从社会人事写蜀道之险，劝西游者早日归家。

品·评　此诗开头凌空起势，连用三个口语感叹词，惊呼蜀道的高危奇险，用"难于上青天"这一极度夸张比喻作为全诗主旋律，为全诗奠定雄放基调。第二段宕开笔墨，借神话传说追叙秦蜀开辟道路的艰难，充满神秘色彩，反映出蜀道乃传说中英雄人物与劳动人民共同开辟的。第三段具体描写秦蜀道路的难，先总写："上有六龙回日之高标，下有冲波逆折之回川。"一上一下，一山一水，一高一险，

047

用惊人的想象和夸张形容山高水险，非常形象而得当。善飞的黄鹤飞不过去，善攀缘的猿猱攀不过去，可见蜀道何等艰险！接着又用最曲折高险的青泥岭作为特写，使人真切感受到百步九折、手摸星辰、山高缺氧而呼吸困难的奇幻境界。第四段警告友人"畏途巉岩不可攀"，从古木悲鸟生发渲染气氛，又响起主旋律，用"凋朱颜"加深旅愁描写效果。第五段从峭峰飞瀑生发渲染蜀道的险恶。最后一段从自然界之险写到据险作乱的社会人事之险。"朝避猛虎"四句极写险象的惊心动魄，劝告友人"不如早还家"。又一次响起主旋律，与开头、中间呼应，真可谓一唱三叹，回肠荡气。结句"侧身西望长咨嗟"，凝聚着诗人无限感慨，"收得住，有无限遥情"（《唐宋诗醇》）。全诗七言为主，又有三言、四言、五言、九言、十一言，随着感情起伏变化而长短错落。诗中将丰富的想象，奇特的比喻，惊人的夸张，奔放的语言，磅礴的气势融汇一体，形成雄奇飘逸的风格，使旧题乐府获得了崭新的生命，表现出诗人杰出的艺术才能。

此诗寓意历来众说纷纭。宋本题下注"讽章仇兼琼"，前已辨明不可信。范摅《云溪友议》卷上、《新唐书·严武传》皆谓：严武镇蜀，时杜甫在蜀中，房琯亦为属下刺史，李白写此诗为房、杜危之。萧士赟《分类补注李太白诗》则谓讽玄宗于安禄山乱时幸蜀之非计。今按严武镇蜀在肃宗上元二年（761），玄宗幸蜀在天宝十五载（756），而李白此诗早收入天宝十二载（753）结集之《河岳英灵集》，可证以上二说之非。胡震亨《李白通》、顾炎武《日知录》谓"即事成篇，别无寓意"；近人詹锳谓送友人入蜀。然此数说又未尽达此诗之意。无寓意，送友人入蜀，何以将蜀道写得如此艰险？今按：阴铿《蜀道难》末二句曰："蜀道难如此，功名讵可要！"可知《蜀道难》此题原来就有功业求达之意。中晚唐之际的诗人姚合《送李余及第归蜀》诗曰："李白《蜀道难》，羞为无成归。子今称意行，蜀道安觉危？"可知唐人认为李白写《蜀道难》，是寓有功业无成之意的。正如《行路难》寓有仕途艰难之意一样。孟启《本事诗》和王定保《唐摭言》记载《蜀道难》被贺知章赞赏，皆称"李白初自蜀至京师，舍于逆旅"，"名未甚振"，当即指出蜀未几、初入长安之时。李白初入长安，为的是追求功业，结果却无成而归。由此证知，此诗当是开元年间初入长安无成而归时，送友人而寄意之作（详见拙著《李白丛考·李白两入长安及有关交游考辨》）。

送友人入蜀 *01*

注·释

见说蚕丛路，*02* 崎岖不易行。*03*

山从人面起，　云傍马头生。*04*

芳树笼秦栈，*05* 春流绕蜀城。*06*

升沉应已定，　不必问君平。*07*

注·释

● *01* · 此诗疑与《蜀道难》同时作，寓意亦同。

● *02* · 见说：听说。蚕丛路：指蜀道。蚕丛，古蜀国君王，见前《蜀道难》注。

● *03* · 崎岖：亦作"陭𨏿""碕岖（qí qū）"，道路曲折不直貌。

● *04* · "山从"二句：形容行进在高高的蜀道中所遇之景：峭壁从行人面前突兀而起，白云依着马头缭绕。

● *05* · 芳树：春天的树木。秦栈：即栈道，见《蜀道难》注。以其自秦入蜀，故云。

● *06* · 春流：指郫江、流江，二江均流经成都，见前《登锦城散花楼》诗注。蜀城：指成都。

● *07* · 升沉：指人生仕途的荣枯进退。问：一作"访"。君平：《汉书·严君平传》：严遵，字君平，隐居不仕。"卜筮于成都市……裁日阅数人，得百钱足自养，则闭肆下帘而读《老子》。"二句意谓前途已成定局，不必再存幻想。

品·评

此诗首联比《蜀道难》开头平实，即吴汝纶所说"起浑雄无迹"。颔联承接第二句，写蜀道崎岖：人至山前，奇峰迎面耸起，状山之陡峭；白云缭绕于马头周围，状山之高峻。语意奇险。实寓入仕艰难，融情于景，语意双关。颈联虽继写入蜀之景，却是大转折：奇险的秦栈被芳树笼罩，美丽的双流环绕着蜀城。风景优美，语意秾纤。尾联又转入议论，点明失意已成定局，不必再求君平卜筮。虽不露锋芒，然抑遏之牢骚，可于言外见之。

全诗气韵张弛有致，对偶工整。意脉起伏跌宕，腾挪多变，于工丽中见神运之思。故《唐宋诗醇》推之为"五律正宗"。《唐宋诗举要》引吴汝纶云："能状奇险之景，而无艰深刻画之态。"甚是。

行路难三首

（其一）

01

金樽清酒斗十千，*02*
玉盘珍羞直万钱。*03*
停杯投箸不能食，
拔剑四顾心茫然。*04*
欲渡黄河冰塞川，
将登太行雪满山。*05*
闲来垂钓碧溪上，
忽复乘舟梦日边。*06*

●01·此诗当是开元年间初入长安追求功业无成而归之作。行路难：乐府旧题。《乐府诗集》卷七十列于《杂曲歌辞》，并引《乐府解题》云："《行路难》，备言世路艰难及离别悲伤之意，多以'君不见'为首。"今存最早的是鲍照的《拟行路难》十八首。此外，在李白之前还有齐僧宝月、梁吴均、费昶、王筠、唐卢照邻、张纮、贺兰进明、崔颢等人的同题之作。诗人此题诗有三首，非同时所作。

●02·金樽：精美华贵的酒杯。樽，酒杯。清酒：一作"美酒"。斗十千：形容酒美价贵。斗，古代盛酒容器，亦用作卖酒的计量单位。曹植《名都篇》："归来宴平乐，美酒斗十千。"

●03·珍羞：珍贵的菜肴。羞，"馐"的本字。直：通"值"，价值。

●04·"停杯"二句：鲍照《拟行路难》："对案不能食，拔剑击柱长叹息。"箸（zhù），同"箸"，筷子。顾，顾望。

●05·"欲渡"二句：鲍照《舞鹤赋》："冰塞长河，雪满群山。"太行，山名。绵延山西高原与河北平原。雪，一作"云"。满山，一作"暗天"。

●06·"闲来"二句：传说吕尚未遇周文王前，曾在磻溪（在今陕西省宝鸡市东南）垂钓。伊尹未得商汤聘请之前，曾梦见自己乘船经过日月旁边。《宋书·符瑞志上》："伊挚将应汤命，梦乘船过日月之傍。"二句意谓人生遇合多出于偶然。碧溪上，宋本《李太白文集》作"坐溪上"，据萧本、郭本、王本、《全唐诗》改。忽复，一作"忽然"。梦日边，《河岳英灵集》作"落日边"。

行路难，行路难！

多歧路，今安在？07

长风破浪会有时，08

直挂云帆济沧海。09

品・评　首二句"金樽""玉盘"，器皿华贵；"清酒""珍羞"，酒肴佳美；"斗十千""直万钱"，极言莚席的丰盛，按理应畅饮狂欢。可是接着二句却陡转出特写镜头：端起的酒杯停放下来，拿起的筷子丢开去，拔出宝剑，举目四望，心绪茫然。"停""投""拔""顾"四个动作，形象而深刻地写出了诗人内心的痛苦和愤懑。开元十八年（730），诗人抱着"何王公大人之门不可以弹长剑乎"的自信，来到长安，结果是"冷落金张馆，苦雨终南山"，深谙世道艰险，功名难求，理想渺茫，诗中的"冰塞黄河""雪满太行"正是这种遭遇的形象比喻。但诗人并不因此而消沉，忽然想起当年吕尚年过八十还垂钓渭滨，伊尹未得商汤任用前曾梦舟过日，自己也总会像他们一样有一天时来运转。但这幻想的自慰，只能唤起对现实的更加愤懑，诗人悲号行路难，叹路多，该走的路在哪里？诗从七言转为连续四句三言，高亢激越，节奏急促，充分表现出诗人的激愤之情。但结句却又使诗境豁然开朗，诗人仍相信将来会有一天像宗悫所说那样乘长风破万里浪，挂起云帆，横渡大海，实现自己的抱负。
全诗波澜起伏，感情激宕多变，使这首短篇乐府诗具有长篇歌行反复回旋的气势和格局。

行路难三首

（其二）⁰¹

大道如青天，我独不得出。⁰²

羞逐长安社中儿，

赤鸡白狗赌梨栗。⁰³

弹剑作歌奏苦声，⁰⁴

曳裾王门不称情。⁰⁵

淮阴市井笑韩信，⁰⁶

汉朝公卿忌贾生。⁰⁷

君不见昔时燕家重郭隗，

拥篲折节无嫌猜。

剧辛乐毅感恩分，

注·释

● 01·此诗亦当作于开元年间第一次入长安时期。当时他干谒权贵，渴望能入朝做一番事业，却到处碰壁，找不到出路，于是写下不少诗篇宣泄愤慨。

● 02·"大道"二句：谓仕宦的大路像青天一样宽广，可唯独我却找不到出路。大，一作"天"。

● 03·社：古代基层单位，二十五家为一社，此泛指里巷。赤鸡白狗：指当时斗鸡走狗的博戏。狗，一作"雉"。梨栗：赌胜负的物品。二句谓自己羞于追随长安里巷中的市井小人，去干斗鸡走狗、以梨栗作赌品的游戏。社：一作"吐"，非。

● 04·弹剑作歌：用战国时冯谖在孟尝君门下为食客事。《史记·孟尝君列传》记载，战国时齐国孟尝君门客冯谖曾多次弹剑而歌，感叹生活不如意。后因以弹剑作歌比喻生活困窘，求助于人。

● 05·"曳裾"句：邹阳《上吴王书》："饰固陋之心，则何王之门不可曳长裾乎？"后以"曳裾王门"喻在王公贵族门下作食客。曳裾，拖着衣襟。不称情，不称心，不如意。

● 06·"淮阴"句：《史记·淮阴侯列传》："淮阴侯韩信者，淮阴人也。……淮阴屠中少年有侮信者，曰：'若虽长大，好带刀剑，中情怯耳。'众辱之曰：'信能死，刺我；不能死，出我胯下。'于是信孰视之，俛出胯下，蒲伏。一市人皆笑信，以为怯。"淮阴，今江苏省淮安市。市井，古代群聚买卖之地，小城镇。

● 07·"汉朝"句：贾生：指贾谊（前200—前168），西汉政论家、文学家。《史记·屈原贾生列传》："于是天子议以为贾生任公卿之位。绛、灌、东阳侯、冯敬之属尽害之，乃短贾生曰：'雒阳之人，年少初学，专欲擅权，纷乱诸事。'于是天子后亦疏之，不用其议，乃以贾生为长沙王太傅。"

输肝剖胆效英才。⁰⁸

昭王白骨萦蔓草，

谁人更扫黄金台？⁰⁹

行路难，归去来！

● 08 • "君不见"四句：《史记·燕召公世家》："燕昭王于破燕之后即位，卑身厚币以招贤者。谓郭隗曰：'齐因孤之国乱而袭破燕，孤极知燕小力少，不足以报。然诚得贤士以共国，以雪先王之耻，孤之愿也。先生视可者，得身事之。'郭隗曰：'王必欲致士，先从隗始。况贤于隗者，岂远千里哉！'于是昭王为隗改筑宫而师事之。乐毅自魏往，邹衍自齐往，剧辛自赵往，士争趋燕。"此四句即用其意。拥篲（huì），古人迎候尊贵的人，常拿着扫帚在前扫地领路，以示敬意。《史记·孟子荀卿列传》："(邹衍)如燕，昭王拥篲先驱，请列弟子之座而受业。"司马贞《索隐》："谓为之扫地，以衣袂拥帚而却行，恐尘埃之及长者，所以为敬也。"篲，扫帚。折节，屈己下人。一作"折腰"。嫌猜，猜疑、疑忌。剧辛（？—前242），赵人，入燕为谋士。乐毅，魏人，使于燕，燕王待以礼，遂委质为臣。昭王以为上将军，伐齐，下七十余城。《史记》有传。输肝剖胆，献出肝胆，喻竭诚尽力。剖，一作"割"，非。效英才，以英才相报效。英，一作"俊"。
● 09 • "昭王"二句：意谓燕昭王已死很久，如今无人能再像他那样重用贤才。萦，缠绕。蔓草，一作"烂草"。黄金台，相传为燕昭王所筑，因曾置千金延请天下之士，故名。

品·评　此诗开头二句陡起壁立，让郁积于内心的感受喷发出来。开元盛世，大道宽广，许多人得到朝廷重用，飞黄腾达，只有自己窘困失路。这就是诗人内心的不平。接着六句每两句一意。一是不愿与长安浮浪青年为伍，斗鸡走狗、游戏赌博的勾当；二是奔走权贵之门干谒求援，却遭到冷落，饱受艰辛；三是诗人感到自己的遭遇就像当年韩信受辱、贾谊遭忌一样。不过诗人虽感到孤立无援，但字里行间仍流露出鹤立鸡群的傲气。"君不见"以下六句，向往而深情地歌颂战国时代燕昭王谦虚求贤、礼贤下士的态度和取得的功业，沉痛感叹当今没有这样的贤君，流露出对唐玄宗的失望。以上十二句从正反两个方面具体描写"行路难"。最后两句表示在上述情况下无可奈何，只有"归去"！一声浩叹，留下多少怅惘！

行路难三首

（其三）⁰¹

注·释

● 01·此首作年不详。王琦注："此首一作《古兴》。"

● 02·"有耳"句：此句反用许由洗耳事，见《古风》其二十四注。

● 03·"有口"句：反用伯夷、叔齐事。《史记·伯夷列传》："武王已平殷乱，天下宗周，而伯夷、叔齐耻之，义不食周粟，隐于首阳山，采薇而食之。"司马贞《索隐》："薇，蕨也。"首阳，山名。一说在河南偃师县西北十五里；一说在山西永济县南；一说在甘肃陇西县西南一百里。蕨，多年生草本植物，嫩叶可食，俗称"蕨菜"。根含淀粉，可食用或药用。

● 04·"含光"句：含光混世，犹和光同尘，藏光而不露锋芒，与世俗混和而不标新立异。贵无名，以无名为贵。

● 05·云月：一作"明月"。

● 06·子胥：伍子胥，春秋时吴国大臣。《吴越春秋》卷五《夫差内传》："吴王闻子胥之怨恨也，乃使人赐属镂之剑，子胥……遂伏剑而死。吴王乃取子胥尸，盛以鸱夷（皮制口袋）之器，投之于江中。"

● 07·屈原（约前340—前278）：战国时楚国大夫，主张联齐抗秦，遭靳尚等人诬陷，被放逐，作《离骚》。顷襄王时再遭谗毁，谪于江南，后投汨罗江而死。湘水滨：指汨罗江，因其在湖南境内，接近湘江，为洞庭湖支流，故称。

● 08·陆机（261—303）：字士衡，西晋文学家。吴郡吴县华亭（今上海市松江区）人。太康末，与弟云同至洛阳，文才倾动一时。成都王司马颖讨长沙王司马乂，任机为后将军、河北大都督，兵败被谗，为颖所杀。雄才：一作"英才"，又一作"多才"。

有耳莫洗颍川水，⁰²

有口莫食首阳蕨。⁰³

含光混世贵无名，⁰⁴

何用孤高比云月。⁰⁵

吾观自古贤达人，

功成不退皆殒身。

子胥既弃吴江上，⁰⁶

屈原终投湘水滨。⁰⁷

陆机雄才岂自保？⁰⁸

李斯税驾苦不早。[09]

华亭鹤唳讵可闻，[10]

上蔡苍鹰何足道！[11]

君不见吴中张翰称达生，

秋风忽忆江东行。

且乐生前一杯酒，

何须身后千载名！[12]

●09·李斯（？—前208）：秦代政治家，上蔡（今河南省上蔡县西南）人。秦统一六国后，任丞相。秦始皇死后，追随赵高，合谋伪造遗诏，迫令秦始皇长子扶苏自杀，立少子胡亥为二世皇帝。后为赵高所忌，被杀。税驾：停车，此指休息。

●10·"华亭"句：《晋书·陆机传》载陆机临刑时，曾叹曰："华亭鹤唳，岂可复闻乎？"华亭，今上海松江区。唳，鹤鸣。讵，岂。

●11·"上蔡"句：《史记·李斯列传》："二世二年七月，具斯五刑，论腰斩咸阳市。斯出狱，与其中子俱执，顾谓其中子曰：'吾欲与若复牵黄犬俱出上蔡东门逐狡兔，岂可得乎！'遂父子相哭而夷三族。"李白诗赋屡用此事。其《拟恨赋》："及夫李斯受戮，神气黯然。左右垂泣，精魂动天。执爱子以长别，叹黄犬之无缘。"与此同意。

●12·"君不见"四句：张翰，字季鹰，西晋吴人。《晋书·张翰传》："齐王冏辟为大司马东曹掾，同时执权……翰因见秋风起，乃思吴中菰菜、莼羹、鲈鱼脍，曰：'人生贵得适志，何能羁宦数千里以要名爵乎？'遂命驾而归。……或谓之曰：'卿乃可纵适一时，独不为身后名邪？'答曰：'使我有身后名，不如即时一杯酒。'时人贵其旷达。"不久齐王冏在政治斗争中失败，张翰因早已离开，故未受株连。称达生，一作"真达生"。

品·评　诗的首四句否定被历代人崇敬的许由洗耳和伯夷不食周粟饿死首阳山的行为，认为人生在世只须藏光混俗不要留什么名，不必孤傲求什么高洁而做出古怪行为去与云月比高。接着提出一个结论：自古以来贤能的人，功成不退都不得善终。然后列举伍子胥、屈原、陆机、李斯四人的遭遇来证明。最后四句认为只有像张翰那样在当时混乱政治中借秋风思乡为名辞官回家，才是真正的旷达之人，避免了杀身之祸。这是李白一生中经常表达的所谓功成身退的思想。

梁园吟

01

我浮黄河去京阙，*02* 挂席欲进波连山。*03* 天长水阔厌远涉，访古始及平台间。*04* 平台为客忧思多，对酒遂作《梁园歌》。*05* 却忆蓬池阮公咏，因吟渌水扬洪波。*06*

洪波浩荡迷旧国，路远西归安可得？*07* 人生达命岂暇愁，*08* 且饮美酒登高楼。平头奴子摇

注·释

● *01*·此诗当是诗人开元二十一年（733）离开长安，舟行抵达梁园时作。宋本、缪本题下俱注："一作《梁苑醉酒歌》。"又注："梁宋。"敦煌写本《唐人选唐诗》作"《梁园醉哥（歌）》"。梁园：即梁苑，又称兔园，汉梁孝王刘武筑。为游赏与延宾之所，当时名士司马相如、枚乘、邹阳等皆为座上客。故址在今河南省开封市东南。

● *02*·浮：漂舟，一作"乘"。黄河：一作"黄云"。去京阙：离开长安，一作"去京关"。

● *03*·挂席：扬帆。《文选》谢灵运《游赤石进帆海》诗："扬帆采石华，挂席拾海月。"李善注："扬帆、挂席，其义一也。"欲进：一作"欲往"。波连山：形容水势浩瀚。木华《海赋》："波如连山，乍合乍散。"

● *04*·平台：相传为春秋时鲁襄公十七年宋皇国父所筑，汉梁孝王与邹阳、枚乘等文士曾游于其上（见《汉书·梁孝王传》）。南朝宋谢惠连曾在此作《雪赋》，故又名雪台。《元和郡县志》卷七河南道宋州虞城县云："平台，县西四十里。"故址在今河南省商丘市东北。

● *05*·对酒：一作"醉来"。

● *06*·阮公：指三国时魏诗人阮籍。籍常用饮酒放诞，在当时复杂的政治斗争中保全自己。咏：吟咏，此指诗作。渌水扬洪波：阮籍《咏怀》诗句。其诗云："徘徊蓬池上，还顾望大梁。渌水扬洪波，旷野莽茫茫。走兽交横驰，飞鸟相随翔。是时鹑火中，日月正相望。朔风厉严寒，阴气下微霜。羁旅无俦匹，俯仰怀哀伤。"以上第一段，叙离京来梁园作客。

● *07*·"洪波"二句：意谓波涛汹涌壮阔，长安已迷茫不可见，路途遥远不能回归。旧国，指长安。

● *08*·达命：通达知命。暇：空闲。一作"假"。

大扇，[09]五月不热疑清秋。[10]玉盘杨梅为君设，[11]吴盐如花皎白雪。[12]持盐把酒但饮之，[13]莫学夷齐事高洁。[14]

昔人豪贵信陵君，[15]今人耕种信陵坟。[16]荒城虚照碧山月，[17]古

- 09·平头奴子：戴平头头巾的奴仆。平头，头巾名。梁武帝《河中之水歌》："平头奴子擎履箱。"
- 10·疑：一作"如"。
- 11·玉盘：一作"素盘"。杨梅：一作"青梅"。
- 12·"吴盐"句：《史记·吴王濞列传》："吴王即山铸钱，煮海水为盐。"又《货殖列传》："夫吴自阖闾、春申、吴王濞三人招致天下之喜游子弟，东有海盐之饶……"自此吴地产盐以供四方。皎白雪，一作"皎如雪"。
- 13·持盐把酒：《魏书·崔浩传》："赐浩御缥醪酒十觚，水精戎盐一两，曰：朕味卿言，若此盐酒，故与卿同其旨也。"
- 14·"莫学"句：此句一作"何用孤高比云月"，一作"咄咄书空字还灭"。敦煌写本《唐人选唐诗》作"世上悠悠不堪说"。夷齐，指殷末孤竹君的两个儿子伯夷、叔齐。周武王伐殷纣，平定天下，他俩认为是"以暴易暴"，耻食周粟，饿死在首阳山（见《史记·伯夷列传》）。此句意谓应及时行乐，不必空持高洁而受苦。李白《少年子》诗刺贵公子打猎行乐，末二句以夷齐高洁对比："夷齐是何人，独守西山饿？"用意正相反。以上为第二段，谓人生须旷达知命，及时行乐，失意之情溢于言表。
- 15·信陵君：战国时魏国贵族，安釐王之弟，名无忌（？—前243），封于信陵（今河南市宁陵县），故号信陵君。喜养士，有食客三千，为著名的战国四公子之一。公元前257年，曾设法窃取虎符，夺得兵权，击秦救赵。后十年，又联合五国击退秦将蒙骜的进攻。
- 16·信陵坟：据《太平寰宇记》载信陵君墓在河南开封府浚仪县（治所在今河南省开封市）"南十二里"。
- 17·虚照：一作"远照"。

木尽入苍梧云。[18] 梁王宫阙今安在？[19] 枚马先归不相待。[20] 舞影歌声散渌池，[21] 空余汴水东流海。[22]

沉吟此事泪满衣，黄金买醉未能归。[23] 连呼五白行六博，[24] 分

● 18·苍梧云：《太平御览》卷八引《归藏》曰："有白云自苍梧入大梁。"此即用其意。苍梧：山名，即九疑（一作"嶷"）山，在今湖南省宁远县南。

● 19·梁王：指汉梁孝王刘武。当年曾于此大治宫室。阮籍《咏怀》诗："梁王安在哉！"宫阙：一作"宾客"。

● 20·枚马：指西汉文学家枚乘和司马相如。两人都曾游梁。《汉书·枚乘传》："枚乘字叔，淮阴人。……游梁，梁客皆善属词赋，乘尤高。"又《司马相如传》："是时梁孝王来朝，从游说之士邹阳、枚乘……之徒，相如见而说之，因病免，客游梁，得与诸侯游士居。"

● 21·渌池：清澈的水池。

● 22·汴水：古水名。唐代自荥阳出河经汴州（开封）至泗州入淮水的通济渠东段，全流统称汴水。以上为第三段，凭吊古迹，抒发感慨。

● 23·未能：一作"莫言"。

● 24·五白：古代博戏樗蒲用五木掷采打马，其后则专掷五木以决胜负。唐李翱著《五木经》谓：五木之制，上黑下白，掷得五子皆黑，叫卢，最贵；其次五子皆白，叫白。行：一作"投"。六博：古代博戏。两人相博，共十二棋，每人六棋，六黑六白，故名。又叫"六簿"或"陆博"。《楚辞·招魂》："菎蔽象棋，有六簿些。分曹并进，道相迫些。成枭而牟，呼五百些。"蒋骥注："菎，竹名；蔽，簿箸也；盖投之以行棋者。象，象牙；棋，棋子也。簿，博通，局戏也。投六箸，行六棋，故曰六簿。言设六簿以行酒，用菎箬为箸、象牙为棋也。……枭，博采；倍胜为牟。五白，簿箸之齿也。言棋已得采，欲成倍胜，故呼五白以助投也。"

曹赌酒酣驰晖。²⁵ 歌且谣，²⁶ 意方远。东山高卧时起来，欲济苍生未应晚！²⁷

- 25·分曹：两人一对为曹；分曹即分对。酣：一作"看"。驰晖：飞驰的太阳。《文选》卷二十五谢朓《暂使下都夜发新林至京邑赠西府同僚诗》："驰晖不可接。"李善注："驰晖，日也。"
- 26·歌且谣：《诗·魏风·园有桃》："我歌且谣。"毛传："曲合乐曰歌，徒歌曰谣。"且，而，进层连词。
- 27·"东山"二句：《世说新语·排调》："谢公在东山，朝命屡降而不动。后出为桓宣武司马，将发新亭，朝士咸出瞻送。高灵时为中丞，亦往相祖。先时多少饮酒，因倚如醉，戏曰：'卿屡违朝旨，高卧东山，诸人每相与言，安石不肯出，将如苍生何！今亦苍生将如卿何！'谢笑而不答。"时，一作"忽"，一作"还"。苍生，百姓。二句意谓准备像谢安那样高卧东山（指隐居），但终有出山之日，到时再拯救人民也不应算晚。以上为第四段，写暂且行乐，等待时机出山济世。

品·评 第一段抒发离京到梁园作客的忧思及醉酒作此诗的原因。诗人想到阮籍当年在复杂的政治环境中饮酒放诞保全自己，不禁吟起他的《咏怀诗》。第二段叙梁园距长安很远，再回京城求取功业已不可能。人生必须放达知命，暂且登楼饮酒。五月不热，奴仆摇扇，杨梅吴盐，一饱口福吧，不必学那伯夷、叔齐"耻食周粟"的所谓高洁。第三段即景抒情，当年豪贵的信陵君，如今坟墓都保不住；梁孝王的华丽宫殿，现已不见踪迹；枚乘、司马相如也早已作古，那轻歌曼舞都烟消云散了，只空留下汴水仍在东流到海。充分表达了诗人功名无常、富贵难存的思想。第四段承前抒感，为此沉吟流泪，在泣涕之后感情更为激越，由暂且饮酒一跃而为狂饮豪博，但诗人绝不满足于这种消沉的人生态度，末二句笔锋陡转，诗人身在纵酒，但心中却念念不忘"济苍生"的宏愿。深信将来终能像谢安那样东山再起，实现"济苍生"的抱负。这正是诗人初入长安前后在许多诗中表现的思想特点。前人谓此诗乃天宝中赐金还山后作，殊不知那时诗人离京走的是商山道，一心寻找商山四皓，隐居出世，受道篆当道士，已无实施抱负之信心，与此诗的思想截然不同。

梁甫吟

01

长啸《梁甫吟》，何时见阳春？[02]
君不见朝歌屠叟辞棘津，八十西
来钓渭滨。宁羞白发照清水，逢
时壮气思经纶。广张三千六百
钓，风期暗与文王亲。[03] 大贤虎

注 · 释

● 01 · 此诗当作于开元二十一年（733）。
《梁甫吟》：又作《梁父吟》，乐府旧题。
按：梁父乃泰山下小山名。郭茂倩谓：
"《梁甫吟》，盖言人死葬此山，亦葬歌也。"
今存古辞乃题名为诸葛亮所作，主题是
感怀齐相晏婴用二桃杀三士之事。《三国
志·蜀志·诸葛亮传》："亮躬耕陇亩，好
为《梁父吟》。"按：《文选》卷二十九张衡
《四愁诗》："我所思兮在太山，欲往从之梁
父艰。"刘良注："太山，东岳也。愿辅佐
君王致于有德而为小人谗邪之所阻难也。"
此诗即取此义。

● 02 · 阳春：温暖的春天。此喻知遇明主
以施展抱负。诗人于天宝初供奉翰林时曾
作《阳春歌》以颂得意，可知此诗作于未
遇明主之时。萧士赟注"喻有志之士何时
而遇主也"，是。以上为第一段，抒发未见
明主、不能施展抱负的感慨。

● 03 · 朝歌：殷代京城，在今河南省鹤壁
市淇县。屠叟：屠夫，此指吕望（姜太公
吕尚）。棘津：在今河南省新乡市延津县
东北。《韩诗外传》卷七："吕望行年五十，
卖食棘津，年七十屠于朝歌，九十乃为天
子师，则遇文王也。"又卷八："太公望少
为人婿，老而见去，屠牛朝歌，赁于棘津，
钓于磻溪（在今陕西省宝鸡市东南），文王
举而用之，封于齐。"渭滨：渭水边。《史
记·范雎蔡泽列传》："臣闻昔者吕尚之遇文
王也，身为渔父而钓于渭滨耳。"清水：宋本
《李太白文集》作"渌水"，据萧本、郭本、
咸本、王本改。壮气：萧本、郭本、咸本、
王本皆作"吐气"。经纶：治国安邦之术。
钓：宋本《李太白文集》作"钩"，误。据萧
本、郭本、咸本、王本改。三千六百钓：谓
吕望八十钓于渭滨，至九十遇文王，则垂钓
十年，共三千六百日，故云。一说：言渭水
之钓，志在天下。三千六百，偶举其数，无
所取义。风期：一作"风雅"，犹风度。

变愚不测，当年颇似寻常人。*04*
君不见高阳酒徒起草中，长揖
山东隆准公。入门开说骋雄辩，
两女辍洗来趋风。*05* 东下齐城
七十二，指麾楚汉如旋蓬。*06* 狂
客落拓尚如此，何况壮士当群
雄！*07*

● *04* · 虎变：如虎皮花纹的更新变化。
《易·革》："大人虎变。象曰：其文炳也。"
后因以虎变喻杰出人物的经历变化莫测。
此句谓大贤不会永久穷困而有得志之日，
此非愚者所能预测。以上为第二段，以吕
望九十始遇周文王而发达为例，说明大贤
终能得志。

● *05* · "君不见"四句：《史记·郦生陆贾
列传》："郦生食其者，陈留高阳人也。……
沛公（刘邦）至高阳传舍，使人召郦生。
郦生至，入谒，沛公方倨床使两女子洗足
而见郦生。郦生入，则长揖不拜，曰：'足
下欲助秦攻诸侯乎？且欲率诸侯破秦也？'
沛公骂曰：'竖儒！夫天下同苦秦久矣，故
诸侯相率而攻秦，何谓助秦攻诸侯乎？'
郦生曰：'必聚徒合义兵诛无道秦，不宜
倨见长者。'于是沛公辍洗，起摄衣，延
郦生上坐，谢之。"山东隆准公：指刘邦。
《史记·高祖本纪》："高祖，沛丰邑中阳
里人。……高祖为人，隆准而龙颜。"山
东，因沛地处太行山东，故称。隆准，高
鼻。趋风，疾行至下风，表示向对方致敬。
一说疾趋如风。入门开说，一作"入门不
拜"，又作"一开游说"。

● *06* · "东下"二句：据《史记·郦生陆贾
列传》，郦食其在楚汉战争中常为刘邦出
谋划策，后又游说齐王田广，不费一兵一
卒而使齐七十余城归汉。麾，萧本、郭本、
王本皆作"挥"。旋蓬，如随风旋转的蓬
草，形容轻而易举。

● *07* · 狂客：一作"狂生"，郦食其曾被人
称为狂生。落拓：萧本、郭本、咸本、王
本皆作"落魄"，同"落泊"，穷困失意。
壮士：李白自指。以上为第三段，以郦食
其遇刘邦而施展才能为例，表示自己终有
一天能大展宏图。

我欲攀龙见明主，雷公砰訇震天鼓。⁰⁸ 帝旁投壶多玉女。三时大笑开电光，倏烁晦冥起风雨。⁰⁹ 阊阖九门不可通，以额叩关阍者怒。¹⁰

白日不照吾精诚，¹¹ 杞国无事忧天倾。¹² 猰貐磨牙竞人肉，驺虞

●08·攀龙：喻依附帝王以建功立业。陶潜《命子诗》："于赫愍侯，运当攀龙。"雷公：雷神。砰訇：宏大的响声。天鼓：《史记·天官书》："天鼓，有音如雷非雷。"本谓天神所击之鼓发声如雷，后即以天鼓喻雷声。《初学记》卷一引《抱朴子》："雷，天之鼓也。"

●09·"帝旁"三句：《神异经·东荒经》："东王公……恒与一玉女投壶，每投千二百矫……矫出而脱误不接者，天为之笑。"张华注："今天上不雨而有电光，是天笑也。"按：投壶为古代宴乐游戏，设特制之壶，宾主以次向壶中投箭，中多者为胜，负者罚饮。玉女，仙女，此喻被皇帝宠幸的小人。三时，指早、午、晚一整天。开电光，一作"生电光"，指闪电。倏烁，电光闪动貌。《楚辞·九思·悯上》："云蒙蒙兮电倏烁。"晦冥，《汉书·高帝纪》："雷电晦冥。"颜师古注："晦冥，皆谓暗也。"此喻政治昏暗。萧士赟注："喻权奸女谒用事政令无常也。"

●10·"阊阖"二句：《楚辞·离骚》："吾令帝阍开关兮，倚阊阖而望予。"王逸注："阍，主门者也。阊阖，天门也。"二句即用其意。九门，神话中的九道天门。以上为第四段，叙欲见明主，却因权幸所阻而无门可入。

●11·白日：喻皇帝。精诚：至诚，忠心。此句意谓皇帝不知自己对国事的真诚关切。

●12·"杞国"句：《列子·天瑞》："杞国有人，忧天地崩坠，身亡（无）所寄，废寝食者。"此谓己对朝廷的忧虑被人认为是杞人忧天。

不折生草茎。[13] 手接飞猱搏雕虎，侧足焦原未言苦。[14] 智者可卷愚者豪，世人见我轻鸿毛。[15] 力排南山三壮士，齐相杀之费二桃。[16] 吴楚弄兵无剧孟，亚夫

● 13 · 猰貐：古代传说中食人的凶兽。驺虞：古代传说中不吃生物、不踏生草的仁兽。二句谓朝廷权幸，为政害人，就像猰貐磨牙，竞食人肉；而忠良之臣，总像驺虞那样仁爱，连草茎都不肯践踏。

● 14 · "手接"二句：《文选》卷十五张衡《思玄赋》："执雕虎而试象兮，阽焦原而跟趾。"旧注引《尸子》："中黄伯曰：余左执太行之猱，而右搏雕虎。……夫贫穷，太行之猱也；疏贱，义之雕虎也。而吾且遇之，亦足以试矣。"飞猱，猿类动物，攀缘轻捷的猕猴。雕虎，毛色斑驳之虎。焦原，山名，在今山东省莒县南，亦名横山、峥嵘谷，俗称青泥弄。二句意谓自己虽处于贫穷疏贱之地，却仍有勇气和才能去克服艰难险阻。

● 15 · "智者"二句：《论语·卫灵公》："君子哉，蘧伯玉！邦有道，则仕；邦无道，则可卷而怀之。"鸿毛，喻分量极轻。《汉书·司马迁传》："死有重于泰山，或轻于鸿毛。"此谓聪明人往往在政治昏暗时把本领掩藏起来，而愚笨者却偏要逞强斗胜；而己不被世俗所了解，因此被看得轻如鸿毛。

● 16 · "力排"二句：据《晏子春秋·内篇·谏下二》记载：春秋时齐国公孙接、田开疆、古冶子并以勇力闻名，因对齐相晏子不恭敬，晏子阴谋除之，请齐景公以二桃赐赠三人，让三人论功食桃。公孙接和田开疆先叙己功而取。古冶子叙述己功最大，要求他们把桃退出；两人羞愧自杀，古冶子亦感到自己不义而自杀。后常以"二桃杀三士"喻用阴谋借刀杀人。

哈尔为徒劳。¹⁷

《梁甫吟》，声正悲。张公两龙剑，神物合有时。¹⁸风云感会起屠钓，大人岿岘当安之。¹⁹

● 17·"吴楚"二句:《史记·游侠列传》:"吴、楚反时，条侯（周亚夫）为太尉，乘传车将至河南，得剧孟，喜曰:'吴、楚举大事而不求孟，吾知其能为已矣。'天下骚动，宰相得之，若得一敌国云。"吴楚弄兵，指汉景帝三年（前145）吴王刘濞、楚王刘戊等七国叛乱。一本无"弄兵"二字。哈，讥笑。此以剧孟自比，意谓朝廷如用己，就会像周亚夫得剧孟那样发挥作用，否则就将无所作为。以上为第五段，叙自己为国担忧，徒有壮志而无人理解，并揭露朝廷小人当权。

● 18·"张公"二句:《晋书·张华传》记载:丰城县令雷焕掘得二剑，送一剑给张华，留一剑自佩。张华很爱宝剑，写信复雷焕说:"详观剑文，乃干将也，莫邪何复不至？虽然，天生神物，终当合耳。"后张华被杀，宝剑不知去向。雷焕死后，其子雷华佩剑经延平津，剑突然从腰间跃入水中。急觅之，只见两龙各长数丈，蟠在一起，光彩照水，波浪惊沸。雷华叹曰:"先君化去之言，张公终合之论，此其验乎？"二句即用此典，谓才士与明主终有遇合之时。

● 19·"风云"二句:《后汉书·马武等传论》:"咸能感会风云，奋其智勇。"风云，喻际遇。屠钓，吕望曾屠牛、钓鱼，因借指。大人，一作"天人"，非。岿（niè）岘，同"鞡岘"，不安貌。萧士赟注:"申言有志之士终当感会风云，如神剑之会合有时。则夫大人君子遭时屯否，岿岘不安，且当安时以俟命可也。"

品·评　首段两句抒发未见明主、不能施展抱负的感叹，点明主旨，为全诗定下基调。二、三两段以类似句式，写吕望和郦食其两个历史人物的遭际，说明大贤虽然长期落难，但最终遇见文王，做出一番大事业；狂生虽然一时落拓，最后也能成为建立大功的风云人物；表示相信自己日后也能遇见明主，施展抱负。第四段笔锋一转，借幻设的神话境界，形象地抒写自己欲见明主而不得的情景：雷

神击天鼓，天帝只顾与玉女戏耍，电光闪烁，风雨交加。诗人求见明主，却被守门小人怒阻于门外。此段借鉴屈原《离骚》的表现手法，奇幻迷离，曲折地反映出诗人对现实生活的感受。第五段运用多种典故，抨击不合理现象：诗人对朝廷无限精诚，天子却无从体察，人们还笑他是杞人忧天。奸佞为政害人，忠臣义士向往仁爱治世，诗人身处困境，仍相信有接猱搏虎的才能和勇气。没有机遇时才智之士只能把本领掩藏，却被人看轻。齐国力能推山的三壮士被宰相害死；吴楚叛乱却不用剧孟而被周亚夫讥为徒劳无功。这些典故，深刻表现出诗人怀才不遇的心情。末段六句，正面回答主旨，与篇首呼应。强烈自信终有一天君臣遇合，风云际会，目前应安守困境，以待时机。回答了开篇"何时"的设问。

前人多因诗中有"雷公""玉女""阍者"等形象喻奸佞，以为被谗去朝后所作。殊不知开元年间初入长安求取功业，就是因为被张垍等奸佞所阻碍，而未能见到明主，此诗正切合当时情事。按《梁甫吟》现存古曲相传为诸葛亮出山前所吟，本诗入手即问"何时见阳春"，"阳春"即喻明主，证知其时未遇君主。所用吕望、郦食其事亦为渴望君臣遇合，末以张公神剑遇合为喻，深信君臣际遇必有时日。则此诗必作于未见君主之前，与天宝年间待诏翰林和被放还山时事完全不同。按开元二十一年秋冬李白在洛阳，有《秋夜宿龙门香山寺奉寄王方城十七丈奉国莹上人从弟幼成令问》《冬日于龙门送从弟京兆参军令问之淮南觐省序》《冬夜宿龙门觉起言志》等诗。詹锳《李白诗文系年》谓此诗与《冬夜宿龙门觉起言志》诗同时作，甚是。然系于天宝九载则非。诗当作于开元二十一年即初入长安被张垍所阻而未见明主之后。其通篇用典，列举历史人物遭际，衬托自己怀才不遇，于揭露朝政昏暗的同时深信终有风云际会之时。通篇一气呵成，意脉清楚，气势磅礴。

春夜洛城闻笛

01

注·释

● *01*·此诗当是开元二十二年（734）春在洛阳作。洛城：即洛阳城。今河南洛阳市。

● *02*·玉笛：华美的笛，镶嵌玉石的笛。暗飞声：因笛声在夜间传来，故云。

● *03*·《折柳》：笛曲名，即乐府横吹曲《折杨柳》，内容多抒离别相思之情。《乐府诗集》卷二十二收最早的《折杨柳》辞为梁元帝所作。

● *04*·故园情：怀念家乡的感情。

谁家玉笛暗飞声？ *02*

散入春风满洛城。

此夜曲中闻《折柳》， *03*

何人不起故园情？ *04*

品·评

前二句点题，后二句思乡，全诗紧扣"闻"字，抒写闻笛感受。首句开门见山写听到笛声，而这笛声不知从谁家传出来的，由于声音悠扬悦耳，想到这笛子一定非常美好，所以"笛"前加上"玉"字。"暗"字不仅点题中"夜"字，也表示吹笛者原来并不准备打动听众。"飞"者，快也，远也，说明美妙的笛声扩散得很快很远，这样首句就点明了题中的"夜"和"闻笛"。次句不仅点明题中的"春"和"洛城"，而且用"散入"和"春风"四字与首句的"飞"字相应，说明笛声随着春风飞散，再用一个"满"字形象地描写了扩散的范围。"满洛城"是说整个洛城都听到了这美妙的玉笛声，当然有点夸张。但因为这是在夜深人静之时，再加上春风的帮助飘散，所以说笛声飞满洛城也并不太过分。第三句用"此夜"二字，不仅点明题中的"夜"，而且标出了特定的时间。不说听了一支"折柳"曲，却说在笛中听到了"折柳"。《折杨柳》是曲名，听到这伤别相思的曲声，定会引起思乡之情。同时，古代送别还有折柳的习俗，此时正是春天折柳离别的季节，于是"折柳"就有双重意义。末句不说自己起了思乡之情，却说"何人不起故园情"，诗人觉得，在这种环境下，所有作客他乡的人都会引起思家之情，当然包括诗人在内。意境就大大拓展了。此诗与李白晚年所写《与史郎中钦听黄鹤楼上吹笛》用意相似，但章法不同。本诗顺叙，着力在前二句，条理通畅；彼诗倒叙，着力在后二句，含蓄深沉。

古风

（其十六）01

天津三月时，02 千门桃与李。朝
为断肠花，03 暮逐东流水。前水
复后水，古今相续流。新人非
旧人，年年桥上游。

鸡鸣海色动，04 谒帝罗公侯。05
月落西上阳，06 余辉半城楼。衣
冠照云日，朝下散皇州。07 鞍马

注·释

●01·此诗当为开元二十二年（734）春游
洛阳时所作。据《旧唐书·玄宗纪》记载，
开元二十二年正月己丑，玄宗幸东都，由
此可知是年春天百官在东都上朝全为写实。

●02·天津：古浮桥名。故址在今河南省
洛阳市旧城西南、隋唐皇城正南的洛水上。
此借指洛阳。《元和郡县志》卷五河南道河
南府河南县："天津桥，在县北四里。隋炀
帝大业元年初造此桥，以架洛水，用大缆
维舟，皆以铁锁钩连之。南北夹路，对起
四楼，其楼为日月表胜之象。然洛水溢，
浮桥辄坏，贞观十四年更令石工累方石为
脚。因《尔雅》'箕斗之间为天汉之津'，
故取名焉。"

●03·断肠花：杨齐贤注："言三月之朝，
人见桃李烂漫，春心摇荡，感物伤情，肠
为之断。至于日暮，花已零落，随逐东流
之水。"刘希夷《公子行》："可怜杨柳伤心
树，可怜桃李断肠花。""伤心"与"断肠"
互文见义，诗人即用其意。

●04·"鸡鸣"句：杨齐贤注："海色，晓色
也。鸡鸣之时，天色昧明，如海气朦胧然。"
一说海色动谓日出时海水沸腾，疑非是。

●05·谒：拜见。罗：排列。此句意谓公
侯列队拜见皇帝。案唐沿汉制，称洛阳为
东都，从高宗到玄宗，皇帝经常东幸，文
武百官随从，在东都上朝。其时长安则设
西京留守。

●06·西上阳：宫名。一作"上阳西"。
《旧唐书·地理志一》河南道东都："上阳
宫，在宫城之西南隅。南临洛水，西拒毂
水，东即宫城，北连禁苑。宫内正门正殿
皆东向，正门曰提象，正殿曰观风。其内
别殿、亭观九所。上阳之西，隔毂水有西
上阳宫，虹梁跨毂，行幸往来。皆高宗龙
朔后置。"

●07·"朝下"句：意谓下朝后各官员散往
东都各处。皇州，《文选》卷三十谢朓《和
徐都曹》诗："春色满皇州。"张铣注："皇
州，帝都也。"

如飞龙，黄金络马头。[08] 行人皆辟易，[09] 志气横嵩丘。[10]

入门上高堂，列鼎错珍羞。[11] 香风引赵舞，清管随齐讴。[12] 七十紫鸳鸯，[13] 双双戏庭幽。行乐争昼夜，自言度千秋。

功成身不退，自古多愆尤。[14] 黄

● 08 · "鞍马"句：形容官僚臣属下朝后在路上的神气。飞龙，《后汉书·明德马皇后纪》："车如流水，马如游龙。"《晋书·食货志》："车如流水，马若飞龙。"黄金络马头，古乐府《鸡鸣曲》《相逢行》《陌上桑》中的成句。

● 09 · 辟易：惊退躲避。《史记·项羽本纪》："项王瞋目而叱之，赤泉侯人马俱惊，辟易数里。"张守节《正义》："言人马俱惊，开张易旧处，乃至数里。"

● 10 · 横：横暴、强横。嵩丘：嵩山。古称中岳，在今河南省登封市北。此句谓朝官得志，盛气横溢嵩山。

● 11 · 列：布陈。鼎：古食器，多用青铜制成。错：错杂。珍羞（馐）：名贵珍奇的食物。此句谓桌上杂陈各种佳肴。

● 12 · 香风：指脂粉香味随风飞散。清管：清澈的管乐之声。讴（ōu），古代齐国称唱歌曰讴。春秋战国时代，赵舞、齐讴皆负盛名。左思《娇女诗》："从容好赵舞。"《汉书·礼乐志》："齐讴员六人。"

● 13 · "七十"句：古乐府《鸡鸣曲》《相逢行》皆云："鸳鸯七十二，罗列自成行。"此"七十"即举成数，指鸳鸯之多，非实数。鸳鸯，鸟名，雌雄偶居不离，古称"匹鸟"，常用以比喻夫妇。

● 14 · 愆尤：罪过，灾祸。

犬空叹息，¹⁵ 绿珠成衅雠。¹⁶

何如鸱夷子，¹⁷ 散发棹扁舟。¹⁸

● 15 • "黄犬"句：用秦相李斯被杀典故。《史记·李斯列传》："二世二年七月，具斯五刑，论腰斩咸阳市。斯出狱，与其中子俱执，顾谓其中子曰：'吾欲与若复牵黄犬俱出上蔡东门逐狡兔，岂可得乎！'遂父子相哭而夷三族。"李白诗屡用此事。余见《行路难》其三注。

● 16 • "绿珠"句：《晋书·石崇传》："崇有妓曰绿珠，美而艳，善吹笛。孙秀使人求之。崇时在金谷别馆，方登凉台，临清流，妇人侍侧。使者以告，崇尽出其婢妾数十人以示之，皆蕴兰麝，被罗縠。曰：'在所择。'使者曰：'君侯服御，丽则丽矣，然本受命指索绿珠，不识孰是。'崇勃然曰：'绿珠吾所爱，不可得也！'……崇竟不许。秀怒，乃劝（赵王）伦诛崇。……崇正宴于楼上，介士到门，崇谓绿珠曰：'我今为尔得罪！'绿珠泣曰：'当效死于官前。'因自投于楼下而死。……崇母兄妻子无少长皆被害。"衅（xìn），事端。雠（chóu），怨仇。

● 17 • 鸱夷子：指春秋时越国大夫范蠡。《史记·货殖列传》："昔者越王勾践困于会稽之上，乃用范蠡、计然。……范蠡既雪会稽之耻……乃乘扁舟浮于江湖，变名易姓，适齐，为鸱夷子皮，之陶，为朱公。"

● 18 • "散发"句：谓弃冠簪，不束发而隐居。棹扁舟，指泛游江湖。

品·评 第一段，写阳春三月，天津桥边千家万户桃李盛开，鲜花艳丽，动人心魄，但不能耐久，朝荣暮落，随流水而去。由此感叹流水古今相续，而游人则今人非旧人，深叹人生短暂。第二段，写在洛阳的大臣上朝和下朝的情景。公侯们在鸡鸣时即上朝，此时月在西上阳宫落下去，余光射在城楼上。而百官在云日照耀下散朝时，马若飞龙，行人吓得唯恐躲避不及，充分显示出权贵们气势的骄横。第三段，写权贵们在家中奢侈享乐的生活。吃的是山珍海味，玩的是赵舞齐讴，香风阵阵，管乐清奏，就像许多鸳鸯在幽庭戏游。权贵们自以为这种昼夜行乐生活可以千年享受。第四段，以李斯、石崇的悲剧与范蠡功成身退逍遥自在相对照，讽刺权贵们的不知足。全诗描写、叙述、用典、议论融会一体，自然流畅，讽刺深刻。

襄阳歌

01

落日欲没岘山西，倒著接䍦花下迷。*02* 襄阳小儿齐拍手，拦街争唱《白铜鞮》。*03* 旁人借问笑何事，笑杀山公醉似泥。*04* 鸬鹚杓，*05* 鹦鹉杯。*06* 百年三万六千日，一日须倾三百杯。*07* 遥看汉水鸭头绿，*08* 恰似葡萄

注·释

●*01*·此诗当是开元二十二年（734）游襄阳时作。襄阳歌：旧注或指为乐府《襄阳曲》，非。此乃李白即地怀古之歌吟体诗。襄阳：县名，唐襄州治所，今湖北省襄阳市。

●*02*·岘山：又名岘首山，在今湖北省襄阳市南。东临汉水，为襄阳南面要塞。倒著接䍦：一作"行客辞归"。接䍦（lí），古代一种白色头巾。《晋书·山简传》："永嘉三年，出为征南将军，都督荆、湘、交、广四州诸军事，假节镇襄阳。……简每出游嬉，多之池上，置酒辄醉，名之曰高阳池。时有儿童歌曰：'山公出何许？往至高阳池，日夕倒载归，酩酊无所知，时能骑马，倒著白接䍦。'"李白另有乐府诗《襄阳曲四首》，专咏山简事。

●*03*·《白铜鞮》：即《白铜蹄》，南朝齐梁时歌谣。

●*04*·山公：一作"山翁"，指山简，此为诗人自喻。以上为第一段，叙山简事以起兴。

●*05*·鸬鹚杓：形似鸬鹚鸟颈的长柄酒杓。鸬鹚，水鸟名，亦称"水老鸦""鱼鹰"。颈长，善潜水，可驯养捕鱼。

●*06*·鹦鹉杯：用形似鹦鹉嘴的螺壳制成的酒杯。鹦鹉，鸟名，俗称"鹦哥"。头圆，上嘴弯曲成钩状，尖处红色，能模仿人言的声音。

●*07*·"一日"句：《世说新语·文学》："郑玄在马融门下……业成辞归。"刘孝标注引《郑玄别传》："袁绍辟玄，及去，饯之城东，欲玄必醉。会者三百余人，皆离席奉觞，自旦及莫，度玄饮三百余杯，而温克之容终日无怠。"

●*08*·鸭头绿：染色业术语，指像鸭头上绿毛般的颜色。绿，宋本作"渌"，据萧本、郭本、王本改。

初酿醅。⁰⁹ 此江若变作春酒,垒曲便筑糟丘台。¹⁰ 千金骏马换少妾,¹¹ 笑坐雕鞍歌《落梅》。¹² 车旁侧挂一壶酒,凤笙龙管行相催。¹³ 咸阳市中叹黄犬,¹⁴ 何

●09·恰似:一作"疑是"。初:一作"新"。葡萄:酒名。《博物志》卷五:"西域有葡萄酒,积年不败,彼俗云可十年,饮之,醉弥日乃解。"程大昌《演繁露续集》卷四:"钱希白《南部新书》曰:太宗破高昌,收马乳蒲萄,种于苑中,并得酒法,仍自损益之,造酒绿色,长安始识其味。太白命蒲萄之色以为绿者,盖本此也。"酿醅:未经过滤的重酿酒。庾信《春赋》:"石榴聊泛,蒲桃酿醅。"此句谓清澈的汉水正像刚酿的葡萄酒。

●10·春酒:古代称美酒冠以"春"字,如剑南春、老春等。垒:堆叠。曲:俗称酒药,即酿酒时所用的发酵糖化剂。糟丘台:酒糟堆积成山丘高台,极言其多。《新序·节士》:"桀为酒池,足以运舟;糟丘足以望七里。"

●11·千金:一作"金鞍"。少妾:一作"小妾"。此句用曹彰以妾换骏典。《独异志》卷中:"后魏曹彰性倜傥,偶逢骏马爱之,其主所惜也。彰曰:'予有美妾可换,惟君所选。'马主因指一妓,彰遂换之。"

●12·笑坐:宋本作"醉坐",据萧本、郭本、咸本、王本改。雕鞍:一作"金鞍"。《落梅》:即乐府《梅花落》曲。《乐府诗集》卷二十四《横吹曲辞》有《梅花落》,曰:"本笛中曲也。按唐大角曲亦有《大单于》《小单于》《大梅花》《小梅花》等曲,今其声犹有存者。"

●13·凤笙:《风俗通·声音》:"《世本》:随作笙,长四寸,十二簧,象凤之身,正月之音也。"谓笙形像凤,因称凤笙。龙管:马融《长笛赋》:"近世双笛从羌起,羌人伐竹未及已,龙鸣水中不见己,截竹吹之声相似。"谓笛声如龙鸣,故称龙管。

●14·"咸阳"句:用秦相李斯被杀典,见《行路难》其三注。

071

如月下倾金罍？[15]

君不见晋朝羊公一片石，[16]龟头剥落生莓苔。[17]泪亦不能为之堕，心亦不能为之哀。[18]清风朗月不用一钱买，玉山自倒非人推。[19]

- 15 • 金罍：古酒器，即黄金所饰之酒樽。《诗·周南·卷耳》："我姑酌彼金罍。"以上为第二段，抒写诗人纵酒行乐。
- 16 • 羊公：指西晋名将羊祜。一片石：宋本作"一片古碑材"，据萧本、郭本、咸本、王本改。指堕泪碑。《晋书·羊祜传》："祜乐山水，每风景必造岘山置酒，言咏终日不倦。祜卒，襄阳百姓于岘山祜平生游憩之所建碑立庙，岁时飨祭焉。望其碑者莫不流涕。杜预因名为堕泪碑。"
- 17 • 龟头：一作"龟龙"，指负碑的石雕动物赑屃。赑屃（bì xì），一种爬行动物，又名蟏（xī）龟，形状似龟。古代碑下的石座，习惯雕作赑屃，作为负碑之物。剥落：一作"驳落"，剥蚀脱落。
- 18 • 此句以下宋本多"谁能忧彼身后事，金凫银鸭葬死灰"二句。
- 19 • "玉山"句：《世说新语·容止》："嵇叔夜之为人也，岩岩若孤松之独立；其醉也，傀俄若玉山之将崩。"后因以"玉山自倒"形容醉态。

●20·舒州：今安徽省潜山县。据《新唐书·地理志五》，唐代舒州产酒器，为进贡之物。

●21·铛（chēng）：温酒器。《新唐书·韦坚传》载各地进贡之物中有"豫章力士瓷饮器：茗、铛、釜"。李白：一作"酒仙"。

●22·襄王云雨：宋玉《高唐赋》云：楚王曾游高唐，梦一神女，自称巫山之女，愿荐枕席。临别时云："妾在巫山之阳，高丘之岨。旦为朝云，暮为行雨，朝朝暮暮，阳台之下。"后以"云雨"称男女幽欢，即本此。案巫山云雨原为楚怀王事，后因此事乃宋玉对楚襄王所说，遂变为"襄王云雨"。

●23·猿夜声：一作"猿夜鸣"。以上第三段，感慨往事如烟，故迹难寻。

舒州杓，[20] 力士铛，李白与尔同死生。[21] 襄王云雨今安在？[22] 江水东流猿夜声。[23]

品·评

首段描绘晋朝山简镇襄阳时"醉如泥""倒著接䍦"的形象。为后面写自己的醉酒作铺垫。第二段写自己在襄阳痛饮及醉中情态。"一日须倾三百杯"，反映出忧愁难解。"何以解忧，唯有杜康。"（曹操《短歌行》）这正是李白醉酒的原因。在醉眼蒙眬中，望见清澈的汉水就像重酿过的葡萄酒，汉水变成了美酒，酒麹就可垒成夏朝时的糟丘台了。诗人想学当年曹彰以随行小妾换骏马，笑坐在雕鞍上，唱着《梅花落》的曲子，车旁挂着一壶酒，乐队奏着凤笙龙笛。想当年富贵到极点的秦朝丞相李斯最后被杀，连想跟儿子出上蔡牵黄犬打猎都不可能，还不如我现在自由自在地在月下倾杯喝酒呢！第三段以"君不见"领起，进一步抒发人生短促、功业不能长存的悲衰，当年为纪念羊祜立的碑，如今已剥落，谁还记得他的功业而哀悼堕泪呢？楚襄王与巫山神女的故事亦属子虚乌有。只有清风朗月不用花钱可尽情享用，酒醉后像玉山自倒在清风朗月下，多么潇洒！全诗反映纵酒行乐的生活以及蔑视功名富贵的思想，表现出初入长安功业无成所产生的悲愤情绪。其气势纵横跌宕，语言奔放自然，意境开旷神遽，艺术成就甚高。

江夏别宋之悌

⁰¹

楚水清若空，⁰² 遥将碧海通。⁰³

人分千里外，⁰⁴ 兴在一杯中。⁰⁵

谷鸟吟晴日， 江猿啸晚风。

平生不下泪， 于此泣无穷！

注·释

● 01·此诗约作于开元二十二年（734）前后，时宋之悌贬朱鸢途经江夏，李白作此送别诗。江夏：唐县名，治所在今湖北武汉市武昌。宋之悌：初唐诗人宋之问季弟。《朝野佥载》卷六："宋令文者，有神力。……令文有三子：长之问，有文誉；次之逊，善书；次之悌，有勇力。之悌后左降朱鸢，会贼破驩州，以之悌为总管击之。募壮士，得八人。之悌身长八尺，被重甲，直前大叫曰：'獠贼，动即死。'贼七百人一时俱锉，大破之。"《旧唐书·宋之问传》："之悌，开元中自右羽林将军出为益州长史、剑南节度兼采访使，寻迁太原尹。"宋之悌事迹详见拙著《李白丛考·李白诗江夏别宋之悌系年辨误》，陕西人民出版社1982年版。

● 02·楚水：指江夏。陆游《入蜀记》卷三："自此（鹦鹉洲）以南为汉水……水色澄澈可鉴。太白云：'楚水清若空'，盖言此也。"

● 03·将：与。碧海：指朱鸢。朱鸢在唐代属安南都护府交趾郡（交州）。当时有朱鸢江经此入海。《水经注》卷三十七：叶榆水"过交趾……东入海"。

● 04·千里：据《旧唐书·地理志四》：交趾"至京师七千二百五十三里"，则朱鸢至江夏亦相距有数千里。

● 05·兴：兴会，兴致。

品·评 首联分别点明送别的地点和宋之悌将往的地点。颔联点题，由友人将往之处回到眼前的离别，千里之别是悲哀的，但眼前还有酒可以解愁，不说"悲"而说"兴"，"一杯"对"千里"，既表现出豪气和潇洒，又有无可奈何的情绪。含蓄有味，耐人咀嚼。颈联转为写景，从"晴日"到"晚风"，暗示时间的推移，依依惜别之情于言外见之。出句是美好景色，与颔联"兴"字相应；对句是凄凉景色，为尾联"泣"字张本。尾联抒情，宋之悌早年仕途发达，但在暮年却远谪蛮荒之地，面对此情此景，铁石心肠的人也会动情，何况富有同情心的诗人，自然就"泣无穷"了。前三联写得豪逸洒脱，尾联却以悲怆沉郁作结，使诗情跳跃跌宕，大开大合，有起之无端、结之无尽之妙。

将进酒

01

君不见黄河之水天上来，*02* 奔流到海不复回！*03* 君不见高堂明镜悲白发，朝如青丝暮成雪！*04* 人生得意须尽欢，莫使金樽空对月。

天生我材必有用，*05* 千金散尽还复来。*06* 烹羊宰牛且为乐，*07* 会

● *01*·此诗约作于开元二十四年（736）前后。岑勋因仰慕李白，寻访到嵩山元丹丘处，请丹丘再邀李白到嵩山。三人置酒高会，李白在席间写成此诗。将进酒：乐府旧题。《乐府诗集》卷十六《鼓吹曲辞·汉铙歌》载《将进酒》古辞，内容言饮酒放歌。卷十七载梁昭明太子同题之作，亦只及游乐饮酒。萧士赟云："《将进酒》者，汉短箫铙歌二十二曲之一也。……唐时遗音尚存，太白填之以申己之意耳。"将：请。按：此诗两见《文苑英华》，题一作"惜空樽酒"，一作"将进酒"；敦煌写本《唐人选唐诗》作"惜樽空"。

● *02*·君不见：乐府诗常用作提醒人语。黄河：我国第二大河。上源马曲出青海省巴颜喀拉山脉雅拉达泽山东麓约古宗列盆地西南缘。古代统称其左右之山为昆仑墟，故有河出昆仑之说。以其地势极高，故诗人以"天上来"形容之。

● *03*·"奔流"句：古乐府《长歌行》："百川东到海，何时复西归？"到，一作"倒"，非。

● *04*·高堂：一作"床头"。青丝：一作"青云"，喻柔软的黑发。成雪：一作"如雪"。

● *05*·"天生"句：一作"天生我身必有财"，又一作"天生吾徒有俊材"。用，一作"开"。

● *06*·千金散尽：一作"黄金散尽"。《上安州裴长史书》云："曩昔东游维扬，不逾一年，散金三十余万，有落魄公子，悉皆济之。"又《答王十二寒夜独酌有怀》："黄金散尽交不成。"

● *07*·烹羊宰牛：曹植《野田黄雀行》："中厨办丰膳，烹羊宰肥牛。"

须一饮三百杯。⁰⁸ 岑夫子、⁰⁹ 丹丘生，¹⁰ 进酒君莫停。¹¹ 与君歌一曲，¹² 请君为我倾耳听。¹³ 钟鼓馔玉不足贵，¹⁴ 但愿长醉不用醒。¹⁵ 古来圣贤皆寂寞，¹⁶ 唯有饮者留其名。

陈王昔时宴平乐，斗酒十千恣

● 08·会须：该当。一饮三百杯，用郑玄典故。《世说新语·文学》："郑玄在马融门下……业成辞归。"刘孝标注引《郑玄别传》："袁绍辟玄，及去，饯之城东，欲玄必醉。会者三百余人，皆离席奉觞。自旦及莫，度玄饮三百余杯，而温克之容终日无怠。"

● 09·岑夫子：当即岑勋。李白另有《酬岑勋见寻就元丹丘对酒相待以诗见招》。《文苑英华》卷八五七（《全唐文》卷三七九）有岑勋撰《西京千福寺多宝佛塔感应碑》。

● 10·丹丘生：即元丹丘，李白好友。诗人《上安州裴长史书》提及前受安州马都督和李长史接见时曰："故交元丹，亲接斯议。"知早在青年时代已与元丹丘订交。《冬夜于随州紫阳先生餐霞楼送烟子元演隐仙人山序》曰："吾与霞子元丹、烟子元演气激道合，结神仙交。"李白一生与元丹丘过从甚密，酬赠元丹丘诗甚多，详见拙著《李白丛考·李白与元丹丘交游考》。

● 11·"进酒"句：一作"将进酒，杯莫停"。君，一作"杯"。

● 12·与君：为君。敦煌写本《唐人选唐诗》即作"为君"。

● 13·倾耳：萧本、郭本、胡本、《全唐诗》本皆作"侧耳"。

● 14·"钟鼓"句：一作"钟鼎玉帛岂足贵"。钟鼓馔玉，瞿蜕园、朱金城《李白集校注》："按钟鼓馔玉不成对文，疑当作鼓钟馔玉，即钟鸣鼎食之意。"按：古时富贵家用膳时鸣钟列鼎。馔（zhuàn），食饮。馔玉，形容食物如玉一般精美。

● 15·不用醒：一作"不复醒"，又作"不愿醒"。

● 16·圣贤：一作"贤圣"。寂寞：一作"死尽"。

欢谑。¹⁷ 主人何为言少钱，径须
沽取对君酌。¹⁸ 五花马，¹⁹ 千金
裘，²⁰ 呼儿将出换美酒，²¹ 与尔
同销万古愁！

●17·陈王：三国时魏国诗人曹植。《三国
志·魏志·曹植传》："陈思王植，字子建。
太和六年，封植为陈王。"平乐：观名。汉
明帝时造，在洛阳西门外。曹植《名都
篇》："归来宴平乐，美酒斗十千。"昔时：
一作"昔日"。斗酒十千，形容酒美价贵。
斗，古代盛酒容器，亦用作卖酒的计量单
位。恣欢谑：纵情寻欢作乐。
●18·径须：只管，一作"且须"。沽取：
买取；一作"沽酒"。对：一作"共"。
●19·五花马：毛为五色花纹的好马。《图
画见闻志》引韩幹《贵戚阅马图》及张萱
《虢国出行图》，谓五花乃剪马鬃（颈上长
毛）为五瓣花。
●20·千金裘：形容狐裘价值之高。《史
记·孟尝君列传》："此时孟尝君有一狐白
裘，直（值）千金，天下无双。"
●21·将出：拿出。

品·评 将进酒，请饮酒；就是劝酒歌。前人写此题的作品都是五言小诗，李白衍为大幅
长句，并灌输强烈的浪漫主义激情，使旧题乐府获得新的生命，达到顶峰，使后
人难以为继。发端以狂飙突起之势，用惊心动魄的两个排比长句，唱出深沉的人
生感慨。先以河水入海的壮伟景象比喻光阴一去不回，再用极度的夸张描写人生
短暂。气势豪纵，相互衬托，奠定了全诗豪放的主旋律。既然人生短促，就自然
地落到主题：何不及时行乐？这里的"人生得意"并非世俗所指的富贵荣华，而
是指适性快意。也就是"莫使金樽空对月"的欢情。但诗人并非真的愿意遁入醉
乡、游戏人生，只是想摆脱现实中的痛苦而不得已为之，内心深处仍向往着功名
和理想，所以第二段就高唱"天生我材必有用，千金散尽还复来"，表达乐观信
念，肯定自我价值，这与同一时期的《梁甫吟》等诗一样，对前途充满信心。于
是诗人沉浸到酣畅淋漓的纵情宴饮中，诗至此变为三言句，短促的音节，毕肖声
口；吟诗放歌，画出酒酣耳热的自我形象。接着诗意又起波澜，转为激愤，蔑视
豪门贵族的豪华生活为"不足贵"，自己只愿长醉，表达出诗人对黑暗现实的不满
情绪。自古志士仁人难酬壮志，空耗壮心；只有狂歌醉酒的高士留下不朽名声。
这里隐含着诗人心头的痛苦和愤怒。第三段借古人曹植欢宴平乐之事，抒发自己
的豪情，于是酒兴诗情都进入高潮，竟放言无忌，反客为主。"主人何为言少钱"，
既与前"千金散尽还复来"相呼应，又引出后面的不惜将名马贵裘换取美酒，只
求销却无穷的愁绪。这最后点出的诗旨，既深沉而有气势，又流畅而耐人寻味。
全诗以明快的节奏、参差的句式、跳跃的韵律，抒发汹涌奔腾的悲愤诗情，表面
看豪放痛快，实际上苦闷无奈，深沉的悲痛寓于豪语之中，乃此诗主要特征。

赠孟浩然

01

吾爱孟夫子，[02] 风流天下闻。[03]
红颜弃轩冕，[04] 白首卧松云。[05]

注·释

● 01·此诗当为开元二十七年（739）李白过襄阳重晤孟浩然时所作。其时孟浩然已届暮年，次年即患疽背卒。孟浩然：见前《黄鹤楼送孟浩然之广陵》诗注。

● 02·孟夫子：指孟浩然。夫子，古代对男子的敬称。

● 03·风流：儒雅潇洒的风度。《三国志·蜀书·刘琰传》："（刘备）以宗姓，有风流，善谈论，厚亲待之。"

● 04·"红颜"句：在青壮年时就绝意仕宦。《新唐书·孟浩然传》："少好节义，喜振人患难，隐鹿门山。年四十，乃游京师。尝于太学赋诗，一座嗟伏，无敢抗。张九龄、王维雅称道之。维私邀入内署，俄而玄宗至，浩然匿床下，维以实对。帝喜曰：'朕闻其人而未见也，何惧而匿？'诏浩然出。帝问其诗，浩然再拜，自诵所为，至'不才明主弃'之句，帝曰：'卿不求仕，而朕未尝弃卿，奈何诬我？'因放还。采访使韩朝宗约浩然偕至京师，欲荐诸朝。会故人至，剧饮欢甚，或曰：'君与韩公有期。'浩然叱曰：'业已饮，遑恤他！'卒不赴。朝宗怒，辞行，浩然不悔也。"红颜，红润的脸色，指青壮年时代。轩冕，古时公卿大夫的车子和礼帽，后用以代指官位爵禄。

● 05·卧松云：指隐居山林。

●06·醉月：月夜醉酒。中圣：犹中酒。
《三国志·魏书·徐邈传》记载，汉末曹操
主政，禁酒甚严。当时人讳说酒字，把清
酒称为圣人，浊酒称为贤人。尚书郎徐邈
私自饮酒，对人说是"中圣人"。后遂以
"中圣人"或"中圣"称酒醉。"中"本应
读去声，但此需读平声才合律。
●07·迷花：迷恋丘壑花草。
●08·"高山"句：《诗·小雅·车辖》：
"高山仰止，景行行止。"此以仰望高山喻
己对孟浩然的景仰。
●09·徒：只能。一作"从"。揖：拱手为
礼，表示致敬。清芬：喻高洁的德行。

醉月频中圣，⁰⁶ 迷花不事君。⁰⁷

高山安可仰，⁰⁸ 徒此揖清芬。⁰⁹

品·评 首联点明题旨，总摄全诗。"爱"字是诗眼，是贯串全诗的抒情线索。"风流"
二字是孟浩然品格的总概括，全诗围绕此展开笔墨。颔联和颈联申说"风流"
所在，描写孟浩然的高士形象。"红颜"与"白首"对举，概括从青壮年到晚年
的生涯，从纵的方面写；"醉月"与"迷花"对举，概括隐居生活，从横的方面
写；而"弃轩冕"与"不事君"是风流的核心，如果没有弃轩冕、不事君，那
么"卧松云""醉月""迷花"就显示不出高洁和脱俗，所以这两联的深意是耐
人咀嚼的。前人多批评此两联诗意重复，失于检点，其实这是从两个不同角度
描写的。颔联由"弃"而"卧"是从反到正写法，颈联由"醉月""迷花"而不
事君，是从正到反写法。纵横反正，笔法灵活，摇曳生姿，将孟浩然的高洁形
象描绘得非常充分，同时也深蕴着诗人的敬爱之情。于是尾联就水到渠成，直
接抒情。孟浩然的品格像高山屹立，仰望不及，故有"安可仰"之叹，只能对
着他的高洁品格揖拜而已。这就比一般的赞仰又进了一层。此诗直抒胸臆，情
深词显，自然古朴，格调高雅。巧用典故，无斧凿痕。从抒情到描写回到抒情，
从爱最后归结到敬仰，意境浑成，感情率真，表现出诗人的特有风格。

东鲁门泛舟二首

（其一）

01

日落沙明天倒开，02

波摇石动水萦回。03

轻舟泛月寻溪转，

疑是山阴雪后来。04

品·评

首句写日落时阳光反照使水中的天空和沙洲的倒影分外鲜明，给人有"天开"之感。次句写波浪的摇动和水流的萦回，给人以"石动"的错觉。前两句都是写景，是日落时间。第三句才点题，已到了月夜泛舟。月光照射水面，小舟轻盈漂游，似乎泛着月光前进。诗人兴致极高，随溪曲而转，信流而行。此句不仅纪事，而且用一个"轻"字，生动地表现出诗人飘飘然的精神状态。末句抒情，用了一个典故，诗人想起东晋名士王徽之雪夜访戴逵，"乘兴而行，尽兴而返"，如今这皎洁的月光和当年的雪光十分相似，自己的豪兴也和当年的王徽之相同。一个"疑"字，表现出诗人此时已进入"忘我"的境界，非常生动传神。这典故信手拈来，只借用其"乘兴"一端，用得非常巧妙。

嘲鲁儒

01

鲁叟谈《五经》，⁰²

白发死章句。⁰³

问以经济策，⁰⁴

茫如坠烟雾。⁰⁵

足着远游履，⁰⁶

首戴方山巾。⁰⁷

缓步从直道，

未行先起尘。

秦家丞相府，

不重褒衣人。⁰⁸

注·释

● *01*·此诗约作于移家东鲁后的开元二十八年（740）。鲁儒：鲁地（今山东省曲阜市一带）的儒者。

● *02*·《五经》：指儒家五部经典著作，即《易》《书》《诗》《礼》《春秋》。

● *03*·章句：古代儒生以分章析句来解释经义的一种治学方法。此句意谓鲁地的儒者到老只能死记章句。

● *04*·经济策：治理国家的策略。经济，经世济民。

● *05*·"茫如"句：谓一无所知，茫然如堕入烟雾之中。

● *06*·远游履：履名。《文选》卷十九曹植《洛神赋》："践远游之文履。"其形制未详。

● *07*·方山巾：当即"方山冠"，原为汉代祭祀宗庙时乐舞者所戴之冠。《后汉书·舆服志下》："方山冠，似进贤（冠），以五采縠为之。祠宗庙，《大予》《八佾》《四时》《五行》乐人服。冠衣各如其行方之色而舞焉。"后成为儒生所戴之冠。

● *08*·秦家丞相：指李斯。《史记·李斯列传》载李斯曾建议秦始皇焚书曰："臣请诸有文学《诗》《书》百家语者，蠲除去之。令到满三十日弗去，黥为城旦。所不去者，医药卜筮种树之书。若有欲学者，以吏为师。"秦始皇接受了这个建议，遂"收去《诗》《书》百家之语以愚百姓，使天下无以古非今"。褒衣：宽袍，古代儒生的装束。《汉书·隽不疑传》："褒衣博带，盛服至门上谒。"颜师古注："褒，大裾也。言着褒大之衣，广博之带也。"二句谓秦朝丞相李斯，是不看重宽袍阔带的儒生的。

●09·叔孙通：汉初薛县（今山东省枣庄薛城）人，曾为秦博士。秦末农民起义，为项羽部属，后归刘邦，任博士。汉朝建立，曾率儒生改造前代礼制，为汉高祖刘邦制订新的朝仪。《史记·刘敬叔孙通列传》："于是叔孙通使征鲁诸生三十余人。鲁有两生不肯行，曰：'公所事者且十主，皆面谀以得亲贵。今天下初定，死者未葬，伤者未起，又欲起礼乐。礼乐所由起，积德百年而后可兴也。吾不忍为公所为。公所为不合古，吾不行。公往矣，无污我！'叔孙通笑曰：'若真鄙儒也，不知时变。'"

●10·殊伦：不同类。诗人于此自比叔孙通，以"不知时变"的"鄙儒"喻鲁叟，故云不同类。

●11·时事：适合当时之事。汶水：今名大汶河，源出山东莱芜市北，西南流至梁山入济水。二句谓鲁叟对什么是适合时代的事尚且不懂，只能回到汶水边去种田了。

君非叔孙通，[09]

与我本殊伦。[10]

时事且未达，

归耕汶水滨。[11]

品·评　首四句批评鲁地的儒生只会死记《五经》的章句，对治理天下的方略却茫然不知。接着四句描绘腐儒的可笑形象：足着仿制汉代的远游履，头戴仿制汉代的方山冠，顺着直道慢慢地蹀步走路，还未走几步那宽大的衣袖就卷起了飞扬的尘土。这幅画面把鲁儒的动态肖像描绘得惟妙惟肖。末六句诗人作正面评论：秦朝丞相李斯早就不看重脱离实际只做表面文章的儒生，劝秦始皇焚书坑儒；而汉初的叔孙通为汉高祖制定新的制度则适合时宜。诗人以叔孙通自喻，表明自己与死守章句的腐儒完全是不同的人。最后两句讽刺鲁儒不懂时事，只能到汶水边去种田。此诗表明作者讽刺的只是儒生中的一部分，即死守章句而不懂经世济民方略者，说明诗人自认为是一个有政治抱负，希望积极用世的真正儒生。全诗形象鲜明，用典贴切。

南陵别儿童入京

01

白酒新熟山中归，*02*

黄鸡啄黍秋正肥。

呼童烹鸡酌白酒，

儿女嬉笑牵人衣。*03*

高歌取醉欲自慰，

起舞落日争光辉。*04*

游说万乘苦不早，*05*

着鞭跨马涉远道。*06*

会稽愚妇轻买臣，*07*

注 · 释

- *01·* 此诗当是天宝元年（742）奉诏入京时所作。《河岳英灵集》《又玄集》《唐文粹》收此诗均题作《古意》。南陵：前人皆谓指宣州南陵（今属安徽省），今人则多谓指今山东省济宁市附近古有南陵。自开元末至天宝末李白子女一直居住于东鲁。
- *02·* 新熟：一作"初熟"，指酿酒完成。
- *03·* 儿女：李白有女名平阳，有子名伯禽。嬉笑：宋本作"歌笑"。
- *04·* "高歌"二句：一本无此二句。
- *05·* 游说：战国时代策士周游列国，向诸侯陈说形势，提出政治、军事、外交方面的主张，以获取官禄，谓之游说。万乘（shèng）：指皇帝。古代天子有兵车万辆，故以万乘（乘：即一车四马）指帝位。苦不早：恨不能在早些年头实现。
- *06·* 着鞭：执鞭；挥鞭。
- *07·* "会稽"句：据《汉书·朱买臣传》记载：朱买臣，吴人。"家贫，好读书，不治产业，常艾薪樵，卖以给食。担束薪，行且诵书。其妻亦负担相随，数止买臣毋歌呕道中。买臣愈益疾歌，妻羞之，求去。买臣笑曰：'我年五十当富贵，今已四十余矣。汝苦日久，待我富贵报女功。'妻恚怒曰：'如公等，终饿死沟中耳，何能富贵！'买臣不能留，即听去。"后买臣得汉武帝信用，任会稽太守，"入吴界，见其故妻、妻夫治道。买臣驻车，呼令后车载其夫妻，到太守舍，置园中，给食之，居一月，妻自经死。"此处以朱买臣自喻，既表示己亦如朱买臣终当富贵，又似指时有妻妾辈轻己者。按：魏颢《李翰林集序》："白始娶于许，生一女一男曰明月奴，女既笄而卒。又合于刘，刘诀。次合于鲁一妇人……"此处"会稽愚妇"疑即指刘氏。

●08·西入秦：一作"方入秦"。秦，指长安。

●09·蓬蒿人：埋没于草野之人，指平民百姓。蓬蒿，两种草名。

余亦辞家西入秦。[08]

仰天大笑出门去，

我辈岂是蓬蒿人！[09]

品·评 开头二句写酒熟鸡肥，山村丰实景象，已呈欢愉气氛，为下文的描写作了铺垫。接着四句，正面描写欢乐情景：高呼童子烹鸡酌酒，儿女嬉笑牵衣，放声高歌自慰，起舞落日争辉，诗人舒畅的心情，飞扬的神采，都跃然纸上。前半首已将诗人和儿女热烈兴奋的情绪写足，下半首则转折跌宕。此年李白已四十二岁，按理早该游说皇帝取得功名了，迟至今日始偿夙愿，终觉有些遗憾，"苦不早"三字，表现出诗人不无遗恨。但毕竟如今能挥鞭跨马登程入京，还是令人高兴的。这里一句一转，反映出诗人内心的复杂。诗人觉得自己就像汉朝的朱买臣，晚年才得志，先前还被愚昧的小妾轻视过，如今自己也辞家赴京了。这两句用典贴切自然，将诗人心中的愤恨宣泄殆尽。于是出现最后两句："仰天大笑出门去，我辈岂是蓬蒿人！"犹如蕴蓄已久的波涛，异峰突起，汹涌澎湃，把感情波澜推向高潮，诗人自负自信的心理和兴奋至极的神态充分地表现出来了。全诗写景叙事凝练简洁，描写人物形象鲜明生动，刻画心理曲折多变。既有正面描写，又有间接烘染；既跌宕多姿，又一气呵成，淋漓尽致。所以此诗有强烈的艺术感染力。

赠杨山人

驾去温泉宫后 01

少年落魄楚汉间，02

风尘萧瑟多苦颜。03

自言管葛竟谁许，04

长吁莫错还闭关。05

一朝君王垂拂拭，06

剖心输丹雪胸臆。07

忽蒙白日回景光，08

直上青云生羽翼。

幸陪鸾辇出鸿都，09

注·释

● 01·此诗乃天宝元年（742）奉诏入京得到君王礼遇供奉翰林、从驾温泉宫时所作。敦煌写本《唐人选唐诗》题作《从驾温泉宫醉后赠杨山人》，是。温泉宫：故址在今陕西省西安市临潼区骊山下。《新唐书·地理志一》京兆府昭应县："有宫在骊山下，贞观十八年置，咸亨二年始名温泉宫。天宝元年更骊山曰会昌山……六载，更温泉（宫）曰华清宫，宫治汤井为池，环山列宫室，又筑罗城，置百司及十宅。"杨山人：名未详。山人，隐居山林之士。

● 02·落魄：同"落泊""落托""落薄"，叠韵联绵词，穷困失意貌。楚汉间：指今湖北汉水流域。

● 03·萧瑟：形容寂寞凄凉。

● 04·"自言"句：此句意谓尽管自以为有管仲、诸葛之才，可又有谁推许呢！管葛：指春秋时辅佐齐桓公称霸诸侯的管仲和三国时辅佐刘备父子建立蜀汉政权的丞相诸葛亮。宋本作"介蚕（chài）"，疑误。

● 05·莫错：一作"错漠"，即错莫。内心纷乱貌。闭关：闭门，指无人往来。关，门栓。

● 06·拂拭：喻赏拔、器重。

● 07·"剖心"句：意谓甘愿竭诚尽力报答君王的知遇之恩。

● 08·白日：喻皇帝。景光：日光，此指皇帝的宠赐。鲍照《蒜山被始兴王命作》诗："白日回清景。"

● 09·鸾辇：皇帝的车乘。鸿都：此喻指李白当时所在的翰林院。《后汉书·灵帝纪》："光和元年……始置鸿都门学生。"李贤注："鸿都，门名也，于内置学。时其中诸生，皆敕州、郡、三公举召能为尺牍辞赋及工书鸟篆者相课试，至千人焉。"

身骑飞龙天马驹。[10]

王公大人借颜色，[11]

金章紫绶来相趋。[12]

当时结交何纷纷，

片言道合唯有君。[13]

待吾尽节报明主，

然后相携卧白云。[14]

● 10 • "身骑"句：《史记·大宛列传》：汉武帝时，"得乌孙马，好，名曰天马。及得大宛汗血马，益壮，更名乌孙马曰西极，名大宛马曰天马云。据李肇《翰林志》记载，唐代制度，翰林学士初入院，赐中厩马一匹，谓之长借马。其时李白供奉翰林，故得借飞龙厩马。傅玄《拟四愁诗四首》之一："寄言飞龙天马驹。"飞龙，马厩名。《新唐书·兵志》："又以尚乘掌天子之御。……其后禁中又增置飞龙厩。"天马驹，指骏马。

● 11 • 借颜色：给面子，赏脸。借，一作"惜"，非。

● 12 • "金章"句：此以金章紫绶代指朝廷大官。金章，一作"金印"，铜印。一作"金璋"，非。紫绶，紫色印带。《汉书·百官公卿表》："相国丞相皆秦官，金印紫绶。"相趋，奉承，讨好。

● 13 • "当时"二句：意谓当时结交的人很多，可是真正志同道合的只有你。

● 14 • 然后相携：一作"携手沧洲"。卧白云：谓隐居。

品·评　此诗乃天宝元年奉诏入京得到君王礼遇供奉翰林、从驾温泉宫时所作。开头四句回顾年轻时流寓于安陆一带，穷困凄凉，虽自以为抱负可比管仲、诸葛亮，但却无人推许赏识，因此只能长叹而寂寞闭门，无人往来。这与后面写的情景形成鲜明对比。中间八句写入京后得到君王的赏识，供奉翰林，自己甘愿掏出心来竭力尽忠，报答君王之恩。又蒙君王宠召，使自己像长出翅膀直上青云，叨陪侍从到温泉宫，骑着飞龙厩的骏马出翰林院，王公大臣都给我赏脸，朝廷大官也都奉承自己。这八句得志的神情溢于言表，与开头四句的情景对比，充分显示出世态的炎凉。最后四句抒写自己的理想。当此之时，巴结自己的人很多，但真正志同道合的只有你杨山人。诗人表示要等自己尽忠做一番事业报答英明君王以后，然后就与杨山人携手隐居。

全诗结构完整，层次分明。以时间为线索，过去、现在、将来，完全顺叙，这在李白诗中较为少见。

宫中行乐词八首

（其一）

01

小小生金屋，*02* 盈盈在紫微。*03*
山花插宝髻， 石竹绣罗衣。*04*

注·释

●01·此组诗当作于天宝二年（743）春天李白供奉翰林时。各本题下并注："奉诏作五言。"《乐府诗集》卷八十二列为《近代曲辞》。《才调集》以今本一、二、四、五、六题作《紫宫乐五首》，三、七、八题作《宫中行乐三首》。《文苑英华》题作《醉中侍宴应制》。《本事诗·高逸》："（玄宗）尝因宫人行乐，谓高力士曰：'对此良辰美景，岂可独以声伎为娱？倘时得逸才词人吟咏之，可以夸耀于后。'遂命召白。时宁王邀白饮酒，已醉。既至，拜舞颓然。上知其薄声律，谓非所长，命为宫中行乐五言律诗十首，白顿首曰：'宁王赐臣酒，今已醉。倘陛下赐臣无畏，始可尽臣薄技。'上曰：'可。'即遣二内臣掖扶之，命研墨濡笔以授之，又令二人张朱丝栏于其前。白取笔抒思，略不停辍，十篇立就，更无加点。笔迹遒利，凤跱龙拏。律度对属，无不精绝。"据此知《宫中行乐词》乃奉诏而作，原有十首，今存八首，当已逸二首。按：宁王即玄宗兄李宪。据《旧唐书·李宪传》，李宪卒于开元二十九年十一月。李白于天宝元年秋入京供奉翰林，李宪已卒，怎能与之饮酒？故《本事诗》所记未可尽信。

●02·小小：幼小时。金屋：华美的宫室。《汉武故事》载："汉武帝刘彻，为胶东王，数岁，长公主嫖抱置膝上，问曰：'儿欲得妇不？'……对曰：'若得阿娇作妇，当作金屋贮之也。'"

●03·盈盈：风姿仪态美好貌。《古诗十九首》："盈盈楼上女。"在紫微：一作"入紫微"。紫微，以紫微星垣比喻皇帝的居处。《文选》卷二十四陆机《答贾谧一首并序》："来步紫微。"李善注："紫微，至尊所居。"吕向注："紫微，天子宫也。"

●04·石竹：亦名石竹子。叶似竹而细窄，开红白小花如钱，可植于庭院供观赏。六朝至唐，常用作服饰刺绣图案。

每出深宫里，常随步辇归。⁰⁵

只愁歌舞散，化作彩云飞。⁰⁶

品·评 这是一首五律，写一个年幼的宫女。首联用"小小""盈盈"形容宫女年轻而丰姿绰约、引人怜爱的仪态，用"金屋""紫微"写她长期居住在帝王的深宫中。颔联写她的服饰和打扮：发髻上插的是野花，罗衣上绣的是石竹图案，说明她喜欢朴素淡雅，带有民间气息，不像一般宫女打扮得大红大紫，满身富贵气。由此暗示她的内心是一片天真烂漫。颈联写她的活动：经常步行出宫，侍从帝后步辇，这已是难得的恩宠了。隋炀帝曾命虞世南写《应诏嘲司花女》诗："学画鸦黄半未成，垂肩鬓袖太憨生。缘憨却得君王惜，长把花枝傍辇行。"据说当时洛阳人献合蒂迎辇花，隋炀帝命令御车令袁宝儿持之，号司花女。宝儿多憨态，注目于虞世南，故炀帝命世南嘲之。此处暗用虞世南诗意，写宫女的憨态。尾联从侧面写宫女的神采，暗示她能歌善舞，担心歌舞散后，她也化作彩云飞走了。前六句写姿态仪容服饰，写出她的憨娇天真，反映诗人的怜惜之意。末二句以彩云的飘逸比喻人物之轻盈，乃画龙点睛的传神之笔，并以"愁"字暗示诗人的眷念之情，这种写法对后人影响很大。宋代晏几道的《临江仙》词"当时明月在，曾照彩云归"，显然受此启发。

宫中行乐词八首

（其二）

注·释

● 01·"柳色"二句：王琦注："本阴铿诗，太白全用之。"
● 02·玉楼：华美的高楼。巢：一作"关"，一作"开"。翡翠：鸟名。羽毛有蓝、绿、赤、棕等色，嘴和足呈珊瑚红色。嘴长而直，捕食鱼、虾、蟹和昆虫，栖息平原或山麓多树的溪旁。其羽可为饰品。
● 03·珠殿：一作"金殿"，华美的宫殿。锁：一作"入"。鸳鸯：雌雄偶居不离的水禽，故古称匹鸟，常用作比喻形影不离的夫妇。
● 04·雕辇：雕饰彩画的帝后坐车。雕，一作"朝"。
● 05·洞房：深邃的内室。
● 06·飞燕：指汉成帝皇后赵飞燕。《西京杂记》卷上："赵后体轻腰弱，善行步进退，女弟昭仪不能及也。但昭仪弱骨丰肌，尤工笑语，二人并色如红玉，为当时第一，皆擅宠后宫。"昭阳：汉殿名。《三辅黄图》："成帝皇后居昭阳殿，有女弟俱为婕好。"按：《汉书·外戚传》谓飞燕妹昭仪，居昭阳舍。沈佺期《凤箫曲》："飞燕侍寝昭阳殿，班姬饮恨长信宫。"此以赵飞燕喻杨贵妃。

柳色黄金嫩，　梨花白雪香。[01]

玉楼巢翡翠，[02]　珠殿锁鸳鸯。[03]

选妓随雕辇，[04]　征歌出洞房。[05]

宫中谁第一？　飞燕在昭阳。[06]

品·评

首联写良辰美景：柳色金黄，梨花雪白，真是初春季节的景色，其实这又嫩又香的柳条和梨花，又何尝不是象征美女的身腰和皮肤呢（王琦注谓此二句本阴铿诗，可是今传阴铿诗无此二句）。颔联写美女的居处，玉楼、珠殿，形容其极为豪华富丽。翡翠、鸳鸯，象征美女与君王如同匹鸟，恩爱异常。颈联写选取歌妓，排练歌舞，美女陪同君王坐着辇车出洞房。尾联点出美女的身份：是宫中第一尊贵的人，犹如当年汉成帝的皇后赵飞燕在昭阳宫中的地位。诗人未明说杨贵妃，而是用含蓄的手法，但读者完全可以自明。"此首纯用浓笔，而风韵天然，无繁缛排叠之迹"（高步瀛《唐宋诗举要》引纪昀语）。

宫中行乐词八首

（其三）

卢橘为秦树，⁰¹ 蒲桃出汉宫。⁰²
烟花宜落日，　丝管醉春风。⁰³

注·释

● 01 · 卢橘：《史记·司马相如列传》："卢橘夏熟。"裴骃《集解》引郭璞曰："今蜀中有给客橙，似橘而非，若柚而芬香，冬夏华实相继，或如弹丸，或如拳，通岁食之，即卢橘也。"司马贞《索隐》引晋灼曰："此虽赋上林，博引异方珍奇，不系于一也。"又引《广州记》云："卢橘皮厚，大小如甘，酢多，九月结实，正赤，明年二月更青黑，夏熟。"又云："卢即黑是也。"

● 02 · 蒲桃：又作"蒲萄"，即葡萄。《史记·大宛列传》："宛左右以蒲陶为酒，富人藏酒至万余石，久者数十岁不败。俗嗜酒，马嗜苜蓿。汉使取其实来，于是天子始种苜蓿、蒲陶肥饶地。及天马多，外国使来众，则离宫别观旁尽种葡陶、苜蓿极望。"出：一作"是"。二句写宫廷中有各种珍异果木。

● 03 ·"烟花"句：谓春日丽景与落日的壮阔气象相称，春风中荡漾着令人陶醉的乐声。

●04·"笛奏"句：谓笛声如龙鸣水中。鸣，一作"吟"。马融《长笛赋》："近世双笛从羌起，羌人伐竹未及已。龙鸣水中不见己，截竹吹之声相似。"

●05·"箫吟"句：谓箫声如凤鸣，使凤凰纷纷从空中飞下。《荀子·解蔽》："《诗》曰：'凤皇秋秋，其翼若干，其声若箫。'"《列仙传》："萧史者，秦穆公时人也，善吹箫。穆公有女，字弄玉，好之，公遂以妻焉。日教弄玉作凤鸣，居数年，吹似凤声，凤皇来止其屋。公为作凤台，夫妇止其上，不下数年。一旦皆随凤皇飞去。"

●06·万方：指庶民百姓。二句谓君王行乐之事极多，还当与百姓同乐。后句宋本作"何必向回中"，又一作"何必在回中"。

笛奏龙鸣水，⁰⁴ 箫吟凤下空。⁰⁵

君王多乐事，　还与万方同。⁰⁶

品·评 首联写桌上摆满卢橘和蒲桃，这是秦地产品，宫中取来的。颔联点明时间：烟花飘香落日时，人们都陶醉在春风传来的丝竹音乐声中了。一个"醉"字，写尽了乐声的动人心魄，春风烟花，本已使人赏心悦目，在此美景中又有美妙乐曲，怎不令人如痴似醉！颈联进一步点出音乐的美妙：笛声就像龙鸣水中，箫声就像凤从空下。这里暗用《列仙传》萧史与弄玉的故事。尾联笔锋犀利，先说"君王多乐事"，总括以上六句，末句陡转："还与万方同"，希望君王与民同乐。前人多谓"中有规讽"，（沈德潜《唐诗别裁》）"托讽微婉"（高步瀛《唐宋诗举要》）。周珽《唐诗选脉会通评林》曰："范围声乐，是称巨丽，君王岂可独享其乐？末句托讽昭然。一篇得此结，振起几多声调！"

清平调词三首 [01]

（其一）

云想衣裳花想容，[02]

春风拂槛露华浓。[03]

注·释

● 01 · 根据《松窗杂录》记载，此三首诗当是天宝二年（743）春天李白在长安供奉翰林时所作。清平调：唐大曲名。指清商乐中之清调、平调。《碧鸡漫志》卷五谓其"清调""平调"中制词，近人或疑其说。《乐府诗集》卷八十列入《近代曲辞》，题中无"词"字。后用为词牌，盖因旧曲名，另创新声。此三诗本事，李濬《松窗杂录》云："开元中，禁中初重木芍药，即今牡丹也。得四本：红、紫、浅红、通白者，上因移植于兴庆池东沉香亭前。会花方繁开，上乘月夜召太真妃以步辇从。诏特选梨园弟子中尤者，得乐十六色。李龟年以歌擅一时之名，手捧檀板，押众乐前，欲歌之。上曰：'赏名花，对妃子，焉用旧乐词为？'遂命龟年持金花笺宣赐翰林学士李白，进《清平调词》三章。白欣承诏旨，犹苦宿酲未解，因援笔赋之。……龟年遽以词进，上命梨园弟子约略调抚丝竹，遂促龟年以歌。太真妃持颇梨七宝杯，酌西凉州蒲萄酒，笑领，意甚厚。上因调玉笛以倚曲，每曲遍将换，则迟其声以媚之。太真饮罢，饰绣巾重拜上意。……上自是顾李翰林尤异于他学士。"

● 02 · "云想"句：此句以云和花比拟杨贵妃的衣裳和容貌。想，如，像。

● 03 · "春风"句：写牡丹受春风露华之滋润而鲜艳盛开，喻妃子得玄宗之宠幸而更显美丽。槛，亭子周围的栏杆。

092

● 04 · 群玉山：神话传说中的仙山。《穆天子传》卷二："癸巳，至于群玉之山。"郭璞注："即《西山经》玉山，西王母所居者。"
● 05 · 会：当。瑶台：神话中神仙所居之地。《拾遗记》卷一〇昆仑山："第九层山形渐小狭，下有芝田蕙圃，皆数百顷，群仙种耨焉。傍有瑶台十二，各广千步，皆五色玉为台基。"

若非群玉山头见，⁰⁴

会向瑶台月下逢。⁰⁵

品·评　三诗都将木芍药（即牡丹）和杨贵妃交织在一起描写，但着重点不同。此第一首开头就很奇妙，不说妃子的衣裳像云霓、容貌像鲜花，却反过来说。"想"字用得新颖，也可理解为云霓想成为妃子的衣裳，牡丹花想成为贵妃的容貌，这就把妃子绮丽的衣裳和娇艳的玉容写得更深一层。第二句表面上是写牡丹花在春风吹拂和雨露滋润下盛开，以"露华浓"极写花之美艳，实际上也是以春风、雨露暗喻君王的恩泽，写妃子在君王的宠爱下更加容光焕发，更显得娇媚无比。后二句诗人的想象拓开空间，引向神仙世界，更进一层地描写妃子之美：这样花容玉貌的美人，人世间不可能有，只有在仙山上神仙居住的地方才能见到！把妃子比作神仙下凡，给读者留下了无穷想象的空间。

清平调词三首

（其二）

一枝红艳露凝香，⁰¹

云雨巫山枉断肠。⁰²

借问汉宫谁得似？

可怜飞燕倚新妆。⁰³

注·释

● 01·"一枝"句：以牡丹之浓艳芬芳喻妃子之美。红，一作"秾"，又作"浓"。李锳《诗法易简录》评此句："仍承'花想容'言之，以'一枝'作指实之笔，紧承前首三、四句作转，言如花之容，虽世非常有，而现有此人，实如一枝名花，俨然在前也。两首一气相生，次首即承前首作转。"

● 02·"云雨"句：谓楚王与神女幽欢，毕竟是在梦中，虚无缥缈，故曰"枉断肠"。言外有不若今日君王有真实美人相陪尽欢之意。云雨巫山，宋玉《高唐赋》谓楚王游高唐，梦一女子前来幽会，王因幸之。临去致辞曰："妾在巫山之阳，高丘之阻，旦为朝云，暮为行雨，朝朝暮暮，阳台之下。"枉，空；徒然。断肠，销魂。

● 03·可怜：可爱。飞燕：汉成帝皇后赵飞燕，以美貌著称。

品·评

此首起句表面上是写牡丹，不但色美，而且味香；不只是天然的美，而且是含露的美，这比第一首的"露华浓"更进一层。实际上也是以花拟人，咏妃子之美红艳凝香。后三句都是用典故以衬托美人，从时间纵深度来写。"云雨"句有多种解释：一说是巫山神女比不上牡丹之美艳；另一说是巫山神女若见妃子之美会羞愧而"断肠"。更多的学人谓此实嘲楚王为神女断肠，只在梦中幽欢，所以说"枉"。意谓哪里比得上当前真正的美人使人销魂！后二句用"汉宫第一"美女来与妃子相比，相传赵飞燕体态轻盈，能为掌上舞。但她与当前的妃子相比，还得穿上新妆而倚立，才能与妃子的娇媚姿态相仿佛，哪里比得上妃子的天然丽质，不需依赖脂粉服饰。此用抑古尊今之法，压低巫山神女和汉宫飞燕以更深一层衬托妃子之美。

清平调词三首

（其三）

注·释

● *01*·名花：指牡丹花。倾国：指美女。《汉书·外戚·孝武李夫人传》："（李）延年侍上起舞，歌曰：'北方有佳人，绝世而独立，一顾倾人城，再顾倾人国。宁不知倾城与倾国，佳人难再得！'"后即以"倾国""倾城"代指绝色佳人。

● *02*·长：一作"常"。

● *03*·"解释"句：意谓赏名花、对妃子，即使有无限春愁，亦已在春风中消释。解释，消除。

● *04*·沉香亭：用沉香木建造的亭子。徐松《唐两京城坊考》卷一兴庆宫："宫之正门西向，曰兴庆门。其内兴庆殿，殿后为龙池。池之西为文泰殿，殿西北为沉香亭。"注："在池东北。"

名花倾国两相欢，⁰¹

长得君王带笑看。⁰²

解释春风无限恨，⁰³

沉香亭北倚阑干。⁰⁴

品·评

前二首用仙境和古代美人比拟，都未明说所咏的对象，第三首才将"名花""倾国"点出，回到当前现实。"名花"，指牡丹花，"倾国"，当然指杨贵妃。前二首表面上写牡丹花，实际上都是写妃子，而第三首却是写唐明皇眼中、心中的杨贵妃。"两相欢"把名花和倾国合在一起，"带笑看"把"君王"也融在一起。"笑"字还引出第三句，一切忧愁怨恨都在这美好的环境中消除了。末句点明君王和美人赏花的地点：沉香亭北。"倚阑干"三字，生动地描绘出人物形象，优雅风流，韵味深长。

这三首诗，语言艳丽，但挥洒自如，毫无雕琢。第一首和第三首两用"春风"，前后呼应。信笔写来，自然流畅。其艺术水平之高超，历代一致公认。

春思

注
·
释

● 01 · "燕草"二句：写春天景色，谓燕地（今河北省一带）绿草如丝，秦地（今陕西省一带）柔桑满枝。

● 02 · "春风"二句：谓所怀之人不至，则似与春风不相识。然不相识之春风又何以吹入罗帐？言外自有无限哀怨。

燕草如碧丝，秦桑低绿枝。*01*

当君怀归日，是妾断肠时。

春风不相识，何事入罗帷？*02*

品
·
评

"春"字在中国古典诗歌中既可指春天，也可比喻男女间的爱情，此诗就具有这两层意思。首二句写燕秦两地春天的景色，但首句是虚景，是秦地少妇看到桑叶繁茂绿枝低垂的实景，才悬想在燕地戍守的丈夫一定会看到那里的春草也开始长出碧丝了。燕、秦两地相隔遥远，把想象中的远景和眼前实有的近景合在一幅画面上，都从少妇的角度写出，细致地表达出少妇深刻相思的心理活动，可谓妙笔。而且"丝"谐音"思"，"枝"谐音"知"，这也和后面的"思归"和"断肠"相关，加强了诗的含蓄和音乐美。三、四两句承接，丈夫看到春草，必然思归，这里暗用《楚辞·招隐士》"王孙游兮不归，春草生兮萋萋"诗意。丈夫"怀归"，应使少妇高兴，但诗中却说"是妾断肠时"，是何缘故？萧士赟《分类补注李太白诗》曰："燕北地寒，生草迟。当秦地柔桑低绿之时，燕草方生，兴其夫方萌怀归之志，犹燕草之方生。妾则思君之久，犹秦桑之已低绿也。"所以丈夫怀归日，已是思妇经历了长久相思煎熬的断肠时。末二句笔锋一转，掀起波澜。在南朝乐府民歌中，春风乃多情之物，如《子夜四时歌·春歌》："春风复多情，吹我罗裳开。"《读曲歌》："春风不知著，好来动罗裙。"此诗则反其意而用之，少妇斥责春风"不相识"而来干扰，正表现出思妇对丈夫远别久而情愈深的高尚情操。萧士赟曰："末句比喻此心贞节，非外物所能动。"这使思妇的精神境界得到进一步的升华。全诗通过画面的巧妙组合，心理活动的细致刻画，使思妇形象生动感人，具有很强的艺术魅力。

塞下曲六首 ₀₁

（其一）

五月天山雪，⁰²　无花只有寒。

笛中闻《折柳》，⁰³　春色未曾看。

注·释

● 01 · 此组诗疑于天宝二年（743）在长安作。塞下曲：《乐府诗集》卷九十二收此诗，列为《新乐府辞》。又卷二一《出塞》引《晋书·乐志》曰："《出塞》《入塞》曲，李延年造。"按：《西京杂记》曰："戚夫人善歌《出塞》《入塞》《望归》之曲。"则似高帝时已有之。然《西京杂记》多小说家语，不可尽信。唐代《塞上》《塞下》曲，盖出于《出塞》《入塞》曲。

● 02 · 天山：《元和郡县志》卷四〇陇右道伊州伊吾县："天山，一名白山，一名折罗漫山，在州北一百二十里。春夏有雪。出好木及金铁。匈奴谓之天山，过之皆下马拜。"按：伊州在今新疆哈密，西州在今新疆吐鲁番一带。天山即指伊州、西州以北一带山脉。

● 03 ·《折柳》：即《折杨柳》，汉乐府曲名，属《横吹曲辞》。古辞已亡。后人拟作，多为五言八句，为伤春悲离之辞。梁《鼓角横吹曲》亦有《折杨柳歌辞》，源出于北国。此外，《相和歌·瑟调曲》有《折杨柳行》，《清商曲·西曲歌》有《月节折杨柳歌》，皆与此不同。

● 04 · 金鼓：金属乐器，即钲。《汉书·司马相如传上》："拟金鼓，吹鸣籁。"颜师古注："金鼓，谓钲也。"王先谦补注："钲，铙也。其形似鼓，故名金鼓。"

● 05 · 楼兰：汉代西域国名，在今新疆罗布泊西，地处西域通道上。此指楼兰国王。据《汉书·傅介子传》记载，西汉昭帝时，楼兰国王屡次遮杀通西域的汉使，大将军霍光派平乐监傅介子前往楼兰，用计刺杀楼兰国王安归（一作"尝归"），立尉屠耆为王，改其国名为鄯善。

晓战随金鼓，[04] 宵眠抱玉鞍。

愿将腰下剑，　直为斩楼兰。[05]

品·评　这是一首五言律诗，但在结构上完全打破律诗四联为起、承、转、合的格式。首四句一气呵成，极力渲染边塞的严寒景象，突出环境的艰苦。夏历五月，内地早已是暑气炎炎的仲夏，但塞外的天山却仍是白雪皑皑。虽然不是飞舞雪花，却只觉得寒气逼人。诗人写"五月"天山之寒，春秋两季尤其是冬季之寒也就不言自明，笔致蕴藉。"无花"两字有双关意义，既指没有雪花，也指不见花草，并暗示将士盼春之切，引出下两句。《折杨柳》只能在笛声中听到，现实生活中根本看不到杨柳。杨柳是春色的标志，不见杨柳也就是不见春色。五、六两句紧承前意，写战斗生活的艰辛紧张。上句写战士们白天奋不顾身、冲锋陷阵的情景，气氛英勇而壮烈。下句写夜晚仍抱鞍而眠，表现出时刻准备作战的高度警惕。此联以严整的对仗，形象地揭示出战斗的频繁和严酷。尾联急转而合，用傅介子的典故，表达将士们甘愿拼死疆场、为国立功的悲壮情怀。"愿将""直为"，语气坚定，加深了慷慨以慷的爱国激情。前六句写环境之苦，战斗之烈，暗含怨情，实为反衬烘托。末二句雄快有力，是画龙点睛之笔。全诗苍凉雄壮，意境浑成，真实感人。

塞下曲六首

（其二）

天兵下北荒，⁰¹ 胡马欲南饮。⁰²

横戈从百战， 直为衔恩甚。⁰³

握雪海上餐， 拂沙陇头寝。⁰⁴

何当破月氏，⁰⁵ 然后方高枕。⁰⁶

品·评

前四句写北方胡兵南侵，朝廷派兵出征。将士身经百战，只是因为承恩很多。表现唐军抗敌报国的思想和行为。五、六两句描写士兵生活的艰苦，日以雪为餐，夜露宿陇沙。末二句写将士的愿望：何时消灭敌人，然后可以高枕无忧。实际上这也是诗人希望和平的思想。全诗叙事、描写、议论相结合，层次分明。

塞下曲六首

（其三）

骏马如风飙，[01] 鸣鞭出渭桥。[02]

弯弓辞汉月，[03] 插羽破天骄。[04]

阵解星芒尽，　营空海雾销。[05]

功成画麟阁，　独有霍嫖姚！[06]

注·释

● 01·如：一作"似"。飙：暴风。

● 02·渭桥：即中渭桥，本名横桥，在今西安市北渭水上。秦都咸阳，渭南有兴乐宫，渭北有咸阳宫，因建此桥以通二宫。

● 03·"弯弓"句：谓拿着武器离开京城。

● 04·插羽：腰间插着箭。箭杆上端有羽毛，叫箭翎，又叫箭羽。此以羽代指箭。天骄：指匈奴。《汉书·匈奴传》："南有大汉，北有强胡。胡者，天之骄子也。"汉朝北方匈奴自称天之骄子，简称天骄。后常用以泛称强盛的边地民族。

● 05·阵解：解散阵列，指战争结束。星芒：星光。营空：兵营已空，指士兵皆已离开战地回归家乡。杨素《出塞二首》："兵寝星芒落，战解月轮空。"为此二句所本。

● 06·麟阁：麒麟阁。汉高祖时萧何造。汉宣帝时曾画霍光等十一功臣像于阁上，以表彰其功绩，见《汉书·苏武传》。后多以"麒麟阁"或"麟阁"喻指褒奖最高功绩之处。霍嫖姚：汉武帝时破匈奴的名将霍去病，曾为票（嫖）姚校尉。按汉代画图象于麒麟阁者是霍光，不是霍去病。诗于此用一"独"字，感叹功劳只归上将一人，不能遍及血战之士。因霍去病乃汉代外戚，故又似有功归外戚之意。

品·评

首联描写骏马飞奔图，以"风飙喻骏马飞驰之疾"，以"鸣鞭渲壮士策马之威"。绘声绘色，"高唱入云"。颔联点明离京出征，一举击败敌人，"壮丽雄激"。颈联描写战争结束，阵散星尽，营空雾消。王夫之《唐诗评选》曰："直尔赫奕，正以激昂见意。"王琦注曰："'弯弓'以上三句，状出师之景，'插羽'以下三句，状战胜之景。末言功成奏凯，图形麟阁者，止上将一人，不能遍及血战之士，太白用一'独'字，盖有感乎其中欤？然其言又何婉而多风也。"

塞下曲六首

（其五）

塞虏乘秋下，⁰¹ 天兵出汉家。⁰²

将军分虎竹，⁰³ 战士卧龙沙。⁰⁴

边月随弓影， 胡霜拂剑花。⁰⁵

玉关殊未入，⁰⁶ 少妇莫长嗟！⁰⁷

注·释

● 01·塞虏：边塞上的敌人。

● 02·"天兵"句：谓唐朝调遣军队出征。

● 03·虎竹：兵符。古代朝廷征调兵将，朝廷与领军人各执兵符一半，合之以验真假。《汉书·文帝纪》："二年九月，初与郡守为铜虎符、竹使符。"颜师古注："与郡守为符者，谓各分其半，右留京师，左以与之。"又引应劭曰"铜虎符第一至第五，国家当发兵，遣使者至郡，合符，符合乃听受之。竹使符者，以竹箭五枚长五寸，镌刻篆书第一至第五。"古代诗文中因常以"虎竹"连称代指兵符。鲍照《拟古》诗："留我一白羽，将以分虎竹。"

● 04·卧龙沙：一作"泣龙沙"。《后汉书·班超传》："坦步葱、雪，咫尺龙沙。"李贤注："葱岭、雪山。白龙堆，沙漠也。"又《西域传》："楼兰国最在东垂，近汉，当白龙堆。"

● 05·"边月"二句：描写夜晚行军情状。意谓边月伴着弓影，严霜拂拭着剑光。

● 06·玉关：玉门关，在今甘肃省敦煌市西北小方盘城，和西南的阳关同为当时通往西域各地的交通门户。殊：副词，还，尚。此句谓战士尚未入关。

● 07·长嗟：长叹。

品·评

前四句与第二首意思相同，高步瀛《唐宋诗举要》引吴曰："前四句，有气骨，有采泽，太白才华过人处。"颈联二句描写夜晚行军情状，"笔端点染，遂成奇彩"（沈德潜《唐诗别裁》）。前六句一气直下，尾联则反转作结，谓战争尚未结束，尚未回到关内，家属不要长叹。含意深婉。

101

塞下曲六首

（其六）

注·释

● 01·甘泉：秦汉宫名，秦始皇二十七年建。汉武帝建元中增广。一名云阳宫。在今陕西省淳化县西北甘泉山。

● 02·按剑起：形容发怒时的举动。

● 03·李将军：指屡败匈奴的西汉名将李广。《史记·李将军列传》："广居右北平，匈奴闻之，号曰'汉之飞将军'，避之数岁，不敢入右北平。"

● 04·兵气：一作"杀气"。此句意谓战争气氛弥漫天空。

● 05·陇底：山岗之下。

● 06·横行：纵横驰骋。

● 07·静妖氛：指平定祸乱。

烽火动沙漠， 连照甘泉云。[01]

汉皇按剑起，[02] 还召李将军。[03]

兵气天上合，[04] 鼓声陇底闻。[05]

横行负勇气，[06] 一战静妖氛。[07]

品·评

首联写沙漠中的烽火照到甘泉宫，形容敌人来势凶猛，军情危急。颔联紧承前二句，形象地描写君王对敌情的态度，按剑而起，立即行动，召见将军，派兵出征。颈联正面描绘战斗场面：杀气冲天，鼓声陇底，字里行间都是刀光剑影。尾联写战争胜利结束。经过将士们纵横驰骋英勇杀敌，一举而把敌人彻底消灭。全诗充分表现出英雄主义的光辉。

这组诗作年莫考。从诗中多写朝廷出兵情况推测，疑为天宝初在长安所作。其主题是要求平定边患。诗中描写战士的艰苦生活以及妇女对征夫的思念，都统摄于"愿将腰下剑，直为斩楼兰""何当破月氏，然后方高枕""横行负勇气，一战静妖氛"的主题思想之下，格调昂扬。

感寓二首

（其二）

01

咸阳二三月，⁰² 宫柳黄金枝。⁰³

绿帻谁家子？ 卖珠轻薄儿。⁰⁴

日暮醉酒归， 白马骄且驰。

意气人所仰，⁰⁵ 冶游方及时。⁰⁶

子云不晓事， 晚献《长杨》辞。⁰⁷

注·释

● *01*·此诗作年不详，当是在长安所见所感而作。萧本、郭本、王本、咸本皆作《古风》其八。

● *02*·咸阳：借指长安。

● *03*·"宫柳"句：此句宋本作"百鸟鸣花枝"。据萧本、郭本、王本、咸本改。

● *04*·"绿帻"二句：《汉书·东方朔传》载：董偃少时与母卖珠为业，十三岁时随母入武帝姑母馆陶公主家，为馆陶公主宠幸，出则执辔，入则侍内，号曰董君。为防武帝治罪，用爱叔之计，让馆陶公主把自己的园林长门园献给武帝。后武帝至山林，要见董偃，馆陶公主乃下殿，去掉簪珥，赤脚步行叩头认罪。武帝免其罪，并命她引董偃进见。董君绿帻傅韝，随主前，伏殿下。主乃赞："馆陶公主胞（páo）人臣偃昧死再拜谒。"因叩头谢，上为之起。有诏赐衣冠上。偃起，走就衣冠。主自奉食进觞。当是时，董君见尊不名，称为"主人翁"，"于是董君贵宠，天下莫不闻。郡国狗马蹴鞠剑客辐凑董氏"。绿帻，僮役低贱人所戴绿色包发头巾。此二句宋本作"玉剑谁家子，西秦豪侠儿"，据萧本、郭本、王本、咸本改。

● *05*·意气：意态，气概。仰：一作"倾"。

● *06*·冶游：宋本作"游冶"。野外游乐，后专指狎妓。

● *07*·子云：西汉辞赋家扬雄，字子云。中年时曾向汉成帝献《甘泉赋》《羽猎赋》《长杨赋》等，为黄门侍郎。不晓事：不识时务。杨修《答临淄侯笺》："修家子云，老不晓事，强著一书，悔其少作。"

赋达身已老，草《玄》鬓若丝。[08]

投阁良可叹，但为此辈嗤。[09]

品·评 此诗首二句写景，点明时节和地点，景色艳丽。接着六句写"卖珠轻薄儿"得宠后的神态。"绿帻""卖珠"点出原来的低微出身，著"轻薄"二字，把小人得志便猖狂的本相实质生动挑明。"轻薄儿"的具体行为是骑着白马骄横驰骋，至日暮醉酒而归，这两个特写镜头留给读者丰富的想象：驰向何处？在何处因何醉酒，不言自明。"意气人所仰"是说气势凌人。"冶游方及时"则点明轻薄儿的思想和生活。后六句则写扬雄事，"不晓事"是说年老而献赋。晚年写《太玄》，本为守节，可又不能始终遵循，歌颂王莽成为他的历史污点。结果是被追捕而投阁，被轻薄儿辈所嗤笑。诗中以扬雄与轻薄儿对比，显为有感而发。前人或谓以扬雄自况，恐未必是。不如视为咏史为妥。

玉
壶
吟

01

烈士击玉壶，*02*

壮心惜暮年。

三杯拂剑舞秋月，

忽然高咏涕泗涟。*03*

凤凰初下紫泥诏，*04*

谒帝称觞登御筵。*05*

揄扬九重万乘主，*06*

谑浪赤墀青琐贤。*07*

注·释

● 01·此诗当作于天宝二年（743）秋天供奉翰林时，其时已遭小人谗毁，帝王疏远他，故心情激愤。玉壶吟：《世说新语·豪爽》："王处仲（敦）每酒后辄咏：'老骥伏枥，志在千里。烈士暮年，壮心不已。'（曹操《步出夏门行》诗句）以如意击唾壶，壶口尽缺。"本诗即以此故事为题。

● 02·烈士：刚烈之士。李白自谓。烈，宋本作"列"。

● 03·"三杯"句：谓酒后拔剑于月下起舞，一时激愤高歌，涕泪纵横。一作"三杯拂剑舞，秋月忽高悬"。涕：眼泪。泗：鼻涕。涟：不断流淌。

● 04·"凤凰"句：《初学记》卷三〇引晋陆翙《邺中记》云："石季龙（虎）与皇后在观上为诏书，五色纸，着凤口中。凤既衔诏，侍人放数百丈绯绳，辘轳回转，凤凰飞下，谓之凤诏。凤凰以木为之，五色漆画，脚皆用金。"后因称皇帝的诏书为"凤诏"或"凤凰诏"。紫泥，一种紫色有黏性的泥，古代用以封诏书袋口，上面盖印。《汉旧仪》上："皇帝六玺……皆以武都紫泥封。"后又称诏书为"紫诏""紫诰""紫泥诏"。

● 05·称觞：犹举杯。称，举。御筵：皇帝所设酒席。

● 06·揄扬：赞扬。九重：指皇帝所居之处。《楚辞·九辩》："君之门以九重。"

● 07·谑浪：戏谑放浪。《诗·邶风·终风》："谑浪笑敖。"毛传："言戏谑不敬。"赤墀：皇宫中用丹漆所涂的台阶。青琐：古代宫殿门窗上雕刻的连锁文，并涂以青色。《汉书·元后传》："曲阳侯根骄奢僭上，赤墀青琐。"颜师古注："青琐者，刻为连环文，而青涂之也。"贤：指朝廷大臣。

朝天数换飞龙马，[08]
敕赐珊瑚白玉鞭。[09]
世人不识东方朔，
大隐金门是谪仙。[10]
西施宜笑复宜颦，
丑女效之徒累身。[11]
君王虽爱蛾眉好，[12]
无奈宫中妒杀人。[13]

● *08* •“朝天”句：谓上朝时经常换乘飞龙厩中的好马。朝天，指朝见皇帝。飞龙，唐代御厩名。按唐代制度，学士初入翰林院，例借飞龙厩马一匹。李白《答杜秀才五松山见赠》诗：“敕赐飞龙二天马，黄金络头白玉鞍。”

● *09* • 敕：皇帝诏令。珊瑚白玉鞭：用珊瑚、白玉装饰的马鞭。

● *10* •“世人”二句：《史记·滑稽列传》记载东方朔事云：“时坐席中，酒酣，据地歌曰：‘陆沉于俗，避世金马门。宫殿中可以避世全身，何必深山之中，蒿庐之下。’”其时李白正供奉翰林，故以东方朔自喻。金门，即金马门，因宫门旁有铜马，故称。谪仙，谪居凡间的仙人。贺知章初见李白，呼之为谪仙人，诗人深喜之，常用以自称。

● *11* •“西施”二句：《庄子·天运》：“故西施病心而𪾢其里，其里之丑人见而美之，归亦捧心而𪾢其里。其里之富人见之，坚闭门而不出。贫人见之，挈妻子而去之走。”𪾢，同“颦”，皱眉。梁简文帝《鸳鸯赋》：“亦有佳丽自如神，宜羞宜笑复宜颦。”此谓西施无论微笑或皱眉均美，而丑女效之，却只增其丑态而已。

● *12* • 蛾眉：代指美女，此处用以自喻。

● *13* • 宫中：指妃嫔，此处喻谗毁自己的小人。屈原《离骚》：“众女嫉余之蛾眉兮，谣诼谓余以善淫。”

品·评

第一段四句，写激愤的外在表现。首二句暗用王敦击玉壶咏曹操诗句的典故，刻画出诗人愤慨难平的自我形象。“烈士”“壮心”“暮年”三个词都是曹操诗中语，说明诗人原想像曹操那样做出一番大事业，如今理想破灭，壮志难酬，心中的苦闷可想而知。接着二句写借酒浇愁仍抑制不住内心的痛苦，于是拔剑而起，对月挥舞，忽而又忍不住高声吟咏，然后又涕泪交流。四句一气倾泻，击壶、痛饮、舞剑、高咏、流泪，这一连串的传神动作，将诗人内心的苦闷刻画得淋漓尽致。第二段八句，回忆自己奉诏入京受到皇帝宠遇的情景。李阳冰《草堂集序》云："天宝中，皇祖（指唐玄宗）下诏，征就金马，降辇步迎，如见绮、皓。以七宝床赐食，御手调羹以饭之。"就是本段"凤凰"二句的具体内容。"揄扬"二句写在朝廷的作为：赞颂皇帝和嘲弄权贵。"朝天"二句写受到皇帝特殊的恩宠。这六句极力形容得意的神态，与第一段四句形成鲜明对照，同时也为下二句的悲哀作衬托。诗人以被汉武帝看作滑稽弄臣的东方朔自喻，又以天上谪仙人自负，反映出诗人无可奈何的心情。从受宠得意到大隐金门，正反相照，内心的痛苦悲哀不言而喻。第三段四句，以春秋时越国美女西施自喻，写诗人的美好品德并斥责小人对自己的忌害。意思是说，自己的一举一动都很得体和美好，别人是做不到的。君王虽然喜爱自己的品格，无奈那些小人嫉妒而谗害自己。后二句用《离骚》诗意，以美人被妒喻有志之士不见容于朝廷。含蓄蕴藉，寄慨深沉。

全诗波澜起伏，收放自如，洋溢着愤慨不平之气，但不作悲酸语，不流于粗野，仍显示出壮浪豪放的风格。

翰林读书言怀呈集贤院内诸学士 [01]

晨趋紫禁中，[02] 夕待金门诏。[03]
观书散遗帙， 探古穷至妙。[04]
片言苟会心， 掩卷忽而笑。
青蝇易相点，[05] 《白雪》难同调。[06]

注·释

● 01·此篇当为天宝二年（743）秋后在翰林供奉时作。时已遭谗，故诗中充满愤懑之情。翰林：指翰林院。《新唐书·百官志一》："玄宗初，置翰林待诏……掌四方表疏批答、应和文章。既而又以中书务剧，文书多壅滞，乃选文学之士，号翰林供奉，与集贤院学士分掌制诏书敕。开元二十六年，又改翰林供奉为学士，别置学士院，专掌内命。"一本"集贤"下无"院内"二字。集贤：指集贤院。开元十三年，改丽正修书院为集贤殿书院，五品以上为学士，六品以下为直学士。玄宗常选耆儒每日一人侍读，以质史籍疑义。遂置集贤院侍读学士、侍讲直学士。学士本以文学言语被顾问，出入侍从，于是得以参谋议、纳、谏、诤。李白于天宝初供奉翰林，时集贤院亦在宫禁中，故与集贤院学士往来甚密。

● 02·紫禁：古人以紫微星垣喻皇帝居处，因称皇宫为"紫禁宫"。

● 03·金门：即金马门，汉代宫门名。《史记·滑稽列传》："金马门者，宦署门也。门旁有铜马，故谓之曰金马门。"汉代朝廷征召来京者都待诏公车（官署名），其中才能优异者待诏金马门。此处借指唐代翰林院。

● 04·帙：用布帛制成的书套，亦可作书籍的代称。二句意谓博览群书，深入钻研其中奥妙。

● 05·"青蝇"句：陈子昂《宴胡楚真禁所》诗："青蝇一相点，白璧遂成冤。"意谓苍蝇遗粪于白玉，致成污点；此喻谗言使正人蒙冤。

● 06·《白雪》：古乐曲名。宋玉《对楚王问》："客有歌于郢中者，其始曰《下里》《巴人》，国中属而和者数千人……其为《阳春》《白雪》，国中属而和者不过数十人。"同调：曲调相同。此句谓己所持甚高而知音难得。

本是疏散人，[07] 屡贻褊促诮。[08]

云天属清朗，[09] 林壑忆游眺。

或时清风来，　闲倚栏下啸。[10]

严光桐庐溪，[11] 谢客临海峤。[12]

功成谢人间，[13] 从此一投钓。[14]

- *07·疏散*：闲散，不受拘束。
- *08·贻*：招致。褊促：狭隘。诮（qiào）：讥嘲。此句谓经常遭到狭隘小人的讥讽。
- *09·属*：适值，正当。
- *10·栏*：宋本作"槛"。啸：撮口发出长而清越的声音。
- *11·严光*：东汉初会稽余姚（今属浙江省）人，字子陵，曾与光武帝刘秀同学。刘秀即位后，改名隐居。后被召至京师洛阳，任为谏议大夫，不受，归隐富春山。桐庐溪：指今浙江省桐庐县富春江上游，今江边有严陵濑和严子陵钓台，即严光游钓遗迹。
- *12·"谢客"句*：南朝宋代诗人谢灵运小字客儿，时人称为谢客。临海峤，谢灵运有《登临海峤初发疆中作》诗。临海，郡名，今浙江省临海市。峤（qiáo）：尖而高的山。二句表明对严光、谢灵运等古人清闲生活的向往。
- *13·谢*：辞别。人间：宋本作"人君"。此句谓功成之后将告别朝廷。
- *14·投钓*：指过隐居生活。

品·评　首二句点题：每天早晨赶到翰林院，一直到晚上都在等待皇帝的诏令。表面上写工作时间之长，暗中却以东方朔自况："待诏金马门，稍得亲近"，实际上皇帝以弄臣待之。接着四句写在翰林院遍览群书，探究妙理，偶有心得，掩卷欢笑。这读书的快感实际上反衬出政治上失意的无聊和烦闷。再四句便写遭谗。以苍蝇比喻向皇帝进谗言的小人，以《白雪》比喻自己高尚的品格，充分表现出对佞幸小人的蔑视。"云天"四句即景抒情，回忆过去隐居山林时的逍遥自在的生活，清风徐来，倚栏长啸。表现出对归隐的向往。末四句即题中的"言怀"，明说自己想学严光的隐居和谢灵运的性爱山水，只要完成功业，就要辞别世俗人间，归隐投钓。全诗属赋体直叙，语言平实，却不乏比兴。句多对仗，却自然流畅，是诗人豪放以外的又一种风格。

白云歌送刘十六归山 [01]

注·释

● 01·此诗当是天宝二年（743）李白在长安送友人回湖南归隐之作。刘十六：排行十六，名未详。

● 02·楚山秦山：楚山指刘十六归去之地湖南，秦山指送别之地长安。

● 03·湘水：即湘江，今湖南省最大河流。源出广西壮族自治区灵川县东海洋山西麓，东北流贯湖南东部，经衡阳、湘潭、长沙等市至湘阴县浩河口入洞庭湖。

● 04·女萝衣：以女萝为衣。女萝，即松萝，植物名。屈原《九歌·山鬼》："若有人兮山之阿，被薜荔兮带女萝。"

楚山秦山皆白云，[02]

白云处处长随君。

长随君，君入楚山里，

云亦随君渡湘水。[03]

湘水上，女萝衣，[04]

白云堪卧君早归。

品·评

首句称"楚山""秦山"，不仅与题中"归山"相应，加强隐逸色彩，而且古人谓云因触山石而产生，于是很自然地引出题中的"白云"。题曰"白云歌"，诗人充分运用"白云"这一形象展开抒情，一切离情别绪都割舍不写。南朝隐士陶弘景有诗云："山中何所有？岭上多白云。只可自怡悦，不堪持赠君。"白云自由飘浮，无拘无束，是隐士品格的象征。诗中反复吟咏"白云"，相随刘十六入楚山，渡湘水，直到"白云堪卧"。王琦注引方弘静曰："太白赋《新莺百啭》与《白云歌》，无咏物句，自是天仙语。他人稍有拟象，即属凡辞。"除"白云"这一形象外，"女萝衣"这一形象是用了屈原《九歌·山鬼》的典故，更增强了隐士的飘逸性格。末句"白云堪卧君早归"，意味深长。李白在京供奉翰林一年多，深感朝廷上"珠玉买歌笑，糟糠养贤才"（《古风》其十五）现实的不合理，也已产生了"还山"的念头。所以对刘十六的"早归"有称赞和羡慕之意。全诗运用顶真格和复沓歌咏形式，"随手写去，自然流遒"（沈德潜《唐诗别裁集》）。

送裴十八图南归嵩山二首 [01]

（其一）

注·释

● 01 · 此二首当为天宝二年（743）秋后在长安送裴图南归山时作。其时已遭谗被疏，故诗中表示亦想归隐，等待时机。裴十八图南：裴图南，排行第十八。事迹不详。王昌龄亦有《送裴图南》诗云："黄河渡头归问津，离家几日茱萸新。漫道闺中飞破镜，犹看陌上别行人。"当是同一人。未知是否与此诗为同时之作。

● 02 · 青绮门：《水经注·渭水》："长安……东出……第三门，本名霸城门……民见门色青，又名青城门，或曰青绮门，亦曰青门。"

● 03 · 延客：一作"留客"。

● 04 · 独：一作"因"。

● 05 · "风吹"句：喻遭受权臣的谗毁和打击。芳兰，诗人自喻。吹，一作"惊"。

● 06 · 日没：喻政治昏暗。鸟雀喧：喻佞臣嚣张。

何处可为别？　长安青绮门。[02]

胡姬招素手，　延客醉金樽。[03]

临当上马时，　我独与君言。[04]

风吹芳兰折，[05]　日没鸟雀喧。[06]

举手指飞鸿，⁰⁷ 此情难具论。⁰⁸

同归无早晚， 颍水有清源。⁰⁹

品·评　首四句点明送别地点和情景。长安青绮门是离京往东行的起点，酒店胡姬招手请客人入店，诗人便为裴图南金樽饯行。两人虽然离别之情无限，但却始终只是倾杯而无言相对。接着二句承上启下，"临当上马时"，诗人才把朋友拉到偏静之处，"我独与君言"。表明要说的话是绝对不能公开的。后六句便是"独与君言"的临别赠言。"风吹"二句表面看是写所见的景色，但实际上却暗喻当时的社会现实。"风吹""日没"，正是唐王朝国运的象征。"芳兰折"正像贤能正直之士的遭遇，"鸟雀喧"犹如佞幸小人的嚣张气焰。这种黑暗的社会面貌难以诉说，诗人用晋朝郭瑀的典故暗喻自己的隐逸之志。末二句则明确表示自己与朋友一样要归隐，只是时间早晚而已。"颍水有清源"既点明朋友归隐之地，又暗含上古高士许由隐颍水洗耳故事，为第二首诗张本。王夫之《唐诗评选》评此诗曰："只写送别事，托体高，着笔平。"指出此诗以平常的质朴笔法，写出了立意高远的思想境界。

送裴十八图南归嵩山二首

（其二）

注·释

● 01·嵩岑：嵩山。

● 02·洗耳：用高士许由洗耳事。见《古风》其二十四注。

● 03·"谢公"二句：指东晋著名政治家谢安，其早年隐居浙江上虞县东山，时人希望他出山从政，谓："斯人不出，如苍生何？"后苻秦攻晋，谢安为征讨大都督，遣侄谢玄等大破苻坚于肥水，以功拜太保。二句以谢安为例，勉励裴图南及己待时济世。

君思颍水绿，　忽复归嵩岑。[01]

归时莫洗耳，[02]　为我洗其心。

洗心得真情，　洗耳徒买名。

谢公终一起，　相与济苍生。[03]

品·评　此诗紧承上首末句"颍水有清源"作进一步生发，在更深的层次上向朋友表达自己的志向。首二句仍点题旨，叙裴图南归隐嵩山。一个"绿"字不仅实指颍水之清，而且喻指清静的隐逸生活。接着四句，反用上古高士许由、巢父洗耳的故事，劝告朋友不要做沽名钓誉学洗耳而隐山林的假隐士，这种人在当时有很多，此处当有所指。诗人希望朋友做"洗心"的真隐士，那就是末二句所说的像谢安那样，太平时隐居东山，国家危难时就出仕做一番大事业。沈德潜《唐诗别裁》评此诗曰："言真能洗心，则出处皆宜，不专以忘世为高也。借洗耳引洗心，无贬巢父意。"说得很中肯。

送贺宾客归越

01

镜湖流水漾清波，*02*

狂客归舟逸兴多。*03*

注 · 释

● 01 · 此诗当是天宝三载（744）正月作。敦煌写本《唐人选唐诗》题作《阴盘驿送贺监归越》。贺宾客，即唐代诗人贺知章（659—744），字季真，会稽永兴（今浙江省萧山区）人。曾任工部侍郎、集贤院学士、太子宾客、秘书监等职，故称"贺宾客""贺监"。两《唐书》有传。天宝二年十二月乙酉，请度为道士还乡。三载正月庚子，皇帝遣左右相以下祖别贺知章于长乐坡，各赋五律诗赠之，诗今存《会稽掇英总集》。今李白集有七律《送贺监归四明应制》一首，乃晚唐人拟作，误入李集。李白与贺知章感情深厚，当是单独送贺至阴盘驿（今陕西省临潼区东），作此首七绝送别。越，越州，治所在今浙江省绍兴市。

● 02 · 镜湖：在今浙江省绍兴市会稽山麓。得名于王羲之"山阴路上行，如在镜中游"之句，又名鉴湖、长湖、庆湖。东起今曹娥镇附近，经郡城（今绍兴）南，西抵今钱清镇附近，尽纳南山三十六源之水潴而成湖。周三百一十里，呈东西狭长形。唐朝时湖底逐渐淤浅，今唯城西南尚有一段较宽河道被称为鉴湖，此外只残存几个小湖。据《新唐书·贺知章传》，贺知章还乡时，皇帝"有诏赐镜湖剡川一曲"。

● 03 · 狂客，指贺知章。《旧唐书·贺知章传》："知章晚年尤加纵诞，无复规检，自号'四明狂客'。"杜甫《寄李十二白二十韵》："昔年有狂客，号尔谪仙人。"逸兴：超逸豪放的意兴。

●04·"山阴"二句：用东晋大书法家王羲之典故。相传山阴（今浙江省绍兴市）有道士以鹅作报酬请王羲之书写《黄庭经》。王羲之欣然同意，写毕，笼鹅以归。唯《晋书·王羲之传》谓写《道德经》换白鹅；又宋代黄伯思谓王羲之卒于晋穆帝升平五年（361），而《黄庭经》至哀帝兴宁二年（364）始出，故有人疑李白诗误。然《太平御览》卷二三八引何法盛《晋中兴书》已谓王羲之写《黄庭经》换白鹅，则当时传闻不同而已。白诗不误。《黄庭》：即《黄庭经》。道教经书名，讲养生修炼之道，称脾脏为中央黄庭，于五脏中特重，故名《黄庭经》。贺知章乃唐代书法家，尤工草隶，又度为道士，故以此典为喻。

山阴道士如相见，

应写《黄庭》换白鹅。*04*

品·评 全诗紧扣"归越"二字。首句写镜湖，有三层意思：一、它是越中名胜；二、它是贺知章故乡的名胜；三、此次"归越"，皇帝"有诏赐镜湖剡川一曲"。所以，如今镜湖荡漾着清波，似乎在欢迎这位"少小离家老大回"的游子归来。第二句点题，也有三层意思：用"狂客"二字，描绘出贺知章的性格和精神风貌；"归舟"题明此次归程是走水路；"逸兴多"表现出贺知章对归乡养老的惬意心情。前两句把题意写足，后两句则拓开境界，用王羲之写《黄庭经》与山阴道士换鹅的故事，以赞美今后贺知章的生活，兼致送别之意。用典非常精切。因为贺知章也是大书法家，故以王羲之拟之；此次归乡前已入道，而又定居山阴，故以"山阴道士"作陪衬。如此用典，意义深刻而贴切，毫无雕琢痕，而且饶有情趣。不愧为绝句中的佳构。

灞陵行送别

⁰¹

送君灞陵亭，灞水流浩浩。⁰²

上有无花之古树，

下有伤心之春草。⁰³

我向秦人问路岐，⁰⁴

云是王粲南登之古道。⁰⁵

古道连绵走西京，⁰⁶

紫阙落日浮云生。⁰⁷

注·释

● 01·此诗约天宝三载（744）春天在长安作。灞陵：汉文帝陵墓所在地，又作"霸陵"，在今陕西西安市东。附近有灞桥，唐人常在此送别。

● 02·灞水：本作"霸水"，今灞河，为渭河支流，关中八川之一，在陕西中部。源出蓝田县东秦岭北麓，西南流纳蓝水，折向西北经西安市东，过灞桥北流入渭河。浩浩：水盛大貌。

● 03·"下有"句：江淹《别赋》："春草碧色，春水渌波。送君南浦，伤如之何？"此句用其意。

● 04·路岐：即歧路，岔路。岐，通"歧"。

● 05·"云是"句：谓据说这是王粲南奔时走的道路。王粲（177—217），字仲宣，东汉末山阳高平（今山东省金乡县西北）人，建安七子之一。《三国志·魏志》有传。献帝初因长安扰乱，南奔荆州依刘表，后归曹操。其《七哀》诗描写离开长安情景，中有句云："南登灞陵岸，回首望长安。"

● 06·西京：指长安。唐代称长安为西京，洛阳为东都（东京），太原为北都（北京）。

● 07·紫阙：帝王所居之宫城。宋本《李太白文集》作"紫关"，据萧本、郭本、王本、咸本改。浮云：喻朝廷奸佞。按：李白诗中以"浮云"喻小人者甚多，《古风》其三十七云："浮云蔽紫闼，白日难回光。"《登金陵凤凰台》："总为浮云能蔽日，长安不见使人愁。"寓意与此同。

●08·断肠处：《开元天宝遗事》卷下："长安东灞陵有桥，来迎去送皆至此桥，为离别之地，故人呼之销魂桥。"断肠、销魂：皆谓伤心之极。江淹《别赋》："黯然销魂者，惟别而已矣。"

●09·骊歌愁绝：《汉书·王式传》："（江公）谓歌吹诸生曰：'歌《骊驹》。'"颜师古注："服虔曰：'逸《诗》篇名也，见《大戴礼》。客欲去，歌之。'文颖曰：'其辞云："骊驹在门，仆夫具存；骊驹在路，仆夫整驾"也。'"后因称离别之歌为骊歌。绝，极点。

正当今夕断肠处，[08]

骊歌愁绝不忍听。[09]

品·评

开头两句"灞陵""灞水"连用，烘托出浓重的离别气氛，因为这两个词在唐诗中常与离别联系在一起的。"流浩浩"三字固然是实写水势，但也可看作带有比兴色彩，暗示诗人惜别感情如流水般不可控制。三、四两句用排比句开拓诗的意境，古树无花，春草伤心，在写景中透露出上下瞩目、不忍分手的情态，更增添惆怅绪。五、六两句写王粲当年南奔时的古道，带有怀古情绪，也隐含王粲《七哀》诗"回首望长安"诗意，暗示友人离灞陵时，也像王粲那样依依不舍翘望帝都。七、八两句写回望所见，漫长的古道直奔帝京，如今宫阙上笼罩着暮霭，日欲落而被浮云遮蔽，景象黯淡。在古诗中，"落日"与"浮云"联写，都有象征奸邪蔽主，谗害忠良之意，此处也透露出友人离京有着遭谗的政治原因，由此可知诗中除了离情别绪外，还包含着对政局的忧虑。所以结尾两句说离别时的骊歌使人愁绝，正因为今夕所感受的还有由离别触发的更深广的愁思。

月下独酌四首

（其一）

01

● 01·此诗约作于天宝三载（744）春天。当时诗人被谗见疏，心情苦闷。敦煌写本《唐人选唐诗》题作《月下对影独酌》，且合一、二两首为一首。无三、四两首。《文苑英华》仅录前二首，题作《对酒》。第一首题下注："一作《月下独酌》。"第二首题下注："一作《月夜独酌》。"此处选的是第一首。

● 02·花间：一作"花下"；一作"花前"。

● 03·"举杯"四句：陶渊明《杂诗》："欲言无余和，挥杯劝孤影。"此处或受其启发。三人，指月、自己和影。徒，只，但。

● 04·将：与，共。

花间一壶酒，*02* 独酌无相亲。

举杯邀明月，　对影成三人。

月既不解饮，　影徒随我身。*03*

暂伴月将影，*04* 行乐须及春。

●05·无情游：月与影都为无知无情之物，而与之游，故称"无情游"，与上文称月、影不解人事相应。

●06·期：约。邈云汉：一作"碧岩畔"。邈，遥远。云汉，云霄，高空。诗人想象自己飘然成仙，故与月、影相约在遥远的高空相见。

我歌月徘徊，　我舞影凌乱。

醒时同交欢，　醉后各分散。

永结无情游，⁰⁵ 相期邈云汉。⁰⁶

品·评 全诗突出一个"独"字。开头即切入题旨：在花间携着一壶酒痛饮的只有诗人一个人。"一壶酒""独酌"已构成冷清的氛围，再用"无相亲"来重复强调其"独"。三、四两句忽发奇想，邀请天上的明月和月光照射下自己的影子来举杯共饮，于是一个人幻化成三个人。接着四句是说，月亮和影子毕竟是虚幻的，它们既不懂得饮酒，也只是随着自己的身子而已。暂且就以月和影为伴，在鸟语花香的春夜及时行乐罢。"既""徒""暂""须"四字，充分表现出诗人无可奈何的感情。再接着四句，描绘诗人醉舞的情景，诗人感觉到自己歌舞时月亮也在徘徊歌舞，影子也随着自己的步子动作；酒醒时共同欢舞，醉倒后也就分散了。这四句把月亮和影子对诗人的关系写得相亲相知，一往情深，更深刻地反衬出诗人的"独"。最后两句把想象引向高远处，诗人与月亮和影子相约，要永远在美好的天国结成无情的交游。月和影毕竟是无情之物，与它们结为朋友，只能称"无情游"。但这正反映出诗人的有情。全诗想象丰富，构思奇特。由"独"幻化成不独，再由不独而"独"到"独"而不独。回环起伏，富于变化。是诗人独创的佳作。

古风

（其十四）⁰¹

燕昭延郭隗，⁰² 遂筑黄金台。⁰³
剧辛方赵至，⁰⁴ 邹衍复齐来。⁰⁵
奈何青云士，⁰⁶ 弃我如尘埃！

注·释

● *01*·此诗当是天宝三载（744）离长安后作。

● *02*·燕昭：宋本原作"燕赵"，据萧本、郭本、缪本、王本、咸本改。燕昭王，名职，战国时燕国国君。燕王哙的庶子。公元前311—前279年在位。原来流亡在韩国。子之三年（前315），燕国内乱，齐国乘机攻占燕国，哙和子之被杀。赵国派乐池护送他回燕国，公元前311年即位。改革政治，招聘人才，后来联合各国攻打齐国，占领齐国七十多城，成为燕国最强盛的时期。延：聘请。郭隗：燕昭王的谋臣。据《战国策·燕策一》与《史记·燕召公世家》等记载，燕昭王即位，欲招致天下贤士，雪先王之耻，向郭隗问计，他说："请先自隗始。"燕昭王就先为郭隗筑宫而师事之。结果，乐毅从魏国、邹衍从齐国、剧辛从赵国，贤士都争着往燕国。

● *03*·黄金台：先秦典籍和《史记·燕召公世家》皆未记黄金台之名。孔融《论盛孝章书》："昭王筑台，以尊郭隗。隗虽小才，而逢大遇。"亦未有"黄金台"之名。《文选》卷二十八鲍照《放歌行》："岂伊白璧赐，将起黄金台。"李善注："王隐《晋书》曰：'段匹磾讨石勒，进屯故安县故燕太子丹金台。'《上谷郡图经》曰：'黄金台，易水东南十八里，燕昭王置千金于台上，以延天下之士。'二说既异，故俱引之。"则晋以后始有此名。

● *04*·剧辛：燕昭王招徕贤者，剧辛从赵国入燕国为将军。至：一作"往"。

● *05*·邹衍：燕昭王招徕贤者，他从齐国入燕国为将军。

● *06*·青云士：比喻高官显爵之人。《史记·伯夷列传》："闾巷之人，欲砥行立名者，非附青云之士，恶能施于后世哉！"张守节《正义》："砥行修德在乡间者，若不托贵大之士，何得封侯爵赏而名留后代也。"

珠玉买歌笑,糟糠养贤才。⁰⁷

方知黄鹤举,千里独徘徊。⁰⁸

品・评　首四句写战国时燕昭王招贤纳士的故事,说明君王礼贤下士就会使有才能的人从各地奔来。接着四句写当今处高位的掌权者只顾自己挥霍珠玉,追求淫乐,糟蹋和抛弃贤能之士,与当年燕昭王完全不同。与前四句恰成鲜明对照。末二句暗用春秋时鲁国田饶的故事,感叹贤士远离君王,不能施展才华。全诗借古讽今,抒发怀才不遇的深切感慨。

金乡送韦八之西京

⁰¹

客自长安来，　　还归长安去。

狂风吹我心，　　西挂咸阳树。⁰²

此情不可道，⁰³　此别何时遇？

望望不见君，　　连山起烟雾。⁰⁴

注·释

● 01 · 此诗当为天宝四载（745）在金乡送别友人作。其时李白已被"赐金还山"，离开长安。与杜甫、高适一同游历梁、宋（开封、商丘）后，李白来到东鲁兖州。韦八可能是李白在长安结识的朋友，他从长安来，又要回长安去，李白为他送行，写下此诗。金乡：县名，唐代属兖州（今属山东省）。韦八：排行第八，名不详。西京：指长安。唐天宝元年称长安为西京，洛阳为东京，太原为北京。

● 02 · 狂：一作"秋"。咸阳：指长安。二句以心挂咸阳树形象地表示对长安的眷恋。

● 03 · 道：一作"论"。

● 04 · "连山"句：鲍照《吴兴黄浦亭庾中郎别》："连山眇烟雾，长波迥难依。"

品·评

开头二句明白如话，毫无修饰。三、四二句承接首二句，"因别友而动怀君之念，可谓身在江海，心在魏阙"（萧士赟《分类补注李太白诗》），以心挂咸阳树的形象表示自己对长安的思念。这里的"狂风"未必指自然界的狂风，实际上是形容内心情绪的翻腾，说自己的心（思念之情）西飞挂念着长安。一方面表示对朝廷的眷恋，另一方面也有心随友人西去，思念长安友人之意，表示依依惜别之情。这两句想象奇特，形象生动，历来传为名句。五、六二句承上启下，表示转折。"此情"承上，指思恋长安之情，此情说不完，干脆说"不可道"打住。"此别"启下，指眼前的离别，反映出诗人深厚的友情和无穷的离愁别情。末二句写目送友人离去，友人愈走愈远，终于消失在弥漫着烟雾的连绵山脉中，暗示出诗人心中无限惆怅。"望望"二字连用，表示诗人伫立之久，也衬托出友情之深。

西岳云台歌送丹丘子 01

西岳峥嵘何壮哉！
黄河如丝天际来。
黄河万里触山动，
盘涡毂转秦地雷。02
荣光休气纷五彩，
千年一清圣人在。03

注·释

● 01·此诗当是天宝四载（745）李白在龟蒙山一带送元丹丘西游华山而作。西岳：《尔雅·释山》："华山为西岳。"一称太华山，在今陕西省华阴市。云台：华山东北部山峰。因两峰峥嵘，四面陡绝，上冠景云，下通地脉，崔嵬独秀，犹如云中之楼台，故名。丹丘子：即李白好友元丹丘。元丹丘，诗人《上安州裴长史书》提及前受安州马郡督和李长史接见时云："故交元丹，亲接斯议。"知早在青年时代已与元丹丘订交。《冬夜于随州紫阳先生餐霞楼送烟子元演隐仙城山序》云："吾与霞子元丹、烟子元演气激道合，结神仙交。"魏颢《李翰林集序》："与丹丘因持盈法师达，白亦因之入翰林。"知元丹丘曾与李白同为玉真公主推荐。据李白《汉东紫阳先生碑铭》，元丹丘于天宝初受道箓于胡紫阳。李白一生与元丹丘过从最密，酬赠元丹丘诗甚多，如《元丹丘歌》《题元丹丘颍阳山居》《寻高凤石门山中元丹丘》等（详拙著《李白丛考·李白与元丹丘交游考》）。

● 02·"西岳"四句：形容华山的高峻雄壮和黄河的伟大气势。峥嵘，高峻貌。黄河如丝，极言山高，站在峰顶遥望黄河细小如丝。周密《癸辛杂识续集下·华岳阿房基》："五岳惟华岳极峻，直上四十五里，遇无路处，皆挽铁絙以上，有西岳庙在山顶，望黄河一衣带水耳。"盘涡毂转，《文选》卷十二郭璞《江赋》："盘涡毂转，凌涛山颓。"李善注："涡，水旋流也。"毂，一作"谷"。秦地，华山一带古为秦地，故云。此句谓黄河水势撞击华山，水流回旋，声如鸣雷。

● 03·荣光：指五色云气，古时以为祥瑞之征。休气：吉祥之气。《太平御览》卷八〇引《尚书中候》："荣光起河，休气四塞。"注："休，美也。荣光，五色。从河出美气四塞炫耀熠熠也。"

123

巨灵咆哮擘两山，

洪波喷流射东海。⁰⁴

三峰却立如欲摧，

翠崖丹谷高掌开。⁰⁵

白帝金精运元气，

石作莲花云作台。⁰⁶

云台阁道连窈冥，⁰⁷

中有不死丹丘生。

● 04 · "巨灵"二句：《文选》卷二张衡《西京赋》："缀以二华，巨灵赑屃，高掌远跖，以流河曲，厥迹犹存。"薛综注："华，山名也。巨灵，河神也。巨，大也。古语云：'此本一山，当河。水过之而曲行。河之神以手擘开其上，足蹋离其下，中分为二，以通河流。手足之迹，于今尚在。赑屃，作力之貌也。'"此谓河西华山与河东首阳山本为一山，因河神用力而分开，使黄河从中流过，才直奔东海。喷流射东海，一作"箭射流东海"。

● 05 · "三峰"二句：华山有三峰：西为莲华峰，南曰落雁峰，东曰朝阳峰。却立，退后。摧，倾倒。高掌，华山东北部岩壁黑色，石膏流出凝结成痕，黄白相间，远望如巨人指掌。传说为巨灵擘山时留下的痕迹，故称巨灵掌，又称仙人掌。二句即写此景。

● 06 · 白帝：古代神话中西方之神。金精：华山在西方，属白帝管辖；古代阴阳五行说西方属金，故又称白帝为金精。元气：古人认为天地未分前，宇宙间充满的混一之气。二句谓白帝运用自然之能，使华山宛如青色莲花开于云台之上。

● 07 · 阁道：栈道。窈冥：深远幽暗貌。连窈冥：一作"人不到"。

明星玉女备洒扫，
麻姑搔背指爪轻。[08]
我皇手把天地户，[09]
丹丘谈天与天语。[10]
九重出入生光辉，[11]

● 08 · 明星玉女：神话中的仙女。《集仙录》云："明星玉女者，居华山，服玉浆，白日升天。"（见《太平广记》卷五九引）麻姑：传说中的女仙。《神仙传》云：东汉桓帝时，神仙王方平降至蔡经家，召麻姑至，年十八九许。自云："接待以来，已见东海三为桑田，向到蓬莱，水又浅于往者会时略半也。岂将复还为陵陆乎？"蔡经又见麻姑指甲细长如鸟爪，心中自念："背大痒时，得此爪以爬背，当佳。"（见《太平广记》卷六〇引）二句谓元丹丘乃神仙，到华山有明星、玉女为其洒扫，麻姑为其搔痒。

● 09 · 我皇：指唐玄宗。手把：掌握统治。天地户：天地的门户，天下。《汉武帝内传》：王母命侍女法安婴歌《元灵之曲》曰："大象虽廓寥，我把天地户。"此指唐朝统治者控制着天下。

● 10 · 谈天：战国时齐人驺衍（约前305—前240）善于论辩宇宙之事，人称"谈天衍"。《史记·孟子荀卿列传》裴骃集解引刘向《别录》："驺衍之所言，五德终始，天地广大，尽言天事，故曰谈天。"

● 11 · 九重出入：指出入朝廷。九重，指帝王所居之处。元丹丘天宝初曾由玉真公主荐举入京，为西京大昭成观威仪（参见拙著《李白丛考·李白与元丹丘交游考》）。

●12·求：一作"来"。蓬莱：传说中海上
仙山。此句谓元丹丘东来求仙，今又西归。
●13·玉浆：犹玉精、琼浆，古代传说谓
饮之能使人升仙。傥：通"倘"。惠：赐。
骑二茅龙：《列仙传》卷下："呼子先者，
汉中关下卜师也。老寿百余岁，临去，呼
酒家老姬曰：'急装，当与姬共应中陵王。'
夜有仙人持二茅狗来，至，呼子先，子先
持一与酒家姬，得而骑之，乃龙也。上华
阴山，常于山上大呼，言：'子先、酒家母
在此'云。"二句谓如元丹丘愿惠赐玉浆，
两人即可共骑茅龙上天成仙。

东求蓬莱复西归。¹²

玉浆傥惠故人饮，

骑二茅龙上天飞。¹³

品·评 诗中所谓"东求蓬莱复西归"，即指元丹丘大约在天宝三载前后离开长安，东来蒙山海边求仙，然后又要西回华山。杜甫有《玄都坛歌寄元逸人》诗云："故人昔隐东蒙峰，已佩含景苍精龙。"此"元逸人"当即指元丹丘。杜甫又有《与李十二白同寻范十隐居》诗云："余亦东蒙客，怜君如弟兄。"证知李白与杜甫曾一起至东蒙作客，当时元丹丘正隐居东蒙，即"东求蓬莱"。大约元丹丘离东蒙山时拟西去华山隐居，故李白写此诗送别。全诗分两部分。前半写"西岳云台歌"，后半写"送丹丘子"。用歌行体诗写送别，两半分写，是李白的创造。后来岑参继续用这种体式写了许多著名的歌行体送别诗。第一段极写华山的高峻雄伟和黄河的澎湃气势，并且互为衬托。然后插叙黄河千年一清的祥瑞和河神分首阳、华山为两山的神话，更反映黄河的神威。第二段写华山三峰的形态，用"高掌开"三字进一步补证河神劈山的神话。接着又描叙华山云台是由白帝运用元气形成的，拓开更为遥远的想象空间。第三段开头两句承上启下。上句形容云台栈道之高，总结"西岳云台歌"，下句呼出主人公而转为"送丹丘子"。接着写元丹丘到华山后将会有仙女为他洒扫，麻姑为他搔痒，点明丹丘子乃道教中人。第四段写丹丘曾在京城与皇家接触，有过光辉的经历。最后以共同登仙表示祝愿，为道教中人送别诗应有之语。全诗多用神话传说，增添了虚幻缥缈的气氛。想象神奇，构思巧妙，笔势起伏，气象万千。洋溢着道教的仙气，却又显得豪放潇洒，引人入胜。《唐宋诗醇》卷五评此诗曰："健笔凌云，一扫靡靡之调。"

鲁郡东石门送杜二甫 01

杜二甫

醉别复几日，02 登临遍池台。

何时石门路，03 重有金樽开？04

注·释

● 01·此诗作于天宝四载（745）秋。鲁郡：即兖州，天宝元年（742）改为鲁郡。石门：今山东省兖州东二里泗水金口坝附近原有巨石如门，相传为李白送别杜甫处。杜二甫：指诗人杜甫，在同祖兄弟中排行第二。

● 02·李白与杜甫天宝三载（744）秋在梁宋（今河南省开封市、商丘市一带）会面同游，后暂别；杜甫《寄李白二十韵》："醉舞梁园夜，行歌泗水春。"可知次年春又在鲁郡相会，接着游齐州（今山东省济南市），又暂别。杜甫《赠李白》诗："秋来相顾尚飘蓬。"知是年秋再次在鲁郡相会，然后杜甫告别李白，西往长安，李白在石门相送，写下此诗。

● 03·此句一作"何言石门下"。

● 04·杜甫《赠李白》诗："何时一樽酒，重与细论文。"意与此句略同，萧士赟《分类补注李太白诗》因疑两诗为同时唱酬之作。然杜诗乃春天在长安写成，当是在长安怀念李白之作。

秋波落泗水，⁰⁵ 海色明徂徕。⁰⁶

飞蓬各自远，⁰⁷ 且尽手中杯。⁰⁸

●05·泗水：在今山东省中部。源出今山东省泗水县东蒙山南麓，四源并发，故名。西流经泗水、曲阜、兖州。折南至济宁市东南鲁桥镇入运河。唐代泗水自鲁桥以下又南循今运河至南阳镇，穿南阳湖而南，经江苏省沛县东，又南至徐州市东北循淤黄河东南流至清江市北，注入淮河。全长千数百里，是淮河下游第一支流，故往往"淮泗"连称。

●06·海色：晓色。明：用作动词，照亮。徂徕：宋本作"徂来"，山名，又称尤崃山、龙崃山，在今山东泰安县城东南。为大小汶河的分水岭。

●07·飞蓬：以蓬草遇风飞旋喻行踪漂泊不定。

●08·手：宋本作"林"，误。

品·评　开头两句，写两人曾暂别不久又相会同游。相聚时，在梁宋、齐鲁遍览胜迹，与高适一起曾登吹台，慷慨怀古；同到孟诸泽打猎，又同登单父台。他俩还同游鹊山湖，同作东蒙客，同寻范居士……这些就是"登临遍池台"的内容。如今真要分别，诗人心头充满依恋之情。不知何年何月再能在石门相会，再开金樽痛饮狂欢？杜甫别后在长安写有《赠李白》诗："何时一樽酒，重与细论文？"也有一个"重"字，一说重开金樽，一说重与论文，互文见义，深切地表达了两位大诗人都企盼重逢的心情，同时也反映在相处日子里开怀畅饮、细磋诗文的欢快生活。两人对这段生活的珍惜，也表现出感情的深笃。颈联写景，点明季节、环境。两位诗人在秋高气爽季节中，在泗水边分别，早晨晴朗的气候映照徂徕山显得更为美丽。两句写鲁郡石门周围的山光水色非常传神而动人。在这美好景色中分手，更添难舍难分的惆怅之情。尾联点明告别。从此一别，各自远奔，犹如蓬花飘飞，不知落在何处，心中确实是难受的，但大丈夫离别不作儿女态，还是以酒作别，倾杯饮酒吧！与首句"醉别"呼应。感情豪迈，襟怀开朗，无哀伤色彩。全诗叙事、抒情、写景，融会一体，互相映衬，结构紧凑严密，感情真挚深厚，景色明丽动人。这是表现两位大诗人友谊的杰作，在文学史上具有重大意义。

沙丘城下寄杜甫

01

我来竟何事？高卧沙丘城。*02*

城边有古树，日夕连秋声。

鲁酒不可醉，齐歌空复情。*03*

思君若汶水，浩荡寄南征。*04*

- ●*01*·此诗当是天宝五载（746）秋李白思念杜甫而作。沙丘城：指兖州（鲁郡）治城瑕丘，今山东兖州。
- ●*02*·高卧：指闲居，隐居。
- ●*03*·"鲁酒"二句：谓鲁地薄酒已不能使己酣醉，齐女歌舞徒然多情，也不能使己快乐而忘记友人。极写思念友人之深切。鲁、齐，均指今山东地区。古代鲁地产美酒，齐国美女善歌舞。
- ●*04*·"思君"二句：谓思念杜甫之情如滚滚汶水向南流去。诗意与其《寄远》诗"相思无日夜，浩荡若流波"略同。汶水，今名大汶河。源出今山东省莱芜市北，西南流经古嬴县南，古称嬴汶，又西南会牟汶、北汶、石汶、柴汶至今东平戴村坝。自此以下，古汶水西流经东平县南，至梁山东南入济水。浩荡，水势盛大广阔貌。南征，南流。

品·评

首二句凌空自问，为什么竟然独自闲居在兖州？起得突兀，字里行间饱含着苦闷和恼恨，抒发友人别后的孤独、惆怅感情。三、四句写景：如今陪伴诗人的只有城边的老树，在秋风中日夜发出萧瑟的声音。这是景语也是情语，进一步烘托诗人寂寞凄凉的心情。五、六二句直接抒写心境：鲁酒不能引起自己的兴趣去沉饮酣醉，齐女美妙的歌舞也不能使自己动心去欣赏而徒有其情。这样从反面衬托，把思念友人而无精打采的神态写得惟妙惟肖，非常深刻。末二句用当地的滔滔汶水比喻相思之情的深长，韵味无穷。全诗都写"思君"，但前六句却没有出现"思君"字样，直到最后才点题，逼出此二字，具有画龙点睛之妙。

秋日鲁郡尧祠亭上宴别杜补阙范侍御 01

我觉秋兴逸，谁云秋兴悲？ 02
山将落日去，水与晴空宜。 03
鲁酒白玉壶，送行驻金羁。 04
歇鞍憩古木，05 解带挂横枝。

注·释

● 01·此诗当是天宝五载（746）秋在鲁郡作。此诗题近人有新解。鲁郡：见《鲁郡东石门送杜二甫》诗注。尧祠：《元和郡县志》卷一〇：在兖州瑕丘县南七里洙水之右。杜补阙、范侍御：名不详。当是李白友人。据《旧唐书·职官志二》，门下省有左补阙二员，从七品上。天授二年二月，加置三员，通前五员。中书省有右补阙二员，从七品上。补阙拾遗之职，掌供奉讽谏，扈从乘舆。又《职官志三》：御史台有侍御史四员，从六品下，掌纠举百僚，推鞠狱讼。殿中侍御史六人，从七品下，掌殿廷供奉之仪式。监察御史十员，正八品上，掌分察巡按郡县、屯田、铸钱、岭南选补、知太府、司农出纳，监决囚徒。
● 02·"我觉"二句：宋玉《九辩》："悲哉秋之为气也，萧瑟兮草木摇落而变衰。"此反其意而用之。逸，安逸恬乐。
● 03·将：带。二句谓落日倚山而下，绿水与蓝天一色相宜。胡震亨《唐音癸签》卷十一云："太白诗押宜字韵者凡五见，而韵致俱胜。如'山将落日去，水与晴空宜'。"
● 04·驻金羁：犹停马。羁，马络头，此指马。
● 05·憩古木：在古树下休息。

● 06 · "歌鼓"二句：一本无此二句，下添有"南歌忆郢客，东转见齐姬。清波忽淡荡，白雪纷逶迤。一隔范、杜游，此欢各弃遗"三韵。曲度，乐曲的节度。飙，疾风。神飙吹，形容吹奏有力。

● 07 · 茫然：犹惘然，惆怅貌。空尔思：徒然思念你。

歌鼓川上亭，　曲度神飙吹。[06]

云归碧海夕，　雁没青天时。

相失各万里，　茫然空尔思。[07]

品·评　首二句点题中的"秋日"。自宋玉《九辩》以来，历代诗多以秋景兴悲伤的感情，李白却一反常格："我觉秋兴逸"，情致高昂，再用"谁云秋兴悲"作反衬，这一对时令不同感受的鲜明对照，使诗人不平凡的个性跃然纸上。三、四两句写宴别的时间和环境：群山带走落日的傍晚时分，流水与晴空碧绿相映，诗人通过丰富的想象，用"将""与"两个动词，把山、落日、水、晴空这些景物组合成一体，使这些景物充满活力，为首句的"秋兴逸"作了具体的注释，也烘托出诗人欢愉的心情。以下六句描绘别宴：宴席上已摆着盛满鲁地美酒的白玉壶，送行的人们都已停下马，有的卸鞍让马在古树下休息，有的解下衣带挂在横叉的树枝上。主宾一起在水上的亭子里畅饮高歌，击鼓奏曲，乐曲的旋律节奏声响云霄，像神飙似的飘扬在尧祠亭的周围。诗人把宴会气氛写得非常热烈，有声有色，使人如亲历其境。表现出诗人和友人们的欢快情感，一扫历来送别时的悲凉气氛，形象地显示出"秋兴逸"的情景。末四句写临别情景。云归碧海，雁没青天，已是黄昏时分，既与前三、四两句呼应，又暗衬烘托临别依依的友谊。从此一别，各奔前程，相隔万里，茫然思念。言尽而意不尽。全诗格调高昂，节奏明快，感情豪放，具有很强的艺术感染力。

梦游天姥吟留别

01

海客谈瀛洲，*02* 烟涛微茫信难求。*03* 越人语天姥，云霓明灭或可睹。*04* 天姥连天向天横，*05* 势拔五岳掩赤城。*06* 天台四万八千丈，对此欲倒东南倾。*07*

我欲因之梦吴越，*08* 一夜飞度镜湖月。*09* 湖月照我影，送我至剡

注·释

● *01*·此诗当是天宝五载（746）李白离开东鲁南下会稽时告别东鲁友人之作。各本题下俱注云："一作《别东鲁诸公》。"天姥（mǔ），山名。唐代属剡县，在今浙江省新昌县南部。主峰拨云尖海拔817米，其峰孤峭突起，仰望如在天表。

● *02*·瀛洲：传说中的海上仙山。《史记·秦始皇本纪》："海中有三神山，名曰蓬莱、方丈、瀛洲，仙人居之。"

● *03*·烟涛微茫：此句谓瀛洲在烟雾波涛之中，隐约渺茫，难以寻访。微茫，犹隐约，景象模糊。一作"弥漫"。

● *04*·越人句：谓越人说的天姥山，在云霞缭绕下时隐时现，有时还可以看到。语，一作"道"。云霓，一作"云霞"。明灭，谓时隐时现、忽明忽暗。或可，一作"安可"。

● *05*·连天：形容天姥山高峻耸直。向天横：形容山势绵延阔大。除主峰拨云尖外，还有斑竹峰、大尖等高峰，峰峦连绵三十余里。

● *06*·"势拔"句：形容天姥山雄伟气势超出五岳，掩盖赤城。此乃诗人以往游剡中时留下的直觉印象。五岳，指东岳泰山、西岳华山、中岳嵩山、南岳衡山、北岳恒山。赤城，赤城山，在今浙江天台县城东北，为天台山南门。因土色皆赤，状如云霞，望之似雉堞，因名。拔，一作"枝"，非。

● *07*·天台：天台山，在今浙江省天台县城东北。主峰名华顶。四万八千丈：极言其高。王琦注："四，当作一。"按：《王文公诗集》卷四《送僧游天台》李壁注云："《真诰》：桐柏山高一万八千丈，今天台亦然，太白云四万，字误。"欲：一作"绝"。二句谓高一万八千丈的天台山也倾倒在天姥山东南。

● *08*·因之：一作"冥搜"。

● *09*·镜湖：见前《送贺宾客归越》诗注。

溪。[10] 谢公宿处今尚在，[11] 渌水荡漾清猿啼。脚着谢公屐，[12] 身登青云梯。[13] 半壁见海日，[14] 空中闻天鸡。[15] 千岩万转路不定，迷花倚石忽已暝。[16] 熊咆龙吟殷岩泉，栗深林兮惊层巅。[17] 云青青兮欲雨，水澹澹兮生烟。[18] 列缺霹雳，丘峦崩摧。[19] 洞天石扇，[20] 訇然中开。[21] 青冥浩荡不

● 10 · 刿溪：在今浙江省嵊州市南。即曹娥江上游诸水，古通称刿溪。刿，今浙江省嵊州市及新昌县地。

● 11 · 谢公：指南朝宋代诗人谢灵运，他曾在刿中住宿，登天姥山。其《登临海峤初发疆中作》诗云："暝投刿中宿，明登天姥岑。高高入云霓，还期那可寻。"

● 12 · 着：一作"穿"。谢公屐（jī）：谢灵运所穿木底有齿之鞋。《南史·谢灵运传》："寻山陟岭，必造幽峻，岩嶂数十重，莫不备尽登蹑，常着木屐，上山则去其前齿，下山去其后齿。"

● 13 · 青云梯：谓山岭石阶高峻入云，如登上天之梯。《文选》卷二十二谢灵运《登石门最高顶》诗："共登青云梯。"刘良注："仙者因云而升，故曰云梯。"

● 14 · "半壁"句：谓在半山腰上就能看见太阳从海面升起。

● 15 · 天鸡：《述异志》："东南有桃都山，上有大树名曰桃都，枝相去三千里，上有天鸡，日初出照此木，天鸡则鸣，天下之鸡皆随之鸣。"

● 16 · "迷花"句：谓正迷恋山间花草、依倚山石时，天色突然暗下来。

● 17 · "熊咆"二句：《楚辞·招隐士》："虎豹斗兮熊罴咆。"咆，猛兽嗥叫。殷，震动。栗，恐惧，颤栗。层巅，重叠的山峰。此谓龙吟熊吼声震山岩泉水，使深林战栗高山惊惧。

● 18 · 澹澹：《文选》卷十九宋玉《高唐赋》："水澹澹而盘纡兮。"李善注：《说文》曰：澹澹，水摇也。

● 19 · 列缺：闪电。《汉书·扬雄传》："霹雳列缺，吐火施鞭。"颜师古注引应劭曰："列缺，天隙电照也。"

● 20 · 洞天石扇：洞天，道教称神仙所居洞府为洞天，意谓洞中别有天地。石扇，一作"石扉"，石门。

● 21 · 訇然中开：訇然，大声貌，象声。中，一作"而"。

●22·青冥：青色的天空。浩荡：一作"蒙鸿"，广阔浩大貌。

●23·金银台：神仙所居的黄金白银宫阙。郭璞《游仙诗》："神仙排云出，但见金银台。"

●24·"霓为衣"句：《楚辞·九歌·东君》："青云衣兮白霓裳。"傅玄《吴楚歌》："云为车兮风为马。"风，一作"凤"。

●25·云之君：云神。《楚辞·九歌》有《云中君》篇。

●26·"虎鼓瑟"句：张衡《西京赋》："白虎鼓瑟，苍龙吹篪。"鼓，敲击，弹奏。动词。鸾回车，神鸟驾车而回。鸾，传说中的凤凰一类的鸟。

●27·列如麻：《汉武帝内传》引上元夫人《步玄之曲》："忽过紫微垣，真人列如麻。"

●28·魂悸：心跳。

●29·恍：恍然，猛然。惊起：惊醒而起。长嗟：长叹。

●30·亦如此：一作"皆如是"。指与梦境一样虚幻。

●31·东流水：喻一去不复还。

●32·白鹿：古代隐士多以养白鹿、骑白鹿表示清高。青崖：青山。

见底，²²日月照耀金银台。²³霓为衣兮风为马，²⁴云之君兮纷纷而来下。²⁵虎鼓瑟兮鸾回车，²⁶仙之人兮列如麻。²⁷忽魂悸以魄动，²⁸恍惊起而长嗟。²⁹惟觉时之枕席，失向来之烟霞。

世间行乐亦如此，³⁰古来万事东流水。³¹别君去兮何时还？且放白鹿青崖间，³²须行即骑访名山。

安能摧眉折腰事权贵，³³ 使我不
得开心颜！

品·评

第一段写梦游的诱因，先以整齐的对句写出两个虚实相映的形象，以仙山的虚幻难觅反衬天姥的实际存在，表现出诗人对名山胜境的向往。接着用夸张的手法，描绘天姥山拔地参天、横空出世的雄伟形势。"横""拔""掩"三个动词不仅写出了天姥山的外形，而且赋予强烈的气势和动态感，为第二段的梦游作了铺垫。第二段写梦游，是全诗主体。"我欲因之梦吴越"承上启下，由醒境转入梦境。梦境有四个层次：第一层次至"渌水荡漾清猿啼"，写梦至剡溪的情景。着一"飞"字，形容历程之快，显示游山之心切。驾长风，披月光，越镜湖，抵剡溪，来到当年谢灵运宿处，眼见荡漾渌水，耳闻清猿啼鸣。于是游兴更浓，连夜登山。第二层次至"空中闻天鸡"，写梦登天姥的情景。"着""登"动作的连写，可看出诗人迫不及待登山的轻捷情态。到达半山时，眼看海上日出，耳闻天鸡鸣叫。诗人心境是愉悦的。第三层次至"仙之人兮列如麻"，写幽深的峰峦中所见的惊险神奇的境界。这是梦游的重点。白天的游程，只用"千岩万转路不定，迷花倚石忽已暝"二句概括。正当游赏极乐时，夜幕突然降临，这时出现了可怕的景象：熊咆哮，龙吟啸，岩泉为之震荡，深林为之战栗，峰巅为之惊惧。浓云欲雨，流水腾烟。接着用四字句写闪电雷鸣，山崩石裂，洞府石门，轰地打开。于是，诗人把幻想推向高峰，用瑰丽的色彩描绘神仙世界：天空广阔，无边无际，日月高照，楼台辉煌，仙人们以霓霞为衣，以风为马，纷纷飞下。白虎弹瑟，鸾鸟驾车，神仙之多，犹如乱麻。这是梦游的高潮。第四层次即第二段最后四句，写梦醒情状。诗人惊险回到现实，不禁长叹，觉得枕边缘绕仙气的烟霞顿然消失。这大段写得色彩缤纷却层次井然，迷离惝恍而跌宕多姿，前人多谓其中寓有长安三年宫廷生活的逆印。第三段写梦游后的感慨，点出全诗主旨。对名山仙境的向往，是对权贵的抗争。全诗不写惜别之情，却借"别"抒怀，另有寄托，写成惊心动魄的记梦游仙诗，在构思上匠心独运，在表现手法上别开生面。

经下邳圯桥怀

张子房 01

子房未虎啸，02　破产不为家。03

沧海得壮士，　椎秦博浪沙。04

报韩虽不成，　天地皆振动。05

潜匿游下邳，　岂曰非智勇？06

我来圯桥上，　怀古钦英风。

● 01 · 此诗当为天宝五、六载（746、747）李白由东鲁南下会稽途经下邳时作。下邳（pī）：古地名，在今江苏省邳县西南。圯（yí）：即桥。一说圯桥为圯水上的桥。《史记·留侯世家》："（张）良尝闲从容步游下邳圯上。"司马贞《索隐》："李奇云：'下邳人谓桥为圯。'……应劭云：'圯水之上也。'"《元和郡县志》卷九河南道泗州下邳县："沂水，经县北分为二水，一水于城北西南入泗；一水经城东屈曲从县南亦注泗，谓之小沂水。水上有桥，昔张子房遇黄石公于圯上，即此处也。南人谓桥为圯。"张子房：即张良，字子房。张良曾在下邳圯上遇一老父黄石公，授《太公兵法》一册，曰："读此则为王者师矣。"后张良果为刘邦运筹帷幄，决胜千里，汉朝建立，封留侯。

● 02 · 虎啸：喻豪杰发奋建立功业。

● 03 · "破产"句：据《史记·留侯世家》记载，张良原为战国时韩国贵族，秦灭韩，张良年幼，即用全部家产求刺客为韩报仇。

● 04 · "沧海"二句：《史记·留侯世家》记载：张良到东方去见仓海君，得一力士，遂以一百二十斤重的铁椎，在博浪沙（在今河南原阳县）狙击秦始皇，误中副车。始皇大怒，大索天下，张良因改换名姓，逃亡下邳。

● 05 · "报韩"二句：谓张良为韩报仇虽未成功，但名声却振动天下。《史记·留侯世家》："不爱万金之资，为韩报仇强秦，天下振动。"

● 06 · "潜匿"二句：谓其隐藏而游下邳，难道说就不是智谋和勇敢？沈德潜《唐诗别裁》云："为子房生色，'智勇'二字可补《世家》赞语。"

● 07 · 曾：乃。黄石公：即张良早年于下邳圯上所遇之长者。

● 08 · 徐泗：徐州和泗州。唐玄宗时徐州领彭城（今江苏省铜山区）、丰、沛（今属江苏省）、萧、符离、蕲（今均属安徽省）、滕（今属山东省）等七县；泗州领临淮、徐城（今已没入洪泽湖中）、虹（今安徽省泗县）、下邳（今江苏省邳县西南）、宿豫、涟水（今属江苏省）等六县。

唯见碧流水，曾无黄石公。[07]

叹息此人去，萧条徐泗空。[08]

品·评　首四句叙事：一、二句从张良未建功业前写起，表明其年幼时即非平凡人物。三、四句便是写其不平凡的事迹，将《史记》所叙的一段故事紧缩为十个字，可见熔铸之功力。接着四句议论，五、六句先用"虽"字作顿挫一抑，然后又指出"天地皆振动"一扬。七、八句强调藏匿下邳是智勇之举，却用"岂"字作反诘句提出，使气势跌宕有致。以上八句都写张良事迹，九、十句才点题，开始诗人怀古抒怀，今人与古人才结合起来。"唯见""曾无"是此诗最紧要处，诗人只见到圯桥下的流水仍然像当年一样清澈碧绿流淌，然而却见不到黄石公了。按理应该说见不到张子房，诗中却越过张良而偏说黄石公，一是因为张良就是在圯桥见到黄石公接受《太公兵法》的，如此可省却笔墨；二是诗人别有用意在，即当今如张良那样的豪杰之士，还是有的，只是没有像黄石公那样识拔人才的人而已。末二句用意更清楚，表面上是叹息张良去后，徐泗一带就萧条没有人才了，实际上是曲笔反语，正如沈德潜《说诗晬语》所说："本怀子房，而意实自寓。"其意实为"谁曰萧条徐泗空"，诗人后来在《扶风豪士歌》结尾云："张良未逐赤松去，桥边黄石知我心。"正好是此诗末二句的注脚。意谓今之世，继张良而起，舍我其谁！

丁都护歌

⁰¹

云阳上征去，⁰² 两岸饶商贾。⁰³
吴牛喘月时，⁰⁴ 拖船一何苦！⁰⁵
水浊不可饮，　壶浆半成土。
一唱《都护歌》，心摧泪如雨！⁰⁶

注·释

● 01 · 此诗约作于天宝六载（747）。丁都护歌：一作"丁督护歌"。乐府旧题。《乐府诗集》卷四十五列为《清商曲辞·吴声歌曲》，并引《宋书·乐志》曰："《督护歌》者，彭城内史徐逵之为鲁轨所杀，宋高祖使府内直督护丁旿收敛殡埋之。逵之妻，高祖长女也。呼旿至阁下，自问殓送之事。每问辄叹息曰：'丁督护！'其声哀切，后人因其声广其曲焉。"《旧唐书·音乐志二》："督护，晋、宋间曲也。"按今存最早的《丁督护歌》乃宋武帝所作五首，内容写督护出征送别情事，王金珠所作一首意亦同，与《宋书·乐志》所云本事毫无关涉，疑别有所本。

● 02 · 云阳：今江苏省丹阳市。《元和郡县志》卷二五江南道润州丹阳县："本旧云阳县地。秦时望气者云有王气，故凿之以败其势，截其直道，使之阿曲，故曰曲阿。……天宝元年，改为丹阳县。"上征：向上游行舟。

● 03 · 饶商贾：多商人，指商业兴隆。商贾，商人的总称。《周礼·天官·太宰》："六曰商贾，阜通货贿。"郑玄注："行曰商，处曰贾。"

● 04 · "吴牛"句：《世说新语·言语》："满奋畏风，在晋武帝坐，北窗作琉璃屏，实密似疏，奋有难色。帝笑之，奋答曰：'臣犹吴牛，见月而喘。'"刘孝标注："今之水牛唯生江淮间，故谓之吴牛也。南土多暑，而此牛畏热，见月疑是日，所以见月则喘。"此指时值盛夏季节。

● 05 · 一何：副词，何其，多么。

● 06 · 摧：悲伤。

● 07·系盘石：一作"凿盘石"，非。系：
牵缚。盘石：大石。
● 08·江浒：江边。
● 09·芒砀（máng dàng）：叠韵联绵词，
粗重庞大貌。

万人系盘石，⁰⁷ 无由达江浒。⁰⁸

君看石芒砀，⁰⁹ 掩泪悲千古。

品·评 此诗描写纤夫拖船之苦，是反映劳动人民生活的重要篇章。开头两句写云阳乘舟北上，两岸商贾云集。这个富饶的环境与纤夫的生活形成鲜明对照。三、四两句巧用典故，点出时令，比直接说盛夏酷暑具体而形象。在这季节拖船，发出"一何苦"的叹息就更为沉痛。盛夏炎热，强度劳动，挥汗成雨，当然最需要喝水，可是五、六两句说："水浊不可饮！"浊到什么程度，盛在壶中多半是泥浆！而这半是泥土的水浆又不得不饮，字里行间洋溢着诗人的强烈控诉。七、八两句写纤夫唱着拖船号子，泪下如雨。所谓"都护歌"，并非指乐府诗，只是借指歌声凄哀如《都护歌》而已，以上八句写盛夏拖船之苦，生活条件之恶劣，心境的悲哀，似已写足。但末四句却写出更触目惊心的劳动场面：万人拖巨石还无法拖到江边，纤夫们只能面对庞然大物流泪痛哭，千古哀伤！全诗层层深入，多以形象画面代替叙写，全诗笼罩着浓厚的哀伤氛围和悲凉色调，从中可以感受到诗人对劳动人民的同情极为强烈，也可体会到诗人心情的沉重。《唐宋诗醇》评曰："落笔沉痛，含意深远，此李诗之近杜者。"

登金陵凤凰台

01

凤凰台上凤凰游，

凤去台空江自流。

吴宫花草埋幽径， *02*

晋代衣冠成古丘。 *03*

三山半落青天外， *04*

一水中分白鹭洲。 *05*

总为浮云能蔽日， *06*

长安不见使人愁。

注·释

● *01*·此诗约作于天宝六载（747）游金陵时。凤凰台在今南京城西南集庆门内。相传南朝宋元嘉十六年，有三鸟翔集山间，文彩五色，状如孔雀，音声谐和，众鸟群附，时人谓之凤凰。起台于山，谓之凤凰台，山曰凤台山。此诗"凰"字，宋本皆作"皇"。

● *02*·吴宫：一作"吴时"。三国时吴国建都金陵，即今南京市。

● *03*·晋代：一作"晋国"。东晋时都城建邺，亦即今南京市。衣冠：指世族、士绅。成古丘：谓昔人已死，空留古坟。

● *04*·三山：在今南京市西南长江岸边，以有三峰得名。长江从西而来，此山突出江中，当其冲要。六朝都城在今南京市，三山为其西南屏障，故又称护国山。半落青天外，形容三山有一半被云遮住，看不清楚。陆游《入蜀记》："三山，自石头及凤凰台望之，杳杳有无中耳。及过其下，则距金陵才五十余里。"可为本句注脚。

● *05*·一水：一作"二水"。白鹭洲：古代长江中的小洲。后世江流西移，洲与陆地遂相连接。

● *06*·总为：一作"尽道"。浮云能蔽日：陆贾《新语·慎微》："邪臣之蔽贤，犹浮云之障日月也。"

品·评

此乃李白最著名的一首七律。首联点题。上句写凤凰台传说，下句悲凤去台空而江水依然不歇，逗引思古之幽情。句法摹仿崔颢《黄鹤楼》诗："昔人已乘黄鹤去，此地空余黄鹤楼。黄鹤一去不复返，白云千载空悠悠。"十四字中凡三"凤"字、二"台"字，却不嫌重复，音节流畅，以古诗法入律，堪称神奇。颔联意承"凤去台空"，诗人从吴国昔日宫苑如今已成幽僻荒径，东晋贵族士绅现已湮为野坟古冢，悟彻人世沧桑，抒发吊古情怀。颈联从怀古中转出，写眼前之景，上句远眺，下句近观。对偶工整，气象壮丽，乃千古名对。诗人面对永恒江山，感叹人生短暂，功业难建。于是逼出尾联，以"浮云"喻奸佞小人，以"日"喻皇帝，暗指天宝三载（744）遭佞人谗害而被"赐金还山"的遭遇，并抒发了眷恋朝廷和忠君忧国之情。全诗从登台起笔，终结于报国无门的忧愤，感情深沉，声调激越。从思想境界看，远远超过崔颢《黄鹤楼》，是唐前期七律中最佳名篇之一。

古风

（其五十一）01

殷后乱天纪，02 楚怀亦已昏。03
夷羊满中野，04 绿葹盈高门。05
比干谏而死，06 屈平窜湘源。07

注·释

● 01·此诗约作于天宝六载（747）。当时玄宗宠爱贵妃杨玉环，不理国事，朝政被奸相李林甫把持，制造了许多冤狱，名士李邕、裴敦复都无辜被杀。李林甫又奏分道御史，在贬所将皇甫惟明、韦坚及其诸弟等杀害。当时左相李适之被贬为宜春太守，听到消息，也服毒自杀。李白的好友崔成甫，也因受韦坚案牵连，被贬为湘阴县尉。李适之是唐王朝宗室（他与玄宗是从祖兄弟行），也是李白好友，是杜甫歌咏的"饮中八仙"之一。此诗显然是借用殷、楚的宗室比干、屈原的历史题材来讽刺现实。

● 02·殷后：指殷纣王。殷（商）代最后一个帝王，即亡国之君。古代帝王亦称"后"。天纪：天之纪纲，指国之法制。

● 03·楚怀：即楚怀王（？—前296），战国时楚国国君。他因听信谗言，放逐屈原。后被秦王所骗，死于秦国。昏：昏愦。

● 04·夷羊：古代传说中的神兽。此喻贤者。

● 05·绿葹：一作"菉施"，两种恶草。高门：比喻朝廷。

● 06·比干：殷代贵族，纣王的叔父，官少师。因屡谏纣王，被剖心而死。

● 07·屈平：《史记·屈原贾生列传》："屈原者，名平，楚之同姓也。为楚怀王左徒。……上官大夫与之同列，争宠而心害其能。……因谗之……王怒而疏屈平。屈平疾王听之不聪也……故忧愁幽思而作《离骚》。"又："令尹子兰闻之大怒，卒使上官大夫短屈原于顷襄王，顷襄王怒而迁之。屈原至于江滨，被发行吟泽畔，颜色憔悴，形容枯槁……于是怀石遂自沉汨罗而死。"由此知屈原被流放到湘江之南乃楚顷襄王时事，非楚怀王。此乃交错言之。湘源：湘江上游。

●09·女嬃（xū）：宋本作"女颜"，据萧本、郭本、王本改。婵媛：宋本作"婵娟"，据萧本、郭本改。《楚辞·离骚》："女嬃之婵媛兮"王逸注："女嬃，屈原姊也。婵媛，犹牵引也。"此句谓屈原不听其姊劝告，女嬃徒然情思牵萦。

●10·彭咸：宋本作"彭城"，据萧本、郭本、胡本、缪本、王本改。《楚辞·离骚》："虽不周于今之人兮，愿依彭咸之遗则。"王逸注："彭咸，殷贤大夫，谏其君不听，自投水而死。"沦没：淹没。此句谓彭咸已投水死了很久。

虎口何婉娈？ ⁰⁸ 女嬃空婵媛。⁰⁹

彭咸久沦没， ¹⁰ 此意与谁论？

品·评 首二句以"乱天纪"的殷纣王和昏庸的楚怀王影射唐玄宗，笔锋非常辛辣。三、四两句实际上描绘当时的政治环境：神兽在野，恶草盈门。即贤能的人都贬逐在外，而高门之内却都是谗佞小人。五、六两句表面上写殷朝时比干强谏而死，楚怀王时屈原被人谗害而放逐湘源，实际上暗指当时李适之冤死和崔成甫被贬湘阴。有很强的现实针对性。七、八两句揭示贤人在危险境地仍对朝廷和国家非常眷恋，使关心他们的人徒然牵挂担心。末二句诗人感叹如今已无彭咸那样的贤人，又能与谁去谈论心事呢！全诗洋溢着痛恨权奸和哀挽贤人的强烈感情。萧士赟《分类补注李太白诗》曰："此诗比兴之诗也。……太白此诗哀思怨怒，有感于时事而作，讽刺议谏之道，兼尽之矣。"这是李白《古风》中指斥玄宗最激烈的一首诗。

寄东鲁二稚子

01

吴地桑叶绿，*02* 吴蚕已三眠。*03*
我家寄东鲁，谁种龟阴田？*04*
春事已不及，*05* 江行复茫然。
南风吹归心，飞堕酒楼前。*06* 楼
东一株桃，枝叶拂青烟。*07* 此树
我所种，别来向三年。*08* 桃今与
楼齐，我行尚未旋。*09*
娇女字平阳，折花倚桃边。折
花不见我，泪下如流泉。*10* 小儿
名伯禽，*11* 与姊亦齐肩。双行桃

注 · 释

●*01* · 诗云"别来向三年"，李白天宝五载离东鲁，则此诗当为天宝八载（749）春在金陵作。东鲁：指今山东省兖州、曲阜一带。当时李白的儿女寄住在兖州。
●*02* · 吴地：当时诗人所在的金陵，在春秋时属吴国。
●*03* · 三眠：荀卿《蚕赋》："三俯三起，事乃大已。"后因称"三俯"为"三眠"。《本草》："蚕三眠三起二十七日而老。"
●*04* · 龟阴：龟山之北。龟山在今山东省新汶市南。
●*05* · 春事：指春天的农事。
●*06* · 酒楼：旧注以为指任城（今山东省济宁市）酒楼。《太平广记》卷二〇一引《本事诗》："初白自幼好酒，于兖州习业，平居多饮。又于任城县构酒楼，日与同志荒宴其上，少有醒时。邑人皆以白重名，望其重而加敬焉。"
●*07* · 拂青烟：形容枝叶繁密。
●*08* · 向三年：李白在天宝五载离东鲁南下，至写此诗时已近三年。
●*09* · 旋：回归。
●*10* · "泪下"句：刘琨《扶风歌》："据鞍长叹息，泪下如流泉。"
●*11* · 伯禽：李白有《送萧三十一之鲁中兼问稚子伯禽》诗，又《赠武十七谔》诗序云："余爱子伯禽在鲁，许将冒胡兵以致之。"李华《故翰林学士李君墓志》云："有子曰伯禽。"范传正《唐左拾遗翰林学士李公新墓碑》亦云："得公之亡子伯禽手疏十数行。"

●*12*·"抚背"句：谓又有谁抚摩和爱怜他
们。

●*13*·失次第：失去常态，形容心绪紊乱。
刘桢《赠徐干诗》："起坐失次第，一日
三四迁。"

●*14*·裂素：撕开白色生绢。古常以素绢
代纸。

●*15*·之：往。汶阳川：即汶水，见前
《沙丘城下寄杜甫》诗注。

树下，抚背复谁怜？ *12*

念此失次第， *13* 肝肠日忧煎。裂

素写远意， *14* 因之汶阳川。 *15*

品·评 首六句从江南春色想到自己在东鲁龟山北面的田地无人耕种，心中茫然。接着由"南风"两句过渡到想象世界：先用六句想象酒楼前亲手栽种的桃树，三年来长得与酒楼一样高了吧！而自己还在南方没有归去。然后用八句想象女儿平阳在桃树边折花想念父亲而流泪，儿子伯禽个子也长得与姊一样高，两人同在桃树下行走，有谁为他们抚背而爱怜他们？这十四句描绘想象中的情景，充满了诗人深切的怀乡思儿女的强烈感情。最后四句回到现实，点明因想念儿女"肝肠忧煎"而用白绢写成此诗，寄往东鲁。诗中想象儿女的体态、动作、神情、心理活动，都描绘得惟妙惟肖，生动逼真，由此亦反映出诗人思念之深情。

闻王昌龄左迁龙标遥有此寄 [01]

杨花落尽子规啼，[02]
闻道龙标过五溪。[03]
我寄愁心与明月，[04]
随君直到夜郎西。[05]

注·释

●01·此诗约作于天宝八载（749）。王昌龄：唐代诗人。《旧唐书·文苑传》及《新唐书·文艺传》有传。据傅璇琮《唐代诗人丛考·王昌龄事迹考略》云：京兆人，开元十五年（727）进士登第，补秘书省校书郎。开元二十二年（734）博学宏词科登第，为汜水县尉。开元二十七年（739）贬谪岭南，开元二十八年（740）冬为江宁县丞。约天宝七载（748）秋被贬为龙标县尉，约至德中（756—757）间被闾丘晓所杀。左迁：贬官，降职。龙标：唐县名，属巫州，治所在今湖南省怀化市。

●02·杨花落尽：一作"扬州花落"。子规：杜鹃鸟的别称。传说其啼声凄哀，甚至啼血。

●03·五溪：《通典》卷一八三黔州："五溪，谓酉、辰、巫、武、陵等五溪也。"指今湖南省怀化市、黔阳市一带。

●04·与：给。

●05·君：一作"风"。夜郎西：此处"夜郎西"指龙标。当时龙标县实际在夜郎县南，诗中的"西"只是押韵而泛指附近。夜郎：唐县名，治所在今湖南芷江县西南，天宝元年改名峨山，曾先后为舞州、鹤州、业州（龙标郡）的治所。

品·评

首句用比兴手法点时，渲染凄凉哀愁的气氛。暮春季节杨花飘散落尽，子规鸟又哀啼叫着"不如归去"，给人飘零悲伤之感，暗含着诗人之愁，融情于景。次句交代王昌龄被贬之事，点明愁的由来。此处"龙标"代指王昌龄。五溪是战国时代楚国大诗人屈原流放之地，如今友人王昌龄远贬，行程艰难，境遇不幸，字里行间渗透着诗人的忧虑。后两句点出主旨，"愁心"二字是诗眼，笼罩全诗。诗人为王昌龄的遭遇愁，为他的前程愁，既为他的政治境遇愁，又为他的生活环境愁。诗人只能将这颗充满愁的心托付给明月，让明月带着诗人的"愁心"到远方，慰抚友人。明月象征着纯洁、高尚，诗人在许多诗中把明月看作通人心的多情物，也只有明月才能同时照亮诗人和友人。诗中虽未追叙两人昔日相聚的情景和友谊，但却把友情抒发得非常真挚感人。而"遥有此寄"的题意也自然点明。

古风

（其三十四）01

羽檄如流星，⁰² 虎符合专城。⁰³
喧呼救边急， 群鸟皆夜鸣。
白日曜紫微， 三公运权衡。⁰⁴

注·释

●01·此诗叙"楚征兵""云南征"，与史籍所记天宝十载（751）四月征南诏事合，当为是年作。南诏在今云南大理一带，是唐代西南民族建立的一个政权，附属唐朝。后因与唐战争，改附吐蕃。据史载，天宝九载（750），宰相杨国忠荐鲜于仲通为剑南节度使，仲通残暴欺压西南民族，引起南诏反抗。次年夏，仲通发兵八万征讨，战于泸南，遭到惨败。而杨国忠却为他隐瞒败绩，仍大肆征兵以图报复。此诗即叙写此次战争给人民造成的灾难，抨击当权者穷兵黩武之罪。

●02·羽檄：征兵的文书，以鸟羽插檄书，表示紧急。

●03·虎符：兵符，古代征调军队的凭证。以铜刻作虎形，中剖为两半，半留京都，半付将帅或州郡长官。《史记·孝文本纪》："初与郡国守相为铜虎符、竹使符。"裴骃《集解》引应劭曰："铜虎符，第一至第五，国家当发兵，遣使者至郡合符，符合乃听受之。"按：唐代已无合符调兵之制，此处只是用典。专城，指州郡地方长官。

●04·"白日"二句：形容朝廷政治清明。紫微，星座名，即紫微垣。位于北斗东北，有星十五颗。古以紫微垣喻皇帝居处。《晋书·天文志上》："紫宫垣十五星……一曰紫微，大帝之坐也，天子之常居也，主命主度也。"三公，周代三公有二说：一说指司空、司徒、司马；一说指太师、太傅、太保。西汉以丞相（大司徒）、太尉（大司马）、御史大夫（大司空）合称三公；东汉以太尉、司徒、司空合称三公；为共同负责军政的最高长官。唐代虽也以太尉、司徒、司空为三公，但已无实际职权，只是最高荣誉衔。此处指朝廷的军政长官。权衡，古星座名。

天地皆得一，　滄然四海清。 [05]

借问此何为？　答言楚征兵。 [06]

渡泸及五月， [07] 将赴云南征。

怯卒非战士，　炎方难远行。 [08]

长号别严亲，　日月惨光晶。 [09]

● 05 • "天地" 二句：《老子》："昔之得一者，天得一以清，地得一以宁。"河上公章句："一，无为道之子也。天得一，故能垂象清明；地得一，故能安静不动摇。"滄然：安定貌。意谓君主贤明，无为而治，臣辅得力，天地和合。

● 06 • "借问" 二句：沈德潜《唐诗别裁集》："言天下清平，不应有用兵之事，故因问之。"楚征兵，一作"征楚兵"，指天宝年间征南诏而征兵事。《资治通鉴》天宝十载四月，"剑南节度使鲜于仲通讨南诏，大败于泸南。……制大募两京及河南、北兵以击南诏；人闻云南多瘴疠，未战士卒死者什八九，莫肯应募。杨国忠遣御史分道捕人，连枷送诣军所。旧制，百姓有勋者免征役，时调兵既多，国忠奏先取高勋。于是行者愁怨，父母妻子送之，所在哭声振野。"

● 07 • 泸：古水名，指今雅砻江下游和金沙江会合雅砻江以后的一段江流。相传江边多瘴气，三、四月间最甚，人遇之易亡。五月后稍好，故古代常择五月发兵。诸葛亮《出师表》："五月渡泸，深入不毛。"即此意。及：趁。

● 08 • 炎方：南方炎热之地。

● 09 • "长号" 句：形容征兵时的悲惨情景，大哭着告别父母，日月黯然，泪尽继血，心肝欲裂，相对无言。长号，大哭。严亲，指父母。惨光晶，日月为之感动而惨淡无光。晶，光。

● 10 · "困兽"二句：谓怯卒前去与凶敌作战，必死无疑。困兽、穷鱼，喻怯卒。猛虎、奔鲸，喻强敌。当，通"挡"，抵挡。饵，喂食。

● 11 · 干：盾牌。戚：大斧。古代武舞时执之。有苗：古代民族名。《帝王世纪》："有苗氏负固不服，禹请征之。舜曰：'我德不厚而行武，非道也。吾前教由未也。'乃修教三年，执干戚而舞之，有苗请服。"

泣尽继以血，心摧两无声。

困兽当猛虎，穷鱼饵奔鲸。[10]

千去不一回，投躯岂全生？

如何舞干戚，一使有苗平？[11]

品·评

首四句渲染出征前气氛，一落笔就有声势。羽檄飞传说明军情紧急，调兵遣将非常忙乱，救边急的喧呼声惊得夜鸟乱鸣，骚扰之甚可以想见。而诗人对此次战争持否定态度已暗含其中。接着四句宕开一笔，勾勒出君明臣能、国泰民安的景象，与首四句的战争气氛不谐调，形成鲜明对照。在这太平盛世为何爆发战争？于是再四句用问答方式补叙此次战争的本事。"借问"实为明知故问，谴责之意甚明。"怯卒"以下六句写士卒与亲人别离之惨状，浓墨重彩，将离别场面写得声情并茂，撼人心魄。杜甫《兵车行》所描绘出征者与亲人离别时情景，与此诗同出一辙，可参读。"困兽"以下四句写驱民于虎口的结果。诗人用形象的比喻，揭示出疲弱的"怯卒"面对桀悍之强敌，"千去不一回"也就是必然的结果。末二句用典故衬托，批评当权者不能以文德来远人。当时唐军大举南下，南诏王曾表示谢罪，愿归还掠夺的人口和财物，修复云南城。如果唐朝廷能审时度势，有利有节，可能有好结果。但杨国忠等拒绝南诏请求，迷信武力，结果惨败。诗中含有此意。

此诗在谋篇布局上颇具匠心，迂回盘旋，跌宕起伏，错落有致，使人有回肠荡气之感。作者反对统治者不恤民力而穷兵黩武，体现出他忧国忧民的情怀。这与同时代诗人高适等人为南诏战争大唱赞歌形成鲜明对比，可以看出李白高尚的政治品格。

北风行

注·释

01

烛龙栖寒门，光耀犹旦开。*02* 日
月照之何不及此？*03* 唯有北风
号怒天上来。*04* 燕山雪花大如
席，片片吹落轩辕台。*05* 幽州思
妇十二月，停歌罢笑双蛾摧。*06*
倚门望行人，念君长城苦寒良
可哀。别时提剑救边去，遗此
虎文金鞞靫。*07* 中有一双白羽
箭，*08* 蜘蛛结网生尘埃。箭空
在，人今战死不复回。不忍见

- *01* · 此诗当是天宝十一载（752）在幽州作。北风行：乐府旧题。《乐府诗集》卷六十五列入《杂曲歌辞》，云："《北风》，本卫诗也。《北风》诗曰：'北风其凉，雨雪其雱。'传云：'北风寒凉，病害万物，以喻君政暴虐，百姓不亲也。'若鲍照'北风凉'、李白'烛龙栖寒门'，皆伤北风雨雪，而行人不归，与卫诗异矣。"
- *02* · "烛龙"二句：用古代神话。《淮南子·地形训》："烛龙在雁门北，蔽于委羽之山，不见日，其神人面龙身而无足。"高诱注："龙衔烛以照太阴，盖长千里，视（睁眼）为昼，暝（闭眼）为夜，吹为冬，呼为夏。"又："北方曰北极之山，曰寒门。"高诱注："积寒所在，故曰寒门。"因神龙开眼为昼，闭眼为夜，故云"光耀犹旦开"。
- *03* · "日月"二句：此句一作"日月之赐不及此"。此，指唐代幽州，天宝初改称范阳郡。治所在今北京市。
- *04* · 号怒：呼啸狂暴。
- *05* · 燕山：在今河北平原北侧，由潮白河河谷直至山海关，大致成东西走向。此处乃概指燕地之山，犹秦山、楚山之类，非专指一山。大如席：极言雪片之大。轩辕台：乃黄帝轩辕氏与蚩尤战于涿鹿之处。遗址在今河北怀来县乔山上。
- *06* · 双蛾摧：双眉低垂。蛾，蛾眉，女子细长娟秀的眉毛。
- *07* · "遗此"句：此句谓留下了饰有虎纹的金色箭囊。鞞靫，当作"鞴靫（bù chā）"，亦作"步叉"，装箭的器具。
- *08* · 白羽箭：以白色羽毛装饰的箭。

● 09 • 已成：一作"以为"。

● 10 • "黄河"二句：极言苦痛之深、怨恨之广。《后汉书·朱浮传》："此犹河滨之人捧土以塞孟津，多见其不知量也。"此处反用其意，谓黄河之水不足道，可用捧土加以阻塞，而思妇之恨，却如北风雨雪，难以遏制。裁，一作"哉"。

此物，焚之已成灰。[09] 黄河捧土

尚可塞，北风雨雪恨难裁。[10]

品·评 首起六句照应题目，写北方苦寒。运用神话怪诞的魔力，突出幽冷严寒形象。日月不临，"唯有北风"，互相衬托，强调气候之冷。"号怒"写风声，"天上来"写风势，意境已很壮阔；而对雪的描写则更是气象雄伟，想象奇特，极尽夸张之能事，成为千古传诵的名句。诗中点出"燕山"和"轩辕台"，从泛指的北方引入幽燕地区。环境气氛已造足，"幽州思妇"就登场了。诗人用"停歌""罢笑""双蛾摧""倚门望行人"等一连串的动作，刻画人物的心理神情，使一位愁肠百结、忧心忡忡的思妇形象站在读者面前。思妇从幽州的苦寒，想到远在长城的丈夫定当更为苦寒，所以格外思念和担心。接着便写思妇回想丈夫别时情景，"提剑救边"，说明丈夫是慷慨从军去，当时只留下装箭的袋子，如今只有以此寄托思念之情。由于离别已久，白羽箭已结蛛网尘埃。睹物思人，已是黯然神伤，而如今却是"箭空在"，人则"不复回"了。这是思妇希望失落的悲哀，是绝望的悲哀。她有极度的悲愤，但没有高声号哭，而是把痛苦埋在心底。人亡物在，更觉伤心，不忍再见遗物，于是把羽箭和箭袋焚烧成灰。这一动作深刻揭示出思妇痛苦欲绝的心境。最后诗人用惊心动魄的夸张比喻，表达思妇的极度悲痛：即使广阔无边的滔滔黄河还可捧土来塞住，而思妇之恨却难以裁止，反衬出思妇之恨该有多么深广！这结尾具有震撼人心的艺术感染力。以"北风雨雪"的具体艺术形象比拟思妇之恨绵绵不尽，韵味隽永。且全诗以景起，以景结，首尾呼应，结构完整。

独坐敬亭山

01

注·释

● 01 · 此诗约天宝十二载（753）在宣城作。时距诗人离开长安已近十年，亦是北上幽燕目睹安禄山嚣张气焰后刚来到宣州。怀才不遇和孤独之感使他到大自然中去寻找安慰。敬亭山：在今安徽省宣城市北。一名昭亭山，又曰查山。东临宛溪，南俯城闉，为近郭之名胜。

众鸟高飞尽，孤云独去闲。

相看两不厌，只有敬亭山。

品·评

前二句看似写景，实写孤独之情。诗人寄情于鸟，但众鸟却高飞远去；寄情于云，云也悠悠飘远。鸟和云乃至世间万物似乎都在躲避诗人，厌弃诗人。"尽""闲"二字，充分显示出"静"的境界，烘托诗人心灵的寂寞和孤独，也暗示独坐观望之久。后二句用拟人化手法写出诗人对敬亭山的感情。诗人凝视敬亭山，感到敬亭山也默默地凝视着自己，仿佛理解诗人内心的苦闷，给诗人以朋友般的抚慰。敬亭山本是无情之物，但在诗人眼里却是多情的。因为众鸟、孤云都弃自己而去，只有它依依陪伴着自己。"相""两"同义重复，充满强烈感情色彩，深切表达出一种心心相印、互看不厌的友谊，"只有"二字更表示除了敬亭山外诗人已无人可亲。诗人愈写敬亭山之多情，也就愈衬托出人的无情。全诗平淡恬静，将感情融合于景而创造出寂静境界。

秋登宣城谢朓北楼 01

注
释

● 01·此诗约天宝十二载（753）秋在宣城作。宣城：唐宣州，天宝元年改为宣城郡。今安徽省宣城市。谢朓：字玄晖，南朝齐代诗人，曾为宣城郡太守，在宣城陵阳山上建北楼，人称谢朓楼。

● 02·江城：宣城有宛溪、句溪二水绕城流过，江南地区称水为江，故称"江城"。

● 03·山：指陵阳山，在宣城。李白《自梁园至敬亭山见会公谈陵阳山水》诗有"陵峦抱江城"句。《江南通志》卷一六称此山"冈峦盘屈，三峰秀拔"。

● 04·两水：指宛溪、句溪。两水绕城合流，故称"夹"。明镜：形容溪水清澈。

● 05·双桥：据《江南通志》卷一六山川宁国府记载，宣城宛溪上古有凤凰、济川二桥，隋代开皇年间建。彩虹：形容桥呈拱状，倒影在水中，望之如彩虹之下落。

● 06·"人烟"二句：意谓秋色炊烟缭绕于空，橘柚似带寒意，梧桐显得苍老。谢朓《宣城郡内登望》诗："切切阴风暮，桑柘起寒烟。"二句即由此化出。

江城如画里，02 山晚望晴空。03

两水夹明镜，04 双桥落彩虹。05

人烟寒橘柚， 秋色老梧桐。06

谁念北楼上， 临风怀谢公。

品
评

首联从大处落笔，写登楼远眺，总揽宣城风光。碧空夕阳，江城山色，明丽如画。气象壮阔，神韵高迈。首联的"望"字，直贯颔联、颈联。颔联二句，具体写"江城如画"，颈联二句则具体写"山晚晴空"。颔联以明镜喻秋水的清澈澄明，以彩虹喻双桥在水中的倒影，都非常贴切恰当。因为溪水平静流淌，清澄水波可以照人，还会泛出晶莹的光，极似明镜；而从高楼上俯视双桥在水中的倒影，夕阳照射中桥影映出璀璨色彩，宛似天上落下的彩虹。一个"夹"字，传二溪合流绕城之态；一个"落"字，状双桥映波飞动之势。可谓"刻画鲜丽，千古常清"（《唐宋诗举要》引吴汝纶语）。颈联写傍晚秋色，山野炊烟，橘柚深碧，梧桐微黄，使人感到荒寒苍老。用极凝练的形象语言，不仅勾勒出深秋寒景，而且写出寒意和诗人心境，遂成为千古名句。杜甫有"荒庭垂橘柚，古屋画龙蛇"句，宋代陈无已有"寒心生蟋蟀，秋色上梧桐"句，都脱胎于此，但都不及李白随意点染秋意之入神。尾联点题，与首联呼应，从登临到怀古。谢朓是李白一生最折服景仰的前代诗人，如今登上他建造的北楼，更加怀念古人。可是有谁能理解诗人的心情呢？感知音难觅的寂寞，叹壮志难酬的忧伤，自己只能寄情山水，尚友古人。这些意思均在言外，可谓言有尽而意无穷。

别校书叔云 宣州谢朓楼饯 ⁰¹

弃我去者昨日之日不可留，乱我心者今日之日多烦忧。⁰² 长风万里送秋雁，对此可以酣高楼。⁰³ 蓬莱文章建安骨，⁰⁴ 中间小谢又清发。⁰⁵ 俱怀逸兴壮思飞，欲上青天览明月。⁰⁶ 抽

注·释

●01·此诗约天宝十二载（753）在宣城作。诗题《文苑英华》作《陪侍御叔华登楼歌》。谢朓楼：即北楼，见《秋登宣城谢朓北楼》诗注。校书：校书郎。据《旧唐书·职官志二》，秘书省有校书郎八人：正九品上。又门下省弘文馆亦有校书郎二人，从九品上。云：李云，《新唐书·宗室世系表下》道王房有道孝王元庆曾孙名云，乃敷城郡公李诞孙，右千牛将军李岑子。李云嗣爵敷城郡公，未署官职。时代相当，或即此人。按：李白另有《饯校书叔云》诗，有"喜见春风还"等句，而本诗秋天作，李白似不可能在春和秋两次饯别李云。又按李华乃著名散文家，为李白作墓志者。

●02·"弃我"二句：谓以往岁月已弃我而去，无法挽留，如今岁月却只能使人心烦意乱。

●03·"长风"二句：谓长风万里，目送秋雁南归，面对眼前之景正可陪友酣饮于高楼。

●04·"蓬莱"句：此句谓李华的诗文具有汉魏风格。蓬莱，原指海中神山，据说仙府幽经秘录均藏于此山，故东汉时即以蓬莱指国家藏书处东观。建安，东汉末献帝年号（196—220）。当时曹操父子和王粲等七子写作诗歌，辞情慷慨，语言刚健，形成骏爽刚健的风格，后人因誉为"建安风骨"。

●05·"中间"句：此句谓从汉至唐，中间谢朓诗最清新秀发。小谢，指谢朓。因谢朓晚于谢灵运，唐人称灵运为大谢，称朓为小谢。

●06·"俱怀"二句：谓两人都满怀豪情逸兴，似可上天摘取明月。逸兴，超逸豪放的意兴。青天，一作"青云"。览，通"揽"，摘取。

● 07 · "抽刀"句：形容己忧连续不断，无法排除。更愁，一作"复愁"。

● 08 · 人生：一作"男儿"。不称意：不合意。散发：抛弃冠簪，隐居不仕。《文选》卷二十四张华《答何劭诗》："散发重阴下，抱杖临清渠。"张铣注："散发，言不为冠所束也。"扁舟：小舟。《史记·货殖列传》："范蠡既雪会稽之耻……乃乘扁舟，浮于江湖。"下句一作"举棹还沧洲"。

刀断水水更流，举杯消愁愁更愁。⁰⁷人生在世不称意，明朝散发弄扁舟。⁰⁸

品·评 首二句用十一字长句陡起，直抒胸臆。"昨日"指已经逝去的岁月，包括开元盛世的大好时光，但当诗人的理想尚未施展之时已"弃我而去"，这里包含着诗人对壮志未酬和年华消逝的痛惜和感叹。"今日"是指近年来接踵而至的岁月。当时控制着北方广大地区的安禄山正在阴谋叛乱，诗人曾亲探虎穴已有预感；而朝廷上宰相杨国忠又发动对南诏的战争，两次全军覆没，消耗了大量民力财力。作为忧国忧民的诗人，对此都感到心烦意乱。既然说"弃我去"，又说"不可留"，既说"乱我心"，又说"多烦忧"，这种重叠复沓的语言，以及破空而来的发端，深刻地揭示出诗人郁结之深、忧愤之烈、心绪之乱。三、四两句突作转折，目见长风万里、秋雁南飞之景，心境豁然开朗，烦忧尽扫，登楼酣饮的豪兴油然而生，点明题中的"登楼"。五、六两句切题面"陪侍御叔华"，以推崇东汉蔡邕等人的文章和建安诗人的风骨，赞美李华的文章，以推崇谢朓诗歌的清新秀发，自誉诗歌成就。七、八两句写酣饮时的豪兴，两人都怀有逸兴壮志，酒酣后更是飘然欲飞，想登天揽月。这里的"月"是诗人想象，非实景。但这"欲上青天"的形象显然是诗人对理想境界的追求，也是全诗激扬情绪的高潮。诗人的想象翅膀尽可在幻境中翱翔，但现实毕竟是残酷的，九、十两句又是大转折，回到现实中的愁思万端，恰似谢朓楼前宛溪水，滚滚不止，抽刀斩不断。这一奇特而独创的比喻，非常生动而贴切地显示出诗人想摆脱愁苦而不能的情态。末两句自明心迹：既然报国无路，壮志难酬，忧愁不断，唯一途径只有"散发弄扁舟"来摆脱苦闷了。这里兼有放浪不羁和鄙视权贵两层意思。全诗感情波澜起伏，结构跌宕跳跃，语言生动自然，风格豪放而深沉。

书怀赠南陵常赞府 01

岁星入汉年，方朔见明主。02
调笑当时人，中天谢云雨。03
一去麒麟阁，遂将朝市乖。04
故交不过门，秋草日上阶。当
时何特达，独与我心谐。05
置酒凌歊台，06 欢娱未曾歇。
歌动白纻山，07 舞回天门月。08
问我心中事，为君前致辞。君
看我才能，何似鲁仲尼？09 大
圣犹不遇，小儒安足悲？10

注·释

● 01·诗云："云南五月中，频丧渡泸师。"据史载第二次征南诏在天宝十三载，则此诗当为是年在南陵时作。南陵：唐县名，属宣州，在今安徽南部。赞府：唐代对县丞的敬称。常赞府：姓常的县丞，名未详。

● 02·"岁星"二句：《太平广记》卷六引《洞冥记》及《东方朔别传》："朔未死时，谓同舍郎曰：'天下人无能知朔，知朔者唯太王公耳。'朔卒后，武帝得此语，即召太王公问之曰：'尔知东方朔乎？'公对曰：'不知。''公何所能？'曰：'颇善星历。'帝问：'诸星皆具在否？'曰：'诸星具，独不见岁星十八年，今复见耳。'帝仰天叹曰：'东方朔生在朕傍十八年，而不知是岁星哉！'惨然不乐。"此以东方朔自喻。入汉年、见明主，皆指天宝元年应诏入京见玄宗。

● 03·"调笑"二句：谓供奉翰林时因调侃嘲笑时臣而获罪，终于半途辞别君恩。

● 04·麒麟阁：汉代阁名，在未央宫中。此指唐代翰林院。将：与。朝市：朝廷。乖：分离。二句谓离开翰林院后，就与朝廷脱离了关系。

● 05·特达：特出。谐：合。

● 06·凌歊（xiāo）台：古台名，在今安徽当涂县北黄山上。

● 07·白纻山：即白苎山。据《太平寰宇记》：白苎山在当涂东五里，本名楚山，桓温领妓游此山，奏乐，好为《白苎歌》，因改名白苎山。

● 08·天门：山名。见前《望天门山》诗注。

● 09·"君看"二句：鲁仲尼：孔子，字仲尼，春秋时鲁国人。二句谓己与孔子才能相比如何。

● 10·"大圣"二句：谓像孔子那样的圣人尚且不被世用，自己是个小儒，又有何可悲！

云南五月中，频丧渡泸师。[11] 毒草杀汉马，张兵夺秦旗。[12] 至今西二河，流血拥僵尸。[13] 将无七擒略，[14] 鲁女惜园葵。[15] 咸阳天下枢，累岁人不足。[16] 虽有数斗玉，不如一盘粟。赖得契宰衡，

● 11 · "云南"二句：指鲜于仲通及李宓等两次征南诏丧师。见前《古风》其三十四"羽檄如流星"篇注。

● 12 · 汉、秦：均借指唐朝。二句谓云南的野草毒死了唐朝的战马，南诏的士兵夺取了唐朝的军旗。

● 13 · 西二河：即西洱（ěr）海，今称洱海，在今云南省大理，以湖形如耳得名。

● 14 · 七擒略：《三国志·蜀书·诸葛亮传》裴松之注引《汉晋春秋》曰："亮至南中，所在战捷。闻孟获者为夷汉并所服，募生致之。既得，使观于营阵之间，问曰：'此军何如？'获对曰：'向者不知虚实，故败。今蒙赐观营阵，若只如此，即定易胜耳。'亮笑，纵使更战，七纵七擒而亮犹遣获。获止不去，曰：'公，天威也，南人不复反矣。'"此句谓唐军将领没有像当年诸葛亮七擒孟获那样的军事才能。

● 15 · "鲁女"句：《列女传·仁智传》："鲁漆室邑之女也，过时未适人。当穆公时，君老，太子幼，女倚柱而啸。……其邻妇人从之游，谓曰：'何啸之悲也！子欲嫁耶？吾为子求偶。'漆室女曰：'嗟乎！吾岂为不嫁不乐而悲哉！吾忧鲁君老，太子幼。'邻女笑曰：'此乃鲁大夫之忧，妇人何与焉？'漆室女曰：'不然。……昔晋客舍吾家，系马园中，马逸驰走，践吾葵，使我终岁不食葵。……夫鲁国有患者，君臣父子皆被其辱，祸及众庶。妇人独安所避乎？吾甚忧之。子乃曰妇人无与者，何哉？'邻妇谢曰：'子之所虑，非妾所及。'三年，鲁果乱。齐、楚攻之，鲁连有寇。男子战斗，妇人转输，不得休息。"此句谓人民忧虑国家有难使百姓遭殃。

● 16 · 咸阳：此指长安。天下：一作"天地"。累岁：多年。人不足：人民没有足够的粮食。

156

持钩慰风俗。 [17]

自顾无所用，辞家方未归。霜惊壮士发，泪满逐臣衣。 [18] 以此不安席，蹉跎身世违。 [19] 终当灭卫谤，不受鲁人讥。 [20]

● 17 • 契：传说中商朝君主的始祖，帝喾之子，母为简狄。曾助禹治水有功，被舜任为司徒，掌管教化。宰衡：原为汉平帝时加给王莽的称号。《汉书·王莽传》："咸曰：伊尹为阿衡，周公为大宰……采伊尹、周公称号，加公为宰衡，位上公。"后人多以宰衡指宰相。钧：制陶器所用的转轮。古代常以陶钧比喻治理国家。持钧：操持国政。二句谓幸有如契那样的贤宰相，掌握国政，关心人民疾苦。据《旧唐书·玄宗纪》载：天宝十二载八月，"京城霖雨，米贵，令出太仓米十万石，减价粜与贫人"。十三载秋，"霖雨积六十余日……物价暴贵，人多乏食，令出太仓米一百万石，开十场贱粜以济贫民"。诗当即云此。
● 18 • 逐臣：诗人自指。二句谓头上白发如霜，使人心惊而泪满衣襟。
● 19 • 不安席：不能安坐。蹉跎：光阴虚度，身世违：遭遇背时。
● 20 • 卫谤、鲁讥：出典不详。

品
评

第一段借汉代东方朔自喻。暗写自己当年供奉翰林见遇明主，因"调笑"权贵，中途辞别君恩。离开翰林院后，与朝廷脱离了关系。老友不往来，台阶长满秋草。当时只有你非常特别，独与我的心情谐和。第二段写诗人与常赞府相聚的欢乐并诉说胸怀，充满悲喜交加的复杂感情。他们在凌歊台置酒，白纻山歌舞。诗人对自己的遭际表面上说得很旷达超脱：大圣人孔子尚且不遇于时，自己只是一介小儒，失意又何足悲！其实内心的沉痛悲愤可于言外体会。此段以对话入诗，密合无迹，声口逼肖。第三段写时事，深切表达诗人对国家的关心。朝廷两次征南诏都全军覆没，尸血染红了西洱河。诗人认为这是将领没有当年诸葛亮七擒孟获的本领造成的，而自己为此却有鲁女惜葵即担忧朝廷将乱之心。京城遭灾多年，粮食不足，物价飞涨，斗玉买不到一盘粟。诗人企盼有位贤相操持国政，关怀民生疾苦。第四段抒写自己的境遇和心情。感叹自己不能为世所用，离家远游还不能回去，"霜惊壮士发，泪满逐臣衣"乃传世名句，深刻反映出当时诗人极为沉痛的心情。为此坐不安席，岁月虚度。但诗人还深信将来终有一天能消灭那些小人对他的诽谤，不再受别人的讥讽。全诗叙往事，述友情，言时事，写心声，虽曲折多变，但脉络分明。

清溪行

01

注·释

● 01·此诗当是天宝十四载（755）往秋浦时作。诗题一作"宣州青溪"。按清溪在今安徽省池州市北。《舆地纪胜》卷二十二：池州有清溪，刘长卿有《次秋浦界清溪馆》诗。

● 02·新安江：乃钱塘江上游的一支，一称"徽港""歙港"。源出皖南休宁、祁门两县境，东南流至浙江建德市梅城入钱塘江。按：沈约有《新安江水至清深浅见底》诗。

● 03·屏风：喻重叠的山岭。陈释惠标《咏水诗》："舟如空里泛，人似镜中行。"

● 04·"向晚"句：江淹《杂体诗·谢临川灵运游山》："夜闻猩猩啼。"

清溪清我心，　　水色异诸水。

借问新安江，⁰²　见底何如此？

人行明镜中，　　鸟度屏风里。⁰³

向晚猩猩啼，⁰⁴　空悲远游子。

品·评

首二句抒写诗人对清溪水的感受。诗人游历过许多清流，但清溪的水色与所有清澈的水流不同，在于能使诗人"清心"。这就把清溪水的清澈特点凸显出来。接着二句将清溪水与新安江的水对比，新安江的水是以清澈著名的，南朝诗人沈约就写有《新安江水至清浅深见底》诗。但诗人却说：新安江的水怎能像清溪这样清澈见底？用新安江水衬托出清溪水更为清澈。再二句用比喻手法描绘清溪水的清澈。把清溪喻为明亮的镜子，周围的群山喻为一道道屏风。岸上行走的人和群山间的飞鸟在清溪中的倒影，就像"人行明镜中，鸟度屏风里"。这幅美丽的图画，读后犹如亲临其境。虽然这两句诗承袭东晋王羲之《镜湖》诗的"山阴路上行，如坐镜中游"，初唐沈佺期的"船如天上坐，鱼似镜中悬"的写法，但此诗"语益工也"（《苕溪渔隐丛话》引《复斋漫录》）。以上六句诗从三个不同的角度写清溪的水清，末二句则写出悲凉的气氛。傍晚猩猩的悲啼，使诗人感到作为一个远游他乡游子的孤寂和凄凉。一个"空"字，显示出诗人的漂泊无依。清溪虽能清心，却不能解忧。其时诗人已到过幽州，目睹安禄山的气焰，深感唐王朝政局不稳，所以在游秋浦的同期作品中，多有"秋浦猿夜愁，黄山堪白头""猿声催白发，长短尽成丝"之句。诗人之心虽同清溪之水，但却"空"而无补政局，所以只有"空悲"之愁了。《唐宋诗醇》曰："伫兴而言，铿然古调。一结有言不尽意之妙。"甚是。

秋浦歌十七首

（其十四）

₀₁

注·释

● 01·《秋浦歌》是天宝十四载（755）诗人游秋浦时作的组诗，共十七首，此首为第十四。秋浦：唐县名，以秋浦水得名。今安徽省贵池区。

● 02·"炉火"句：据《新唐书·地理志》，秋浦在唐时采银及铜，此篇乃咏冶炼景状。

● 03·赧郎：指冶炼工人。赧（nǎn），本指因羞愧而脸红，此处指脸容被火映红。

炉火照天地，⁰² 红星乱紫烟。

赧郎明月夜，⁰³ 歌曲动寒川。

品·评

此诗是李白诗歌乃至中国古代诗歌中唯一歌赞冶炼工人的诗。前二句写冶炼场面：炉火熊熊燃烧，把天地都照得通红。红星四溅，紫烟蒸腾。整个场面气氛热烈，色彩缤纷，从中可以感受到诗人的兴奋、惊奇之情。后二句描绘冶炼工人的形象。诗人用粗线条勾勒，人物形象就跃然纸上。用"赧郎"称冶炼工人，当然是指炉火映红了脸，但另一方面也可以指繁重劳动使工人涨红了脸，或因歌唱而涨红了脸。由此可以联想到工人健壮的身体和勤劳、朴实的性格。"赧郎"句描绘了炉火和明月交映下工人的肖像，结句则揭示工人的内心世界，他们边劳动、边唱歌，嘹亮的歌声使寒冷的秋浦水为之激荡。反映出冶炼工人乐观的情绪和美好的品德。前三句写光和色，末句写声，有声有色，使热烈的劳动场景与静谧的夜景形成鲜明对比，使读者留下深刻印象。

秋浦歌十七首

（其十五）01

注·释

● 01·此诗与前首为同一时期之作，是抒发怨愤愁结最杰出的一篇。

● 02·千：宋本作"十"。

● 03·缘：因为。个：这般。

白发三千丈，02 缘愁似个长。03

不知明镜里，何处得秋霜？

品·评　首句劈空而来，令人生奇发懵，白发岂有"三千丈"之长？寻思之间，下句方释疑义，原来"三千丈"白发因愁而生。愁生白发，人所共知，传说伍子胥过昭关，一夜之间黑丝尽成白发，可见其愁之急重。李白以如此夸张的手法，以白发之长——三千丈来比喻愁之深重，赋予愁以奇特形象，可谓奇人奇想，凝聚着诗人超凡的气魄和才情。要看到自己头上的白发，必须照镜子，前两句已暗藏照镜，后两句更明白点出。"不知"是故作不知，"何处"是明知故问。以"秋霜"代指白发，不仅避免重复，而且带有浓重的憔悴和感伤色彩。由愁带来白发，诗人自然知道。那么，愁又从何"得"来？足使人深思玩味。诗人怀有"安社稷""济苍生"的理想，却一直无法施展，所以在"何处得秋霜"的明知故问中，饱含着对国事的忧怀和虚度年华的悲慨。

赠汪伦

01

注·释

●01·此诗乃天宝十四载（755）游泾县桃花潭临别时作。敦煌写本《唐人选唐诗》题作"桃花潭别汪伦"。宋本《李太白文集》题下注："白游泾县桃花潭，村人汪伦常酝美酒以待白。伦之裔孙至今宝其诗。"按：李白另有《过汪氏别业二首》，王琦引《宁国府志》载胡安定《石壁诗序》，题作《泾川汪伦别业二章》，认为二诗皆赠汪伦，为同时之作。据泾县《汪氏宗谱》《汪渐公谱》《汪氏续修支谱》残卷，皆谓汪伦为汪华五世孙，曾为泾县令，任满后辞官居泾县之桃花潭。

●02·将欲行：敦煌写本作"欲远行"。

●03·踏歌：唐代民间流行的一种手拉手、两足踏地为节拍的歌唱方式。《旧唐书·睿宗纪》："上元日夜，上皇御安国门观灯，出内人连袂踏歌。"《资治通鉴》卷二○八则天后圣历元年："(阎知微）为虏蹋歌"胡三省注："蹋歌者，连手而歌，蹋地以为节。"

●04·桃花潭：在今安徽泾县西南一百里。《一统志》谓水深不可测。

李白乘舟将欲行，02

忽闻岸上踏歌声。03

桃花潭水深千尺，04

不及汪伦送我情。

品·评　前两句写送别场面。首句诗人自报姓名，"乘舟"点明是走水路，"将欲行"表明是待发之时。次句不从正面叙写主人殷勤送行之情，只写"岸上踏歌声"，而这"声"又从被送者"闻"中写出，又加"忽"字，似出被送者意料之外。"忽闻"二字加深了将行客的意外惊喜之情。"岸上"点明送行人的位置，与"乘舟"相应。此句未写送行之人，先传踏歌之声，既置悬念，又渲染出浓厚的欢送气氛。后两句抒情。先放开一笔，即即景桃花潭入诗，似顺手拈来，天然巧妙。然后以逆挽之法，将潭水之深衬托汪伦情谊之深，赋予情谊以具体鲜明的生动形象，而"不及"两字使情谊意境更深一层。末句点出汪伦之名，既释悬念，又呼应首句李白之名，以突出两人感情之真挚。

当涂赵炎少府粉图山水歌 *01*

峨眉高出西极天，罗浮直与南溟连。*02* 名工绎思挥彩笔，*03* 驱山走海置眼前。满堂空翠如可扫，*04* 赤城霞气苍梧烟。*05* 洞庭潇湘意渺绵，三江七泽情回沿。*06*

●*01*·李白另有《寄当涂赵少府炎》《送当涂赵少府赴长芦》等诗，可见两人关系亲密。又有《春于姑熟亭送赵少府迁炎方序》云："然自吴瞻秦，日见喜气。上当攫玉琴，摧狼狐，洗清天地，雷雨必作。"当指安禄山乱时。此诗未有安史之乱迹象，却有"讼庭无事罗众宾"之句，当作于天宝十四载（755）未乱时。当涂：今安徽省马鞍山市属县。少府：县尉的尊称。粉图：以粉作图。

●*02*·峨眉：即四川省峨眉山，主峰高三千多米。见前《峨眉山月歌》诗注。罗浮：山名，在广东省东江北岸，增城、博罗、河源等县间，长达一百余里，主峰在博罗县城西北。南溟：南海。二句以峨眉之高、罗浮之大赞美粉图山水的雄伟气势。

●*03*·绎思：指画家创作构思。

●*04*·"满堂"句：此句以下写图上的景色，所言山水名称均为借喻。空翠：山上的草木绿叶。

●*05*·赤城：赤城山，在今浙江省天台县北。见前《梦游天姥吟留别》诗注。苍梧：又名九疑山，在今湖南宁远县南。

●*06*·洞庭：湖名，在湖南北部，长江南岸。潇湘：湘水源出今广西自治区灵川县东海洋山西麓，至湖南零陵县与潇水会合，故合称潇湘。渺绵：遥远貌。三江：古代各地多有"三江"之名的水道，如郭璞注《山海经·中山经》称长江、湘水、沅水为三江；《元和郡县志》称岷江、澧（lǐ）江、湘江为西、中、南三江，等等。七泽：司马相如《子虚赋》谓楚有七泽，后只称云梦一泽，其他六泽未详所在。此三江七泽乃从画意泛说，未必定指一处。回沿：逆流而上曰回，顺流而下曰沿。此"意渺绵""情回沿"乃形容画中水景渺茫遥远、回旋荡漾，亦为赏画时之遐想。

惊涛汹涌向何处？孤舟一去迷归年。征帆不动亦不旋，飘如随风落天边。[07] 心摇目断兴难尽，几时可到三山巅？[08] 西峰峥嵘喷流泉，横石蹙水波潺湲。[09] 东崖合沓蔽轻雾，深林杂树空芊绵。[10] 此中冥昧失昼夜，隐机寂听无鸣蝉。[11]

长松之下列羽客，[12] 对坐不语南昌仙。[13] 南昌仙人赵夫子，妙年历落青云士。[14] 讼庭无事罗众宾，杳然如在丹青里。[15] 五色粉

- 07・"惊涛"四句：诗人从画中的汹涌波涛，推想其流向何处；从画面的孤舟，推想旅客思归的怅惘心情。
- 08・"心摇"二句：形容画的神妙作用：使人看后内心激动，意兴不尽，想登上神仙故事中的蓬莱、方丈、瀛洲三山之顶，饱览宇宙景色。
- 09・蹙：迫促。潺湲：水流声。二句谓泉水从高耸的西峰上喷流而下，由于横石阻碍，水波湍急有声。
- 10・合沓：重叠。芊绵：草木蔓延丛生貌。二句谓东边峰峦层叠，茂林杂树为轻雾所遮。
- 11・"此中"二句：谓在此深山幽暗处不分昼夜隐坐，四周极为寂静，听不到蝉鸣。
- 12・羽客：道士。汉武帝时使方士栾大穿羽衣以示飞腾成仙，后因称道士所穿之衣为羽衣，称道士为羽客。此句谓穿道服者列坐于松下。以上均描绘画中景物。
- 13・南昌仙：汉代梅福曾为南昌县尉，后弃官归乡里，王莽专政，又舍妻子而去，后传说得道成仙。此拟当涂县尉赵炎。此句承上启下，由画上人说到主人。
- 14・妙年：指少壮之年。历落：形容仪态俊伟。青云士：高尚之士。
- 15・讼庭：诉讼的公堂，指赵炎的衙署。罗：排列，聚集。杳然：深远貌。丹青：中国古代画常用之色，此泛指图画。一作"丹霄"，非。二句谓赵炎于公事之暇聚集宾客，就像在深远的图画之中。又合写主人与画。

●16•"五色"二句：谓五色之图不足贵，
现实中的真山才可使已隐居安身。又从图
画回到现实。
●17•武陵桃花：用陶渊明《桃花源记》
典。二句谓如等到功成再身退，必然会被
桃花源中人讥笑。

图安足珍，真山可以全吾身。¹⁶

若待功成拂衣去，武陵桃花笑

杀人。¹⁷

品·评　此乃一首题画诗。通过对一幅山水壁画的描叙，既歌赞画工的艺术创造力，又表达诗人观画的深刻感受。全诗三十句，都用赋体铺陈，充分驰骋想象，"写画似真，亦遂驱山走海，奔臻腕下。'杳然如在丹青里。'文以真为画，各有奇趣。康乐之模山范水，从此另开生面"（《唐宋诗醇》）。首二句突兀而起，写西部的峨眉和南海的罗浮两座山景，三、四两句才点明此非自然界的山，而是粉图在壁上的画面，是著名画工通过艺术构思挥舞彩笔才驱使山海安置在眼前的。接着十八句，全面展开对山水图的描述：赤城霞气，苍梧云烟；洞庭潇湘，三江七泽；西峰流泉，横石蘖水；东崖轻雾，杂树芊绵；松下羽客，对坐不语。在描述中还不时提问或抒写观感：惊涛汹涌究竟奔向何处？孤舟中的旅客迷失归年了吧！征帆不动，是随风飘落天地，不知它何时能找到海外仙山？诗人看得心摇目断。画中深山幽暗而不分昼夜，隐坐几旁四周静寂却不闻蝉鸣。这些描写使壁画大为增色，因为其中包含了诗人游历过名山大川的体验和自己写作山水诗的心得。写完壁画后，对主人歌颂，也是题中之意，以赵炎比拟"南昌仙子"，因为他与当年梅福一样都是县尉，而且也有高雅的情趣和仙气。公事之暇接待宾客，飘飘然就像在图画里，这又把人与画合写。末四句抒情：一反前面对壁画的赞赏，因为它毕竟只是画，比起真山真水，它不足为贵，真山真水才能使自己隐居全身。诗人此时的思想与先前有了很大变化，过去一直主张要功成身退，而现在却认为应及早归隐，可以避乱，如功成再去隐居，恐为时太晚，一定会被武陵桃花源中人嗤笑。这是诗人观画后产生的新感触，有深刻意义。

古风

（其十七）

01

注·释

● *01*·此诗作于天宝十五载（756）初春，是一首游仙体的纪实之作。

● *02*·西上：一作"西岳"。莲花山：即西岳华山。《太平御览》卷三九引《华山记》曰："山顶有池，生千叶莲花，服之羽化，因曰华山。"

● *03*·迢迢：遥远貌。明星：神仙故事中华山上的仙女。《太平广记》卷五九引《集仙录》："明星玉女者，居华山，服玉浆，白日升天。"

● *04*·素手：女子洁白的手。《古诗十九首》："纤纤出素手。"芙蓉：莲花。

● *05*·虚步：凌空而行。蹑（niè）：踩，踏。太清：天空。

● *06*·"霓裳"句：此句谓仙女穿着霓裳，拖着宽广的长带。霓裳：以虹霓为衣裳。曳：牵引，拖。

● *07*·云台：华山东北部的高峰。因上冠景云，下通地脉，巍然独秀，有若灵台，故名。

● *08*·卫叔卿：神仙名。据《神仙传》卷八记载，中山人，服云母得仙。曾乘云车、驾白鹿从天而降，见汉武帝。因武帝不加优礼而去。帝甚悔恨，遣使者至中山，与叔卿之子度世共之华山，求寻其父。未到其岭，于绝岩之下，望见其与数人博戏于石上，紫云郁郁于其上，又有数仙童执幢节立其后。

西上莲花山，*02* 迢迢见明星。*03*

素手把芙蓉，*04* 虚步蹑太清。*05*

霓裳曳广带，*06* 飘拂升天行。

邀我登云台，*07* 高揖卫叔卿。*08*

恍恍与之去，⁰⁹ 驾鸿凌紫冥。¹⁰

俯视洛阳川，　茫茫走胡兵。¹¹

流血涂野草，　豺狼尽冠缨。¹²

品·评　据诗人《奔亡道中五首》，安史之乱初起时，他在洛阳一带目睹叛军暴行，乃西奔入函谷关，上华山避乱，至次年春又南奔宣城。过去学界认为此诗作于宣城，未谛。诗的前十句写在华山游仙情景，虚幻飘忽。诗人登上华山，似乎远远地看到了明星玉女，仙女洁白素手拈着芙蓉凌空飞行，穿着宽裳拖着长长的广带，飘然升天。诗人描绘了一幅优美缥缈的仙女飞天图。接着写仙女邀请诗人到云台峰，与仙人卫叔卿长揖见礼，恍忽之间与神仙同驾鸿雁去游仙府。后四句写现实生活。正当诗人飞仙而去时，蓦然回首，从高空低头瞥见人间的血腥世界：茫茫洛阳大地到处是烧杀抢掠的安禄山叛军，人民的鲜血涂满草野，逆臣贼子却坐朝廷，封官晋爵、衣冠簪缨。字里行间充满沉痛愤怒之情。全诗通过美妙仙境和血腥现实的对照描写，表现出诗人出世和用世思想的矛盾。前十句的游仙正是为了反衬末四句的写实，诗人念念不忘人民遭难的现实，反映出诗人对祖国的忠贞和对人民的关切。

永王东巡歌十一首

（其十一）

注·释

● 01·"试借"句：此句谓试向永王借来君王赐予的军事指挥权。玉马鞭，喻指挥权。

● 02·"指麾"句：此句形容指挥战争镇定自若，使敌人乞和投降，坐到宴席上来。亦即"谈笑静胡沙"之意。麾，同"挥"。戎虏，指安禄山叛军。琼筵，盛大的筵席。

● 03·南风：相传虞舜作五弦琴，歌《南风》诗曰："南风之薰兮，可以解吾民之愠兮。"永王的军队在南方，故以"南风"为喻。

● 04·日边：指京城。日为君象，故京城、京畿之地称"日边""日下"，即皇帝身边。

试借君王玉马鞭，⁰¹

指麾戎虏坐琼筵。⁰²

南风一扫胡尘静，⁰³

西入长安到日边。⁰⁴

品·评

诗人参加永王幕府后，自以为可以施展抱负。首句以毛遂自荐的姿态，要"试借玉马鞭"使用一回，说得比较委婉，但那种"平定叛乱，舍我其谁"的豪迈气概声容毕现。次句即"谈笑静胡沙"之意，但境界更奇：诗人奇想玉马鞭一挥，叛军纷纷弃甲兵而乞降，于是在琼筵之上，谈笑之间，化干戈为玉帛，把遍地流血的残酷战争浪漫化、诗意化，似乎"运筹帷幄，决胜千里"是非常简单平常之事。这正是诗人浪漫主义个性的自然流露。后二句以"南风"喻永王之师，"胡尘"喻安史叛军。相传虞舜歌《南风》，是吉祥和平之风，此借以歌颂永王平叛，重振乾坤，永王之师正在南方，所以用得十分贴切。一个"扫"字，表现出对叛军不堪一击的极端蔑视神情。"静"字表示天下安定平静。末句点明平叛目的，亦是诗人心愿，在平定叛乱后回到长安皇帝身边，交还玉马鞭。也许此句似晓谕永王，劝他完成东巡平乱任务后，回到朝廷，释甲还权。诗人把此句置于组诗之末，或有深意欤？前人多谓李白入永王幕为从逆，以《永王东巡歌》为罪证。然细绎诗意，结合考察其入幕动机，李白完全是出于平叛报国的热忱，只是对永王异志认识不足，对自己才能极为夸大，结果被系浔阳狱，又长流夜郎，实为千古冤案。《永王东巡歌》记录着诗人报国平叛的壮志和理想，昭示着诗人的耿耿忠心！

上崔相百忧章

01

共工赫怒，天维中摧。*02* 鲲鲸喷荡，*03* 扬涛起雷。鱼龙陷人，成此祸胎。火焚昆山，玉石相磓。*04* 仰希霖雨，洒宝炎煨。*05*

箭发石开，*06* 戈挥日回。*07* 邹衍恸哭，燕霜飒来。*08* 微诚不感，

注·释

● *01*·题下原注："四言，时在寻阳狱。"崔相：即崔涣。李白另有《狱中上崔相涣》及《系寻阳上崔相涣》诗可证。按《新唐书·宰相表》：至德元载（756）七月庚午，"蜀郡太守崔涣为门下侍郎、同中书门下平章事"。二载（757）八月甲申，"涣罢为左散骑常侍、余杭郡太守"。由此知崔涣为相仅一年时间。此诗当于至德二载在浔阳狱中作。其《为宋中丞自荐表》云："前后经宣慰大使崔涣及臣推覆清雪。"可知李白出狱，是得崔涣之助的。百忧：极度忧愁。

● *02*·"共工"二句：《淮南子·天文训》："共工与颛顼争为帝，怒而触不周之山，天柱折，地维绝。"赫怒，勃然震怒。天维，天纲，喻国家纲纪。

● *03*·鲲鲸：鲲：传说中的大鱼。鲸：海中大鱼。以上四句，谓时局动荡不安。

● *04*·昆山：古代传说中产玉之山。《书·胤征》："火炎昆冈，玉石俱焚。"诗即用此典，喻国家人民和心怀叵测者同遭灾难。磓：撞击。

● *05*·霖雨：喻解救灾难的力量。煨：烬。二句谓希望有一场大雨，洒在宝地上，使灾火熄灭。

● *06*·"箭发"句：《西京杂记》卷六："李广……猎于冥山之阳，又见卧虎射之，没矢饮羽，进而视之，乃石也，其形类虎。退而更射，镞破干折而石不伤。余尝以问扬子云，子云曰：'至诚则金石为开。'"班固《幽通赋》："李虎发而石开。"

● *07*·"戈挥"句：《淮南子·览冥训》："鲁阳公与韩构难，战酣，日暮，援戈而㧑之，日为之反三舍。"

● *08*·"邹衍"二句：《文选》卷三十九江淹《诣建平王上书》："昔者贱人叩心，飞霜击于燕地。"李善注引《淮南子》曰："邹衍尽忠于燕惠王，惠王信谮而系之，邹子仰天而哭，正夏而天为之降霜。"

犹絷夏台。[09] 苍鹰搏攫，丹棘崔嵬。[10] 豪圣凋枯，王风伤哀。[11] 斯文未丧，东岳岂颓？[12] 穆逃楚难，[13] 邹脱吴灾。[14] 见机苦迟，

- **09 · 夏台**：夏代监狱名。《史记·夏本纪》记载商汤曾被夏桀囚于夏台。此即指牢狱。二句谓己精诚不能感动上苍，所以还被拘系狱中。絷：一作"贽"。

- **10 · 苍鹰**：《汉书·郅都传》："都迁为中尉……是时民朴，畏罪自重，而都独先严酷，致行法不避贵戚，列侯宗室见者侧目而视，号曰'苍鹰'。"颜师古注："言其鸷击之甚。"搏攫：猛力抓取。此形容狱吏凶狠。丹棘：赤棘。《易·坎卦》："置于丛棘。"孔颖达疏："谓囚执之处以棘丛而禁之也。"崔嵬：高耸貌。此谓牢狱戒备森严。

- **11 · "豪圣"二句**：杨齐贤注："豪圣，周公也。周公遭流言之变，王道凋枯，故《豳》以下诸诗哀伤之。"陈子昂《岘山怀古》诗："丘陵徒自出，贤圣几凋枯。"王风，指《诗·王风》中哀伤朝廷衰落的篇章。

- **12 · "斯文"二句**：《论语·子罕》："天之将丧斯文也，后死者不得与于斯文也！"斯：此。文，指礼乐制度。后以"斯文"指儒者或文人。东岳，指泰山。《礼记·檀弓上》记孔子临死时，"负手曳杖，消摇于门，歌曰：'泰山其颓乎，梁木其坏乎，哲人其萎乎？'……子贡闻之，曰：'泰山其颓，则吾将安仰；梁木其坏，哲人其萎，则吾将安放。夫子殆将病也。'……盖寝疾七日而没。"此反用其意，自信自己不会死亡。

- **13 · "穆逃"句**：《汉书·楚元王传》记载：楚元王以穆生、白生、申公为中大夫，穆生不嗜酒，元王特为其设醴（甜酒）。元王死，其子戊即位，也遵照设醴，后来偶忘置醴，穆生以为对己轻慢，再留将遭祸。申公、白生认为只是王偶失小礼，劝其留下。穆生说：君子见机而作，不俟终日。遂谢病而去。后王戊淫暴，申公、白生进谏，被罚穿囚衣做苦工。穆生因早走而免难。

- **14 · "邹脱"句**：据《汉书·邹阳传》载：邹阳，西汉时齐人。仕吴国，吴王以太子事怨望朝廷，阴有邪谋。邹阳上书谏，吴王不纳。于是邹阳离吴王至梁国事梁孝王。后吴王叛乱被诛，邹阳因先走得免。

二公所哈。骥不骤进，麟何来哉？

星离一门，草掷二孩。万愤结缊，忧从中催。金瑟玉壶，尽为愁媒。举酒太息，泣血盈杯。台星再朗，天网重恢。屈法

● 15•哈：讥笑。二句谓己苦于没有及时离开永王李璘，故只能被穆生和邹阳那样见机而作的人嗤笑。

● 16•骥不骤进：宋玉《九辩》："骥不骤进而求服兮。"此以良马不求急用喻己并不急于求功名。

● 17•麟何来哉：《孔子家语•辩物篇》载：叔孙氏之车士获麟，"使人告孔子曰：'有麇而角者何也？'孔子往观之曰：'麟也，胡为来哉！'反袂拭面，涕泣沾襟。……子贡问曰：'夫子何泣尔？'孔子曰：'麟之至为明王也，出非其时而见害，吾是以伤焉。'"此以麟自比，表示自己入永王幕府亦"出非其时"而被害。

● 18•"星离"二句：谓一家分散，把两个孩子仓卒弃外。

● 19•"万愤"句：结缊，一作"结矑"。王逸《九思•怨上》："心结兮折摧。"此句谓万种悲愤郁结不解。

● 20•"金瑟"句：谓悦耳的音乐和玉壶中的美酒，都成了引起怨愁的媒介。

● 21•"台星"句：《晋书•天文志上》："三台六星，两两而居，起文昌列抵大微。一曰天柱，三公之位也。在人曰三公，在天曰三台。"此"台星"即指宰相崔涣。天网，国法。恢，宽大。王琦注："台星再朗，谓崔相之明察，能照见幽微。天网重恢，冀其赦己之罪。"

●22•"屈法"二句：丘迟《与陈伯之书》："主上屈法申恩，吞舟是漏。"陈琳《为袁绍檄豫州文》："收罗英雄，弃瑕取用。"此谓枉屈大法，施予恩德，抛开缺点，加以取用。

●23•"冶长"二句：《论语·公冶长》："子谓'公冶长可妻也。虽在缧绁之中，非其罪也'，以其子妻之。"尼父，孔子。此以公冶长自比，希望崔相能像孔子那样明察自己的无辜。

●24•"覆盆"二句：《抱朴子·辨问》："是责三光不照覆盆之内也。"喻沉冤莫白。二句谓崔相如能掀开覆盆，那么阳光应该照暖寒灰。

申恩，弃瑕取材。²²冶长非罪，尼父无猜。²³覆盆傥举，应照寒灰。²⁴

品·评 首十句写安禄山叛乱的原因，造成的灾难和诗人期望苍天灭火。以神话中共工的典故，比喻叛乱使唐王朝纲纪中断，形容其势如鲲鲸在大海中翻腾，卷起波涛如雷。诗人认为此次灾难的根源是朝廷中掌权者（鱼龙）互相陷害而造成的。其结果就像火烧昆仑山，玉石俱焚，谁也逃不脱灾祸。诗人仰告苍天，快下大雨，浇灭叛乱大火。第二段以李广"箭发石开"、鲁阳"戈挥日回"、邹衍含冤而夏天降霜的故事，说明精诚所至，能感动上苍而出现奇迹，反衬自己蒙冤却无法使苍天降恩，至今还被囚狱中，狱吏凶恶，荆棘森严。诗人想到上古圣人周公曾遭流言几乎凋枯，《诗经》中的《王风》都为朝廷哀伤。然而苍天未丧斯文，泰山岂会倾塌？当年穆生能逃过楚国之难，邹阳能躲避吴王灾祸，而自己却不能见机行事，一定被邹、穆二公所嗤笑。良马不求急用，麒麟何必非其时而出来呢！表现出诗人对参加永王幕府悔恨不已。第三段写自己的忧愁。家人分散，丢下子女，使诗人忧愤万端，只得借琴酒浇愁，但杯中的酒却是血泪。表现出诗人对骨肉之情的沉痛思念。第四段请求崔相明察冤情，赦己之罪，宽大开恩。并以公冶长自比，以孔子比拟崔相。希望崔相掀开覆盆，使自己重见阳光。点出主旨。诗中全用四言，节奏急促。多用典故作比喻，贴切恰当，更能深切表达含冤悲愤的感情。

171

中丞宋公以吴兵三千赴河南军次寻阳脱余之囚参谋幕府因赠之 [01]

独坐清天下，　专征出海隅。[02]

九江皆渡虎，[03]　三郡尽还珠。[04]

注·释

●01·此诗当是至德二载（757）秋被宋若思营救出狱后入其幕时作。中丞宋公：即御史中丞宋若思。《旧唐书·玄宗纪》：天宝十五载六月，"以监察御史宋若思为御史中丞充置顿使"。李白另有《陪宋中丞武昌夜饮怀古》诗、《为宋中丞请都金陵表》、《为宋中丞自荐表》及《为宋中丞祭九江文》等，并指宋若思。其《祭九江文》有"若思参列雄藩，各当重寄"语可证。按《元和姓纂》知宋若思乃宋之悌之子。李白早年与宋之悌为友，见前《江夏别宋之悌》诗。中丞：御史台副长官。脱余之囚：使己从寻阳狱中解脱出来。参谋幕府：参加宋若思幕府谋议军事。

●02·独坐：专席而坐，特指御史中丞。专征：帝王授予诸侯、主帅掌握军旅的特权，不待帝王之命，可以自专征伐。二句谓宋若思身为御史中丞，受皇帝重任，专车来到海边。

●03·"九江"句：《后汉书·宋均传》："迁九江太守，郡多虎暴，数为民患，常募设槛阱而犹多伤害。均到，下记属县曰：'夫虎豹在山，鼋鼍在水，各有所托。且江淮之有猛兽，犹北土之有鸡豚也。今为民害，咎在残吏，而劳勤张捕，非忧恤之本也。其务退奸贪，思进忠善，可去一槛阱，除削课制。'其后传言虎相与东游度江。"

●04·三郡：按是时宋若思为采访使兼宣城郡太守，采访使当管有九江郡在内。还珠：《后汉书·孟尝传》载，合浦原产珠，因宰守并多贪秽，珠遂渐徙于交址郡界。孟尝任合浦太守，"革易前敝，求民病利。曾未逾岁，去珠复还，百姓皆反其业，商货流通，称为神明"。以上二句称颂中丞宋若思在宣城等三郡的治绩。

組练明秋浦，⁰⁵ 楼船入郢都。⁰⁶

风高初选将，　　月满欲平胡。⁰⁷

杀气横千里，　　军声动九区。⁰⁸

白猿惭剑术，⁰⁹ 黄石借兵符。¹⁰

戎虏行当剪，　　鲸鲵立可诛。¹¹

自怜非剧孟，　　何以佐良图？¹²

● 05 · 组练：组甲被练，指军士之武装阵容。《左传·襄公三年》："楚子重伐吴，为简之师，克鸠兹，至于衡山，使邓廖帅组甲三百，被练三千以侵吴。"杜预注："组甲，被练，皆战备也。组甲，漆甲成组文。被练，练袍。"秋浦：见前《秋浦歌》诗注。

● 06 · 郢都：指今湖北省荆州市。楚国都城。《史记·货殖列传》："江陵，故郢都，西通巫巴，东有云梦之饶。"

● 07 · 月满：指月圆之时。平胡：指平定安禄山叛军。

● 08 · "杀气"二句：形容宋若思所率吴兵军威之盛。九区，即九州，泛指全国。

● 09 · "白猿"句：《吴越春秋·勾践阴谋外传》载，越有处女，出于南林，越王使使聘问剑戟之事，处女将北见于越王，道逢老翁，自称曰袁公，问处女："吾闻子善为剑术，愿一观之。"女曰："妾不敢有所隐，唯公试之。"于是袁公即跳于林竹，橘折堕地，处女即接末，袁公即飞上树，化为白猿，遂引去。此用喻敌人非宋若思的对手。

● 10 · "黄石"句：《史记·留侯世家》载：张良曾经在下邳圯桥边遇见黄石公，授《太公兵法》。此句谓宋若思富有用兵机谋，可与张良相比。

● 11 · "戎虏"二句：谓安禄山叛军很快就可消灭。戎虏、鲸鲵，皆喻安禄山叛军。

● 12 · 剧孟：见前《梁甫吟》诗注。二句谓可惜自己不像剧孟那样有才，无以辅助宋若思的英明决策。

品·评 首四句歌颂宋中丞受皇帝重任，到江南任职，为政清廉，使恶人除而民众归。接着四句点题中"以吴兵三千赴河南"，写宋公节制将兵秩序井然。再接着六句想象宋公所率的吴兵在战场上英勇杀敌，威震全国。又以汉代张良得黄石公传授《太公兵法》来比拟宋公，谓敌人远非宋公对手，宋公乃富有用兵机谋之军师，因此叛军将很快被消灭。末二句点题中的"因参谋幕府"，对自己在幕中未能很好地辅佐宋公表示歉意和惋惜。全诗除末二句外，全用对仗句赞美宋若思的政绩和军功。结构完整，用典深切。

公无渡河

01

黄河西来决昆仑，*02* 咆哮万里触龙门。*03*

波滔天，尧咨嗟。*04* 大禹理百川，*05* 儿啼不窥家。杀湍堙洪水，九州始蚕麻。*06* 其害乃去，茫然风沙。

注·释

● *01* · 此诗当是流放夜郎与宗夫人分别时作。公无渡河：乐府旧题，又名《箜篌引》。《乐府诗集》卷二十六列于《相和歌辞》，并引崔豹《古今注》曰："《箜篌引》者，朝鲜津卒霍里子高妻丽玉所作也。子高晨起刺船，有一白首狂夫，被发提壶，乱流而渡，其妻随而止之，不及，遂堕河而死。于是援箜篌而歌曰：'公无渡河，公竟渡河！堕河而死，将奈公何！'声甚凄怆，曲终亦投河而死。子高还，以语丽玉。丽玉伤之，乃引箜篌而写其声，闻者莫不堕泪饮泣。丽玉以其曲传邻女丽容，名曰《箜篌引》。"李白之前今存梁代刘孝威和陈代张正见《公无渡河》各一首。

● *02* · 昆仑：山名，在新疆西藏之间，西接帕米尔高原，东入青海省。古代相传黄河发源于昆仑山。《尔雅·释水》："河出昆仑墟。"

● *03* · 咆哮：形容河水的奔腾怒啸。龙门：山名，在山西河津、陕西韩城之间，黄河两岸峭壁对峙，形如阙门，故名。《书·禹贡》："导河积石，至于龙门。"《太平御览》卷四〇引辛氏《三秦记》："河津一名龙门……江海大鱼泊集门下数千，不得上，上则为龙，故云曝鳃龙门。"

● *04* · "波滔天"二句：《书·尧典》："帝曰：咨！四岳。汤汤洪水方割，荡荡怀山襄陵，浩浩滔天。"孔传："浩浩，盛大若漫天。"

● *05* · 大禹：传说中古代帝王，姓姒，名文命，史称禹、夏禹、戎禹。鲧之子，古史相传禹奉舜命治理洪水，采用疏导的方法，历十三年，三过家门而不入，水患皆平。《孟子·滕文公》："禹八年于外，三过其门而不入。"理：治。因避高宗李治讳改。

● *06* · 杀：减少。湍：急流之水。堙：堵塞。九州：传说中古代中国的行政区划，后常泛指中国。二句谓大禹减少湍流，堵塞洪水，洪水治理好了，全国各地才得以养蚕种桑。以上四句喻唐朝军民抗击安禄山叛军。

●07・被发之叟：见前引崔豹《古今注》，此为作者自喻。被，通"披"。

●08・径流：径渡，直接渡河。奚为：为何。

●09・"虎可搏"二句：《诗·小雅·小旻》："不敢暴虎，不敢冯河。"毛传："徒涉曰冯河。徒搏曰暴虎。"冯，古"凭"字。

●10・流海湄：漂流到海边。此喻流放夜郎。

●11・长鲸白齿：比喻当时恶毒凶狠的谗言，即杜甫诗所云"世人皆欲杀"。

●12・挂胃：挂缠。胃，缠绕，挂碍。宋本作"挂骨"，误。据萧本、郭本、咸本、王本改。《文选》卷十二木华《海赋》："或挂胃于岑嵍之峰。"李善注：《声类》曰：胃，系也。"

●13・箜篌：古拨弦乐器，有卧、竖式两种。

被发之叟狂而痴，⁰⁷清晨径流欲奚为？⁰⁸旁人不惜妻止之，公无渡河苦渡之。虎可搏，河难冯。⁰⁹公果溺死流海湄。¹⁰有长鲸白齿若雪山，¹¹公乎公乎挂胃于其间，¹²箜篌所悲竟不还。¹³

品·评　前人多谓此诗乃李白拟作，咏其本事。今人亦有多种解释，皆未得其旨。唯郭沫若《李白与杜甫·李白的家室索隐》所析甚为精辟：首二句以黄河咆哮喻安禄山叛乱为害极大。接着八句以尧比拟玄宗在安禄山叛乱中没有办法，以大禹比拟玄宗之孙、肃宗之子——天下兵马元帅广平王李俶。以大禹尽心尽力治理洪水比喻广平王在肃宗至德二载（757）十月率主力军收复两京。后半首中"被发之叟"是李白自喻。"旁人不惜妻止之"的"妻"即指《别内赴征》中的妻子宗氏夫人。李白在安史之乱时与宗氏夫人隐居庐山，永王率水师东下，征召李白入幕，宗夫人苦苦劝阻，不听。结果肃宗讨伐永王，永王兵败被杀，李白因此入浔阳狱，出狱后又长流夜郎。此诗中"长鲸白齿"比喻当时对李白的谗言嚣张，即杜甫《不见》诗中的"世人皆欲杀"。"挂胃于其间"即比喻入浔阳狱和长流夜郎。此诗当是在流放夜郎告别宗夫人时所作，其时未料到一年多以后会中途遇赦，所以此诗最后有"箜篌所悲竟不还"之语。全诗用比喻象征手法，前半首则擎栝上古时期大禹治水的形象，后半首则形象描写《古今注》所载《公无渡河》的本事，以神话传说故事为喻体，凭借丰富想象，展现生动感人的感受，这是李白乐府诗的重要特点。

流夜郎闻酺不预

01

北阙圣人歌太康，*02*

南冠君子窜遐荒，*03*

汉酺闻奏钧天乐，*04*

愿得风吹到夜郎。*05*

注·释

● *01*·此诗作于唐肃宗至德二载（757）十二月。流夜郎：至德二载冬，李白因参加永王李璘幕府，被定罪流放夜郎。夜郎：唐县名，属黔中道珍州，在今贵州正安县西北。酺（pú）：特指诏令所许可的大聚饮。不预：不得参预。

● *02*·北阙：指帝王宫禁，朝廷。圣人：指皇帝。太康，一作"大康"，太平安康。按这年冬唐军收复长安、洛阳，太上皇（唐玄宗）回长安，肃宗为表示庆祝，下制大赦，对立功大臣加官进爵，阵亡者予以追赠，并赐酺五日。此句意即指此。

● *03*·南冠君子：囚犯。此处自称。《左传·成公九年》："晋侯观于军府，见钟仪，问之曰：'南冠而絷者谁也？'有司对曰：'郑人所献楚囚也。'"杜预注："南冠，楚冠。"钟仪被囚时仍戴楚冠，唱楚歌，很有气节，被晋国大臣范文子誉为君子，以为他有仁、信、忠、敏等美德。后因以南冠君子或南冠为囚犯的代称。窜：放逐。遐荒：边远荒凉之地。

● *04*·汉酺：此处借指唐肃宗至德二载十二月的赐酺。钧天乐：神话中天上的仙乐。又称"钧天广乐"。《列子·周穆王》："王实以为清都紫微，钧天广乐，帝之所居。"

● *05*·"愿得"句：谓希望朝廷恩典能施及流放夜郎的人。

品·评

前两句写实事：唐朝收复两京，太上皇回京，国势好转，大赦赐酺，欢欣升平，但诗人却被放逐远荒，命运乖舛。真是"冠盖满京华，斯人独憔悴"（杜甫《梦李白》）。两句用整齐的对偶句，对照非常强烈。字里行间渗透着凄凉和悲伤的情绪。诗人以钟仪自况，表示自己也似钟仪一样眷念朝廷，关心国运。后两句则写希望：皇帝赐酺，宫廷中当歌舞升平，诗人希望这美妙的乐曲，随着惠风吹到夜郎，意思是说，希望朝廷大赦的恩泽，能够吹到自己身上，让自己也能受到沾溉，免除流放遐荒的处分。这里充分表现出诗人善于驰骋想象以表达感情的特点。

上三峡
01

注·释

●01·此诗当是乾元元年（758）流放夜郎途经三峡时所作。三峡：指长江西陵峡、巫峡、瞿塘峡。

●02·巫山：在今重庆市巫山县长江两岸，东北—西南走向，长江穿流其中，在长江中仰望如山夹青天。

●03·巴水：指三峡中的长江流水，因地处古三巴地，故称。按：古三峡水屈曲如"巴"字，故称"巴水"。若兹：如此。

●04·黄牛：山名，在今湖北省宜昌市西北，长江西陵峡处。据盛弘之《荆州记》载，此山高崖有石，如人负力牵牛状，人黑牛黄，形状极似。山势甚高，江流曲折迂回，故舟行虽多日，犹能望见。古有谚曰："朝发黄牛，暮宿黄牛。三朝三暮，黄牛如故。"

●05·鬓成丝：鬓发皆白。

巫山夹青天，*02* 巴水流若兹。*03*

巴水忽可尽，　青天无到时。

三朝上黄牛，*04* 三暮行太迟。

三朝又三暮，　不觉鬓成丝。*05*

品·评

首二句用夸张手法，描绘巫山高耸云天、长江急流滚滚的壮丽景色。接着二句由景入情，发出深沉感叹：长江水是很快可以渡过去尽的，但青天却没有到达的时候。李白诗中常写到"青天"，有时仅指天空，有时则暗喻人生道路的宽广光明，如《行路难》其二"大道如青天"等。此处显然寓有对壮志未酬却遭流放的人生感慨。融情于景，密合无间。后四句由古谣谚脱胎而来，但古谣谚只是说舟行的缓慢，而此诗除这层意思外，还加有"不觉鬓成丝"，旅途的艰苦和心中的忧愁在不知不觉中头发都已变白。把客观叙事和主观抒情巧妙结合，含蓄委婉地反映出诗人当时愁苦、焦虑的心情。实际上这也是对三、四两句诗意的进一步阐发。全诗语言真率自然，可见诗人学习民歌的成就。感情忧抑，但表现得蓄深沉。

早发白帝城

01

朝辞白帝彩云间，*02*

千里江陵一日还。*03*

两岸猿声啼不尽，*04*

轻舟已过万重山。*05*

注·释

● *01*·此诗作于乾元二年（759）三月。李白在流放途中抵达白帝城时，遇大赦，流放罪以下一律免罪。诗人惊喜之极，旋即在早晨辞别白帝，返舟东下，重经三峡直抵江陵。题一作"白帝下江陵"。白帝城：在今重庆市奉节县城东白帝山上，长江瞿塘峡边。东汉初公孙述筑城。述自号白帝，故以为名。

● *02*·彩云间：一则描绘早晨之云彩；一则形容白帝城地势之高，为下句写水势之急张本。

● *03*·江陵：今属湖北省。相传白帝城至江陵共一千二百里，此"千里"乃举其成数。

● *04*·"两岸"句：《水经注·江水》："自三峡七百里中，两岸连山，略无阙处。重岩叠嶂，隐天蔽日，自非亭午夜分，不见曦月。至于夏水襄陵，沿溯阻绝，或王命急宣，有时朝发白帝，暮到江陵，其间千二百里，虽乘奔御风，不以疾也。……每至晴初霜旦，林寒涧肃，常有高猿长啸，属引凄异。空谷传响，哀啭久绝。故渔者歌曰：'巴东三峡巫峡长，猿鸣三声泪沾裳。'"诗意本此。啼不尽，一作"啼不住"。

● *05*·轻舟已过：一作"须臾过却"。

品·评

首句描绘白帝城晨景，点明时间、地点。"彩云间"三字，既渲染晨霞满天、美丽如锦之景色，照应"朝辞"，又暗写白帝城地势之高峻，为下面奔飞三峡、一泻千里埋下伏笔。次句以"千里"与"一日"作时空对照，烘托出轻舟顺流而下疾奔如飞之气势，显示出不可阻挡的飞腾之势。一个"还"字，隐寓着摆脱前时"三朝上黄牛，三暮行太迟"的流放之苦、今日获赦急切东归的欢快喜悦之情。首二句是勾勒一幅千里江行的速写，具有飞奔的速度之美。三、四两句是对第二句的具体描写，清人桂馥《札朴》认为"妙在第三句，能使通首精神飞越"，诗人突出千里江行中的最强印象——两岸连续不绝的猿啼声，借听觉来反映人在飞舟中的时空感受，衬托下三峡之飞疾。猿非一，猿声亦非一，但因身行之速，使猿声在听觉中浑然一片。遂使三峡江流之急、身行之速的景象如在目前。施补华《岘佣说诗》："中间却用'两岸猿声啼不住'一句垫之，无此句，则直布无味；有此句，走处仍留，急语仍缓。可悟用笔之妙。"末句以"轻舟"的飞动与"万重山"的凝重形成对照，写小舟穿越群山时疾奔如飞的轻快，再次烘托出诗人内心的欢畅。诗中巧妙地暗用《水经注》的一段文字，不仅未露痕迹，而且更为生动传神，可见诗人善于熔铸前人成语。

江夏赠韦南陵冰

01

胡骄马惊沙尘起，*02* 胡雏饮马天津水。*03* 君为张掖近酒泉，*04* 我窜三巴九千里。*05* 天地再新法令宽，*06* 夜郎迁客带霜寒。*07* 西忆故人不可见，东风吹梦到长安。宁期此地忽相遇，惊喜茫

注·释

● *01*·此诗当是乾元二年（759）流放夜郎遇赦回至江夏时作。韦南陵冰：即南陵县令韦冰。韦冰乃景骏之子，渠牟之父。渠牟卒于贞元十七年，享年五十三，则十一岁时正当乾元二年，正是李白流放夜郎遇赦归江夏之时（参见拙著《李白丛考·李白暮年若干交游考索》）。江夏：唐天宝元年至至德二载改鄂州为江夏郡，即今湖北武汉市武昌。南陵：今安徽省南陵县。

● *02*·胡骄：胡人。《汉书·匈奴传》："南有大汉，北有强胡。胡者，天之骄子也。"此指安禄山叛军。

● *03*·胡雏：胡人少年。此指安禄山部下的胡兵。雏，宋本作"驹"。天津水：天津桥下之水。天津桥在洛阳西南洛水上。此句谓叛军占据洛阳。

● *04*·张掖、酒泉：均为唐郡名。天宝元年改甘州为张掖郡，改肃州为酒泉郡。乾元元年复为甘州、肃州，即今甘肃省张掖市、酒泉市。

● *05*·三巴：东汉末益州牧刘璋分巴郡为永宁、固陵、巴三郡，后改为巴、巴东、巴西三郡，合称三巴。在今重庆市嘉陵江和綦江流域以东地区。李白流放夜郎，至三巴遇赦而归，故云"窜三巴"。九千里：极言遥远。

● *06*·天地再新：指收复两京，国势好转。法令宽：指大赦天下。

● *07*·"夜郎"句：谓己刚从流放夜郎途中赦回，心中仍带着寒霜余悸。

如堕烟雾。⁰⁸ 玉箫金管喧四筵，苦心不得申长句。⁰⁹ 昨日绣衣倾绿樽，¹⁰ 病如桃李竟何言？¹¹ 昔骑天子大宛马，¹² 今乘款段诸侯门。¹³ 赖遇南平豁方寸，¹⁴ 复兼夫子持清论。有似山开万里云，四望青天解人闷。¹⁵

人闷还心闷，苦辛长苦辛。愁来饮酒二千石，寒灰重暖生阳春。¹⁶ 山公醉后能骑马，¹⁷ 别是风流贤主人。头陀云月多僧气，¹⁸ 山水何曾称人意？不然鸣笳按鼓戏

●08·宁期：岂料。二句谓未想到在此相遇，惊喜得茫然如入烟雾之中。

●09·申：表达。长句：指七言古诗。一作"一句"。

●10·绣衣：指御史台官员。《汉书·百官公卿表》："侍御史有绣衣直指，出讨奸猾，治大狱。"又《武帝纪》：天汉二年，"遣直指使者暴胜之等绣衣杖斧，分部逐捕。"绿樽：酒杯。

●11·"病如"句：《史记·李将军列传》："桃李不言，下自成蹊。"此仅取桃李不言之意。

●12·大宛马：汉西域大宛国所产名马。大宛国故址在今中亚费尔干纳盆地。《史记·大宛列传》："及得大宛汗血马，益壮，更名乌孙马曰西极，名大宛马曰天马云。"

●13·款段：行走迟缓的劣马。《后汉书·马援传》："乘下泽车，御款段马。"李贤注："款，犹缓也，言形段迟缓也。"

●14·南平：指李白族弟南平太守李之遥。李白有《赠从弟南平太守之遥二首》。豁方寸：畅开胸襟。

●15·"有似"二句：用《晋书·乐广传》卫瓘赞乐广语："此人之水镜，见之莹然，若披云雾而睹青天也。"

●16·"寒灰"句：《史记·韩长孺列传》记载：韩安国犯罪入狱，为狱吏所辱，安国说："死灰独不复燃乎？"后梁国缺内史，朝廷又请韩安国去担任。此即用其意。

●17·山公：指晋朝名士山简，见前《襄阳歌》注。

●18·头陀：寺名，原址在今湖北武汉市黄鹤山。

沧流，[19] 呼取江南女儿歌棹讴。[20] 我且为君槌碎黄鹤楼，君亦为吾倒却鹦鹉洲。[21] 赤壁争雄如梦里，[22] 且须歌舞宽离忧。

品·评 前二十句围绕与韦冰的离合抒感。开头如惊飙突起，以简练笔墨写安禄山叛乱爆发，驱兵南下，沙尘蔽天，叛军饮马洛阳天津桥下，气焰骄悍嚣张。紧接着写大动乱中自己与韦冰的遭遇：韦冰远处边疆，孤独之感可想；自己被流放夜郎，更是历尽艰辛。用"九千里"三字形容遥远的心理感受，拉长了空间的实际距离。接着四句写遇赦东归及对韦冰的思念。尽管国运好转自己获得赦免，但诗人仍心有余悸。"带霜寒"三字，形象地显示出流放生涯在诗人心灵上烙下的伤痕。韦冰在任职张掖后大约曾回长安，所以诗人有"吹梦到长安"的思念。"宁期"四句，从离别陡转到相会，时代动乱，遭遇不幸，在梦寐思念不得见的情况下，突然不期而遇，惊喜交并之情可想而知，"茫如堕烟雾"五字，把乍见疑梦的恍惚茫然的神态描绘得非常真切生动。在箫管喧闹的宴会上，诗人却因内心苦闷而竟不能用擅长的七言长句抒发豪情，可见诗人心头的压抑多么沉重。"昨日"四句回忆不久前的一次盛宴。尽管席间有御史台官员频倾酒杯劝饮，自己竟如得病的桃李无言，没有兴致。往昔天子赏赐恩宠，如今却曳裾诸侯之门，诗人感到屈辱和悲伤。以豪爽著名的诗人竟缄口"无言"，进一步烘托出内心的苦闷压抑。"赖遇"四句转写遇见亲友的欣喜。诗人有《赠从弟南平太守之遥二首》诗，写到自己离开朝廷后一些"畴昔相知"都拒交，只有李之遥"心不移"。这里的"豁方寸"，也就是敞开胸怀、肝胆相照的友谊，加上韦冰反对炎凉世态的"清论"。使诗人感到"有似山开万里云，一望青天解人闷"，心头的苦闷排解了。

后段十六句借酒宣泄内心苦闷，两个对称的五言句嵌在前后七言句中，使全诗分出了前后段落和节奏，并以"苦""闷"领起以下的抒情。苦闷往往用狂饮求解脱，此处"二千石"既写狂饮，又和"寒灰"句巧用汉代韩安国事，还关合自己受到"风流贤主人"江夏太守韦良宰的款待，用山简事表示自己的酣醉。接着写醉游。先游头陀寺，但诗人感到头陀寺的风云月色也沾染着"僧气"，山水也失去了自然清新使人爽心悦目的本色。那就遨游江上，歌舞戏乐，叫江南女子唱船歌来解闷吧，而这苦中作乐本身就是苦闷的标志，当狂饮、遨游、歌舞都不能排遣苦闷时，满腔悲愤就喷射而出，"我且"两句似醉后狂言，实际上是诗人对当时社会的强烈愤慨，在绝望情绪中表现出对苦闷的宣泄。末二句是愤怒发泄后无可奈何的自我宽解，把历史、人生、功名事业都看作梦幻，其实质是理想破灭后的深沉愤郁。最后"离忧"二字透露出又将与韦冰离别。

江上吟

01

木兰之枻沙棠舟，⁰²
玉箫金管坐两头。
美酒樽中置千斛，
载妓随波任去留。⁰³
仙人有待乘黄鹤，⁰⁴
海客无心随白鸥。⁰⁵
屈平词赋悬日月，
楚王台榭空山丘。⁰⁶
兴酣落笔摇五岳，
诗成笑傲凌沧洲。⁰⁷

注·释

●01·此诗当与上首同为乾元二年（759）之作。诗题一作《江上游》。

●02·木兰：又名杜兰、林兰，形状如楠树，木质较松，可造船。《文选》卷四左思《蜀都赋》："其树则有木兰梫桂。"刘渊林注："木兰，大树也，叶似长生，冬夏荣，常以冬花，其实如小柿，甘美，南人以为梅，其皮可食。"枻（yì）：短桨，一说船舵。沙棠：木名。《山海经·西山经》："昆仑之丘有木焉，其状如棠，黄花赤实，其味如李而无核，名曰沙棠，食之使人不溺。"《述异记》："汉成帝与赵飞燕游太液池，以沙棠木为舟。其木出昆仑山，食其实入水不溺。"此句谓船和桨都用名贵木材制成。

●03·樽：一作"当"。斛：古代量器名。十斗为一斛。千斛形容船中置酒之多。去留：一作"去流"，非。郭璞《山海经赞》："安得沙棠，制为龙舟。……聊以逍遥，任波去留。"此盖用其意。

●04·"仙人"句：黄鹤楼原在今湖北省武昌西黄鹤矶上。传说仙人王子安乘黄鹤过此，故名。又传说费文祎登仙，曾驾黄鹤在此休息，遂以名楼。此谓要想成仙，还须待黄鹤飞来。

●05·随白鸥：一作"狎白鸥"。《列子·黄帝》："海上之人有好鸥者，每旦之海上，从鸥鸟游，鸥鸟之至者百，住而不止。"此句谓海上人无机诈之心，因而能随白鸥一起嬉游。

●06·"屈平"二句：谓屈原辞赋如日月高悬，千古不朽；而楚王的宫苑却早已成了荒丘。《史记·屈原贾生列传》："屈平之作《离骚》……虽与日月争光可也。"台榭，台上有屋称榭。楚灵王有章华台，楚庄王有钓台。

●07·五岳：指东岳泰山、西岳华山、南岳衡山、北岳恒山、中岳嵩山。笑傲：宋本作"啸傲"。沧洲：古时称隐士居处。二句谓兴酣落笔写成的诗可以摇撼五岳，凌驾沧洲。

08·汉水：源出今陕西省宁强县，东南流经陕西省南部、湖北省西北部和中部，至武汉市入长江。此以汉水西北倒流为喻，谓事情绝不可能。

功名富贵若长在，

汉水亦应西北流。*08*

品
·
评

前四句写游江，色彩华丽。木兰之舵，沙棠之舟，极言其精美。船两头有音乐班子，玉箫金管，乐器也精美异常。有万千斗美酒可尽诗酒之兴，还带着美貌歌妓可享声色之娱。如此游江，随波任意去留，极耳目之欢，真可谓酣畅恣肆，但这不过是及时行乐的行为。中四句是两联对句。"仙人"一联承上，以"仙人"与"海客"对比，认为神仙仍有所待，没有黄鹤就上不了天，暗示出诗人对求仙不甚认真；而海客没有心机，就能与白鸥相随，物我为一，岂不比神仙更快活？反映出诗人对自由的向往。"屈平"一联启下，扣住题中"吟"字，强调文学乃不朽之盛事。以屈原与楚王作为两种人生进行对比，屈原尽忠爱国，反被放逐，但他的辞赋可与日月争光，千古不朽；而楚王穷奢极欲，建造宫楼台榭，如今早就荡然无存，空见荒凉山丘。足见权势威力之不能长久。末四句紧接"屈平"一联意思尽情发挥。"兴酣"二句描绘自己作诗之得意情状，活画出诗人傲岸不羁的神态。落笔时五岳为之摇动，可见笔力何等雄健；诗成后笑傲沧洲，又是何等气概！此承屈平发挥。最后两句承楚王发挥，从反面说功名富贵不长在，并用一永无可能之事作一假设衬托，使否定力量更强，并带有嘲讽意味。全诗气势豪放，感情激昂，突然而起，矫然而止。都经惨淡经营，非率意为之。结构绵密，亦独具匠心。

此诗不仅否定功名富贵，对神仙因有所待，故亦不向往，认为唯有诗文辞赋可以不朽。此当为晚年之思想。乾元二年流放遇赦回到江夏时，与友人韦冰游乐甚欢，有《江夏赠韦南陵冰》《寄韦南陵冰余江上乘兴访之遇寻颜尚书笑有此赠》等诗，与此诗意境相似。就在此年，李白还给韦冰之子韦渠牟传授古乐府之学（详见拙著《李白丛考·李白暮年若干交游考索》）。

峨眉山月歌送蜀僧晏入中京 01

我在巴东三峡时，02
西看明月忆峨眉。
月出峨眉照沧海，03
与人万里长相随。
黄鹤楼前月华白，04
此中忽见峨眉客。05
峨眉山月还送君，
风吹西到长安陌。
长安大道横九天，
峨眉山月照秦川。06
黄金师子乘高座，07
白玉麈尾谈重玄。08

注·释

● 01·至德二载十二月改西京为中京，《新唐书·地理志》曰：上元二年中京复曰西京。则此诗之作当在至德二载后，上元二年以前。《求阙斋读书录》曰："观黄鹤楼前二句，太白时在江夏逢僧晏也。我滞吴越句当指前事言之耳。"细按诗意，滞吴越即指留居江夏而言，非指前事。此诗疑是太白流放夜郎归时江夏作。蜀僧晏：事迹不详。中京：指长安。《通鉴·唐肃宗至德二载》：十二月，"以蜀郡为南京，凤翔为西京，西京为中京。"胡三省注："以长安在洛阳、凤翔、蜀郡、太原之中，故为中京。"

● 02·巴东：即归州。天宝元年改巴东郡。乾元元年复为归州。治所在今湖北省秭归县。

● 03·月出峨眉：一作"峨眉山月"。

● 04·黄鹤楼：见前《黄鹤楼送孟浩然之广陵》诗注。月华：月光。

● 05·峨眉客：指蜀僧晏。

● 06·秦川：指长安周围的渭河平原。东起潼关，西至宝鸡，南接秦岭，北达陕北高原，沃野千里，以古属秦地，故称。

● 07·师子：佛教认为佛是"人中狮子"，故美称和尚坐处为"狮子座"。《大智度论》七："佛为人中师子，佛所坐处若床若地，皆名师子座。夫师子，兽中独步，无畏，能伏一切。"《法苑珠林》亦载：龟兹王曾造金狮子座，上以大秦锦褥铺之，请高僧鸠摩罗什升座说法。此指蜀僧晏。乘高座：宋本作"承高座"。

● 08·麈（zhǔ）尾：用麈（似鹿而大之兽）之尾做的一种扇形拂子，古代清谈家常执手中以示高雅。重玄：即《老子》所谓"玄之又玄"之意。此指老庄哲学。《世说新语·容止》："王夷甫容貌整丽，妙于谈玄，恒捉白玉柄麈尾，与手都无分别。"

●09·滞吴越：滞留于长江中下游地区。

●10·丹阙：赤色宫门，此指皇宫。

●11·归时：一作"归来"。

我似浮云滞吴越，[09]

君逢圣主游丹阙。[10]

一振高名满帝都，

归时还弄峨眉月。[11]

品·评 全诗以"峨眉山月"作为主线贯穿始终，作为此诗的主题歌，也是诗人与蜀僧晏关系的纽带。首四句写诗人当年出三峡时，西看峨眉山月与人万里相随的亲切情景，为主题歌渲染气氛。接着四句叙诗人在黄鹤楼与蜀僧晏相见，并相送蜀僧晏到长安去。这前半首八句已写足峨眉山月，下半首八句写"中京"长安，仍用"峨眉山月照秦川"点出。诗人祝愿蜀僧晏到长安后得到皇帝的青睐，升上高座，讲论佛法，手挥麈尾，名振帝都。诗人感到自己像浮云一样滞留在吴越一带漂流，而蜀僧晏能游长安而遇见肃宗皇帝，欣美之意溢于言表。最后希望蜀僧晏名振帝都后荣归故乡，仍以"峨眉月"作结。相传宋代严羽评点此诗说："是歌当识其主伴变幻之法。题立峨眉作主，而以巴东、三峡、沧海、黄鹤楼、长安陌、秦川、吴越伴之，帝都又是主中主。题用月作主，而以风云作伴，我与君又是主中主。回环散见，映带生辉。真有月映千江之妙，非拟议所能学。"又对诗的生动性评曰："巧如蚕，活如龙，回身作茧，嘘气成云，不由造得。"说得很精彩。

与史郎中钦听黄鹤楼上吹笛 [01]

一为迁客去长沙，[02]
西望长安不见家。
黄鹤楼中吹玉笛，
江城五月落梅花。[03]

注·释

● 01 · 此诗当是乾元二年（759）五月在江夏作。史郎中钦：即郎中史钦。郎中：官名。唐代尚书省六部（吏、户、礼、兵、刑、工）皆置郎中，分掌各司事务，为尚书、侍郎、左右丞以下之高级部员。史钦：事迹不详。李白另有《江夏使君叔席上赠史郎中》诗，当为同一人。钦，宋本《李太白文集》作"饮"，误。据萧本、郭本、咸本、王本改。黄鹤楼：见前《黄鹤楼送孟浩然之广陵》诗注。

● 02 · "一为"句：用西汉贾谊事。《史记·屈原贾生列传》记载：洛阳才子贾谊文帝时召为博士，升至太中大夫，将任以公卿。后被灌婴、冯敬等人谗毁，贬为长沙王太傅。此处"迁客"以贾谊自比。一说指史钦。

● 03 · 江城：指江夏。即今湖北省武汉市武昌区。落梅花，即笛曲名《梅花落》，此因押韵而倒置，亦含笛声因风散落之意。一语双关，乃传神之笔。

品·评

首句用贾谊贬长沙事比拟自己被流放，实际上诗人的遭遇比贾谊惨得多。贾谊只是从朝廷贬谪到长沙做官，而诗人则被判罪长流夜郎，是仅次于死刑的一种重刑。但有一点是相同的，贾谊是无辜被贬，李白也是无辜受害，所以诗人用贾谊自比。尽管诗人遭遇如此悲惨，但仍不忘国事，次句"西望长安"表现出对朝廷的眷恋。但长安对曾被判重刑的诗人来说，是多么遥远，"不见家"三字表现出诗人惆怅、酸楚的心情。三、四两句巧妙地借笛声渲染愁情，同时点出地点和时令。笛中吹的是《梅花落》乐曲，诗人听后却幻化出梅花飞舞、随风飘落的景象，五月当然不会有梅花，这是现实中听觉与想象中视觉的通感结晶，是诗人凄凉心情的反映。诗人早年曾有《春夜洛城闻笛》诗（见本书），同是七言绝句，同写闻笛，但那是抒乡愁客思之情，此则写飘零沦落之感。构思笔法不同，那是顺叙，先写闻笛，然后写引起的思乡之情，着力在前二句，意境通畅；此则倒叙，先叙心情，然后写闻笛，着力在后二句，意境含蓄。

与夏十二登岳阳楼 01

● 01·此诗当是乾元二年（759）秋由江夏南游洞庭时登岳阳楼而作。夏十二：排行十二，名不详。岳阳楼：今湖南岳阳市西门城楼，下瞰洞庭湖。开元四年（716）中书令（宰相）张说为岳州刺史时，常与才士登楼赋诗，自此名著。

● 02·岳阳：谓天岳山之阳，楼以山立名。此句谓登楼俯瞰，天岳山之阳的一切景物尽收眼底。

● 03·迥：远。洞庭开：指洞庭湖水宽阔无边。

● 04·"雁引"句：一作"雁别秋江去"。

● 05·"山衔"句：此句指月亮从山后升起，如被山衔出。

● 06·连下榻：连：宋本作"逢"。为宾客设榻留住。《后汉书·徐稚传》载：陈蕃为豫章太守，"在郡不接宾客，唯稚来特设一榻，去则悬之。"王勃《秋日登洪府滕王阁饯别序》："徐孺下陈蕃之榻。""下"字本此。行杯：传杯而饮。二句谓在岳阳楼下榻、行杯如同在云间天上，极言楼高。

楼观岳阳尽，02 川迥洞庭开。03

雁引愁心去，04 山衔好月来。05

云间连下榻， 天上接行杯。06

醉后凉风起， 吹人舞袖回。

首联写登楼遥望天岳山之南的景色，"尽""迥""开"三字极写所见景色之广阔和遥远，表明诗人站得高，所以望得远，也衬托出岳阳楼之高。颔联运用拟人化手法，说飞雁将诗人的愁心引起，君山将一轮明月衔了出来。想象丰富，构思新颖，特别是"引""衔"二字，非常生动形象，极具感情色彩，反映出诗人愉悦的心情。颈联写下榻在云间，饮酒在天上，用夸张手法再次形容岳阳楼之高。尾联写凉风吹得诗人的衣袖飘转旋舞，实际上还是衬托楼高。全诗没有正面写楼高，但每句从俯视、遥望、纵观、感觉等不同角度形容衬托楼之高。风格飘逸潇洒，引人无穷遐想。

鹦鹉洲

01

鹦鹉来过吴江水，⁰²

江上洲传鹦鹉名。

鹦鹉西飞陇山去，⁰³

芳洲之树何青青！⁰⁴

烟开兰叶香风暖，

岸夹桃花锦浪生。⁰⁵

迁客此时徒极目，⁰⁶

长洲孤月向谁明？

注·释

● 01 · 诗中称"迁客"，又有"烟开兰叶香风暖，岸夹桃花锦浪生"句，时当春天，疑是上元元年自零陵归至江夏时作。鹦鹉洲：在今湖北省武汉市西南长江中。见前《江夏赠韦南陵冰》诗注。

● 02 · 吴江水：此借指江夏（今武汉市）一带的长江水。

● 03 · 陇山：在今陕西陇县西北，延伸于陕西、甘肃两省边界。相传鹦鹉出自陇西。《文选》卷十三祢衡《鹦鹉赋》："惟西域之灵鸟兮。"李善注："西域，谓陇坻（即陇山），出此鸟也。"卢照邻《五悲·悲穷通》："凤凰楼上陇山云，鹦鹉洲前吴江水。"此谓鹦鹉已西飞回陇山而去。

● 04 · 芳洲：长满香草的沙洲。崔颢《黄鹤楼》诗："晴川历历汉阳树，芳草萋萋鹦鹉洲。"

● 05 · "烟开"二句：谓暖风吹兰叶，冲开烟雾，送来香气；夹岸的桃花飘落江水，美似锦浪。

● 06 · 迁客：被贬谪之人，诗人自谓。极目：尽力所及遥望。

品·评　首联点题，叙得名之由来。颔联以鹦鹉西飞暗寓祢衡被杀，其所写《鹦鹉赋》亦徒留空名，与空留洲名一样。以"洲树青青"写草木有情，反衬人世无情，寄托诗人对祢衡有才无命的惋惜。颈联写景，通过"烟开""兰叶""桃花""锦浪"（视觉形象）"香风"（嗅觉形象）"暖"（触觉形象）的描绘，写出春光明媚、百花争妍之美，金圣叹评曰："看他'风'字、'浪'字，言我欲夺舟扬帆，呼风破浪，直上长安，刻不可待，而无如浮云蔽空，明月不照，则终无可奈之何也。不敢斥言圣主，故问长洲孤月。"（《贯华堂选批唐才子诗》卷二）则此联当是以美景衬哀情，使尾联倍增其哀怨。一个"徒"字，写出诗人沉痛心情。自己蒙冤入狱，流放夜郎，而古代才士祢衡冤死，一轮孤月空照鹦鹉洲，诗人向明月发问，将吊古伤今、异代同悲的愤慨推到极点。此诗以古体入律，与《登金陵凤凰台》结构类似。方东树《昭昧詹言》卷十六曰："崔颢《黄鹤楼》，千古擅名之作……太白《鹦鹉洲》格律工力悉敌，风格逼肖，未尝有意学之而自似。"

庐山谣寄卢侍御虚舟 ⁰¹

我本楚狂人，凤歌笑孔丘。⁰²
手持绿玉杖，⁰³ 朝别黄鹤楼。⁰⁴
五岳寻仙不辞远，⁰⁵ 一生好入名山游。
庐山秀出南斗傍，⁰⁶ 屏风九叠云

●01·此诗作于上元元年（760）。诗人流放遇赦后，在江夏、洞庭游览逗留将近一年，然后从江夏泛舟赴浔阳（今江西省九江市）再游庐山，写下此诗。卢虚舟是诗人好友，曾写有《通塘曲》，夸庐山之美；李白有《和卢侍御通塘曲》："君夸庐山好，通塘胜耶溪。通塘在何处？远在寻阳西……"所以诗人又以此首歌唱庐山的诗寄给他。庐山：见前《望庐山瀑布二首》诗注。谣：不用乐器伴奏的歌唱。按：此与歌行体诗的"歌""吟"相同。卢侍御虚舟：即殿中侍御史卢虚舟。《全唐文》卷三一七李华《三贤论》："范阳卢虚舟幼直，质方而清。"又卷三六七贾至有《授卢虚舟殿中侍御史制》。殿中侍御史属御史台殿院，掌管殿廷仪卫及京城纠察。

●02·"我本"二句：据《论语·微子》《庄子·人间世》及皇甫谧《高士传》卷上记载，陆通，字接舆，春秋时楚国人，时人谓之楚狂。孔子至楚，接舆唱着歌过孔子之门，曰："风兮风兮，何德之衰！往者不可谏，来者犹可追。已而已而，今之从政者殆而。"诗人在此以楚狂接舆自况。笑，一作"哭"。

●03·绿玉杖：绿玉镶饰的手杖。杖，一作"枝"，非。

●04·黄鹤楼：见前《黄鹤楼送孟浩然之广陵》诗注。

●05·五岳：原指东岳泰山、西岳华山、南岳衡山、北岳恒山和中岳嵩山，此处泛指群山。

●06·秀出：秀丽突出。南斗傍：庐山在春秋时属吴国，为斗宿（xiù）的分野，故称"南斗傍"。南斗：星官名，指二十八宿中的斗宿。古代星占术认为地上州郡与天上区域相对应，称为分野。在该天区发生的天象预应着对应地方的吉凶。

锦张，⁰⁷影落明湖青黛光。⁰⁸金
阙前开二峰长，⁰⁹银河倒挂三
石梁。¹⁰香炉瀑布遥相望，¹¹回
崖沓嶂凌苍苍。¹²翠影红霞映朝
日，¹³鸟飞不到吴天长。¹⁴登高
壮观天地间，大江茫茫去不还。
黄云万里动风色，白波九道流
雪山。¹⁵

好为庐山谣，兴因庐山发。闲窥石
镜清我心，¹⁶谢公行处苍苔没。¹⁷
早服还丹无世情，¹⁸琴心三叠道

● 07·屏风九叠：庐山自五老峰以下，山峰九叠如屏风，故名。又称"九叠屏"。云锦张：如张开的锦绣云霞。极言其美。

● 08·"影落"句：谓夕阳使山影射入清澈的鄱阳湖，闪耀着青黑色的光彩。湖，指今鄱阳湖，古称彭蠡、彭泽、彭湖。在今江西省北部，庐山东南侧。

● 09·金阙：庐山有金阙岩，又名石门。长：宋本作"帐"，误。

● 10·银河：形容瀑布。挂：一作"泻"。三石梁：屏风叠左有三叠泉，水势三折而下，如银河倒泻于石梁。

● 11·"香炉"句：谓香炉峰与三叠泉瀑布遥遥相对。

● 12·回崖：曲折的悬崖。沓嶂：重叠的山峰。凌苍苍：凌越青天。凌，宋本作"崚（léng）"，一作"岐"，一作"何"。

● 13·映朝日：一作"照千里"。

● 14·吴天：庐山在三国时属吴，故称。

● 15·九道：长江在今江西省九江市一带分为很多支流。《书·禹贡》："九江孔殷。"孔传："江于此州界分为九道。"雪山：形容江中波涛翻滚堆叠。

● 16·石镜：《太平寰宇记》卷一一江州："石镜，在庐山东悬崖之上，其状团圆，近之则照见形影。"《文选》卷二十六谢灵运《入彭蠡湖口》诗："攀崖照石镜，牵叶入松门。"李善注引僧鉴《浔阳记》："石镜山东有一圆石，悬崖明净，照见人形。"

● 17·"谢公"句：此句一作"绿罗开处悬明月"。谢公，指谢灵运。谢灵运曾游庐山，有《登庐山绝顶望诸峤》诗。此谓当年谢灵运游历之处，如今已被苍苔淹没。

● 18·还丹：相传道教炼丹，使丹砂烧成水银，积久又还成丹砂，因称"还丹"。见《抱朴子·金丹》。道教认为服用还丹可以成仙，长生不老。世情：世俗之情。

● 19·琴心三叠：道教修炼术语。气功修炼法。《黄庭内景经》："琴心三叠舞胎仙。"梁丘注："琴，和也。叠，积也。存三丹田，使和积如一，则胎仙可致也。胎仙，胎息之仙也。犹胎在腹中，有气而无息。"三叠，指上中下三丹田（即两眉间、心窝部、脐下）。意谓修炼内丹，做到心和神悦是修道初成境界。

● 20·玉京：道教称元始天尊所居之处。葛洪《枕中书》："元始天王在天中心之上，名曰玉京山。山中官殿，并金玉饰之。"

● 21·"先期"二句：《淮南子·道应训》记载：卢敖游于北海，见一形貌古怪士人。卢敖邀其同游北阴之地，士人笑曰："吾与汗漫期于九垓之外，吾不可以久驻。"随即纵身入云中。先期，预先约定。汗漫，漫无边际，不可知之。九垓，九天之外。卢敖，据高诱注："卢敖，燕人。秦始皇召以为博士，使求神仙，亡而不反也。"此处借以指卢虚舟。太清，道教所尊天神道德天尊（亦称"太上老君"）所居之地。在玉清、上清之上，为最高仙境（亦称"大赤天"）。

初成。¹⁹遥见仙人彩云里，手把芙蓉朝玉京。²⁰先期汗漫九垓上，愿接卢敖游太清。²¹

品·评 第一段六句是自我写照，可称序曲。首二句用典故，以楚狂接舆自比，以讽喻孔子奔波从政来反衬自己看透朝廷政治，只想隐居避世。接着描述自己带有云游色彩的行旅，点明来历。"一生好入名山游"，既是诗人来庐山的原因，也是对自己一生爱好和行踪的形象概括。第二段正面描绘庐山之景，即题中的"庐山谣"。首先写从鄱阳湖中遥望庐山之景，对庐山作总的概括。接着便选择庐山最令人赞叹的瀑布进行细致描述，将不同形状的瀑布都写得非常优美神奇。然后又用彩笔总绘全景：朝阳初升，满天红霞和翠绿山影互相照映，色彩鲜明。蓝天中翱翔的飞鸟却难到这高峻的山峰，对比强烈。又写登高远眺所见景色，笔酣墨饱地写足长江雄伟气势和祖国壮美河山，抒发了诗人的豪情。第三段抒写由江山美景"兴"起的游仙之情。先用两个五言短句承上启下。接着说悠闲地窥照石镜，顿觉神清气爽，当年谢灵运行走之处，如今已被苍苔淹没。诗人由此感到人生短暂，世情烦嚣，于是想摆脱世俗成仙，诗人仿佛远远望见仙人站在彩云里，手拿着芙蓉花正飞往玉京朝拜元始天尊。末二句反用典故，诗人以古怪士人自比，以卢敖喻卢虚舟，谓自己事先已与大神仙在九天之外约定，愿意迎接卢虚舟共游最高神境。首段自述和末段游仙，虽写法不同，但都表现出对官场的鄙视和对自由的向往。全诗结构完整，首尾呼应；感情豪迈，气势充沛，想象丰富，色彩鲜明，是李白晚年七言歌行代表作之一。

闻李太尉大举秦兵百万出征东南懦夫请缨冀申一割之用半道病还留别金陵崔侍御十九韵 01

秦出天下兵，蹴踏燕赵倾。02 黄河饮马竭，赤羽连天明。03 太尉杖旄钺，04 云骑绕彭城。05 三军受号令，千里肃雷霆。06 函谷绝

●01·此诗当是上元二年（761）秋本欲从军、半道病还离别金陵时作。太尉：指李光弼。《旧唐书·肃宗纪》：上元二年五月，李光弼来朝，进位太尉、兼侍中，充河南副元帅，都统河南、淮南、山南东道五道行营节度，出镇临淮。秦兵：指李光弼从长安带来的唐军。东南：指临淮，即泗州，州治在今安徽省泗县，位置在长安东南。懦夫：诗人谦称。请缨：《汉书·终军传》："乃遣军使南越，说其王，欲令入朝，比内诸侯。军自请：'愿受长缨，必羁南越王而致之阙下。'"此指从军。一割之用：用《后汉书·班超传》"况臣奉大汉之威，而无铅刀一割之用乎"语，意谓铅刀虽钝，仍望一试。此喻己虽衰老，却还想为国出力。崔侍御：名不详。诗中有"金陵遇太守"语，太守当即此人。然侍御为七、八品（殿中侍御史为从七品上，监察御史为正八品上）官，太守为四品官，已为太守，不当再称侍御。唐代中期以后，以侍郎出为太守（刺史）者甚多，疑此"崔侍御"或为"崔侍郎"之误。

●02·秦：指长安，谓唐朝廷。蹴踏：踩踏。燕赵：此指安史叛军所据之地。

●03·赤羽：赤色羽毛，似为军旗饰品。此泛指旌旗。《孔子家语·致思》："由愿得白羽若月，赤羽若日。"

●04·旄钺：旄节和斧钺。由皇帝授予军队统帅，表示给予指挥生杀之权。

●05·"云骑"句：形容兵马如云。《文选》卷三十谢灵运《拟魏太子邺中集诗八首》其二《王粲》："云骑乱汉南"吕向注："云骑，言多如云也。"宋本作"云旗"，据萧本、郭本、王本改。彭城，即徐州，天宝元年（742）改为彭城郡，乾元元年（758）复为徐州。州治在今江苏徐州市。

●06·"三军"二句：形容李光弼威慑士兵。《旧唐书·李光弼传》："御军严肃，天下服其威名。每申号令，诸将不敢仰视。"

飞鸟，武关拥连营。[07] 意在斩巨鳌，何论脍长鲸！[08]

恨无左车略，[09] 多愧鲁连生。[10] 拂剑照严霜，雕戈鬘胡缨。[11] 愿雪会稽耻，[12] 将期报恩荣。半道谢病还，无因东南征。[13] 亚夫未见顾，剧孟阻先行。[14] 天夺壮士心，长吁别吴京。[15]

●07·函谷：函谷关。古关在今河南省灵宝市东北。战国时秦置。因关在谷中，深险如函而名。汉元鼎三年（前114），徙关至今河南省新安县东，离古关三百里，称新函谷关。乃古时由东方入秦的重要关口。武关：在今陕西省丹凤县南，为秦南关。战国时秦置。秦昭王曾诱楚怀王会于此，执以入秦。公元前207年刘邦由此关入秦。二句谓军事防守严密，飞鸟也不敢飞越函谷关；而武关地区则拥有连绵不断的军营。

●08·鳌：传说中的大海龟。此喻指叛军首领。脍：切细的鱼或肉。脍长鲸：一作"鲵与鲸"。二句谓目的是要斩掉叛军首领，至于一般的叛将更不在话下。

●09·左车：指李左车，秦末汉初人。其富于韬略，曾为陈余出谋划策，陈余不听。后陈余被杀，李左车被韩信俘获，韩信解其缚，师事之。略：韬略，计谋。

●10·鲁连生：即鲁仲连，战国时齐国人，善为人排难解纷。秦军围困赵都邯郸，赵向魏求救，魏不敢出兵，却派将军辛垣衍去说服赵尊秦为帝，谏秦罢兵。鲁仲连得知此事，立即去见辛垣衍，指出尊秦的祸患。辛听后心悦诚服，不敢再提此事。秦将闻之，为之退兵五十里。

●11·"拂剑"二句：谓己拿着剑戟，戴着军帽，在严霜照耀下从军。雕戈，镂刻花纹的戟。鬘胡缨，鬘，通缕。

●12·会稽耻：《史记·越王勾践世家》载：春秋时越被吴所破，吴王围越王勾践于会稽山。勾践卧薪尝胆，常警告自己："女（汝）忘会稽之耻邪？"此以"会稽耻"喻唐王朝被安史叛军所摧残的耻辱。

●13·无因：一作"无由"。

●14·亚夫：周亚夫，西汉名将。剧孟：西汉著名侠客。

●15·长吁：长叹。吴京：指金陵，今江苏省南京市。

●16 • 倒屣：王本作"倒屐"。鞋子倒穿。形容迎接贤客的急切情状。《三国志 • 魏书 • 王粲传》："（蔡邕）闻粲在门，倒屣迎之。"欣：一作"相"。

●17 • 祖饯：古代出行时祭祀路神曰"祖"，后因称设宴送行为祖饯。

●18 • 临沧观：即金陵新亭，三国吴筑，东晋时周颛与王导等会宴处。南朝宋时改名临沧观。故址在今南京市西南，地近江滨，依山为垒，为军事和交通要塞。

●19 • 征虏亭：见前《夜下征虏亭》诗注。

●20 • 帝车：星名，即北斗星。《史记 • 天官书》："斗为帝车，运于中央，临制四方。"一作"帝居"，误。

●21 • 河汉：银河。纵复横：一作"复纵横"。

●22 • "孤凤"四句：谓己与各官员挥手告别后，将如孤独的飞鸿一般，在寥廓的空中四处漂泊。

金陵遇太守，倒屣欣逢迎。[16] 群公咸祖饯，[17] 四座罗朝英。初发临沧观，[18] 醉栖征虏亭。[19] 旧国见秋月，长江流寒声。帝车信回转，[20] 河汉纵复横。[21] 孤凤向西海，飞鸿辞北溟。因之出寥廓，挥手谢公卿。[22]

品 • 评　前十二句写题中"李太尉大举秦兵百万出征东南"。首四句写当时李光弼为天下兵马副元帅，统帅八道节度使的百万大军出征，燕赵必倾。饮马黄河，河水立竭，旗帜、枪杆上的红色羽毛与天空云霞连成一片，耀眼明亮。用夸张手法极言唐军之多，声势之壮。接着四句描绘李光弼在千军万马呼拥下奔赴彭城的形象。声威赫赫，军纪严明。再四句描写李光弼的周密部署，函谷关到武关，连营千里，飞鸟也难以出入。但其战略目标不仅是保卫长安，而且要斩获叛军首领，彻底消灭敌人。表现出诗人对唐军的祝愿和对胜利的信心。中十二句写题中的"懦夫请缨，冀申一割之用，半道病还"。诗人自量没有当年李左车的奇谋大略，也没有鲁仲连排难解纷的本领。"愧"是自谦，"恨"乃雄心。诗人时已六十一岁，仍壮心不已，请缨参军，拂剑执戈，要为洗雪唐军失两京之耻报仇。诗人不计较个人恩怨，一心想着民族之耻，尽匹夫之责。但长期的流放摧残了诗人的身体，终于在半路上病倒而还，诗人以周亚夫比拟李太尉，以剧孟自比，当年剧孟得到周亚夫的赞许，如今自己却连李太尉的面都见不到，其内心的痛苦可想而知，诗人只得长叹"天夺壮士心，长吁别吴京"。诗人失去了最后一次平叛的机会，在离开金陵时发出了愤恨交加的哀鸣，令人痛惜泪下。末十四句写题中的"留别金陵崔侍御（郎）"。先写金陵太守与朋友们为诗人饯别。这太守当即题中的"崔侍御（郎）"。"侍御"当是"侍郎"之误。因为侍御是八品低级官员，不可能当太守，唐代中期以后常由侍郎出任大州刺史（太守），都是从三品或正四品官员。金陵是诗人经常来往之地，那里有许多知交良友。此次太守倒屐相迎，群友满座祖饯，诗人最后一次在金陵度过了难忘日子。"初发临沧观"以下，写离别的地点、时间和景色。临沧观、征虏亭，是离别地点。旧国秋月，江流寒声，北斗回转，河汉纵横，一派凄凉秋景，诗人形象地比喻自己像孤凤或飞鸿向西飞去，还不断地向友人们挥手告别，也似乎是在向世人告别。全诗风格沉郁悲凉，与以前的飘逸豪放风格完全不同。这是诗人历尽人间沧桑之后给他的诗风带来的变化。

临路歌
01

大鹏飞兮振八裔，*02*

中天摧兮力不济。*03*

余风激兮万世，*04*

游扶桑兮挂石袂。*05*

注·释

●*01*·此诗当是宝应元年（762）李白临终时所作。李华《故翰林学士李君墓志铭并序》：年六十有二不偶，赋《临终歌》而卒，即指此诗。临路歌：王琦注云："按李华《李白墓志》谓太白赋《临终歌》而卒，恐此诗即是。'路'字盖'终'字之讹。"是。

●*02*·大鹏：传说中的大鸟，见《庄子·逍遥游》。李白青年时代作《大鹏遇希有鸟赋》，《上李邕》诗有"大鹏一日同风起"之句，与此诗同以大鹏自喻。八裔：八方。

●*03*·中天：半空中。摧：挫折，失败。济：帮助，成功。

●*04*·"余风"句：此句谓遗风足可激荡万世。

●*05*·"游扶桑"句：此句以袖被扶桑挂住暗喻才能过大而不被使用。《楚辞·哀时命》："衣摄叶以储与兮，左袪挂于扶桑。"王逸注："袪，袖也。……言己衣服长大，摄叶、储与，不得舒展，德能宏广，不得施用，东行则左袖挂于扶桑，无所不覆也。"扶桑，神话中的树名。《山海经·海外东经》："汤谷上有扶桑，十日所浴。"郭璞注："扶桑，木也。"《楚辞·离骚》："总余辔乎扶桑。"王逸注："扶桑，日所拂木也。《淮南子》曰：'日出汤谷，浴乎咸池，拂于扶桑，是谓晨明。'"石袂，胡本作"左袂"，是。袂，衣袖。

后人得之传此，⁰⁶

仲尼亡兮谁为出涕？⁰⁷

品·评 首二句谓大鹏展翅高飞，振动四面八方；飞到半空不幸翅膀摧折，再也无力翱翔。李白一生以大鹏自喻，在他临终的时候仍然如此。这是比兴手法。所以"振八裔"可能隐含着当年奉诏入京、供奉翰林等光荣情事在内，"中天摧兮"则指被谗离京以及被流放等事。结合诗人的实际遭遇去理解，此二句就显得既有形象和气魄，又不空乏。似有像项羽《垓下歌》"力拔山兮气盖世，时不利兮骓不逝"那种苍凉而激昂感慨的意味。第三句谓大鹏虽然中天摧折，但其遗风仍可激荡千秋万世，实际上指自己的抱负功业虽已幻灭，但自信其品格精神和诗文作品会万世流传。第四句中的"扶桑"，是神话中的大树，生在太阳升起的地方，古代常把太阳比作君主，所以"游扶桑"是指到皇帝身边。但人不可能真正游扶桑，衣袖也不可能给丈高的扶桑树挂住；而鸟没有衣袖，只有翅膀，翅膀被挂于扶桑是可能的。所以这句亦人亦鸟，诗人与大鹏合二而一，给人迷离惝恍之感。第五句谓后人得知大鹏半空摧折的消息会以此相传。末句则用孔子泣麟故事，意谓如今孔子已死，有谁会像孔子当年痛哭麒麟被擒那样为大鹏的摧折泣涕？末二句既深信后人会对此无限惋惜，又感叹当今没有知音，正如杜甫《梦李白》诗所说："千秋万岁名，寂寞身后事。"历史事实也证明了这一点。此诗可看作诗人自撰的墓志铭。在总结一生时，流露出对人生无比眷念以及才未尽用的深沉惋惜。全诗兼寓自悼、自伤、自信之情。化融多个典故，形象鲜明，想象丰富，含不尽之意于言外。

一

不编年诗

古风（其一）01

《大雅》久不作，02　吾衰竟谁陈？03

《王风》委蔓草，04　战国多荆榛。05

龙虎相啖食，06　兵戈逮狂秦。07

正声何微茫，08　哀怨起骚人。09

注·释

● 01 · 此诗作年不详。古风：古体诗。李白有《古风五十九首》，非一时一地之作，当是编集时因性质都是咏怀而被汇集在一起，仿《古诗十九首》、阮籍《咏怀》诗、陈子昂《感遇》诗的成例。

● 02 ·《大雅》：《诗经》的一部分，共三十一篇，多为西周时代的作品。旧说雅是正的意思，指与"夷俗邪音"不同的正声。又谓雅指王政所由废兴，而王政有大小，故有《大雅》《小雅》。《大雅》反映王朝的重大措施或事件。

● 03 · "吾衰"句：《论语·述而》：子曰："甚矣，吾衰也！"陈：陈述。传说古代天子命太史搜集诗歌，献给天子，以观民风（见《礼记·王制篇》）。此句谓孔子衰老，还有谁能编集《大雅》这样的诗歌向天子陈述？

● 04 ·《王风》：《诗经》十五国风之一。《毛诗序》云："关雎麟趾之化，王者之风。"此处的"王风"乃概指以《诗经》为代表的正声。诗人认为春秋之后王者之风被丢弃于草丛之中，形容"王风"衰颓。

● 05 · 战国：春秋末，诸侯兼并剧烈，最后形成秦、楚、齐、燕、韩、赵、魏七国争雄局面，史称战国时代。荆榛：丛杂的树木，形容战国时天下大乱，诗坛荒芜。

● 06 · 龙虎：指战国七雄。班固《答宾戏》："于是七雄虓阚（xiāo hǎn），分裂诸夏，龙战虎争。"相啖食：相互吞并。

● 07 · 兵戈：战争。逮：及，到。此句谓直到狂暴的秦始皇消灭六国，统一天下，战争才得以停息。

● 08 · 正声：平和雅正的诗歌。

● 09 · 骚人：指屈原、宋玉等楚国诗人。屈原创作的《离骚》是《楚辞》的代表，后因称楚辞体为骚体诗，称诗人为骚人。以上二句谓自从以《大雅》为代表的平和雅正之音衰微后，代之而起的是以《离骚》为代表的以哀怨著称的楚辞。

扬马激颓波，[10] 开流荡无垠。[11]

废兴虽万变，　宪章亦已沦。[12]

自从建安来，　绮丽不足珍。[13]

圣代复元古，[14] 垂衣贵清真。[15]

- 10 · 扬马：指西汉著名的辞赋家扬雄、司马相如。此句谓司马相如、扬雄的赋激扬颓波。
- 11 · "开流"句：开拓了没有涯际的洪流。无垠，漫无涯际。
- 12 · 宪章：指诗歌的法度。
- 13 · 自从：一作"蹉跎"。建安：东汉末献帝年号（196—219）。其时以曹氏父子和建安七子为代表的诗歌，内容充实，格调刚健，诗风为之一变，被后世称为建安风骨。但建安诗歌在格调刚健的同时，也重视辞藻。后来六朝诗歌则单纯追求靡丽的辞藻、讲究音律对偶，内容却很空虚，李白认为不足贵。
- 14 · 圣代：指诗人所处的唐代。元古：远古。此句谓唐朝诗坛一变六朝淫靡之风，恢复了远古的淳厚质朴。
- 15 · 垂衣：穿着长大的衣服，形容无为而治。《易·系辞下》："黄帝、尧、舜垂衣裳而天下治。"此用以歌颂唐代政治清明。清真：朴素纯真，和上文"绮丽"相对。

●16·属：适值，恰逢。休明：指政治清明。

●17·"乘运"句：乘运共起，如鱼得水，腾跃于文坛。运，气数，运会。

●18·"文质"二句：谓许多诗人的创作内容和形式相互辉映，犹如群星罗列于秋空。文，指辞藻。质，指内容。旻（mín），秋天。秋夜天气爽朗，星光特别明亮。

●19·重辉：萧本、郭本、咸本、王本皆作"垂辉"。

●20·希圣：仰慕追踪孔子。有立：有所成就。《史记·孔子世家》记载：鲁哀公十四年（前481），鲁国人打猎时获麟，孔子认为麒麟被人捕获，象征着自己将要死亡，哀叹说："吾道穷矣。"遂搁笔不复述。由其修订的《春秋》即终于是年。

群才属休明，¹⁶ 乘运共跃鳞。¹⁷

文质相炳焕， 众星罗秋旻。¹⁸

我志在删述， 重辉映千春。¹⁹

希圣如有立， 绝笔于获麟。²⁰

品·评

诗中对《诗经》以来到唐朝的历代诗赋作了概括性的总结和评价，并抒写了自己的文学主张和抱负，实为中国文学史上最早的一首论诗诗。开头二句为全诗大旨，以下分两段申述二句之意。诗人慨叹《大雅》正声久衰不兴，接着用孔子的话实为自喻。孟启《本事诗·高逸》记载："（李）白才逸气高，与陈拾遗齐名，先后合德。其论诗云：'梁陈以来，艳薄斯极。沈休文又尚以声律。将复古道，非我而谁与！'"由此可知诗人显然是以恢复《大雅》正声为己任的。此为一层意思。可是自己年力将衰，又有谁能陈其诗于朝廷之上？这是又一层意思。二句诗意曲折，但意境明朗，读者自可体会。

从"王风委蔓草"至"绮丽不足珍"，申第一句"《大雅》久不作"之意。概叙《诗经》以后诗赋发展情况。用"正声何微茫"一句作为"战国"至"狂秦"整个诗坛的总结。然后补出一句"哀怨起骚人"，儒家历来认为《诗经》的正声是"哀而不伤，怨而不怒"，此称以屈原为代表的骚体诗为哀怨，隐然表示战国微茫的诗坛上尚有一些正声。西汉大赋作家司马相如和扬雄的作品铺张扬

204

厉，堆砌辞藻，李白认为这是激起的一股衰颓波澜，开拓流荡无边无际。也就是《文心雕龙·诠赋》所说的"遂使繁华损枝，膏腴害骨，无贵风轨，莫益劝戒"。流毒很大。以下不再逐词罗列，而是概括性地总说：虽然朝代更替，出现种种变化，但正声的诗歌法度却总是沦落不振。自从建安以来，诗坛上盛行绮丽之风，李白认为是不足以珍视的。亦即《本事诗》所说"梁陈以来，艳薄斯极，沈休文又尚以声律"，都包括在"绮丽不足珍"五字中。《文心雕龙·明诗》所谓"晋世群才，稍入轻绮，采缛于正始，力柔于建安"，亦即此意。以上十二句，是对《诗经》以后直到唐以前这段历史长河中的诗歌的总结和评价，写足了《大雅》久不作"之意。

从"圣代复元古"到末尾，申第二句"吾衰竟谁陈"之意，歌颂盛唐诗风并抒发自己的抱负。称唐朝为圣代，是诗人对所处时代的歌颂。诗人认为唐代恢复了太古时代的淳朴风气，垂衣裳而天下治，崇尚纯真自然的文风。"清真"二字，与上文"绮丽"相对，反映了诗人的诗歌理论主张。接着四句，诗人认为许多人才恰逢政治清明的时代，乘运而起，如鱼得水，在诗坛上跃腾，驰骋才华。"文质半取，风骚两挟"（《河岳英灵集·集论》），互相闪耀着光辉，就像繁星罗列于秋空。秋夜天气爽朗，星光特别明亮。这六句是李白对盛唐诗坛的热情赞美。有人认为此六句是李白说反话，因为唐代是近体律绝诗新兴的时代，并未"复元古"；从唐太宗、高宗、中宗、睿宗之间，历经武后、韦后之变，并未垂衣而治；还认为唐诗文胜于质，并非"文质相炳焕"等等。其实这些说法是不对的。李白在《明堂赋》《大猎赋》以及不少诗篇中曾热烈颂扬自己所处的时代，对同时代的诗人都很倾慕，从未有过贬词。

末四句抒发自己的志向。就是要追踪孔子，对盛唐诗歌进行整理和编订，使它的光辉垂映千秋万代。他仰慕孔子作《春秋》，期待自己亦能在创作上完成清真自然的一代诗风。如果达到这个目标，他将像孔子那样"绝笔于获麟"，搁笔不再著述。孔子是春秋时代的一代伟人，李白期望自己成为唐代的一代伟人，真如胡震亨所说"自负不浅"。诗中"有立"二字与开头"不作"遥相对照，写足了"将复古道，非我而谁"之意。

全诗结构严密，层次井然。历评前代诗坛并不平铺直叙，而是详略有间，文势多变。李白诗多豪放飘逸，而此诗却平和淡雅而浑厚。全诗一韵到底，音节平缓，表明李白诗歌风格是多样的。《唐宋诗醇》称此诗"括风雅之源流，明著作之意旨，一起一结，有山立波回之势"。甚是。

古风

（其三）

秦皇扫六合，虎视何雄哉！

挥剑决浮云， 诸侯尽西来。

明断自天启， 大略驾群才。

收兵铸金人， 函谷正东开。

铭功会稽岭， 骋望琅邪台。

注·释

● 01 · 此诗作年不详。秦皇：指秦始皇。皇，一作"王"。扫六合：即统一中国。六合，天地四方。贾谊《过秦论》："及至秦王，续六世之余烈，振长策而御宇内，吞二周而亡诸侯，履至尊而制六合。"

● 02 · 虎视：《后汉书·班固传》引《西都赋》："周以龙兴，秦以虎视。"李贤注："龙兴虎视，喻强盛也。"

● 03 · "挥剑"二句：《庄子·说剑》："此剑直之无前，举之无上，案之无下，运之无旁。上决浮云，下绝地纪。此剑一用，匡诸侯，天下服矣。此天子之剑也。"决，断。西来，六国诸侯皆在关东，而秦在关西。秦始皇横扫天下，六国诸侯皆西向臣服。

● 04 · "明断"句：此句一作"雄图发英断"。明断，英明决断。天启，上天的启发。《左传·僖公三十三年》："天之所启，人弗及也。"

● 05 · 略：才略。驾：驾驭，控制，驱使。

● 06 · 收兵：聚集兵器。铸：熔铸。《史记·秦始皇本纪》："二十六年……收天下兵，聚之咸阳，销以为钟镰，金人十二，重各千石，置廷宫中。"

● 07 · "函谷"句：此句谓秦始皇消灭六国，天下一统，函谷关不再需要禁闭，可向东打开。函谷，关名。古关在今河南省灵宝市东北，战国时秦置，乃秦国的东关。因关在谷中，深险如函，故名。东自崤山，西至潼津，号称天险。

● 08 · "铭功"句：《史记·秦始皇本纪》："三十七年……上会稽，祭大禹，望于南海，而立石刻颂秦德。"铭，刻，记载。会稽，山名，在今浙江省绍兴市南。相传夏禹至苗山，大会诸侯，计功封爵，始名会稽。

● 09 · "骋望"句：《史记·秦始皇本纪》："二十八年……南登琅邪，大乐之，留三月。乃徙黔首三万户琅邪台下，复（免除徭役）十二岁。作琅邪台，立石刻，颂秦德，明得意。"琅邪台，在今山东省诸城县东南琅邪山上。

刑徒七十万，　起土骊山隈。[10]

尚采不死药，[11]　茫然使心哀。[12]

连弩射海鱼，　长鲸正崔嵬。

额鼻象五岳，　扬波喷云雷。

鬐鬣蔽青天，　何由睹蓬莱？

徐市载秦女，　楼船几时回？[13]

● 10 · "刑徒"二句：《史记·秦始皇本纪》："隐官（官刑）徒刑者七十余万人，乃分作阿房官，或作丽（骊）山。"骊山，在今陕西省临潼市东南。隈，弯曲处。二句谓秦始皇役使囚犯七十万人在骊山下修筑陵墓。

● 11 · 不死药：《史记·秦始皇本纪》："三十二年……因使韩终、侯公、石生求仙人不死之药。"

● 12 · 使心哀：一作"使人哀"。

● 13 · "连弩"八句：《史记·秦始皇本纪》："二十八年……齐人徐市等上书，言海中有三神山，名曰蓬莱、方丈、瀛洲，仙人居之。请得斋戒，与童男女求之。于是遣徐市发童男女数千人，入海求仙人。……三十七年……方士徐市等入海求神药，数岁不得，费多，恐谴，乃诈曰：'蓬莱药可得，然常为大鲛鱼所苦，故不得至，愿请善射与俱，见则以连弩射之。'始皇梦与海神战，如人状。问占梦博士，曰：'水神不可见，以大鱼蛟龙为候。今上祷祠备谨，而有此恶神，当除去，而善神可致。'乃令入海者赍（jī）捕巨鱼具，而自以连弩候大鱼出射之。自琅邪北至荣成山，弗见。至芝罘，见巨鱼，射杀一鱼。遂并海西。"连弩，装有机栝、可以连续发射的弓。长鲸，巨鱼。崔嵬，高大貌。五岳，本指泰山、华山、衡山、恒山、嵩山，此泛指大山。鬐鬣（qí liè），鱼脊和鱼颔旁之鳍须。此用晋代木华《海赋》："鱼则横海之鲸……巨鳞插云，鬐鬣刺天，颅骨成岳，流膏为渊。"徐市，宋本作"徐氏"。

但见三泉下，¹⁴ 金棺葬寒灰。¹⁵

品·评

全诗可分前后两段，前段颂扬秦始皇的功业，后段讽刺其求长生的荒唐。首四句渲染平定六国的赫赫声威，用"扫六合""决浮云"来形容，在秦皇"虎视"下，诸侯"尽西来"，把秦皇写得雄姿英发，咄咄逼人，赞扬之意溢于言表。"明断"以下六句写秦皇统治术。他有天启之英明决断，有驾驭群臣的雄才大略，他采取了巩固统治的两大措施：一是将天下兵器全部收集起来熔铸为十二金人，消除反抗力量，于是秦与关东交通的咽喉函谷关就可敞开。二是在会稽山和琅邪台南北相距数千里的地方刻石歌颂秦德，作舆论宣传。"骋望"二字生动地写出秦皇志得意满的神态。这里"铭功"和"骋望"是互文见义，在会稽岭也"骋望"，在琅邪台也"铭功"。秦皇统一措施很多，且并非发生于同年，诗人择其要者，集中概括，写得非常简劲豪迈。后段十四句由褒入贬，根据史实写造坟和求长生两事。此两事本身非常矛盾：既造坟则证明无法长生，求长生则无需造坟，这反映出秦皇既有雄才而又怯懦的心理。造坟只用二句十个字，讽刺秦皇奢靡。"采不死药"则用十句详写，诗人用大量史事入诗，既叙徐市率童男童女数千坐楼船入海求仙药，又叙秦皇亲自在芝罘用连弩射鱼。但结果是"茫然使心哀"，不但未求得仙药，秦皇不久就死了。末二句是最强的反跌之笔，使不可一世的秦始皇跌入地下，与普通人一样逃不脱化为"寒灰"的结局。此诗虽属咏史，但有现实针对性。唐玄宗在历史上开创了开元盛世，但他在开元末以后也好神仙求长生之术。诗人显然有托古讽今之意。

古风

（其三十五）

丑女来效颦，还家惊四邻。 ⁰¹

寿陵失本步，笑杀邯郸人。 ⁰²

一曲斐然子，雕虫丧天真。 ⁰³

棘刺造沐猴，三年费精神。

功成无所用，楚楚且华身。 ⁰⁴

注·释

● 01·"丑女"二句：《庄子·天运》："故西施病心而矉其里，其里之丑人见而美之，归亦捧心而矉其里。其里之富人见之，坚闭门而不出；贫人见之，挈妻子而去之走。"效，模仿。颦，同"矉"，蹙额皱眉。

● 02·"寿陵"二句：《庄子·秋水》："且子独不闻夫寿陵余子之学行于邯郸欤？未得国能，又失其故行矣。直匍匐而归耳。"成玄英疏："寿陵，燕之邑；邯郸，赵之都。弱龄未壮谓之'余子'。赵都之地，其俗能行，故燕国少年远来学步。既乖本性，未得赵国之能；舍己效人，更失寿陵之故；是以用手据地，匍匐而还也。"此与前二句用意同。谓写作诗文，无独特见解而只是模仿他人，又未得精髓，只能弄巧成拙，徒留笑柄而已。

● 03·一曲：一端。《庄子·天下》："犹百家之众技也，皆有所长，时有所用。虽然，不该不遍，一曲之士也。"斐然：文彩貌。雕虫：喻小技。扬雄《法言》卷二："或问：'吾子少而好赋？'曰：'然。童子雕虫篆刻。'俄而曰：'壮夫不为也。'"二句谓当时风行之曲虽然文彩华丽，但属雕虫小技，丧失了作品天然真率的本色。

● 04·棘刺：酸枣树的刺。沐猴：猕猴。《韩非子·外储说左上》记载：有个卫国人欺骗燕王说能在棘刺的尖端雕刻母猴。楚楚：鲜明貌。《诗·曹风·蜉蝣》："衣裳楚楚。"四句谓写作诗文，雕琢文彩犹如在棘刺上雕刻猕猴，徒然花费精神，却不切实用。又像穿着华丽，只能自炫其身，却无益于社会。华身：一作"荣身"。

●05・"《大雅》"二句:《大雅》《颂》是
《诗经》的两个组成部分,《大雅》首篇即
为《文王》,《大雅》之诗,多咏文王之德。
诗人推崇《雅》《颂》,由此想到西周文王
时的诗风,从而感叹当代诗风的衰落。
●06・"安得"二句:《庄子·徐无鬼》:
"庄子送葬,过惠子之墓,谓从者曰:郢人
垩(白色土)漫(涂)其鼻端若蝇翼,使
匠石(石匠)斫(削)之。匠石运斤(斧)
成风,听而斫之,尽垩而鼻不伤。郢人立
不失容。宋元君闻之,召匠石曰:'尝试为
寡人为之。'匠石曰:'臣则尝能斫之。虽
然,臣之质(指郢人)死久矣。自夫子之
死也,吾无以为质矣,吾无与言之矣。'"
此谓自己有改变当时文风、恢复古道的才
能,可是没有像理解石匠那样的郢人,致
使自己无法施展抱负。一挥成斧斤,一作
"承风一运斤"。王本作"一挥成风斤"。

《大雅》思《文王》,

《颂》声久崩沦。⁰⁵

安得郢中质,一挥成斧斤?⁰⁶

品·评 此诗前十句引用"丑女效嚬""邯郸学步""棘刺造猴"等寓言故事,讽刺和嘲
笑当时诗坛上流行的模仿、雕琢、华而不实的风气。比喻生动形象,讽刺辛
辣深刻。后四句正面抒写自己的诗歌理想,主张恢复《诗经》中《大雅》和《颂》
那样高雅和朴实的诗风,同时又用《庄子·徐无鬼》中匠石"运斤成风"的寓
言,表示自己只要有机会,一定能施展绝技,非常巧妙地创作出天真自然的诗
篇来。这篇又是李白著名的论诗诗之一。作年不详。诗中主张恢复《诗经》中
《大雅》和《颂》的诗风,与《古风》其一《大雅》久不作"篇的思想相同。
可参读。

古风

（其四十九）

注·释

● 01·"美人"二句：化用曹植《杂诗七首》之四："南国有佳人，容华若桃李"之意。灼灼，鲜明貌。《诗·周南·桃夭》："桃之夭夭，灼灼其华。"南国，南方。芙蓉，即荷花。

● 02·皓齿：犹玉齿，洁白的牙齿。不发：不启齿，不笑。

● 03·自持：自矜，控制自己。

● 04·紫宫：指天子所居之处。《文选》卷二十一左思《咏史八首》之五："列宅紫宫里。"李周翰注："紫宫，天子所居处。"紫宫女：喻指皇帝周围的小人。

● 05·"共妒"句：用屈原《离骚》"众女嫉予之蛾眉兮，谣诼谓余以善淫"之意。青蛾眉，指美人。李白自喻。

● 06·潇湘沚：曹植《杂诗七首》之四："夕宿潇湘沚。"此用其意。潇湘，今湖南省境内的二水名，此处泛指南方之水。沚，水中小洲。

美人出南国，　灼灼芙蓉姿。 01

皓齿终不发， 02 芳心空自持。 03

由来紫宫女， 04 共妒青蛾眉。 05

归去潇湘沚， 06 沉吟何足悲！

品·评　此诗乃拟曹植《杂诗七首》之四："南国有佳人，容华若桃李。朝游江北岸，夕宿潇湘沚。时俗薄朱颜，谁为发皓齿？俛仰岁将暮，荣耀难久持。"诗中以南国潇湘的美人自喻，前四句写容貌的美丽和内心的贞洁自持，比喻绝世才华和坚定的理想抱负。接着二句写宫中女子共同嫉妒美人，比喻自己遭受众多小人的谗害。末二句写只能归去。可知此诗乃天宝三载（744）春被谗去朝以后所作。

古风

（其五十九）

恻恻泣路歧，　　哀哀悲素丝。

路歧有南北，　　素丝易变移。 *01*

万事固如此，　　人生无定期。

田窦相倾夺，　　宾客互盈亏。 *02*

世途多翻覆， *03*　交道方崄巇。 *04*

斗酒强然诺， *05*　寸心终自疑。

注·释

● 01·"恻恻"四句：意谓见到歧路而痛苦，看到白丝而悲泣，因为歧路有南北，白丝容易染成不同颜色。《淮南子·说林训》："杨子（朱）见逵路而哭之，为其可以南、可以北。墨子（翟）见练丝而泣之，为其可以黄、可以黑。"恻恻、哀哀，哀伤貌。易，宋本原作"无"。注云："一作有。"而萧本、郭本、咸本、缪本、王本皆作"易"，是。无变移，应正作"易变移"。

● 02·"万事"四句：一本无此四句。田窦：指西汉两个大臣田蚡、窦婴。《史记·魏其武安侯列传》："魏其侯窦婴者，孝文后从兄子也。……七国兵已尽破，封婴为魏其侯。诸游士宾客争归魏其侯。……武安侯田蚡者，孝景后同母弟也。……武安侯新欲用事为相，卑下宾客，进名士家居者贵之，欲以倾魏其诸将相。……天下吏士趋势利者，皆去魏其归武安。"此讽刺天下人趋炎附势。

● 03·"世途"句：宋本作"谷风刺轻薄"。谷风，《诗·小雅》篇名。毛诗《序》曰："《谷风》，刺幽王也，天下俗薄，朋友道绝焉。"

● 04·崄巇：同"险巇"，艰险崎岖貌。《文选》卷五十五刘峻《广绝交论》："世路险巇，一至于此。"李善注引王逸曰："巇，犹颠危也。"

● 05·然诺：许诺。

张陈竟火灭，萧朱亦星离。⁰⁶

众鸟集荣柯，穷鱼守枯池。⁰⁷

嗟嗟失欢客，勤问何所规？⁰⁸

● 06 · "张陈"二句：《后汉书·王丹传》："张、陈凶其终，萧、朱隙其末。"李贤注："张耳、陈余初为刎颈交，后构隙。耳后为汉将兵，杀陈余于泜水之上。萧育字次君，朱博字子元，二人为友，著闻当代，后有隙不终。故时以交为难。"按：张耳、陈余事见《史记·张耳陈余列传》；萧育、朱博事见《汉书·萧育传》。火灭、星离，指有隙不终。

● 07 · 众鸟：比喻趋炎附势之人。荣柯：茂树，比喻权贵之门。穷鱼：比喻贫贱之士。枯池：一作"空池"，比喻穷困之地。谓世人都喜欢聚集于荣耀之地，只有穷困者方孤守陋巷。

● 08 · 嗟嗟：悲叹声。失欢客：失去欢乐的人。指同为沦落而勤问李白的朋友。规：营求。一作"悲"，又一作"窥"。

品·评 此诗列举历史上的许多事例，说明人生多变，交道险恶，当是诗人有感而作。李白一生喜欢交友，结果却屡屡碰壁。尤其是在晚年因参加永王幕府而被捕入狱，出狱后又被流放夜郎，在此期间，以往的好友多唯恐避之不及，袖手旁观，有的甚至还落井下石。只有个别的好友为之营救或慰问。故此诗当是肃宗至德、乾元年间根据自己的亲身体验所作。

战城南

01

去年战，桑干源；*02* 今年战，葱河道。*03* 洗兵条支海上波，*04* 放马天山雪中草。*05* 万里长征战，三军尽衰老。

注·释

●01·用乐府旧题写传统题材往往不限于某一特定战役，此诗中虽有具体地名，然不可确指，只是为了表示诗歌的形象性，故不能编年。战城南：乐府旧题。《乐府诗集》卷十六收此诗，列于《鼓吹曲辞》。古辞云："战城南，死郭北，野死不葬乌可食。为我谓乌：'且为客豪，野死谅不葬，腐肉安能去子逃？'水深激激，蒲苇冥冥。枭骑战斗死，驽马徘徊鸣。（梁）筑室，何以南何以北，禾黍（而）不获君何食？愿为忠臣安可得？思子良臣，良臣诚可思，朝行出攻，暮不得归。"乃哀悼战死将士之作。梁吴均、陈张正见、唐卢照邻有《战城南》，都是五言八句，皆为描写北方残酷战争之作。唯李白此篇为杂言体，与古辞同，内容亦与古辞接近，盖讽刺天宝年间朝廷在西北穷兵黩武而作。

●02·桑干：河名，即今永定河上游。源出山西北部管涔山，东北流至河北省入官厅水库，以下称永定河。相传每年桑椹成熟时河水干涸，故名。唐时与奚、契丹部落常于此发生战事。

●03·葱河：即葱岭河，葱岭是对帕米尔高原和喀喇昆仑山脉的总称。古代中国与西方的交通常经由葱岭山道。唐代安西都护府在此设葱岭守捉。旧说因山上生葱或山崖葱翠而得名。今葱岭河有南北两河，南名叶尔羌河，北名喀什噶尔河，发源于帕米尔高原，为塔里木河支流之一。唐时常与吐蕃于此发生战事。

●04·洗兵：洗净兵器备用，谓出兵。条支：汉西域国名，在今伊拉克底格里斯河、幼发拉底河之间，濒临波斯湾。唐代在西域讹达罗支鹤悉那城（今阿富汗的加兹尼）设置条支都督府。此泛指遥远的西域。

●05·天山：即今新疆境内之天山。

匈奴以杀戮为耕作，古来唯见白骨黄沙田。^{06} 秦家筑城备胡处，^{07} 汉家还有烽火燃。^{08} 烽火燃不息，征战无已时。^{09} 野战格斗死，败马号鸣向天悲。乌鸢啄人肠，^{10} 衔飞上挂枯树枝。^{11} 士卒涂草莽，^{12} 将军空尔为。^{13}

● 06 • "匈奴"二句：谓胡人以杀人为业，不事耕作，所以田野只见黄沙白骨而不见庄稼。匈奴，古代对北方少数民族的称呼。王褒《四子讲德论》："夫匈奴者，百蛮之最强者也……其未耜则弓矢鞍马，播种则抨弦掌拊，收秋则奔狐驰兔，获刈则颠倒殪仆。"诗句本此，而锤炼更见精彩。

● 07 • "秦家"句：秦家，秦朝。城，指长城。《史记·蒙恬列传》载，秦始皇统一六国后，使大将蒙恬北筑长城以防御匈奴。

● 08 • 烽火：古时在边境上每隔若干里，高筑一土台，上置薪，发现敌情即燃火报警。

● 09 • 征战：一作"长征"。

● 10 • 乌鸢：鸢（yuān），猛禽名，鹰类，主食动物和腐尸。

● 11 • 上挂枯树枝：一作"上枯枝"。

● 12 • 涂草莽：指战死后血涂草莽。

● 13 • 空尔为：徒然这样（万里长征战）。

● *14* • "乃知"句：《六韬·兵略》："圣人号兵为凶器，不得已而用之。"此即用其意。圣人，一作"圣君"。

乃知兵者是凶器，圣人不得已而
用之。[14]

品·评　首段八句写朝廷连年征战。前四句用两组复沓重叠的对称句式，不仅音韵铿锵，且给人以东征西讨频繁战争的鲜明形象。"洗兵"二句更写战线绵延之长和战地之广，战争规模可以想见。"万里长征战"是对前面描写的概括，"三军尽衰老"是结果，遥远边地的长期战争，使三军将士耗尽了青壮年华和精力。第二段从敌人角度纵向写历代边地战争的原因。诗人将王褒的一段话熔铸为两句诗，意味深长。秦代筑长城防御匈奴，到汉代仍有匈奴不断入侵的烽火报警。在唐代前期，北方的奚、契丹、突厥，以及西部的吐蕃也不断侵扰，因此边地战争就不可避免。这类战争的责任并不在朝廷，但战争给人民带来牺牲和灾难，所以诗人不希望发生战争。第三段写战争的残酷。"烽火"二句承上启下。"野战"四句是从古辞"野死不葬乌可食""枭骑战斗死，驽马徘徊鸣"化出，交织成色彩强烈的画面：人死了，败马向天悲鸣哀悼其主，气氛悲凉；乌鸢啄人肠衔挂枯枝，景象残酷。诗人得出结论：士卒无辜死亡，弃尸荒野，而将军也白白地跋涉遥远之地，一无所得。末段用古兵书的名言作结，警告统治者不要轻启战争，有画龙点睛之妙。
　　此诗句式灵活多变，三、五、七、八、九言交错运用，显示出散文化倾向，为议论开了方便之门。但全诗散漫中有整饬，且多排偶句，增添了抒情性。

长相思

01

长相思，在长安。络纬秋啼金井栏，⁰²微霜凄凄簟色寒。⁰³孤灯不明思欲绝，⁰⁴卷帷望月空长叹。美人如花隔云端。⁰⁵上有青

注·释

● 01 · 长相思：乐府旧题。《乐府诗集》卷六十九收此诗，列入《杂曲歌辞》。"长相思"本为汉朝诗中语。《古诗十九首》："客从远方来，遗我一书札。上言长相思，下言久离别。"六朝始以命篇，宋吴迈远、梁萧统、张率、陈后主、徐陵、萧淳、陆琼、王瑳、江总等均有此题诗，皆写男女相思的缠绵之情。李白此诗表面写美人难见，实乃寄寓理想难以实现之苦闷。

● 02 · 络纬：虫名，即莎鸡，俗称纺织娘。金井栏：精美的井上栏杆。栏，一作"阑"。

● 03 · 微霜：一作"凝霜"。簟：竹席。

● 04 · 不明：一作"不寐"，又作"不眠"。

● 05 · "美人"句：按：此句用比兴手法，谓所思之人高在云际。古诗《兰若生春阳》："美人在云端。"美人如花，一作"佳期迢迢"。

217

- *06 · 青冥：青色天空。高天：一作"长天"。*
- *07 · 渌水：清澈的水。*
- *08 · "梦魂"句：谓所思之人相隔遥远，关山重重，梦魂难到。*
- *09 · 摧：伤。*

冥之高天，⁰⁶下有渌水之波澜。⁰⁷

天长路远魂飞苦，梦魂不到关山

难。⁰⁸长相思，摧心肝。⁰⁹

品·评　诗开头就点明相思对象的地点在长安，这就引导读者联想到与政治理想的关系。"络纬"二句写相思者住处的环境：深秋夜晚井栏边虫声唧唧，如霜月色照在竹席上发出寒光，二句造成了凄清悲凉的氛围。接着写人物的思想活动：在摇曳欲灭的孤灯前坐着一位思恋很久的人，痛苦欲绝，走到窗前，卷起窗帷，望着明月，更引起无限相思，徒然使人长长地叹息。现实中思念美人不可见，于是就到梦魂中求索。可是这位美人在梦中也很难见到：上有高高的青天，下有曲折艰险的渌水波澜，天长路远，关山重阻，梦魂中也难以见到！这使相思者何等绝望和痛苦！所以末二句以极度伤心以致心肝欲碎的悲叹作结。此诗深刻地写出痛苦绝望的相思之情，表面看是一首情诗。但考虑到自屈原《离骚》以来，诗人们常用比兴手法，将自己的政治理想比作美女，或把君王比作美人，此诗显然继承了这一传统。以"长安"作为美人所在地，此美人显然是指君王。以"青冥高天""渌水波澜""天长路远""关山阻挡"比喻君王难见；以"长相思"表示对理想的执着追求，以"摧心肝"形容追求理想失败的深沉痛苦。正因此诗是诗人用血泪写成，故千余年来一直撼动人心。读此诗后，人们必然联想到诗人的遭遇，绝不可能看作是首单纯的情诗。

日出入行

01

日出东方隈，*02* 似从地底来。历天又复入西海，*03* 六龙所舍安在哉？*04* 其始与终古不息，*05* 人非元气，*06* 安得与之久徘徊？草不谢荣于春风，木不怨落于秋天。*07* 谁挥鞭策驱四运，*08* 万物兴歇皆自然。*09* 羲和！*10* 羲和！汝奚汩没于荒

● 01 · 日出入行：乐府旧题。《文苑英华》作《日出行》。《乐府诗集》卷二十八收此诗，列于《相和歌辞》。又卷一《郊庙歌辞》有《日出入》，古辞云："日出入安穷？时世不与人同。故春非我春，夏非我夏，秋非我秋，冬非我冬。泊如四海之池，遍观是邪谓何？吾知所乐，独乐六龙，六龙之调，使我心若。訾黄其何不徕下！"意谓日出入无穷而人命极短，所以希望乘龙升天。此诗则反用其意，认为四时变化乃自然规律，并不由神仙主宰；人们只能顺其自然，而不可能像日月那样永恒存在。

● 02 · 隈（wēi）：角落。

● 03 · 此句一作"历天又入海"。

● 04 · 六龙：见前《蜀道难》注。舍：住宿之地。

● 05 · "其始"句：此句一作"其行终古不休息"。终古，久恒。《庄子·大宗师》："日月得之，终古不息。"陆德明注引崔云："终古，久也。"

● 06 · 元气：古代哲学名词，多指天地未分前混一之气。古人认为元气无形，匈匈蒙蒙，浑浑沌沌，天地和万物均由其所生。

● 07 · "草不"二句：《庄子·大宗师》郭象注："暖焉若春阳之自和，故蒙泽者不谢；凄乎若秋霜之自降，故凋落者不怨。"诗即本此，谓四季气候变化，草木自荣自落，既不感谢，也不怨恨。

● 08 · 四运：即春夏秋冬四时。《文选》卷二十二殷仲文《南州桓公九井作》："四运虽鳞次。"吕向注："四运，四时也。"

● 09 · "万物"句：谓一切事物的兴亡都是自然规律决定的。

● 10 · 羲和：古代神话中太阳车的驾驭者。《广雅·释天》："日御谓之羲和。"

● *11* • 奚：何。汩没：沉沦，埋没。荒淫：浩瀚广阔。此句谓日何以沉埋于浩瀚的波涛之中。

● *12* • 鲁阳：神话中的大力士。《淮南子·览冥训》："鲁阳公与韩构难，战酣，日暮，援戈而㧑之，日为之反三舍。"驻景：留住太阳。

● *13* •"逆道"二句：谓以前关于太阳的传说违背自然规律，多为欺诈之论。

● *14* • 囊括：包罗。大块：大自然。溟涬（xìng）：混沌貌，此代指元气。同科：同等。二句谓诗人要与天地和整个自然合一。

淫之波？[11] 鲁阳何德，驻景挥戈？[12] 逆道违天，矫诬实多。[13] 吾将囊括大块，浩然与溟涬同科。[14]

品·评

首段六句，提出两个问题：古代神话说，太阳每天东升西落，是羲和赶着六条龙载着太阳在天空中从东到西驶行。诗人第一个问题是：那么六龙住宿在哪里？第二个问题是，太阳在空中运行终古不息，人不是元气，怎么能和太阳一起升落？"安在哉"，"安得与之久徘徊"，否定了神话的真实性。因反诘提问，语气更有力，更能发人深省。实际上诗人在反诘中表达了自己的观点，太阳的运行是正常的规律，不是"神"在指挥。第二段四句，草木荣落四季变化并不是有人或神在鞭策驱使，万物兴衰都是自然规律，所以草荣不感谢春天，木落不怨恨秋天。用坚决肯定的语气作正面回答，使诗人的观点显得非常鲜明突出，这也是全诗的核心。第三段八句有三层意思：先是对羲和御日和鲁阳挥退太阳的神话用反诘语气予以嘲讽；接着便指出过去关于太阳的神话传说都是违背自然规律，多为虚妄欺人之谈，最后指出自己将包罗大自然与天地元气自然合一。全诗以说理、述事、抒情相结合，诗中对神话传说的辩驳、否定和嘲讽，都用生动的形象描述，避免抽象说教，而将自己"顺从"自然的观点寓于其中。诗中继承屈原《天问》的浪漫主义表现手法，探索宇宙的奥秘。但屈原只是"问"，李白可贵之处是指出问题而又回答了问题，表达了自己朴素唯物主义的观点。

侠客行

01

赵客缦胡缨，*02* 吴钩霜雪明。*03*

银鞍照白马， 飒沓如流星。*04*

十步杀一人， 千里不留行。*05*

事了拂衣去， 深藏身与名。

闲过信陵饮，*06* 脱剑膝前横。*07*

将炙啖朱亥， 持觞劝侯嬴。

三杯吐然诺， 五岳倒为轻。

眼花耳热后， 意气素霓生。

救赵挥金槌， 邯郸先震惊。

千秋二壮士，烜赫大梁城。[08]

纵死侠骨香，不惭世上英。[09]

谁能书阁下，白首《太玄经》？[10]

● *08*•“将炙”十句：用战国时信陵君救赵事。朱亥、侯嬴，乃魏国两侠士。据《史记·魏公子列传》载：魏安釐王二十年（前257），秦昭王出兵围攻赵国都城邯郸（今河北省邯郸市），赵求救于魏。魏王受秦王威胁，命大将晋鄙领兵驻邺城，按兵不动，名为救赵，实持两端以观望。信陵君姊乃赵国平原君夫人，信陵君数次劝魏王救赵，魏王不听。后来魏都大梁（今河南开封市）夷门监侯嬴为其策划，由魏王爱妾如姬窃得兵符，又荐屠者朱亥随信陵君同去。晋鄙对兵符怀疑而拒交兵权，朱亥乃用铁锤击杀晋鄙。信陵君得以率军进攻秦军，终于解救了邯郸。眼花耳热，形容酒酣时情状。张华《轻薄篇》：“三雅来何迟，耳热眼中花。”素霓，即白虹。此形容意气慷慨激昂，如长虹贯日。张华《壮士篇》：“慷慨成素霓，啸咤起清风。”邯郸，宋本误作“郸邯”。二壮士，指侯嬴、朱亥。烜赫，形容声名盛大。大梁城，魏国都城，即今河南开封市。

● *09*•“纵死”句：本张华《游侠曲》：“生从命子游，死闻侠骨香。”

● *10*•“谁能”二句：用汉扬雄模仿《周易》作《太玄》事。此谓谁愿如扬雄般闲于阁中，长期从事写书。

品·评

前八句描绘赵地侠客的形象和行为。乱发突鬓，身佩弯刀，白马银鞍，扬鞭疾骋，这是一幅粗犷英武的侠客肖像画。“十步杀一人，千里不留行”用《庄子》典故，夸剑之锋利，诗未言杀何等样人，不过所谓侠客，总是杀不义之人，为人报仇之类。“事了拂衣去，深藏身与名”是侠客解人之难不求回报的节操。在渲染侠客精神后，“闲过”两句是承上启下的过渡。接着十句写战国时信陵君救赵用两位侠客的故事。写信陵君款待侯嬴和朱亥，两位侠客为信陵君的大义和感情所感动，意气慷慨激昂如白虹贯日，许下比五岳还重的诺言。赞扬朱亥挥锤击杀晋鄙而震惊赵国，虽然侯嬴和朱亥都死去，但在魏都留下盛大声名，侠骨传香，不愧为当世英雄。末二句以“谁能”像扬雄那样“白首《太玄经》”反衬侠客精神的崇高和伟大。

李白青年时代曾“托身白刃里，杀人红尘中”（《赠从兄襄阳少府皓》），“少任侠，手刃数人”（魏颢《李翰林集序》），任侠是李白的重要性格，诗人一生的理想就是想干一番惊天动地的事业，然后功成身退。所以此诗礼赞侠客精神，也是诗人的自我写照。

古朗月行

01

小时不识月，　呼作白玉盘。

又疑瑶台镜，02 飞在青云端。

仙人垂两足，　桂树何团团！03

白兔捣药成，04 问言与谁餐？05

蟾蜍蚀圆影，06 大明夜已残。07

羿昔落九乌，08 天人清且安。

注·释

● 01·此诗作年不详。诗人一生爱月，写下许多咏月佳作，此为其中之一。朗月行：乐府旧题。《乐府诗集》卷六十五收此诗，列于《杂曲歌辞》。今存六朝宋鲍照此题诗，写佳人对月弦歌。此诗题前加"古"字，主旨与鲍诗迥异，仅为用古题而已。

● 02·瑶台：神仙所居之地。见前《清平调词三首》其一注。

● 03·"仙人"二句：古传说月亮中有仙人和桂树，月初生时只见仙人两足，变圆以后才见仙人和桂树全形。见《太平御览》卷四引虞喜《安天论》。何，宋本作"作"。团团，圆貌。宋本作"团圆"。

● 04·"白兔"句：传说月亮中有白兔捣药。晋傅玄《拟天问》："月中何有？白兔捣药。"

● 05·与谁：一作"谁与"。

● 06·"蟾蜍"句：传说月中蟾蜍食月造成月蚀。《淮南子·精神训》："月中有蟾蜍。"高诱注："蟾蜍，虾蟆也。"又《说林训》："月照天下，蚀于詹诸。"高诱注："詹诸，月中虾蟆；食月，故曰'蚀于詹诸'。"

● 07·大明：月亮。《文选》卷十二木华《海赋》："大明𬭚轡于金枢之穴。"李善注："言月将夕也。大明，月也。"

● 08·"羿昔"句：《楚辞·天问》："羿焉毕日，乌焉解羽？"王逸注："《淮南》言尧时十日并出，草木焦枯，尧命羿仰射十日，中其九日，日中九乌皆死，堕其羽翼，故留其一日也。"

- *09·阴精*：指月亮。张衡《灵宪》："月者，阴精之宗，积而成兽，象兔。"沦惑：沉沦迷惑。
- *10·去去*：催人速去之词。
- *11·恻怆*：伤感，悲痛。一作"凄怆"。

阴精此沦惑，⁰⁹ 去去不足观。¹⁰

忧来其如何？ 恻怆摧心肝。¹¹

品·评 首四句写孩提时代对月亮的记忆，充满天真烂漫之情和丰富的想象。以"白玉盘""瑶台镜"形容圆月的形状、皎洁明亮的颜色和光感，非常贴切传神。"呼""疑"二字逼肖地表达出儿童初见月亮时的新奇感和美好感，令人神往。接着四句借神话传说暗写初月的月芽到满月的圆月之过程，以及对神话传说的诘疑：白兔捣成之药，给谁服用？神奇的月亮有多少令人难解的疑问！上半首诗人抒发了儿童时代对月亮的喜爱之情，充满天真浪漫的想象。下半首转入另一层意思：清辉难久，圆月变残，传说月亮被蟾蜍啮而变缺，造成月食，天地为之昏暗。诗人突然想到上古时代射落九日的英雄，使天上人间得到清明和安宁，可现实生活中却难以找到这样的英雄。面对月亮沦没而迷惑不清，已经不值得观看，还是快些走吧！然而月亮在诗人心中的印象毕竟是美好的，所以末二句忧心上来，为月亮的"沦惑"而感到非常伤心痛苦。前人和今人多谓此诗非一般的咏月之作，而是寄寓着政治局势，今人又谓此诗前半喻开元之治，在诗人心目中如朗月在儿童心目中然；后半喻天宝后期，蟾蜍指安禄山、杨国忠辈，昏蔽其君，紊乱朝政。诸说可供参资。

妾薄命 01

汉帝重阿娇，贮之黄金屋。02

咳唾落九天，随风生珠玉。03

宠极爱还歇，妒深情却疏。04

长门一步地，不肯暂回车。05

雨落不上天，水覆难重收。06

注·释

● 01·妾薄命：乐府旧题。《乐府诗集》卷六十二收此诗，列于《杂曲歌辞》，并引《乐府解题》曰："《妾薄命》，曹植云：'日月既逝西藏。'盖恨燕私之欢不久。梁简文帝云：'名都多丽质。'伤良人不返，王嫱远聘，卢姬嫁迟也。"此篇则咏汉武帝废陈皇后之事，反映妇女被遗弃的痛苦。

● 02·汉帝：即汉武帝。阿娇：汉武帝陈皇后小名。《汉武故事》谓武帝数岁，长公主抱置膝上，问是否愿得阿娇为妇，武帝曰："若得阿娇作妇，当作金屋贮之。"成语"金屋藏娇"即由此而来。重：一作"宠"。

● 03·"咳唾"二句：形容阿娇得宠时之高贵，咳唾飞沫似从九天落下，随风化为珠玉。《庄子·秋水》："子不见夫唾者乎？喷则大者如珠，小者如雾，杂而下者不可胜数也。"句意本此。

● 04·"宠极"二句：据《汉武故事》记载：武帝即位，立阿娇为后，长公主求欲无厌，皇后宠爱衰退。阿娇想再获宠，命女巫作术。事为武帝发觉，终于被废退居长门宫。

● 05·长门：即长门宫。二句谓长门宫虽只有一步之遥，但武帝却不肯回车去看阿娇。

● 06·"雨落"二句：谓汉武帝废陈皇后已成事实，不可能再有所改变，就像落下的雨不能再上天，倾覆的水不能再收回一样。难重收，一作"难再收"，又一作"重难收"。宋长白《柳亭诗话》云："太白诗'雨落不上天，水覆难重收。'出《后汉书·光武纪》'反水不收'，又《何进传》'覆水不收'。"

●07·君：指汉武帝。情：一作"恩"。
妾：指陈皇后阿娇。东西流：古乐府《白
头吟》："沟水东西流。"以水东西分流喻夫
妻分离。
●08·芙蓉花：即荷花。断根草：喻失宠。
一作"素秋草"。《邵氏闻见后录》引作
"断肠草"。王琦认为揆之取义，"断肠"不
若"断根"之当。

君情与妾意，各自东西流。⁰⁷

昔日芙蓉花，今成断根草。⁰⁸

以色事他人，能得几时好？

品·评　首四句写陈阿娇的受宠，"金屋藏娇"是个著名的故事，诗人还用极夸张的手法，形象地描绘出陈皇后受宠后的威风和气势：飞沫从九天落下，随风化为珠玉。此乃欲抑先扬，为后来的冷落作反衬。接着四句笔锋一转，写陈皇后的失宠，点出失宠的原因是"妒深"，含蓄的字眼里蕴含着丰富的内容，包括所谓女巫作术等。结果是被打入冷宫。这长门宫虽然离皇帝的宫殿仅有一步之遥，可是汉武帝的宫车从此再也不肯暂回。这四句与前四句恰成鲜明的对照。后半首则用各种比喻展开议论。先用"雨落不上天，水覆难重收"比喻皇帝不可能再回心转意。然后用比兴手法点出原因："昔日芙蓉花，今成断根草。"年老色衰。最后的结论是："以色事他人，能得几时好？"全诗通过陈皇后从受宠到失宠的描写，揭示出古代女子以色事人，色衰必然被弃的悲剧命运。语言自然流畅，比喻贴切鲜明，议论深刻奇整。

玉阶怨
01

● 01·玉阶怨：乐府旧题。《乐府诗集》卷四十三收此诗，列入《相和歌辞·楚调曲》。汉班婕妤失宠后退居长信宫，作《自悼赋》，有"华殿尘兮玉阶苔"之句，南朝齐谢朓取之作《玉阶怨》诗云："夕殿下珠帘，流萤飞复息。长夜缝罗衣，思君此何极。"此诗即为拟谢之作。

● 02·却：还。水精帘：一作"水晶帘"，用水晶编织成的帘子。

● 03·玲珑：宋本作"胧胧"，月光明亮澄澈貌。

玉阶生白露，　夜久侵罗袜。

却下水精帘，*02* 玲珑望秋月。*03*

品·评

此诗题称"玉阶怨"，但诗中不见"怨"字。首二句写无言独立白玉砌成的台阶上，此时夜已深，露正浓，以致冰凉的露水浸湿了罗袜。"夜久"可见站立之久，露冷衬托心境之凉。"罗袜"二字实用曹植《洛神赋》"凌波微步，罗袜生尘"意，可以想见人的姿容、仪态。二句虽未直接写人，但字里行间可见人的影子，而且可以体会其若有所待、若有所思、若有所诉、若有所怨之状。后二句写因凉而入室，为怕秋月扰愁眠，便轻轻下帘。但寂寞幽怨何能入眠？于是徘徊不定，终乃隔帘望月，只有月与人相伴。似月伴人，又似人伴月。人有心月话而不语，月解此心中话又不语，只是望月，怨在言外。如此千转百折的情思，诗人不着一语，只写物状，丝毫不涉人的内心。比谢朓原作，更为含蓄生动，耐人寻味。

横江词六首

（其一）

注·释

● 01·横江词：为李白新题乐府，《乐府诗集》收此组诗入《新乐府辞》，然与后来杜甫、白居易等人的"新乐府"诗完全不同，此诗表现功能仍沿旧题乐府诗。横江，指今安徽和县横江浦与对岸采石矶相对的一段长江，形势险要。

● 02·言：一作"道"。

● 03·侬：吴方言自称曰"侬（nóng）"。恶：坏。

● 04·"一风"句：谓大风连吹三天，几乎要把山吹倒。一作"猛风吹倒天门山"。

● 05·"白浪"句：形容浪涛之高。瓦官阁：亦作"瓦棺阁"。《宋本方舆胜览》卷一四江东路建康府："升元阁，一名瓦棺阁，乃梁朝建，高一百四十尺。李白有'日月隐檐楹'之句，今之升元阁非古基矣。"《焦氏笔乘》续集卷七云："晋哀帝兴宁二年，诏移陶官于淮水北，遂以南岸窑地施与僧慧力造寺，因以瓦官名之。"又传说民间以掘地有瓦棺，因称瓦棺寺。寺有瓦官阁，高二十五丈。南唐时改名升元寺，阁称升元阁。

人言横江好， 02

侬道横江恶。 03

一风三日吹倒山， 04

白浪高于瓦官阁。 05

品·评

此组诗共六首，作年和诗中寓意众说纷纭，故暂不编年。此为第一首。首二句显然受南朝乐府民歌《吴声歌》的影响，以方言入诗，"人言""侬道"，纯用口语，具有浓烈的地方色彩和生活气息。长江平时风平浪静，两岸景色优美，所以"人言横江好"。可是目前风急浪高，险恶难渡，所以"侬道横江恶"。第三句形容狂风之猛，连吹三天，似要把山吹倒，此乃诗人之感觉。此句一作"猛风吹倒天门山"，则"山"指天门山。详见本书《望天门山》。末句形容暴风掀起的巨浪，比二百多尺的金陵瓦官阁还要高，这是诗人的视觉。后二句都用夸张手法，把长江风浪写得非常传神，形象生动，而且非常合理。狂风吹得人站不稳，就会感到山在摇动；在视觉上，看近处的巨浪比远处的瓦官阁高，也合于透视的规律。全诗想象丰富，境界壮阔雄伟。

横江词六首

（其五）

●01·横江馆：在横江浦对岸今安徽省马鞍山市采石矶上，又称采石驿。遗址在今采石公园内。津吏：掌管渡口事务的官吏。《唐六典》卷二三："晋令：诸津渡二十四所，各置津吏一人。"

●02·海云生：海上云起，是暴风雨将起之兆，预示江上风浪将更险恶。

●03·"郎今"二句：此为津吏之语。郎，古时对一般男子的敬称。犹言"官人"。缘，连词，因为、为了。梁简文帝《乌栖曲》："采莲渡头碍黄河，郎今欲渡畏风波。"李白以其下句衍化为二句，情态毕现。

横江馆前津吏迎，⁰¹

向余东指海云生。⁰²

"郎今欲渡缘何事？

如此风波不可行！"⁰³

品·评

此诗不仅写眼前事，用口头语，而且用人物手势、对话入诗，真可谓绘声绘色。首句写诗人在采石驿横江馆遇到津吏的迎接，"迎"字表现出两人之间社会地位不同。第二句写津吏用手指向东方天空，向诗人说明海云已起，暴风雨即将来临。这中间显然省略了诗人向津吏说明欲过江的话，文字精练简洁。三、四两句是津吏说的话，"郎今欲渡"四字，补足了津吏"东指"前李白说的"欲渡"的话，"缘何事"三字，包含着诗人当时急切要过江的神情。津吏问话尚未等诗人回答，当即断定："如此风波不可行！"反映出说话之间，风浪已起，津吏凭自己观察天象和江浪规律的经验，下了这结论。也显示出津吏关心渡客生命安全的善良之心。全诗一气呵成，语言爽朗，风格明快。

送友人

01

注·释

● 01 · 此诗作年不详。诗中"浮云游子"当为自指，故诗题似应作"别友人"。

● 02 · 北郭：北城外。古时城有两道，内城曰城，外城曰郭。

● 03 · 白水：一说李白有《游南阳白水登石激作》诗，此"白水"即指南阳白水（在今河南省南阳市东），为汉水支流，俗名白河。

● 04 · 为别：犹作别。

● 05 · 孤蓬：比喻独自漂泊如蓬草随风飘转。

● 06 · "浮云"二句：王琦注："浮云一往而无定迹，故以比游子之意；落日衔山而不遽去，故以比故人之情。"

● 07 · 萧萧：马嘶鸣声。《诗·小雅·车攻》："萧萧马鸣。"班马：离别之马。《左传·襄公十八年》："有班马之声。"杜预注："班，别也。"

青山横北郭，*02* 白水绕东城。*03*

此地一为别，*04* 孤蓬万里征。*05*

浮云游子意，　落日故人情。*06*

挥手自兹去，　萧萧班马鸣。*07*

品·评

首联以工整的对偶句点明告别之地，以写景开端，上句写远山，下句写近水，"青""白"相对，色彩明丽；"横"字勾勒青山静态，"绕"字描绘白水动态，寥廓秀美，自然生动。一般律诗首联不对仗，此诗却"起手亦开一径"（吴昌棋《删订唐诗解》卷一六）。颔联点明题旨，此地一别，自己将孤独地像蓬草一样飘转到万里之外。二句一意，是"流水对"，对仗并不工整，很像散句，笔法流走，不同凡响。蒋一葵《唐诗选参评》云："第二联不如此接，便无生气。诗有仙骨，绝无饾饤。"颈联即景抒情，又是工稳对仗，诗人巧妙地将"浮云"比喻游子的漂泊不定，以"落日"不忍遽离大地比喻依依不舍的友情，情景交融浑然一体。尾联写告别，"挥手"是别离时的动作。诗人不直说内心活动，而写两匹马临别时萧萧长鸣，似有无限深情。马犹如此，人何以堪！真是"黯然销魂之思，见于言外"（唐汝询《唐诗解》卷三三）。

把酒问月

01

青天有月来几时？

我今停杯一问之。

人攀明月不可得，

月行却与人相随。

皎如飞镜临丹阙，*02*

绿烟灭尽清晖发。*03*

但见宵从海上来，

宁知晓向云间没？*04*

白兔捣药秋复春，*05*

姮娥孤栖与谁邻？*06*

今人不见古时月，

今月曾经照古人。

● 01·此诗作年不详。题下原注："故人贾淳令余问之。"贾淳：事迹不详。按：屈原《天问》："日月安属？列星安陈？出自汤谷，次于蒙汜；自明及晦，所行几里？夜光何德，死则又育？厥利维何，而顾菟在腹？"对日月发问，似对李白此诗有所启发。又张若虚《春江花月夜》："江畔何人初见月？江月何年初照人？"为本诗之先导。

● 02·丹阙：红色宫门。

● 03·绿烟：指月光未明前的烟雾。灭尽：消除。一作"灭后"。清晖：形容月光皎洁清朗。

● 04·"宁知"句：谓哪知早晨在云间消失。

● 05·白兔捣药：傅玄《拟天问》："月中何有？白兔捣药。"

● 06·姮娥：神话人物，传说是后羿之妻。《淮南子·览冥训》："羿请不死之药于西王母，姮娥窃以奔月。"一作"嫦娥"，汉代因避文帝刘恒之讳而改。与谁邻：一作"谁与邻"。

古人今人若流水，

共看明月皆如此。

唯愿当歌对酒时，

月光长照金樽里。⁰⁷

品·评　题下原注显得滑稽：友人自己不问而叫别人问月，饶有趣味。首二句用倒装句法，先出问语，有劈空而来的气势，然后补出发问的人及其把酒停杯的情态。对古代人来说，明月一直是个神秘的谜。从先秦时代的大诗人屈原到初唐诗人张若虚，再到大诗人李白，都企图探索这宇宙的奥秘，不过李白是"把酒问月"，与屈原、张若虚不同，带有几分醉态而显得更迷惘，更具飘逸风采和浪漫情调。接着二句写月与人的关系。诗人一生最爱明月，每当兴致高涨，就"欲上青天揽明月"，但月是攀不到的，给诗人留下"不可得"的遗憾，这是月亮无情的表现；但当诗人想离开时，月却又与诗人相随不舍，这又分明是有情的表现。既无情又有情，充分写出月与人既神秘又可亲的关系。然后诗人笔锋转向对月色的描绘，用飞镜照丹阙形容月的皎洁，云雾散尽露出娇面，更显得美妙动人。于是诗人发出三个奇问：只见月亮晚间从海上升起，哪知早晨她在云间消失，究竟到何处去了？月中白兔从秋到春在捣药，那是为什么？嫦娥仙子孤寂独栖，有谁与她相邻？这些问题谁都无法回答，诗人也不要求回答。接着诗人又转向探索人生短暂、月亮永恒的哲学命题："古时月"和"今月"是一个月亮，曾照亮"古人"也照亮"今人"；而"古人"和"今人"无数代的更替，是不同的人；所以"今人"见不到"古时月"，"古人"也见不到"今月"。两句分说，错综回环，互文见义。古人今人像流水一样逝去，而他们所见之明月却永远如此。四句化用张若虚《春江花月夜》中诗句，写得深入浅出，既意味深长，又充满诗情，使人回肠荡气，产生无限感慨。最后两句又回到题意，用曹操《短歌行》名句引出及时行乐思想。"月光长照金樽里"，是对月光的珍惜，既然人生短暂，就要使酒杯常有月光，"短"中求"长"，这是一层意思；只有饮酒当歌，享受月光长照金樽的快乐，才不辜负月光，这又是一层意思。

全诗从停杯问月写起，到月光照金樽结束，在时间、空间上纵横驰骋，反复将月与人对比，穿插神话和月色描绘，融提问、叙述、描绘、议论、抒情于一体，有曲折错综、抑扬顿挫之美，形象鲜明生动，语言自然流畅，哲理与诗情交融，有自然浑成之妙。

宿五松山下荀媼家 01

注·释

- 01·此诗作年不详。五松山：在今安徽省铜陵市。媼（ǎo）：老年妇女。
- 02·寂寥：冷清寂静。
- 03·"田家"句：用杨恽《报孙会宗书》成句"田家作苦"。秋作，秋天的劳动。
- 04·夜舂：晚上用石臼舂米。
- 05·跪：古人席地而坐，屈膝坐在脚跟上，上身挺直，叫跪坐。此谓荀媼跪下身子将饭呈送给跪坐的诗人。雕胡：菰米，生水中，叶似蒲苇，果实可做饭。宋本作"凋葫"。
- 06·明素盘：照亮洁白的菜盘。明，照亮，作动词用。
- 07·漂母：《史记·淮阴侯列传》："淮阴侯韩信者，淮阴人也……信钓于城下，诸母漂，有一母见信饥，饭信，竟漂数十日。信喜，谓漂母曰：'吾必有以重报母。'母怒曰：'大丈夫不能自食，吾哀王孙而进食，岂望报乎！'……（汉王刘邦）以（韩信）为大将。……乃遣张良往立信为齐王。……汉五年正月，徙齐王信为楚王，都下邳。信至国，召所从食漂母，赐千金。"此处以"漂母"喻荀媼。
- 08·三谢：再三推辞致谢。

我宿五松下，　寂寥无所欢。02

田家秋作苦，03　邻女夜舂寒。04

跪进雕胡饭，05　月光明素盘。06

令人惭漂母，07　三谢不能餐。08

品·评

首二句写自己在偏僻山村里的寂寞情怀，没有可以引为欢乐之事。三、四句写农民的艰辛和困苦，"秋作苦"的"苦"，不仅指劳动的辛苦，也指心中的悲苦。秋收对农民来说本应是欢乐的，但在繁重赋税压迫下却非常凄惨。邻家妇女的舂米着一"寒"字，不仅是形容舂米声音的悲凉，也是推想妇女身上的寒冷。五、六句写主人荀媼特地做美餐雕胡饭，热情款待诗人，在月光照射下，她手中拿的饭盘洁白耀眼。最后两句写诗人的感激之情：在这艰苦的山村里，主人如此盛情，使诗人感到惭愧，只能再三表示内心的谢意。全诗风格质朴自然，与诗人多数诗篇的豪放飘逸不同，反映出诗人对山村农民的诚挚谦恭和亲切的心态。

山中与幽人对酌

01

注·释

● *01*·此诗作年不详。幽人：幽居之人，指隐士。
● *02*·"我醉"句：《宋书·陶潜传》："贵贱造之者，有酒辄设。潜若先醉，便语客：'我醉欲眠，卿可去。'其真率如此。"此处用其意。卿，对友人的爱称。
● *03*·抱琴：古代隐士都爱弹琴。

两人对酌山花开，

一杯一杯复一杯。

我醉欲眠卿且去，*02*

明朝有意抱琴来。*03*

品·评　首句点明饮酒的时间是春天花开季节，地点是在山中，方式是两人对酌，对饮的人是隐士。既不是独酌，也不是盛宴，而是与友人细酌慢酌。第二句连用三个"一杯"，是对酌的细节描绘。由于感情融洽，一杯复一杯地喝着不觉得多。三、四两句写诗人之直率，醉态可掬。诗人巧用陶渊明的话语入诗，不但毫无痕迹，而且自然生动地描绘出两人"忘形到尔汝"的亲密关系，特别是末句意味深长。弹琴在古代是一种高雅的艺术行为，李白喜欢听琴，写有《听蜀僧濬弹琴》《月夜听卢子顺弹琴》等诗，他要幽人"明朝有意抱琴来"，说明这位幽人也是善于弹琴的高雅之士。明日边弹琴边饮酒，将会更加畅快。前二句叙饮酒，第三句突然一转写醉，第四句又转写后约，直叙中有曲折波澜。语言明白如话，却能化用典实；感情表达酣畅淋漓，但韵味深长。一般绝句中避忌重复，本诗却连用三个"一杯"而反觉生动，此乃诗人之擅场。

听蜀僧濬弹琴

01

蜀僧抱绿绮，02 西下峨眉峰。03

为我一挥手，04 如听万壑松。05

客心洗流水，06 余响入霜钟。07

不觉碧山暮，　秋云暗几重。

注·释

● 01· 此诗作年不详。或谓天宝十二载（753）在宣城作。蜀僧濬：李白另有《赠宣州灵源寺仲濬公》诗，"蜀僧濬""仲濬公"，疑为同一人。

● 02· 绿绮：琴名。傅玄《琴赋序》："齐桓公有鸣琴曰号钟，楚庄有鸣琴曰绕梁，中世司马相如有琴曰绿绮，蔡邕有琴曰焦尾，皆名器也。"

● 03· 峨眉峰：山名。见前《峨眉山月歌》注。

● 04· 挥手：指弹琴。嵇康《琴赋》："伯牙挥手，钟期听声。"

● 05· 万壑松：形容琴声如无数山谷中的松涛声。按：琴曲有《风入松》。

● 06· 此句谓琴心优美如流水，一洗诗人的客中情怀。客：诗人自谓。流水：《列子·汤问》："伯牙善鼓琴，钟子期善听。伯牙鼓琴，志在登高山，钟子期曰：'善哉！峨峨兮若泰山。'志在流水，曰：'善哉！洋洋兮若江河。'伯牙所念，钟子期必得之。"

● 07· 余响：琴声余音。一作"遗响"。霜钟：《山海经·中山经》："丰山……有九钟焉，是知霜鸣。"郭璞注："霜降则钟鸣，故言知也。物有自然感应而不可为也。"此"入霜钟"谓琴音与钟声混和。

品·评

首联点明弹琴人的身份和琴的名贵，弹琴人是从诗人故乡峨眉山下来的蜀僧，琴是当年司马相如用的蜀中名琴绿绮。"下"字有飘然之神，"蜀""绿绮""峨眉"寓有乡情的亲切感。颔联写弹琴。"为我"二字表明弹者与听者的友情。"挥手"描摹弹琴的动作。用大自然的万壑松涛之声比喻琴音的清越宏远，生动传神。颈联写听琴的感受，化用典故以抒友情。上句表面是说琴心洗涤胸怀的愉悦，实乃用钟子期善于听音的典故，暗点两人通过琴声传达知己情谊；下句用《山海经》典实，写余音袅袅，与寺庙钟声融响，亦暗喻知音之意。尾联用"不觉"二字，描写诗人听琴入神情状，诗人沉浸于琴声，竟不知青山已罩暮色，秋云灰暗重叠，既写听者的入神，又衬托弹者琴艺高超，感人至深，揭示出两人情投意合。

劳劳亭

01

注·释

● 01 · 劳劳亭：遗址在今南京市西南，古新亭南。三国时吴国筑。为古送别之所。劳劳，忧伤貌。

● 02 · "春风"二句：古代春天送别，有折柳赠行习俗。然写此诗时柳色未青，诗人便设想春风亦知离别之苦而不使柳条发绿。构思新颖巧妙。

天下伤心处，劳劳送客亭。

春风知别苦，不遣柳条青。 02

品·评

首二句破题点旨，高度概括，将天下人间离别伤心情怀全都聚集到劳劳亭。劳劳亭是送客亭，故也是伤心亭。不说天下伤心事是离别，却说天下伤心处是劳劳亭，越过离别事写送别地，直中见曲，立意高妙，运思超脱。屈原《九歌·少司命》："悲莫悲兮生别离。"江淹《别赋》："黯然销魂者，惟别而已矣。"都是对离别之苦的概括，而李白此二句则更具体而有特色。后二句则转换视角，别出心裁，更深一层地烘托离别的"伤心"。王之涣《送别》诗："杨柳东风树，青青夹御河。近来攀枝苦，应为别离多。"说明古代有折柳送别的习俗，盖"柳"谐音"留"，可表依依不舍之情。诗人则反用其意，谓春风因不忍心看到人间离别苦，故不使柳条发青。这是移情于景，托物言情，迂回曲折，奇想妙绝，蕴藉深婉。

宣城见杜鹃花

01

蜀国曾闻子规鸟，⁰²

宣城还见杜鹃花。

一叫一回肠一断，

三春三月忆三巴。⁰³

注·释

● 01·此诗作年不详。《全唐诗》于本篇题下校："一作杜牧诗，题云《子规》。"考杜牧为京兆万年人，生平未曾至蜀，与"蜀国曾闻"语不合。故此诗绝非杜牧所作。王琦注："或以此诗为杜牧所作《子规》诗，非也。"宣城：今属安徽省。杜鹃花：又名映山红。每年三月杜鹃鸟啼时盛开，颜色鲜红，故名。

● 02·子规：杜鹃鸟的别称。一名子巂。传说是古蜀王杜宇之魂所化。暮春时常昼夜啼鸣，其声哀切，似曰"不如归去"，触动游子归思。

● 03·三巴：东汉末，益州牧刘璋置巴郡、巴东、巴西三郡，合称三巴。在今四川省东部和重庆市地区。

品·评　前二句对仗工整，通过"蜀国"对"宣城"、"闻"对"见"、"子规鸟"对"杜鹃花"，时空交错，视听并置，引出花鸟形象。诗人青少年时代在蜀中生活二十年，读书学剑，寻仙访道，常闻子规啼鸣，常见杜鹃花开，他把蜀中看作自己的故乡。可是自从二十四岁"辞亲远游"以来，一生再也未回故乡，故乡花鸟不知多少次在诗人梦中萦绕。如今白发疏落，客居宣城，却又听到了子规鸟的啼鸣，见到了鲜红的杜鹃花开放，怎能不触发诗人的乡思呢？"曾闻""还见"相照，包含着无限愁思，熔铸了诗人的一片伤心之情。后二句一句三顿，表现出诗人深切的故乡之念。子规鸟又名"断肠鸟"，它的啼声极为凄衰，每啼一声使人肠断一次。春天三月是怀人怀乡的季节，听到子规啼叫"不如归去"，眼前又见故乡常见的杜鹃花开，诗人满怀愁绪的乡思更是难忍了。

此诗是绝句，却整篇对仗。尤其是后三句，"一"与"三"，三次重复，按理在近体诗中是禁忌的，但诗人却写得神韵天然，反使人觉得回味无穷。

长门怨二首

（其一）

01

●01·长门怨：乐府旧题。《乐府诗集》卷四十二收此二诗，列于《相和歌辞·楚调曲》，并引《乐府解题》曰："《长门怨》者，为陈皇后作也。后退居长门宫，愁闷悲思，闻司马相如工文章，奉黄金百斤，令为解愁之辞。相如为作《长门赋》，帝见而伤之，复得亲幸。后人因其赋而为《长门怨》也。"

●02·北斗：星名。在北天排列成斗（古代酒器）形的七颗亮星。此句谓北斗在天空回转，由东向西，夜已深。宋之问《奉和幸韦嗣立山庄侍宴应制》："地隐东岩室，天回北斗车。"

●03·金屋：见前《妾薄命》诗注。

天回北斗挂西楼，02

金屋无人萤火流。03

月光欲到长门殿，

别作深宫一段愁。

品·评　首二句点明时间是深夜，地点是汉武帝陈皇后的"金屋"。北斗西斜，是远景，"无人""萤火流"，表明"金屋"已是无人的荒凉宫殿，空屋流萤是近景，这深宫月夜图烘托出一片萧条凄凉的气氛。后二句构思非常巧妙，"长门殿"是陈皇后被废后居住的冷宫，本来意思是说：只有月光照到冷宫中人，使人更添愁情，但诗人却偏不让人物出场，而用"欲到"二字强调月光的多情，似乎她是想有意照到长门宫来；又用"别作""一段"四字，强调怨愁之多，令人咏味不尽。

长门怨二首

（其二）

注·释

● 01·桂殿：殿之美称。此指住在殿中的人。此句谓殿中人因长期忧愁，忘了春天的到来。

● 02·黄金四屋：即金屋四周。此句谓转眼间又秋风满殿尘埃飞扬。

● 03·"夜悬"二句：用司马相如《长门赋》"悬明月以自照兮，徂清夜于洞房"意。明镜，指月亮。此谓只有秋夜明月高悬，特意照到长门宫来。

桂殿长愁不记春，⁰¹

黄金四屋起秋尘。⁰²

夜悬明镜青天上，

独照长门宫里人。⁰³

品·评

前首最后出现一个"愁"字，此首开头即接着写殿中人的"长愁"，首二句"不记春""起秋尘"，正是极力形容"长愁"不尽，不觉春去而秋至（黄叔灿《唐诗笺注》语）。"黄金四屋起秋尘"，是前首"金屋无人"的深化。后二句又与前首三、四句呼应，前首是"月光欲到"，此首则已"明镜高悬"，月光照到长门，并让冷宫中的人物出场。本来月光是普照天下，用一"独"字，似乎月光专照冷宫中人。所以，唐汝询《唐诗解》说："'独'字甚佳，见月之有意相苦。"全诗不言怨，而怨在言外。俞陛云《诗境浅说续编》曰："后二句言月镜秋悬，照彻几家欢乐，一至寂寂长门，便成'独照'，不言怨而怨可知矣。"

239

怨情

注·释　●01·颦蛾眉：皱眉。古代诗文中常以"蛾眉"形容女子长而美的眉毛。

美人卷珠帘，深坐颦蛾眉。[01]

但见泪痕湿，不知心恨谁？

品·评　首句以"卷珠帘"的动作展示美人空守闺中而有所待的思春心态，同时烘托出寂寞幽深的环境。次句"深"字写坐待时间之久，"颦蛾眉"三字，形象地描绘美人怨苦的神态，如见其人。第三句用"泪痕湿"三字表达出美人最怨苦的心情。前三句通过卷珠帘的动作，深坐皱眉的神态，泪痕湿的外在表现，层层深入地展示美人怨恨心态的历程，可谓已经写尽。末句陡转一问："不知心恨谁？"造成美人独守空闺怨苦的原因，美人自己似乎也搞不清楚，所以该恨谁，就"不知"了。这一问，使诗情有弦外之音，耐人寻味。

折荷有赠 *01*

涉江玩秋水，爱此红蕖鲜。*02*

攀荷弄其珠，荡漾不成圆。*03*

佳人彩云里，欲赠隔远天。*04*

相思无因见，怅望凉风前。

品·评

首二句叙秋天玩水赏荷情景，次二句描绘攀弄荷叶，叶上圆圆的水珠滚动便不成圆形，状物态极为生动传神。后四句抒情。古代向有折芳草以赠人表示爱慕的传统，此诗则继承传统而有创新。五、六二句表面上是写所爱之美人远隔天涯，无法折荷相赠，实际上暗寓诗人欲见君王而不能的忧伤。末二句写只能在凉风中相思怅望的神态，可以想见诗人忧伤之深。

哭宣城善酿纪叟 [01]

注·释

- 01·此诗一作《题戴老酒店》:戴老黄泉下,还应酿大春。夜台无李白,沽酒与何人?"善酿:善于酿酒。纪叟:姓纪的老翁,名不详。
- 02·黄泉:地下。《左传·隐公元年》:"不及黄泉,无相见也。"
- 03·老春:纪叟所酿酒名。唐代酒名多带春字。李肇《国史补》卷下:"酒则郢州之富水,乌程之若下,荥阳之土窟春,富平之石冻春,剑南之烧春。"
- 04·夜台:墓穴。墓闭后不见光明,故称。《文选》卷二十八陆机《挽歌》:"送子长夜台。"李周翰注:"坟墓一闭,无复见明,故云长夜台。"

纪叟黄泉里, [02] 还应酿老春。[03]

夜台无晓日, [04] 沽酒与何人?

品·评

宣城有一位善于酿酒的姓纪的老翁,长年累月酿出美酒给酒仙李白狂饮。如今突然去世了,诗人深感悲痛,思念不已。于是他想象纪翁在黄泉下,还应该是在施展他的绝活酿造老春名酒吧!前二句的想象似乎荒诞可笑,但却表现出诗人对这位老人的深切感情。后二句一本作"夜台无李白,沽酒与何人",意思就更亲切。这是更进一层地提出问题:墓穴中永远是黑暗而没有阳光的,我李白现在还活着,墓穴中没有李白,你酿的酒卖给谁呢?似乎纪翁酿酒是专门卖给李白的,而且他酿的酒只有李白欣赏。这个问题当然不合乎情理,但却更真挚动人地表现出诗人对纪叟的怀念之深,把生离死别的悲痛刻画得入木三分。

一

编
年
文

一

上安州裴长史书 01

白闻天不言而四时行，地不语而百物生。白，人焉，非天地也，安得不言而知乎？敢剖心析肝，论举身之事，便当谈笑，以明其心，而粗陈其大纲，一快愤懑，惟君侯察焉！

注·释

- 01·从本文中自叙生平说"迄于今三十春矣"，学术界多认为此《书》作于三十岁时，即开元十八年。由于《书》中详细叙述了自己的出身和经历，所以本文是研究李白生平的重要资料。长史：唐代安州设都督府，长史为府中协助都督管理行政事务的长官。裴长史：其名及事迹均不详。
- 02·"白闻"二句：语本《论语·阳货》："天何言哉，四时行也，百物生焉。"《北史·长孙绍远传》："夫天不言，四时行焉；地不言，万物生焉。"
- 03·非天地也：郭本、咸本、王本、《唐文粹》、《全唐文》皆无"也"字。
- 04·"敢剖"句：冒昧地剖陈心迹。敢，谦词，有冒昧、斗胆之意。剖心，郭本、咸本作"刻心"。
- 05·"论举"句：申述一身之事，生平经历之事。
- 06·"便当"二句：权当言笑，以表明我的心迹。
- 07·"一快"句：一泄心中的烦闷为快。
- 08·"惟君侯"句：希望长史明察。

章·旨　此为第一段。以自然界可以不说话而四季运行，百物生长，而人不说话是无法使别人知道的，来说明自己上书的理由。也就是要向裴长史谈生平之事来表明心迹，以泄心中愤懑为快。

白本家金陵，*01* 世为右姓。*02* 遭沮渠蒙逊难，*03* 奔流咸秦，*04* 因官寓家。少长江汉，*05* 五岁诵六甲，*06* 十岁观百家。*07* 轩辕以来，*08*

注·释

● *01*·金陵：王琦注按："自'本家金陵'至'少长江汉'二十余字，必有缺文讹字，否则'金陵'或是'金城'之谬，亦未可知。"按金城，汉郡名，治所在今甘肃永靖西北。十六国前凉以金城（今甘肃省兰州市）为治所。李白自称陇西人，则"金陵"当为"金城"之讹。或谓李暠在西凉亦设建康郡，故亦得别称金陵，恐凿。

● *02*·右姓：古代以右为上，汉魏以后称世家大族为右姓。

● *03*·沮渠蒙逊：十六国时北凉的建立者。按《晋书·李玄盛传》记载，凉武昭王讳暠，字玄盛，陇西成纪人，姓李氏，汉前将军广之十六世孙。世为西州右姓。当吕氏之末，为群雄所奉，遂启霸图，兵无血刃，坐定千里。进号大都督、大将军、凉公、领秦凉二州牧。据河右，迁都酒泉，薨。子歆嗣位，为沮渠蒙逊所灭。诸弟酒泉太守翻、新城太守预、领羽林右监密、左将军眺、右将军亮等西奔敦煌，蒙逊遂入于酒泉。翻及弟敦煌太守恂与诸子等弃敦煌，奔于北山。郡人宋承、张弘以恂在郡有惠政，推为冠军将军、凉州刺史。蒙逊屠其城。歆弟重耳，脱身奔于江左，仕于宋。后归魏，为恒农太守。蒙逊徙翻子宝等于姑臧，岁余，北奔伊吾，后归于魏。"遭沮渠蒙逊难"当即指此。

● *04*·咸秦：指秦故地，即长安咸阳一带。

● *05*·江汉：指长江与汉水流域。此处指蜀中。

● *06*·六甲：用天干地支相配计算时日，其中有甲子、甲戌、甲申、甲午、甲辰、甲寅，称六甲。犹言学数干支也。《汉书·食货志上》："八岁入小学，学六甲五方书计之事。"

● *07*·百家：指先秦诸子百家之书。

● *08*·轩辕：即黄帝。《史记·五帝本纪》谓黄帝姓公孙，名轩辕。司马贞《索隐》引皇甫谧曰："居轩辕之丘，因以为名，又以为号。"

● 09·"常横"句：谓经常横放着书籍，昼夜攻读。

● 10·"迄于"句：至今已有三十年。此"三十春"，指从"本家金陵……少长江汉"算起。故学术界据此谓此书写于三十岁时。又有以为从"五岁诵六甲"算起，则此书作于三十五岁时。

颇得闻矣。常横经籍书，⁰⁹制作
不倦，迄于今三十春矣。¹⁰

章·旨 此为第二段。叙自己家世和出身，以及幼年以来努力攻读和写作的情况。

● 01 · "以为"二句：《礼记·射义》："故男子生，桑弧蓬矢六，以射天地四方。天地四方者，男子之所有事也。故必先有志于其所有事，然后敢用谷也，饭食之谓也。"孔颖达疏："明男子重射之义，以男子生三日射人以桑弧蓬矢者，则有为射之志，故长大重之桑弧蓬矢者，取其质也。所以用六者，射天地四方也。"李白此即取其意。桑弧蓬矢：桑木做的弓，蓬梗做的箭。

● 02 · 四方之志：指辅佐帝王治理天下之志。

● 03 · 杖剑去国：持剑离别故乡。杖：王本作"仗"，通。

● 04 · 穷苍梧：穷，历尽。苍梧：古地区名。其地当在今湖南九嶷山以南。又作山名，即九疑山，相传舜葬于苍梧之野。地在今湖南宁远县南。

● 05 · 涉溟海：涉：到达。溟海：大海。

● 06 · 乡人相如：乡人：同乡人。汉代辞赋家司马相如，是蜀人；李白亦少长蜀地，故称司马相如为乡人。

● 07 · 楚有七泽：司马相如有《子虚赋》，言及楚有七泽和云梦之事。其词云："臣闻楚有七泽，……臣之所见，盖特其小小者耳，名曰云梦。云梦者，方九百里。……"

● 08 · 许相公：指高宗时宰相许圉师。据《旧唐书·许圉师传》，圉师有器干，博涉艺文，举进士。显庆二年，累迁黄门侍郎、同中书下三品。……龙朔中为左相。……上元中，再迁户部尚书。仪凤四年卒。见招：被招为婿。

● 09 · 憩迹于此：宋本原作"憩于此"，无"迹"字，据郭本、王本、《唐文粹》《全唐文》补。憩迹，犹栖息。

● 10 · 三霜：犹三年。按李白三十岁写此文，上推三年，可知其二十七岁来安陆定居。

以为士生则桑弧蓬矢，射乎四方，[01] 故知大丈夫必有四方之志。[02] 乃杖剑去国，[03] 辞亲远游。南穷苍梧，[04] 东涉溟海。[05] 见乡人相如大夸云梦之事，[06] 云楚有七泽，[07] 遂来观焉。而许相公家见招，[08] 妻以孙女，便憩迹于此，[09] 至移三霜焉。[10]

此为第三段。叙述自己辞亲远游的志向；历叙离开故乡后的经历；来到安陆被故相家招亲；在安州已住了三年。

注·释

●01·曩昔：以往。维扬：扬州的别称。见前《代寿山答孟少府移文书》注。扬：宋本原作"阳"，郭本、咸本作"杨"，今据王本改。

●02·三十余万：此泛言很多金银，未必实指。

●03·落魄：穷困失意。

●04·好施：乐于救助他人。

●05·禫服：犹丧服。禫，除丧服的祭礼。

●06·天伦：旧指父子、兄弟等天然的亲属关系。此处指兄弟。

●07·炎月：炎热的夏天。

●08·"泣尽"句：用《韩非子·和氏》成句："泣尽而继之以血。"郭本、咸本无"而"字。

●09·行路闻者：行路，犹路人。闻，宋本原作"间"，据王本、《唐文粹》《全唐文》改。

●10·权殡：暂且埋葬。

曩昔东游维扬，[01]不逾一年，散金三十余万，[02]有落魄公子，[03]悉皆济之。此则是白之轻财好施也。[04]又昔与蜀中友人吴指南同游于楚，指南死于洞庭之上，白禫服恸哭，[05]若丧天伦。[06]炎月伏尸，[07]泣尽而继之以血。[08]行路闻者，[09]悉皆伤心。猛虎前临，坚守不动。遂权殡于湖侧，[10]便之金陵。数年来观，筋

● 11·筋骨：王本、《唐文粹》作"筋肉"。
● 12·雪泣：拭泪。
● 13·寝兴：卧和起。《诗·小雅·斯干》："乃寝乃兴。"
● 14·辍：停止；离。
● 15·丐贷：借债。营葬：料理丧葬。鄂城：指鄂州城，今湖北省武昌区。
● 16·迁窆：迁葬。
● 17·式昭朋情：用以显示朋友间的深情。式，以，用。昭，显扬。朋，宋本作"明"，误。

骨尚在。[11] 白雪泣持刃，[12] 躬申洗削。裹骨，徒步，负之而趋。寝兴携持，[13] 无辍身手，[14] 遂丐贷营葬于鄂城之东。[15] 故乡路遥，魂魄无主，礼以迁窆，[16] 式昭朋情。[17] 此则是白存交重义也。

此为第四段，主要叙述两件任侠仗义的事：一是在扬州"散金三十余万"，救济穷困士子；一是以礼丧葬友人吴指南，把朋友当作兄弟一样；这是李白出蜀后实施任侠仗义的主要两件事。

● 01·逸人：隐居不仕之人。东严子：杨慎《李太白诗题辞》谓即梓州盐亭人赵蕤。杨天惠《彰明逸事》谓李白隐大匡山，依赵征君蕤，从学岁余。故杨说可从。岷山：在今四川北部，绵延四川、甘肃两省边境，为长江、黄河分水岭，岷江、嘉陵江发源地。阳：山之南，水之北。此即指大匡山。

● 02·巢居：原始社会人栖宿于树，称巢居。《庄子·盗跖》："且吾闻之，古者禽兽多而人民少，于是民皆巢居以避之。"

● 03·不迹：踪迹不到。

● 04·了无惊猜：全不惊惧嫌隙。

● 05·广汉：汉郡名，治所在乘乡（今四川省金堂县东），东汉移治雒县（今四川省广汉县北）。大匡山在唐绵州境内，在汉为广汉郡所辖，故此以广汉指代绵州。广汉太守即指绵州刺史。

● 06·诣庐：到茅舍。

● 07·有道：唐科举取士制科的科名。由地方官推举到京师后，由皇帝命试。二句谓绵州刺史推举他们应试有道科，但他们都不去。

● 08·养高，保养高尚志节。忘机：忘却计较得失，指淡于名利，与世无争。机，机巧之心。

又昔与逸人东严子隐于岷山之阳，[01] 白巢居数年，[02] 不迹城市。[03] 养奇禽千计，呼皆就掌取食，了无惊猜。[04] 广汉太守闻而异之，[05] 诣庐亲睹，[06] 因举二人以有道，[07] 并不起。此则白养高忘机，[08] 不屈之迹也。

章·旨　此为第五段。主要叙述与友人隐居大匡山，逍遥自在，养鸟取乐，当地长官诣他们出山，推荐去考功名，都被拒绝，说明他们淡泊名利，气节高尚。

又前礼部尚书苏公出为益州长史，[01] 白于路中投刺，[02] 待以布衣之礼。[03] 因谓群寮曰[04]："此子天才英丽，下笔不休，虽风力未成，[05] 且见专车之骨。[06] 若广之以学，可以相如比肩也。"[07] 四海明识，具知此谈。[08] 前此郡督马公，[09] 朝野豪彦；一见尽礼，[10] 许为奇才。因谓长史

注·释

● 01·苏公：指苏颋。据《旧唐书·苏颋传》，苏颋开元八年除礼部尚书，罢政事，俄知益州大都督府长史事。益州：唐州名，治所在今四川成都市。按唐时益州大都督常由亲王遥领，不赴任，故大都督府长史为州的实际行政长官。

● 02·投刺：投名帖请谒。

● 03·布衣：平民，指未仕的读书人。布衣之礼：意谓苏颋不以名位之尊，而以平等身份接待李白。

● 04·群寮：指苏颋的属官。寮，通僚，僚属。

● 05·风力：犹风骨，指文章的笔力。

● 06·专车之骨：满车之骨。《国语·鲁语下》："吴伐越，堕（隳）会稽，获骨焉，节专车。"韦昭注："骨一节，其长专车。专，擅。"专车之骨，此指文章气象宏大。

● 07·比肩：并肩，地位相等。按此事亦见《新唐书·李白传》："苏颋为益州长史，见白异之，曰：是子天材英特，少益以学，可比相如。"

● 08·"四海"二句：天下卓识之士都知道这一评价。

● 09·郡督马公：指安州都督府都督马正会，乃代宗时名将马璘之祖父。《全唐文》卷六二三熊执易《武陵郡王马公神道碑》："在皇朝，松、安、巂、鄯四府都督，陇右节度，加、郿、鄘三州刺史，右武、左武二卫大将军，扶风县公，食邑千户，赠光禄卿府君讳正会，公之曾祖也。……四镇北庭、泾原、郑颍等节度使，开府仪同三司，尚书左仆射、知省事兼御史大夫，扶风郡王，赠司徒、太尉府君讳璘，公之烈考也。"

● 10·一见尽礼：宋本无"尽"字，据郭本、咸本、王本、《唐文粹》《全唐文》补。

● 11·李京之：此前李白有《上安州李长史书》，李长史即李京之，为裴长史之前任。其他事迹不详。

● 12·络绎：亦作"骆驿""络驿"，往来不绝，前后相接，接连不断。

● 13·洞澈：同"洞彻"，清澈，通达。

● 14·元丹：即元丹丘。李白好友，见前《西岳云台歌送丹丘子》诗注。

● 15·愚人：愚弄人，说谎捉弄人。

● 16·尽陈：郭本、咸本、王本、《全唐文》皆无"尽"字。

● 17·傥贤贤：如果是推敬贤人。傥，通"倘"，倘若。贤贤，上"贤"字为动词，推敬贤人，下"贤"字为名词，贤人。

● 18·有可尚：有可以崇尚之处。

李京之[11]曰："诸人之文，犹山无烟霞，春无草树。李白之文，清雄奔放，名章俊语，络绎间起，[12]光明洞澈，[13]句句动人。"此则故交元丹，[14]亲接斯议。若苏、马二公愚人也，[15]复何足尽陈！[16]傥贤贤也，[17]白有可尚。[18]

章·旨 此为第六段。例举两位前辈著名大臣对自己的以礼相待，以及对自己文学才华的赏识和称赞，还有旁人作证，说明自己不是平庸之人，而是一个少有的人才。

夫唐虞之际，于斯为盛，有妇人焉，九人而已。[01] 是知才难不可多得。白，野人也，[02] 颇工于文，惟君侯顾之，无按剑也。[03] 伏惟君侯，[04] 贵而且贤，鹰扬虎视，[05] 齿若编贝，[06] 肤如凝脂，[07] 昭昭乎若玉山上行，[08] 朗然映人也。[09] 而高义重诺，名飞天京，[10] 四方诸侯，闻风暗许。[11] 倚剑慷慨，气干虹蜺。月费千金，日宴群客，出跃骏马，入罗红颜，[12] 所在之处，宾朋成

● 01 · "夫唐虞"四句：《论语·泰伯》："武王曰：'予有乱臣十人。'子曰：'才难，不其然乎？唐虞之际，于斯为盛，有妇人焉，九人而已。'"何晏注："马曰：乱，治也。治官者十人，谓周公旦、召公奭、太公望、毕公、荣公、太颠、闳夭、散宜生、南宫适。其一人谓文母。"又曰："周最盛，多贤才，然尚有一妇人，其余九人而已。大才难得，岂不然乎？"此用其成句。谓号称贤才最盛的周武王时期，其中尚有一位妇人，此外只有九个贤人而已，由此可知大才难得。

● 02 · 野人：在野未仕者，平民。

● 03 · 无按剑也：不要按剑发怒。《史记·平原君列传》："毛遂按剑，历阶而上。"此"按剑"表示呵叱之意。按咸本无"顾之无按剑也惟伏惟君侯"十字。

● 04 · 伏惟：犹俯思，下对上有所陈述时表敬之辞。

● 05 · 鹰扬：威武貌。虎视：如虎之雄视。

● 06 · 编贝：形容牙齿洁白整齐如编排的贝壳。《汉书·东方朔传》："长九尺三寸，目若悬珠，齿若编贝。"

● 07 · 肤如凝脂：皮肤如凝冻的脂肪，喻皮肤柔滑洁白。《诗·卫风·硕人》："手如柔荑，肤如凝脂。"

● 08 · 昭昭：光明貌。《楚辞·九歌·云中君》："灵连蜷兮既留，烂昭昭兮未央。"玉山上行：《世说新语·容止》："见裴叔则如玉山上行，光映照人。"此即用其意。

● 09 · 朗然：明亮貌。以上五句形容裴长史的仪表丰采。

● 10 · 天京：指京都长安。

● 11 · 四方诸侯：指各地方长官。暗许：私下赞许。

● 12 · "出跃"二句：出外骑骏马，归家美女环列。罗，排列。红颜，指侍女。

市。¹³ 故时人歌曰¹⁴："宾朋何喧喧！日夜装公门。愿得裴公之一言，不须驱马将华轩。"¹⁵ 白不知君侯何以得此声于天壤之间，岂不由重诺好贤，谦以得也？¹⁶ 而晚节改操，栖情翰林，¹⁷ 天才超然，度越作者。¹⁸ 屈佐郧国，时惟清哉。¹⁹ 棱威雄雄，下慴群物。²⁰

- 13・成市：形容宾客众多，喧闹如市。
- 14・时人：宋本原作"时节"，据郭本、咸本、王本、《唐文粹》改。
- 15・"不须"句：不须驱马乘美车。将，与。华轩，雕饰华美的车乘。将，郭本、王本、《唐文粹》、《全唐文》皆作"㧖"。
- 16・谦以得也：《唐文粹》《全唐文》作"谦以下士得也"。
- 17・晚节：暮年。改操：改变操行。翰林：文翰之林。《文选》卷九扬雄《长杨赋》："故藉翰林以为主人，子墨为客卿以风。"李善注："翰林，文翰之多若林也。"
- 18・天才：王本作"天材"。度越：超过。
- 19・郧国：宋本作"邧（yún）国"，据郭本、王本、《唐文粹》、《全唐文》改。即指安州，春秋时为郧国，后为楚所灭。
- 20・"棱威"二句：谓裴长史为人所畏服。棱威雄雄，威势盛貌。慴，同"慑"，畏惧。

章·旨 此为第七段。首先引用孔子的话说明人才难得，表示自己在文学方面有才华请裴长史考虑。接着就从各个方面写裴长史的为人：从仪表、牙齿、皮肤到□采，从人格、气概、豪奢、骏马、美女到宾客成市，这一切都是他重诺好贤而所得。然后又转而颂扬他晚年倾情文学，其天才的作品超越一般作者。最后□他屈居长史之位而治理清明，并能使下属畏服。

注·释

● 01 • 窃慕高义：私下羡慕你崇高的节义。

● 02 • 造谒：登门拜谒。

● 03 • "今也"二句：如今幸得良机，得以跟随趋走。运会，时运际会。末尘，犹后尘，比喻别人之后。拜会的谦词。

● 04 • "承颜"二句：顺承尊长的颜色接谈，八九次了。度，次。

● 05 • 雪：洗清，表白。心迹：心志，心中所想之事。崎岖：道路高低不平貌。汉王符《潜夫论·浮侈》："倾倚险阻，崎岖不便。"此指曲折不便。

● 06 • 何图：岂料。谤言：诽谤之言。宋本作"谤晋"，据郭本、咸本、王本、《唐文粹》改。攒：聚集。谓众人交口毁谤。

● 07 • "将恐"句：典出《战国策·秦策二》："昔者曾子处费，费人有与曾子同名姓者而杀人，人告曾子之母，曾子之母曰：'吾子不杀人！'织自若；有顷，人又曰：'曾参杀人！'其母尚织自若也；顷之，一人又告之，曰：'曾参杀人！'其母惧，投杼逾墙而走。"恐：宋本原作"欲"，据郭本、咸本、王本改。

● 08 • 何忧悔吝：为何忧虑耻辱和悔恨。悔吝，耻辱悔恨。吝，宋本原作"恪"，据郭本、咸本、缪本、王本、《唐文粹》《全唐文》改。

● 09 • "畏天命"三句：《论语·季氏》："孔子曰：'君子有三畏，畏天命，畏大人，畏圣人之言。'"何晏注："顺吉逆凶，天之命也。大人即圣人，与天地合其德。"又云："深远不可易知测，圣人之言也。"

● 10 • "过此"二句：除此三者，鬼神亦何所惧。

白窃慕高义，[01]已经十年。云山间之，造谒无路。[02]今也运会，得趋末尘，[03]承颜接辞，八九度矣。[04]常欲一雪心迹，崎岖未便。[05]何图谤言忽生，众口攒毁，[06]将恐投杼下客，[07]震于严威。然自明无辜，何忧悔吝。[08]孔子曰："畏天命，畏大人，畏圣人之言"。[09]过此三者，鬼神不害。[10]若使事得其实，罪当其身，则将浴兰沐芳，自屏于烹鲜之地，[11] 惟君侯死生。[12] 不然，投山窜海，转死沟壑。岂能明目张胆，托书自陈耶！昔王东海问犯夜者曰 [13]："何所从来？"[14] 答曰："从师受学，不觉日晚。"王曰："吾岂可鞭挞宁越以立威名！"[15] 想君侯通人，[16] 必不尔也。[17]

●11•"浴兰"二句：用芳草兰汤沐浴，自甘愿退居受刑之地。屏，退居。烹鲜，用《老子》"治大国若烹小鲜"之典。河上公注："鲜，鱼。烹小鱼，不去肠，不去鳞，不敢挠，恐其糜也。治国烦则下乱。"后以烹鲜喻治国之道。此"烹鲜之地"犹言鼎镬。

●12•惟君侯死生：只由您处置死生。

●13•"昔王"句：《世说新语·政事》："王安期作东海郡，吏录一犯夜人来，王问：'何处来？'曰：'从师家受书还，不觉日晚。'王曰：'鞭挞宁越以立威名，恐非至理之本。'使吏送令归家。"此即用其事。王东海，指东海郡太守王承，字安期，古人常以所官名称人。

●14•何所从来：即"来从何所"，从何处来。

●15•宁越：据《世说新语》刘孝标注引《吕氏春秋》："宁越，中牟之鄙人也……其友曰：'学三十岁则可以达矣。'宁越曰：'请以十岁，人将休吾将不敢休，人将卧吾将不敢卧。'十五岁而周威公师之。"此以王承喻裴长史，以宁越自比。

●16•通人：指学识渊博、贯通古今之人。王充《论衡·超奇》："通书千篇以上，万卷以下，弘畅雅言，审定文读，而以教授为人师者，通人也。"又曰："故夫能说一经者为儒生，博览古今者为通人。"

●17•不尔：不如此。

章·旨

此为第八段。首先说仰慕裴长史已十年，过去没有机会见面；接着说现在有了机会认识已八九年，但尚未能一吐心事；然后提到正题，没有想到众多的人毁谤自己，而自己完全是无辜的。为了表示自己的无辜，说了两层意思：一是请裴长史查清事实，如果事情属实，自己甘愿接受烹刑。一是如果确有其事，自己早就逃走，岂敢明目张胆地上书？最后用王安期不愿鞭打好学的犯夜人以立威名的典故，来刺激裴长史的态度。

愿君侯惠以大遇，⁰¹ 洞开心颜，终乎前恩，再辱英眄。⁰² 白必能使精诚动天，长虹贯日，⁰³ 直度易水，不以为寒。⁰⁴ 若赫然作威，⁰⁵ 加以大怒，不许门下，逐之长途，白即膝行于前，再拜而去，西入秦海，一观国风，⁰⁶ 永辞君侯，黄鹄举矣。⁰⁷

何王公大人之门，不可以弹长剑乎？⁰⁸

注·释

● 01 · 大遇：极大的礼遇。

● 02 · 前恩：指前文所言"承颜接辞，八九度矣。"再辱：再次赐予。辱，谦辞。英眄：犹"青睐"、爱顾。王本、《全唐文》作"英盻"。

● 03 · 精诚：真诚。《庄子·渔父》："真者，精诚之至也，不精不诚，不能动人。"此句谓己真诚之心能使苍天感动。长虹贯日，谓长虹穿日而过。古人认为人间有不平凡的行动，就会引起这种天象变化。《战国策·魏策四》："聂政之刺韩傀也，白虹贯日。"

● 04 · "直度"二句：反用荆轲离燕往秦时所歌"风萧萧兮易水寒"之意。按《史记·鲁仲连邹阳列传》："昔者荆轲慕燕丹之义，白虹贯日，太子畏之。"则此处用荆轲事亦有"长虹贯日"意。

● 05 · 赫然作威：赫然，盛怒貌。作威，施展威风。

● 06 · 秦海：指今陕西一带。因其古为秦地，地域广袤，故称秦海。唐都长安，此以秦海为长安之代称。国风：此指朝廷的景象。

● 07 · 黄鹄举矣：黄鹄，大鸟名。一名天鹅。形似鹤，色苍黄，亦有白者，其翔极高，一飞千里。举，高飞。古代隐逸之士常自比黄鹄。

● 08 · 弹长剑：用冯谖典故。《史记·孟尝君列传》记载，战国时齐国孟尝君的门客冯谖曾多次弹铗（剑把）而歌，慨叹生活不如意："长铗归来乎，食无鱼！""长铗归来乎，出无车！""长铗归来乎，无以为家！"后因以"弹铗"或"弹剑"喻生活困窘，求助于人。

此为第九段。希望裴长史再次像过去那样以礼遇接待自己，就会感动上天。否则，如果作威而驱逐自己，自己就永远拜别裴长史，西入长安去观光，到王公大人之门去求助。

259

文章首先说明自己是西凉武昭王李暠的后代，因为李暠之子被沮渠蒙逊所灭，其子孙流落各地。自己在江汉一带成长，从小博览群书，至今已三十年。接着说自己按古训大丈夫当有四方之志，于是辞亲远游，"南穷苍梧，东涉溟海"，遍历长江中下游地区。然后因观云梦而来到安陆，被许相国家招亲而居住在安陆已有三年。这些家世和经历都说明自己不是一般的人。文章从第四段开始倒叙以往之事，"散金三十余万"和以礼丧葬友人吴指南两件任侠仗义的事，表明自己的行为和性格。这是出蜀以后的事。第五段叙述与友人隐居大匡山养鸟取乐，拒绝当地长官推荐去考功名，说明他们淡泊名利，气节高尚。这是出蜀以前在蜀中之事。第六段列举苏颋和马都督两位前辈著名大臣对自己的以礼相待，以及对自己文学才华的赏识和称赞，证明自己是一个少有的人才。苏颋的赏识是开元九年在蜀中之事，而马都督的称赞则是到安陆以后之事。第七段是转折点，先说明自己在文学方面有才华，请裴长史考虑人才难得，接着就转而从各个方面颂扬裴长史重诺好贤而又有文学天才，屈居长史之位而治理威严清明。为下文的有所请求作铺垫。第八段在说正题前还说了仰慕十年之类的客套话，然后提到正题，即在安陆有众多的人在毁谤自己，而自己完全是无辜的。为了表示自己的无辜，说了两层意思：一是请裴长史查清事实，如果事情属实，自己甘愿接受烹刑。一是假定确有其事，自己早就逃走，岂敢明目张胆地上书？然后用王安期不愿鞭打好学的犯夜人以立威名的典故，来刺激裴长史为自己雪谤。最后一段是表明自己的态度，希望裴长史再次像过去那样以礼接待自己，为自己雪谤，就会感动上天。否则，如果作威而驱逐自己，自己就永远拜别裴长史，西入长安去观光，到王公大人之门去求助。本文的主旨实际上就是在最后两段：即安州有众人毁谤李白，所以写此信希望裴长史能为自己雪谤。但李白的态度很强硬，说明自己是无辜的，如果裴长史不肯接见为自己雪谤，自己就要离开安州，到长安去投靠王公大人了。从后来的种种迹象看，裴长史没有接见李白为他雪谤，所以不久李白就第一次赴长安。从此信可以看出，李白在安陆的遭遇确实很糟糕，文中充分暴露出李白的可怜，说了许多谄媚的话。真如洪迈《容斋四笔》卷三《李太白怵州佐》引本文中许多谄媚的话后叹息说："裴君不知何如人，至誉其贵且贤……予谓白以白衣入翰林，其盖世英姿，能使高力士脱靴于殿上，岂拘拘然怵一州佐者邪？盖时有屈伸，正自不得不尔，大贤不偶，神龙困于蝼蚁，可胜叹哉！"

与韩荆州书

01

白闻天下谈士相聚而言曰[02]："生不用万户侯，[03]但愿一识韩荆州。"[04]何令人之景慕，[05]一至于此耶！岂不以有周公之风，躬吐握之事，[06]使海内豪俊，奔走而归之，一登龙门，[07]则声誉

注·释

● 01 · 此文当是开元二十二年（734）李白过襄阳拜谒荆州长史韩朝宗时所作。宋本目录和咸本目录及《唐文粹》"荆州"下有"朝宗"二字。韩荆州：即韩朝宗。《新唐书·韩朝宗传》："朝宗初历左拾遗……累迁荆州长史。开元二十二年，初置十道采访使，朝宗以襄州刺史兼山南东道。"按唐代荆州置大都督府，时韩朝宗以荆州大都督府长史兼襄州刺史。李白另有《忆襄阳旧游赠马少府巨》诗云："昔为大堤客，曾上山公楼，高冠佩雄剑，长揖韩荆州。"知诗人拜谒韩朝宗在襄阳。

● 02 · 谈士：说客，游说谈论之士。孔融《与曹操论盛孝章书》："天下谈士，依以扬声。"

● 03 · 万户侯：食邑万户的诸侯。《史记·李将军列传》："如令子当高帝时，万户侯岂足道哉！"按汉代制度，诸侯食邑大者万户，小者五、六百户。此取至贵之意。

● 04 · "但愿"句：按《新唐书·韩朝宗传》："朝宗喜拔后进，尝荐崔宗之、严武于朝，当时士咸归重之。"可见韩朝宗以奖掖识拔后进知名于时。故后以"识荆"为初次见名人的敬词。

● 05 · 景慕：仰慕。《后汉书·刘恺传》："今恺景仰前修。"李贤注："景，犹慕也。"后人多取李贤之释。《北史·杨敷传》："敷少有志操，重然诺，人景慕之。"即其例。

● 06 · 周公：指周文王子姬旦。曾辅助武王灭纣，建立周王朝，被封于鲁。武王死，成王年幼，周公摄政。吐握：礼贤下士。《韩诗外传》卷三："周公曰：'吾文王之子，武王之弟，成王之叔父也，又相天下，吾于天下亦不轻矣。然一沐三握发，一饭三吐哺，犹恐失天下之士。'"

● 07 · 登龙门：典出《后汉书·李膺传》："膺独持风裁，以声名自高，士有被其容接者，名为登龙门。"此即用其意。

● 08 · 龙盘凤逸之士：喻指怀才隐居的豪杰。

● 09 · 收名定价：取得声名，确定身价。

● 10 · 君侯：古代对诸侯的尊称。《战国策·秦策五》："少庶子甘罗曰：'君侯何不快甚也？'"唐人常以"君侯"尊称地方州郡长官。

● 11 · 骄之：重视他，给以盛誉。

● 12 · 忽之：轻视他，不予好评。

● 13 · 毛遂：战国时赵国平原君赵胜的食客。《史记·平原君列传》载，毛遂依平原君已三年，自荐于平原君。平原君曰："夫贤士之处世也，譬若锥之处囊中，其末立见。……"。毛遂曰："臣乃今日请处囊中耳。使遂蚤（早）得处囊中，乃颖脱而出，非特其末见而已。"颖：锥尖。诗人于此以毛遂自比。

● 14 · 颖脱：锥尖戳出。比喻有才能的人得到机会，就能建功立业，突显出来。

十倍。所以龙盘凤逸之士，⁰⁸ 皆欲收名定价⁰⁹于君侯¹⁰。愿君侯不以富贵而骄之，¹¹ 寒贱而忽之，¹² 则三千宾中有毛遂，¹³ 使白得颖脱而出，¹⁴ 即其人焉。

章·旨 此为第一段。首先将韩朝宗善于奖掖后进的声誉极力赞扬，接着希望他不要因富贵寒贱而区别对待，最后提出自己有与众不同的才华，为下文正式要求韩朝宗荐举铺垫。

注·释

白陇西布衣，⁰¹ 流落楚汉。⁰² 十五好剑术，遍干诸侯；⁰³ 三十 成文章，历抵卿相。⁰⁴ 虽长不满 七尺，而心雄万夫。王公大臣，⁰⁵ 许与气义。此畴曩心迹，⁰⁶ 安敢 不尽于君侯哉！⁰⁷ 君侯制作侔 神明，⁰⁸ 德行动天地，笔参于 造化，⁰⁹ 学究于天人。¹⁰ 幸愿开 张心颜，不以长揖见拒。¹¹ 必若

●01·陇西：古郡名，秦置，至隋废。治 所在狄道（今甘肃省临洮南）。按李白称陇 西人，乃就郡望而言。布衣：古代做官之 人穿丝绸衣服，平民百姓只能穿麻布衣服， 故称无官职的平民为布衣。《战国策·赵策 二》：“天下之卿相人臣，乃至布衣之士， 莫不高贤大王之行义。”

●02·楚汉：指古楚国汉水一带。当时李 白正流浪于安陆、襄阳、江夏等汉水流域， 故云。

●03·十五：未必实指，泛言少年时代。 干：干谒，求见，此指交往。诸侯：古代 对中央政权所分封的各国国君的统称。诸 侯国辖地如后世州郡，故后人常比称州郡 长官为诸侯。

●04·三十：未必实指三十岁，泛言三十 岁左右。历抵卿相，当指开元十八、十九 年第一次去长安干谒公卿宰相之事。

●05·大臣：王本、《唐文粹》作“大人”。

●06·畴曩：过去，往时。畴，语气助词。

●07·哉：宋本作“为”，据郭本、咸 本、王本、《唐文粹》、《全唐文》改。

●08·“制作”句：著作文章与神明齐等。 侔，相等。

●09·造化：天地自然的创造化育。何承 天《达性论》：“妙思穷幽赜，制作侔造 化。”

●10·“学究”句：学问穷究天道人事之间 的关系。《梁书·钟嵘传》：“文丽日月，学 究天人。”

●11·长揖：拱手高举，自上而下的相见 礼。《汉书·高帝纪》：“郦生不拜，长揖。” 按古代平民见长官或下级见上级都要行跪 拜礼，长揖是平辈相见的礼节，李白是个 平民，见长官长揖不拜是失礼的行为。二 句谓希望韩荆州开张心胸，和颜悦色，不 要拒绝接见。

接之以高宴，纵之以清谈，请
日试万言，倚马可待。[12] 今天下
以君侯为文章之司命，[13] 人物
之权衡，[14] 一经品题，[15] 便作佳
士。[16] 而君侯何惜阶前盈尺之
地，不使白扬眉吐气、激昂青
云耶？[17]

● 12 · 倚马：《世说新语·文学》："桓宣武
北征，袁虎时从，被责免官，会须露布文，
唤袁倚马前令作，手不辍笔，俄得七纸，
殊可观。"后即用"倚马"喻文思敏捷。

● 13 · 文章之司命：掌握文章命运的人。
此指文章优劣的评判者。司命，掌握命运
者。《孙子·作战》："知兵之将，民之司
命。"

● 14 · 权衡：此处指评量，衡量。权，秤
锤。衡，秤杆。

● 15 · 品题：评定人品高下，给以评语。

● 16 · 佳士：美秀之士，优秀人才。

● 17 · "而君侯"二句：谓您又何必吝啬屋
阶前数尺之地，不使我扬眉吐气、激昂奋
发而直上青云呢？青云，喻远大的志向。

章·旨　此为第二段，前十二句向韩朝宗介绍自己的身份和经历，表明不是平庸之人。
接着歌颂韩朝宗的文学和德行，希望他能心胸开阔地礼贤下士。然后又介绍自
己文思敏捷，才华出众，希望掌握文章命运和品评人物优劣的韩朝宗能推荐自
己，使自己有施展才华的一席之地。

昔王子师为豫州，⁰¹未下车即辟荀慈明；⁰²既下车又辟孔文举。⁰³山涛作冀州，⁰⁴甄拔三十余人，⁰⁵或为侍中、⁰⁶尚书，⁰⁷先代所美。⁰⁸而君侯亦荐一严协律，⁰⁹入为秘书郎。¹⁰中间崔宗之、¹¹房习祖、¹²黎昕、¹³许

注·释

● 01 · 王子师：东汉名臣王允的字。《后汉书·王允传》："王允字子师，……拜豫州刺史，辟荀爽、孔融等为从事。"豫州，宋本原作"豫章"，据王本、《唐文粹》改。豫州，州名。汉武帝所置十三刺史部之一。东汉时治所在谯（今安徽省亳县）。

● 02 · "未下车"句：《晋书·江统传》："昔王子师为豫州，未下车辟荀慈明，下车辟孔文举。"下车，上任。辟，征召。荀慈明，名爽，《后汉书》《三国志》有传。

● 03 · 孔文举：名融，建安七子之一，曾为北海相，世称孔北海。《后汉书》《三国志》有传。

● 04 · "山涛"句：山涛为冀州刺史。山涛，字巨源，西晋名士。冀州，州名。晋时治所在房子（今河北高邑县西南）。

● 05 · "甄拔"句：甄别荐拔三十多人。《晋书·山涛传》："山涛出为冀州刺史，……涛甄拔隐屈，搜访贤才，旌命三十余人，皆显名当时，人怀慕尚，风俗颇革。"甄拔，指甄别人材，荐举识拔。

● 06 · 侍中：官名，初仅伺应杂事，但因接近皇帝，地位日渐重要。南朝时侍中掌管机要，实际上即为宰相。

● 07 · 尚书：官名。汉成帝时设尚书五人，始分曹办事。魏晋以后，尚书事务更繁。隋、唐时代中央机关分三省，尚书省为政务执行机关，分六部，六部首长都称尚书。

● 08 · 先代所美：前代所称赞。

● 09 · 严协律：姓严的协律郎，名不详。协律郎为掌管校正乐律的官员。

● 10 · 秘书郎：秘书省掌管图书收藏及抄写事务的官员。

● 11 · 崔宗之：李白重要交游之一，曾为起居郎、礼部员外郎、礼部郎中、右司郎中等职。

● 12 · 房习祖：事迹不详。

● 13 · 黎昕：王维有《黎拾遗昕见过》诗。

- *14*·许莹：事迹不详。
- *15*·见知：被人知晓。
- *16*·见赏：被人赏识。
- *17*·衔恩抚躬：从心底感恩戴德。
- *18*·"推赤心"句：对诸贤推心置腹，倾心相待。
- *19*·国士：国中仰望的杰出人物，此指韩朝宗。
- *20*·傥：倘若。

莹之徒，¹⁴或以才名见知，¹⁵或以清白见赏。¹⁶白每观其衔恩抚躬，¹⁷忠义奋发，白以此感激，知君侯推赤心于诸贤腹中，¹⁸所以不归他人，而愿委身国士。¹⁹傥急难有用，²⁰敢效微驱。

章·旨 此为第三段，首先历举前代名人推荐提拔贤士之事，被前代称美；接着称赞韩朝宗也善于荐拔人才，使被荐之人感恩戴德，最后表示自己愿意投靠韩朝宗，为他效劳。

266

● 01 · 尧、舜：古代传说中的两位圣明之君。

● 02 · 尽善：完美无缺。

● 03 · 谟猷筹画：谋划策划。

● 04 · 安敢自矜：宋本原作"安能尽矜"，据王本、《唐文粹》、《全唐文》改。自矜，自以为贤能。

● 05 · 卷轴：装裱的卷子，指书籍。古时文章，皆裱成长卷，有轴可以舒卷。

● 06 · 尘秽视听：自谦之词。

● 07 · 雕虫小技：指诗赋。扬雄《法言·吾子》："或问：'吾子少而好赋？'曰：'然。童子雕虫篆刻。'俄而曰：'壮夫不为也。'"技，宋本原作"伎"，据郭本、咸本、王本、《全唐文》改。

● 08 · 刍荛：割草，打柴。后常借指草野之人。此指不登大雅的草野文字。谓如蒙韩赏识，欲观己草野文字。为诗人自谦之词。

● 09 · 给以纸墨：王本无"以"字。墨，《全唐文》作"笔"。

● 10 · 兼人书之：王本、《唐文粹》、《全唐文》皆作"兼之书人"，似近是。意谓加上抄写者。

● 11 · 退归闲轩：归，王本、《唐文粹》、《全唐文》皆作"扫"，似较是，意谓回去清扫安静的书室。

且人非尧、舜，[01] 谁能尽善？[02] 白谟猷筹画，[03] 安敢自矜？[04] 至于制作，积成卷轴，[05] 则欲尘秽视听，[06] 恐雕虫小技，[07] 不合大人。若赐观刍荛，[08] 请给以纸墨，[09] 兼人书之。[10] 然后退归闲轩，[11] 缮

●12 • 青萍：古代宝剑名。结绿：美玉，喻有才能者。

●13 • 薛：指薛烛，古代善相剑者，事载《越绝书》。卞：指卞和，善于发现宝玉者，见《韩非子•和氏》。谓希望青萍宝剑和结绿美玉，能在薛烛和卞和门下增添价值。此喻能被韩朝宗赏识而发挥才志。

●14 • "幸惟"句：希望韩朝宗能为卑下者着想。

●15 • "大开"句：大开奖誉之门。奖饰，谦词，有赞许过当之意。大开，宋本原作"之闲"，误。据郭本、缪本、王本改。

写呈上。庶青萍、结绿，[12] 长价于薛、卞之门。[13] 幸惟下流，[14] 大开奖饰，[15] 惟君侯图之。

章·旨　此为第四段，首先说明自己不是圣人，不可能无过。接着说自己写的诗赋很多，想请韩朝宗过目，又怕不适合；故请赐纸笔和书人，在静室中写新作呈上，希望得到韩朝宗的赏识。

文章开头用劈空而来的气势，极力赞誉韩朝宗奖掖后进的声望，奠定了豪迈激昂的基调。同时把自己比作毛遂，希望脱颖而出。点明了要求韩朝宗推荐的目的。接着自我介绍出身、经历和才气，虽略有夸张，但写得豪气纵横。同时颂扬韩朝宗的道德文章超群绝伦，是掌握文章司命大权的人，希望他开阔心胸，不要因自己的长揖不恭而拒绝接见，如能设宴纵谈，可以证明自己是个"日试万言，倚马可待"的人。因此希望韩朝宗推荐自己，使自己在官场和文坛上占有一席之地，得以扬眉吐气，激昂青云。这一段气势盛大，咄咄逼人，把一个潇洒倜傥、才华横溢的自我形象勾勒了出来。然后笔锋一转，历述前代王允、山涛推荐人才的佳话，接着又说韩朝宗也如古人，多次甄拔贤才，自己因亲见所荐之人都感恩戴德，忠义奋发，所以自己也愿意投靠韩朝宗。这一段说得不卑不亢，极有分寸。最后说明自己不是圣人，不可能无过。接着说自己写的诗赋很多，想请韩朝宗过目，又怕不适合；故请赐纸笔和书人，在静室中写新作呈上，希望得到韩朝宗的赏识。这一段表面上说"尘秽视听""恐雕虫小技，不合大人"等，似乎说得很谦虚，其实内心中却非常自负，把自己的作品比作"青萍""结绿"那样的宝剑和美玉，只有在"薛、卞之门"才能得到赏识。末句以"惟君侯图之"戛然结束，意味深长，言外有"看你能否识宝"之意。本文自始至终充满作者的激情，故文中具有巨大的气势和力量，这正是作者的自信心和豪迈个性的生动体现。本文不愧为李白著名的代表作。

春夜宴从弟桃花园序 *01*

夫天地者，万物之逆旅也；光阴者，百代之过客也。*02* 而浮生若梦，为欢几何？*03* 古人秉烛夜游，良有以也。*04*

况阳春召我以烟景，大块假我以文章。*05* 会桃花之芳园，序天伦之乐事。*06* 群季俊秀，皆为惠

注·释

● *01*·此序作年难考。按李白诗文中称从弟者甚多。或谓此指李幼成、李令问等人。又按李白《秋夜宿龙门香山寺奉寄王方城十七丈奉国莹上人从弟幼成令问》诗云："朝发汝海东，暮栖龙门中。"则桃花园当在汝州境内。《道光汝州全志》卷一"山川""八景"之一有"春日桃园"，卷九"古迹"亦载"桃园在城东北圣王里"。则此序当作开元二十二年（734）。

● *02*·逆旅：客舍。《左传·僖公二年》："今虢为不道，保于逆旅。"孔颖达疏："逆，迎也；旅，客也，迎止宾客之处也。"过客：李白《拟古十二首》其九云："生者为过客。"按光阴本绵延无涯，有一定限度的时间，才有百代的概念，此反用其意，以"光阴"为"过客"，总在形容人生短暂。

● *03*·浮生：《庄子·刻意》："其生若浮，其死若休。"庄子以为人生在世，飘浮不定，后人即以浮生指人生。为欢：指赏心乐事。二句谓人生就像梦幻，极为短暂，而真正能欢会娱乐之事，又有多少？

● *04*·"古人"二句：《古诗十九首》有"昼短苦夜长，何不秉烛游"句，故魏文帝《与吴质书》："古人思秉烛夜游，良有以也。"后以"秉烛夜游"表示及时行乐。秉烛，手持蜡烛。良有以也，真是有原因的。

● *05*·阳春：温暖的春天。烟景：景同"影"，烟景与文章相对，文为花，章为彩。一般以烟景作烟霞之景解，与字法不符。大块：大地，大自然。《庄子·大宗师》："夫大块载我以形，劳我以生。"假：给与。文章：言大自然之色彩。非作文之文章。两"以"字后均为状语后置。

● *06*·会：会聚。芳园：园之美称。序：通"叙"。天伦：父子兄弟等天然的亲属关系。

连；[07] 吾人咏歌，独惭康乐。[08]
幽赏未已，高谈转清。[09] 开琼筵
以坐花，飞羽觞而醉月。[10] 不有
佳咏，[11] 何伸雅怀？[12] 如诗不成，
罚依金谷酒斗数。[13]

● 07 · 群季：古人以伯仲叔季作为兄弟间的排行，此以季为弟之代称。因从弟非止一人，故曰群季。惠连：指谢惠连。《宋书·谢方明传》："子惠连，幼而聪敏，年十岁，能属文，族兄灵运深相知赏。"李白在此以谢惠连喻群季。

● 08 · 康乐：指谢灵运。因袭封康乐公，故称谢康乐。此为诗人自比。《宋书·谢灵运传》："……出为永嘉太守。郡有名山水，灵运素所爱好，出守既不得志，遂肆意游遨，遍历诸县，动逾旬朔，民间听讼，不复关怀。所至辄为诗咏，以致其意焉。"二句谓我等对景赋诗，只有我惭愧不及谢康乐。惭是自谦之词。

● 09 ·"幽赏"二句：写宴会情景。谓对幽美景象欣赏不已，由漫无边际的阔论，转入辨名析理的清谈。

● 10 · 琼筵：筵之美称。坐花：围群花而坐。羽觞：古代饮酒用的耳杯。作雀鸟状，有头、尾、两翼。一说插鸟羽于觞，促人速饮。飞羽觞：形容促饮之速。醉月：醉于月下。

● 11 · 佳咏：美好的诗章。

● 12 ·"何伸"句：此句谓怎能表达高雅的情怀？

● 13 · 金谷：地名，也称金谷涧。其地在今河南洛阳市西北。晋太康时石崇筑园于此，即世传金谷园。石崇《金谷诗序》："遂各赋诗，以叙中怀，或不能者，罚酒三斗。"此即用其意。酒斗数：《唐文粹》《文苑英华》《全唐文》无"斗"字。

品·评 首段谓光阴迅速，人生短暂，故必须及时行乐。为下文的欢乐起兴。第二段叙在良辰美景的桃花园中，与诸弟聚合，吟诗咏歌，叙天伦之乐事。第三段写赏景高谈、饮酒赋诗之情景。全文如行云流水，一气呵成，潇洒流丽，层次分明。文辞虽短，但韵味深长。

大鹏赋

并序

01

余昔于江陵见天台司马子微，⁰²谓余有仙风道骨，⁰³可与神游八极之表。⁰⁴因著《大鹏遇希有鸟赋》以自广。⁰⁵此赋已传于世，⁰⁶往往人间见之。悔其少作，未穷宏达之旨，⁰⁷中年弃之。及读《晋书》，睹阮宣子《大鹏赞》，⁰⁸鄙心陋之。⁰⁹遂更

注·释

● *01* · 大鹏：传说中的大鸟。《庄子·逍遥游》："北冥有鱼，其名为鲲，鲲之大不知其几千里也。化而为鸟，其名为鹏。鹏之背不知其几千里也。怒而飞，其翼若垂天之云。是鸟也，海运则将徙于南冥。南冥者天池也。齐谐者，志怪者也。谐之言曰：'鹏之徙于南冥也，水击三千里，抟扶摇而上者九万里，去以六月息者也。'"其意即此赋所本。

● *02* · 江陵：即今湖北江陵。司马子微：即司马承祯，字子微，唐代著名道士。初隐天台山（在今浙江省天台县）。开元中，被召至京师，玄宗诏于王屋山置坛以居。开元二十二年卒，年八十九。

● *03* · 仙风道骨：神仙的风采和有道者的骨相。

● *04* · 八极之表：指人世之外。《淮南子·原道训》："廓四方，柝八极。"高诱注："八极，八方之极也。"

● *05* · 希有鸟：神话中的鸟名。东方朔《神异经·中荒经》："昆仑之山……上有大鸟，名曰希有。"此以"希有鸟"喻司马承祯，而以大鹏鸟自况。自广：自我宽慰。

● *06* · "此赋"句：此句谓少作已流传人间。

● *07* · 宏达：才识宏大广博。

● *08* · "及读"二句：《晋书·阮修传》："修字宣子。……尝作《大鹏赞》曰：'苍苍大鹏，诞自北溟。假精灵鳞，神化以生。如云之翼，如山之形。海运水击，扶摇上征。翕然层举，背负太清。志存天地，不屑唐庭。鹪鹩仰笑，尺鹖所轻。超然高逝，莫知其情。'"

● *09* · 鄙：李白谦称。陋之：以之（指阮修《大鹏赞》）为粗陋。

记忆，多将旧本不同。[10] 今腹存
手集，岂敢传诸作者，[11] 庶可示
之子弟而已。[12] 其辞曰：

章·旨 此为赋序。说明作此赋的原因，即悔年轻时所作《大鹏遇希有鸟赋》"未穷宏达
之旨"，又陋阮修《大鹏赞》，故作此赋。

南华老仙发天机于漆园，⁰¹吐峥嵘之高论，开浩荡之奇言，⁰²征至怪于齐谐，⁰³谈北溟之有鱼，吾不知其几千里，⁰⁴其名曰鲲。化成大鹏，质凝胚浑。⁰⁵脱鬐鬣于海岛，⁰⁶张羽毛于天门。⁰⁷剧渤澥之春流，晞扶桑之朝暾。⁰⁸燀赫于宇宙，凭陵

注·释

● *01* · 南华老仙：指庄子。《旧唐书·玄宗纪》：天宝元年，诏封"庄子号为南华真人"。老仙，一作"仙老"。天机：天赋的悟性。漆园：古地名。战国时庄周曾为蒙漆园吏。一说在今河南省商丘市北；一说在今山东省菏泽北；一说在今安徽省定州东。又或以为漆园非地名，庄周乃在蒙邑中为吏主督漆事。蒙在今商丘市北。

● *02* · 峥嵘：瑰奇超拔貌。浩荡：广阔壮大貌。

● *03* · 征：征引。至怪：一作"志怪"，记载奇异之事。齐谐：《庄子·逍遥游》："齐谐者，志怪者也。"成玄英疏："姓齐名谐，人姓名也。亦言书名也，齐国有此俳谐之书也。"

● *04* · "吾不"句：此句宋本无"其"字。

● *05* · "质凝"句：《文选》卷十二郭璞《江赋》："类胚浑之未凝。"李善注："似胚胎浑混尚未凝结。"此似指鲲化为鹏的蜕化过程。

● *06* · 鬐鬣（qí liè）：本指马颈上的长毛。此指鲲的脊鬐。一作"修鳞"。

● *07* · 天门：天宫之门。

● *08* · 渤澥：即渤海。《初学记》卷六："东海之别有渤澥，故东海共称渤澥，又通谓之沧海。"晞：干燥。此用作动词，犹晒。扶桑：神话中树木名。见前《临路歌》诗注。朝暾：初升的太阳。二句谓在渤海的春水里洗刷羽翼，又在扶桑树上晒着朝阳。

●09·烜赫：声势盛大。宋本作"烜爀"，据萧本、郭本、王本改。凭陵：侵扰。

●10·"一鼓"二句：谓大鹏之翅一旦鼓荡，就能使烟波混茫，沙石昏暗。

●11·"五岳"二句：谓大鹏的鼓扑，使五岳为之震荡，百川为之奔腾。震荡，宋本作"震落"，据萧本、郭本、王本改。崩奔，大水激岸，汹涌澎湃。《文选》卷二十六谢灵运《入彭蠡湖口》诗："坼岸屡崩奔。"吕向注："水激其岸，崩颓而奔波也。"

乎昆仑。⁰⁹ 一鼓一舞，烟朦沙昏。¹⁰ 五岳为之震荡，百川为之崩奔。¹¹

章·旨 以上为赋的第一段，谓大鹏形象源出《庄子·逍遥游》由鲲变鹏的寓言，并描绘大鹏出世的巨大声势。

乃蹶厚地，揭太清，[01] 亘层霄，突重溟。[02] 激三千以崛起，向九万而迅征。[03] 背岌大山之崔嵬，翼举长云之纵横。[04] 左回右旋，倏阴忽明。[05] 历汗漫以夭矫，疘阊阖之峥嵘。[06] 簸鸿蒙，扇雷霆。[07] 斗转而天动，山摇而海倾。[08] 怒无所搏，雄无所争，[09] 固可想象其势，仿佛其形。[10]

● 01 · "乃蹶"二句：各本"乃"字前有"尔"字。蹶，踏。揭，高举。一作"摩"。太清，天空。也指天道。

● 02 · 亘：横贯。层霄：重霄。古人认为天有九重，故云层霄。重溟：大海。二句谓大鹏横贯九天，冲击大海。

● 03 · 崛起：勃起。向：一作"拓"。二句谓大鹏展翅水击三千里，勃然冲天而起，向九万里高空迅疾奋飞。

● 04 · 岌：岌岌，山高貌。大山：一作"太山"，一作"大虚"。长云：一作"垂云"。此二句谓背负高耸崔嵬的太山，翼拍纵横苍穹的浮云。

● 05 · "左回"二句：形容大鹏翱翔于长空，左右盘旋，穿云破雾时忽明忽暗的情景。

● 06 · 汗漫：漫无边际。见前《庐山谣寄卢侍御虚舟》诗注。夭矫：屈曲飞腾貌。疘：至，达到。一作"塌"，一作"排"。阊阖：天门。峥嵘：高峻貌。

● 07 · 簸鸿蒙：簸，摇动。鸿蒙，指自然界的元气。一说为海上之气。

● 08 · "斗转"二句：形容大鹏奋飞，其气势使斗转星移，苍天震动，高山倾摇，大海颠簸。

● 09 · "怒无"二句：谓其奋发无物可与之相搏，其雄力无物可与之争衡。搏，宋本作"搏"，据萧本、郭本、咸本、王本改。

● 10 · 仿佛：依稀想见。

以上为赋的第二段，写大鹏起飞时水激三千，远征九万，历汗漫，至天门，斗转天动、山摇海倾的雄伟景象。

若乃足萦虹霓，目耀日月，[01]连轩沓拖，挥霍翕忽。[02]喷气则六合生云，洒毛则千里飞雪。[03]邈彼北荒，将穷南图。[04]运逸翰以傍击，鼓奔飚而长驱。[05]烛龙衔光以照物，列缺施鞭而启途。[06]块视三山，杯观五湖。[07]其动也神应，其行也道俱。[08]任公见

● 01·虹霓：旧谓虹双出时色彩鲜盛者为雄，称虹；色彩暗淡者为雌，称霓。足萦：一作"足策"。目耀：一作"目辉"。二句谓大鹏双足萦绕虹霓，其目使日月生辉。

● 02·"连轩"二句：形容飞走迅速。《文选》卷十二木华《海赋》："翔雾连轩。"张铣注："连轩，飞貌。"又"长波涾瀄（tà duò）。"李周翰注："涾瀄，延长貌。"《文选》卷三十五张协《七命》诗："翕忽挥霍。"刘良注："并飞走乱急也。"

● 03·洒毛：一作"落目"。二句谓大鹏喷气，使天地四方云生雾起；洒毛则使千里之地大雪纷飞。

● 04·南图：一作"南隅"。二句谓大鹏飞及邈远的北方，又将穷尽南方的边远之地。

● 05·逸翰：一作"逸翮"。翰或翮，并指鸟羽。奔飚：疾风。二句谓大鹏用闲逸的羽翼两旁拍打，鼓扇疾风，凌空远翔。

● 06·烛龙：古代神话中的神兽。在西北无日之处，人面龙身，衔烛以照幽暗。见前《北风行》诗注。列缺：指天际雷电。见前《梦游天姥吟留别》诗注。二句谓烛龙口衔烛光，为大鹏照明万物；雷电执鞭，为大鹏启程开道。

● 07·三山：指传说中的三神山：蓬莱、方丈、瀛洲。五湖：有多种说法，在先秦古籍中，都指太湖附近的五个湖泊。二句谓大鹏视三神山犹如土块，看五湖犹如酒杯。观：一作"看"。

● 08·"其动"二句：谓大鹏的举措有神灵相应，其行为与天道俱成。

● 09 · "任公"二句：任公子为大钩巨缁得
大鱼，见《庄子·外物》。罢钓：停止垂
钓。有穷：夏朝时国名。相传有穷国君后
羿善射。此即以有穷指后羿。此谓任公子
不敢再垂钓，后羿也不敢再弯弓。
● 10 · 投竿：指任公。失镞：指有穷。镞，
箭。二句谓任公子和有穷见大鹏如此，也
只能罢钓抛竿，收弓丢矢，仰天长叹。

之而罢钓，有穷不敢以弯弧。[09]

莫不投竿失镞，仰之长吁。[10]

章·旨 以上为赋的第三段，极夸张地描绘大鹏在高空疾飞，喷气生云，洒毛飞雪，视三山为土块，看五湖为杯水，于是善钓的任公罢钓，善射的有穷弃弓。

●01 · 块轧：漫无边际貌。贾谊《鵩鸟赋》："大钧播物兮，块轧无垠。"又扬雄《甘泉赋》："忽块轧而无垠。"颜师古注："块轧，远相映也。"一作"映背"。二句谓大鹏雄姿矫健，非常壮观，在空中与河汉相映。

●02 · 摩：接。苍苍：指青天。漫漫：指大地。

●03 · 盘古：神话中开天辟地的人。据《太平御览》卷二引徐整《三五历纪》记载：盘古生于天地混沌中。后天地开辟，天日高一丈，地日厚一丈，盘古日长一丈，如此一万八千岁，天就极高，地就极深。所有日、月、星辰、风、云、山、川、田、地、草、木，均为其死后身体各部所变。羲和：古代神话中驾日车之神。二句谓盘古开天来观看大鹏的飞翔，羲和倚在日旁为此壮观而感叹。

●04 · 缤纷：缭乱貌。八荒：八方极远之地。四海：四方。二句谓大鹏翱翔于极远之地，使人眼花缭乱；鹏翼展翅，掩映了半个世界。

●05 · 混茫：混沌蒙昧，指上古人类未开化状态。判：分开。二句谓当大鹏用胸脯掩遮白昼时，天地就仿佛处于上古未开化时的那种混茫状态。

●06 · "忽腾"二句：谓大鹏突然腾飞覆转，使得云霞廓清，雾霭离散。廓，廓清，清除。

尔其雄姿壮观，块轧河汉，⁰¹ 上摩苍苍，下覆漫漫。⁰² 盘古开天而直视，羲和倚日而傍叹。⁰³ 缤纷乎八荒之间，掩映乎四海之半。⁰⁴ 当胸臆之掩昼，若混茫之未判。⁰⁵ 忽腾覆以回转，则霞廓而雾散。⁰⁶

章 · 旨　以上为赋的第四段，写大鹏上摩苍天、下覆大地的巨大雄姿。盘古、羲和也只能直视和傍叹，其胸可掩日而为混茫未分，其回转则为雾散霞开。

然后六月一息，至于海湄。[01] 欻翳景以横翥，逆高天而下垂。[02] 憩乎泱漭之野，入乎汪湟之池。[03] 猛势所射，余风所吹，溟涨沸渭，岩峦纷披。[04] 天吴为之怵栗，海若为之躨跜。[05] 巨鳌冠山而却走，长鲸腾海而下驰。[06] 缩壳挫鬐，莫之敢窥。[07] 吾亦不测其神怪之若此，盖乃造化之所为。[08]

● 01·海湄：海边。湄：宋本作"浊"，误。据萧本、郭本、咸本、王本改。

● 02·欻（xū）：忽然。翳景：蔽遮日月之光。翥(zhù)：飞举。逆：背，向下。二句谓大鹏忽然横飞掩蔽日月，背向高天而下垂。

● 03·泱漭（yàng mǎng）：广大无涯貌。汪湟：水势盛大貌。池：此指海。二句谓休憩在广袤无边的荒野上，又沐浴在浩瀚的海水中。

● 04·溟涨：大海。《文选》卷二十二谢灵运《游赤石进帆海》诗："溟涨无端倪。"李周翰注："溟、涨，皆海也。"沸渭：同怫渭，水势踊跃不定貌。《文选》卷十七王褒《洞箫赋》："佚豫以沸渭。"李善注引《埤苍》曰："怫渭，不安貌。"纷披：纷乱貌。四句谓大鹏俯冲而下。其势猛烈，气浪所为，海亦沸动，山水纷乱。

● 05·天吴：水神名。《山海经·海外东经》："朝阳之谷，神曰天吴，是为水伯。……其为兽也，八首八面，八足八尾，皆青黄。"怵栗：恐惧，战栗。宋本作"袄（zhì）栗"，据萧本、郭本、咸本、王本改。海若：传说中的海神名。躨跜：动荡貌。二句谓大鹏凶猛之势，使水伯都感恐惧，海神也为之战栗不安。

● 06·巨鳌：大龟。冠：戴。二句谓负山的大龟见了连忙避走，长鲸见了立即腾跃潜逃。

● 07·缩壳：指海鳖缩头壳中。挫鬐：指鲸折断长鬐，不敢窥视大鹏。二句形容海中动物见大鹏后的畏葸情景。

● 08·"吾亦"二句：谓己亦难以预想大鹏竟如此神异，这大概是大自然所造就的。

章·旨 以上为赋的第五段，写大鹏六月一息，入水使水伯恐惧，海神不安，巨鳌却走，长鲸下匿。神怪如此，乃大自然造成的。

岂比夫蓬莱之黄鹄，夸金衣与菊裳？⁰¹ 耻苍梧之玄凤，耀彩质与锦章。⁰² 既服御于灵仙，久驯扰于池湟。⁰³ 精卫勤苦于衔木，奭呼悲愁乎荐觞。⁰⁴ 天鸡警曙于蟠桃，踆乌晰耀于太阳。⁰⁵ 不旷荡而纵适，何拘挛而守常？⁰⁶ 未若兹鹏之逍遥，无厌类乎比

注·释

● 01 · "岂比"二句：《西京杂记》卷一载：汉昭帝始元元年（前86），曾有黄鹄下太液池，昭帝为之歌曰："黄鹄飞兮下建章，羽肃肃兮行蹡蹡，金为衣兮菊为裳。"当时太液池中亦造三山，以象征瀛洲、蓬莱、方丈，故此称"蓬莱黄鹄"。此谓夸耀自己金衣菊裳的黄鹄，怎能与大鹏相比。

● 02 · 苍梧：山名，即九疑山。在今湖南宁远县南。玄凤：黑色凤鸟。二句谓使只会炫耀自己锦彩羽毛的苍梧玄凤也感羞耻。

● 03 · 服御：驾驭。灵仙：灵物神仙。驯扰：扰乱。池湟：城池。有水为池，无水为湟。二句谓既驾驭灵物和神仙，又扰乱于城池。

● 04 · 精卫：神话中的鸟名。衔木：《山海经·北山经》："发鸠之山，……有鸟焉。其状如乌，文首、白喙、赤足，名曰精卫。其鸣自詨。是炎帝之少女，名曰女娃。女娃游于东海，溺而不反，化为精卫。常衔西山之木石，以堙于东海。"勤苦：一作"殷勤"。鷾鶋：海鸟名，又称爰居。悲愁乎荐觞：《国语·鲁语上》："海鸟曰爰居，止于鲁东门之外三日，臧文仲使国人祭之。"《庄子·至乐》载："鲁侯御而觞之（海鸟）于庙，奏九韶以为乐，具太牢以为膳。鸟乃眩视忧悲，不敢食一脔，不敢饮一杯，三日而死。"荐觞：祭献之酒。

● 05 · 天鸡：见前《梦游天姥吟留别》诗注。警曙：报晓。一作"警晓"。踆乌：《淮南子·精神训》："日中有踆乌。"高诱注："踆，犹蹲也。谓三足乌。"晰耀：发光。二句谓天鸡在蟠桃树上报晓，三足乌在太阳中闪光。

● 06 · "不旷"二句：谓何不旷达坦荡而恣情自适，却要拘束蜷曲而墨守常规？

方，⁰⁷ 不矜大而暴猛，每顺时而行藏。⁰⁸ 参玄根以比寿，饮元气以充肠。⁰⁹ 戏旸谷而徘徊，冯炎洲而抑扬。¹⁰

● 07•"未若"二句：谓精卫、鹬鹠、天鸡、竣乌等都不如大鹏自由自在，无与伦比。厥，其，他。

● 08•"不矜"二句：谓大鹏不骄矜硕大，不表露凶猛，却经常顺应时运，决定出处行止。行藏，《论语·述而》："用之则行，舍之则藏。"

● 09• 参：参验。玄根：道之根本。宋本作"方根"，据萧本、郭本、咸本、缪本、王本改。《文选》卷二十五卢谌《赠刘琨》诗："处其玄根，廓焉靡结。"李善注引《广雅》曰："玄，道也。"元气：古代哲学名词，指阴阳二气浑沌未分时的实体。充肠：充饥。

● 10• 旸谷：亦作"汤谷"。古代传说中日出处。《书·尧典》："分命羲仲，宅嵎夷，曰旸谷。"孔传："旸，明也。日出于谷而天下明，故称旸谷。"炎洲：传说南海中洲名。《十洲记》载：炎洲在南海中，地方二千里，去北岸九万里，亦多仙家。二句谓大鹏在日出处游戏徘徊，又在南海的炎洲俯仰上下。

章·旨 以上为赋的第六段，以大鹏与黄鹄、玄凤、精卫、鹬鹠、天鸡、竣乌作比较，这些神物都不旷荡纵适，拘挛守常，都不如大鹏的逍遥自在。大鹏不矜大、不暴猛，能顺时行藏，参玄根，饮元气，戏旸谷，游炎洲，无所不可。

● 01·俄而：不久。

● 02·西极：西方极远之地。东荒：东方极远之地。二句形容希有鸟形体之大，其翼可掩蔽东西极远之地。

● 03·跨蹑：跨踏。地络：大地的脉络，指山川等。天纲：天之纲维。二句谓希有鸟踏遍大地，驰逐周天。

● 04·"以恍惚"二句：谓希有鸟以混茫为栖息之地，以虚无为游戏场所。

● 05·二禽：指大鹏和希有鸟。寥廓：广阔的天空。尺鷃：一作"斥鷃"，鸟名，即鹌鹑。《庄子·逍遥游》："斥鷃笑之曰：'彼且奚适也？我腾跃而上，不过数仞而下，翱翔蓬蒿之间，此亦飞之至也。而彼且奚适也？'"陆德明《庄子音义》："司马云：斥，小泽也，本亦作尺。……鷃，鹌雀也。今野泽中鹌鹑是也。"二句谓大鹏、希有鸟已腾跃于太空，而尺鷃之类的小鸟只能空蹲在藩篱边，被人嘲笑。

俄而希有鸟见谓之曰 [01]："伟哉鹏乎，此之乐也。吾右翼掩乎西极，左翼蔽乎东荒，[02] 跨蹑地络，周旋天纲。[03] 以恍惚为巢，以虚无为场。[04] 我呼尔游，尔同我翔。"于是乎大鹏许之，欣然相随。此二禽已登于寥廓，而尺蓉之辈空见笑于藩篱。[05]

章·旨 以上为赋的第七段，写希有鸟称赞大鹏，请与之同游，大鹏欣然相随，登于天上宽广之处。那些小雀只能在藩篱之下徒然被见笑。

按《全唐文》卷九二四司马承祯《陶弘景碑阴记》云："子微将游衡岳，暂憩茅山。……时大唐开元十二年甲子九月十三日己巳书。"又按《唐大诏令集》卷七十四《令卢从愿等祭岳渎诏》："令太常少卿张九龄祭南岳。"下注"开元十四年正月"。张九龄有《登南岳事毕谒司马道士》诗，此"司马道士"当即承祯。由此知司马承祯游衡岳在开元十四年。按《旧唐书·司马承祯传》："开元九年，玄宗又遣使迎入京，亲受法箓，前后赏赐甚厚。十年，驾还西都。承祯又请还天台山，玄宗赋诗以遣之。十五年，又召至都。玄宗令承祯于王屋山自选形胜，置坛室以居焉。……卒于王屋山，时年八十九。"由此知开元十五年后承祯一直居王屋山，未能再至南方。据卫凭《唐王屋山中岩台正一先生庙碣》，知承祯于乙亥岁（开元二十三年）夏六月十八日卒。又按李白自开元十二年秋出蜀至江陵，至十三年夏游洞庭后下金陵。则李白遇见司马承祯写《大鹏遇希有鸟赋》，当即在开元十二、十三年间。此赋序云："悔其少作，未穷宏达之旨。中年弃之。……遂更记忆，多将旧本不同。"知今存此赋为改写本。赋开头即称"南华老仙"，据《旧唐书·玄宗纪》，天宝元年，诏封庄子为南华真人。则此赋改写的时间，当在此之后，或即在天宝二年供奉翰林时欤？

此赋用"序"说明作赋缘起，其后七段正文都是从《庄子·逍遥游》中鲲化为鹏的寓言生发开去，可见李白受庄子思想影响之深。全赋运用铺陈排比、极度夸张的手法，从各个视角和方位描绘大鹏不同凡响的形象。首先是鲲化成大鹏的过程及其巨大声势，其次是大鹏起飞时斗转天动、山摇海倾的雄伟景象，然后描绘大鹏在天空疾飞时喷气生云、洒毛飞雪、视三山为土块、看五湖为杯水，极力形容其飞升之高；既上摩苍天，又下覆大地，其胸可掩日而如混沌未分，其回转则如雾散霞开，极写其身姿之大；其入水则使海神不安，长鲸下匿，极写其凶猛威慑力。又以之与黄鹄、玄凤等神鸟作比较，强调那些神鸟只能拘挛守常，不如大鹏自由自在，无所不可。最后由希有鸟出来称赞大鹏，并一起升天畅游，还以小雀只能在藩篱下被人嘲笑作反衬而结束。大开大合，层次井然。赋中显然以大鹏自比，而以希有鸟比司马承祯。表现出诗人自视之高和志趣之大，风格飘逸豪放，文笔纵横恣肆，充分反映出宏大壮美的盛唐气象。

图书在版编目（ＣＩＰ）数据

李白集／郁贤皓注评. -- 南京：凤凰出版社，
2024.10
  ISBN 978-7-5506-3554-8

  Ⅰ．①李… Ⅱ．①郁… Ⅲ．①李白（701-762）－文
学欣赏 Ⅳ．①I206.2

中国国家版本馆CIP数据核字(2024)第101383号

书　　　　名	李白集
注　　　　评	郁贤皓
责 任 编 辑	张永堃
特 约 编 辑	蔡谷涛
书 籍 设 计	曲闵民
责 任 监 制	程明娇
出 版 发 行	凤凰出版社(原江苏古籍出版社)
	发行部电话 025-83223462
出版社地址	江苏省南京市中央路165号,邮编:210009
照　　　　排	南京凯建文化发展有限公司
印　　　　刷	苏州市越洋印刷有限公司
	江苏省苏州市吴中区南官渡路20号,邮编:215104
开　　　　本	787毫米×1092毫米　1/32
印　　　　张	10.75
字　　　　数	206千字
版　　　　次	2024年10月第1版
印　　　　次	2024年10月第1次印刷
标 准 书 号	ISBN 978-7-5506-3554-8
定　　　　价	58.00元

(本书凡印装错误可向承印厂调换,电话:0512-68180638)

CLASSIQUES EN POCHE

Collection
dirigée
par
Hélène Monsacré

Dans la même collection

1. Aristophane, *Lysistrata*.
2. Aristote, *Constitution d'Athènes*.
3. Cicéron, *L'Amitié*.
4. Platon, *Alcibiade*.
5. Suétone, *Vies des douze Césars, Claude ~ Néron*.
6. Plotin, *Première Ennéade*.
7. Eschyle, *Les Sept contre Thèbes*.
8. Platon, *Critias*.
9. Aristote, *La Poétique*.
10. Horace, *Odes*.
11. Pline l'Ancien, *Histoire Naturelle, XXXV, la Peinture*.
12. Virgile, *Bucoliques*.
13. Platon, *Ménexène*.
14. Tacite, *Vie d'Agricola ~ La Germanie*.
15. Platon, *Protagoras*.
16. Sophocle, *Antigone*.
17. Sénèque, *La Vie heureuse ~ La Providence*.
18. Cicéron, *Le Bien et le Mal, De finibus, III*.
19. Platon, *Gorgias*.
20. Hérodote, *Histoires, II, l'Égypte*.
21. César, *Guerre des Gaules, I-II*.
22. Ovide, *Les Amours*.
23. Plotin, *Deuxième Ennéade*.
24. Sophocle, *Œdipe Roi*.
25. Tite-Live, *Histoire romaine, I, La Fondation de Rome*.
26. Virgile, *Géorgiques*.
27. Pseudo-Sénèque, *Octavie*.
28. Catulle, *Poésies*.
29. Aristote, *Politique II*.
30. Aristophane, *Les Guêpes*.
31. Homère, *Iliade, chants I à VIII*.
32. Euripide, *Les Bacchantes*.
33. Plaute, *Pseudolus*.
34. Tertullien, *Apologétique*.
35. Homère, *Iliade, chants IX à XVI*.
36. Platon, *Phèdre*.
37. Homère, *Iliade, chants XVII à XXIV*.
38. Salluste, *La Conjuration de Catilina*.
39. Cicéron, *Pro Milone*.
40. Platon, *Lysis*.
41. Plotin, *Troisième Ennéade*.
42. Diogène Laërce, *Vie de Platon*.

PLINE L'ANCIEN

HISTOIRE NATURELLF

LIVRE XXX

Magie et pharmacopée

Texte établi et traduit
par Alfred Ernout

Introduction et notes par Sabina Crippa

LES BELLES LETTRES

2003

*Ce texte et la traduction sont repris du volume correspondant
dans la Collection des Universités de France (C.U.F.),
toujours disponible avec apparat critique et scientifique.
(Pline l'Ancien, Histoire naturelle XXX, 1963)*

© 2003, Société d'édition Les Belles Lettres,
95 bd Raspail 75006 Paris.
www.lesbelleslettres.com

ISBN : 2-251-79971-0
ISSN : 1275-4544

Introduction

par Sabina Crippa

> *La natura come ciò che è esterno all'uomo ma che non si distingue da ciò che è più intrinseco alla sua mente, l'alfabeto dei sogni, il cifrario dell'immaginazione, senza il quale non si dà ragione né pensiero[1].*
>
> Italo Calvino

« *On combat la jaunisse avec le cérumen du mouton ou la crasse des mamelles de la brebis à la dose d'un denier, avec un peu de myrrhe, dans deux cyathes de vin ; avec la cendre de tête de chien dans du vin miellé ; un mille-pattes dans une hémine de vin ; des vers de terre dans de l'oxymel avec de la myrrhe ; en faisant boire du vin où l'on a trempé les pattes d'une poule à pattes jaune[2]… * »

Comment lire les documents hétérogènes, étranges, extravagants, dont regorge le livre XXX de l'*Histoire naturelle* de Pline ?

Héritiers d'un monde qui, comme dit Foucault[3], a été, entre le xviiie et le xixe siècle, le théâtre d'un changement

---

1. I. Calvino, *Il cielo, l'uomo, l'elefante* dans Pline, *Storia naturale*, G. B. Conte (dir.), Turin, Einaudi, 1982-1988, p. XVI.

2. *Histoire naturelle*, XXX, 28, 11 (trad. Ernout).

3. M. Foucault, *Les Mots et les choses*, Paris, Gallimard, 1966, Introduction.

radical dans les catégories interprétatives du monde, et qui a établi ce qui est « science » et ce qui ne l'est pas, peut-être pourrions-nous être tentés de considérer l'œuvre de Pline comme un simple *divertissement*, qui n'est pas sans évoquer *Le Marché céleste des connaissances bénévoles* de Borges, l'encyclopédie chinoise dans laquelle les animaux se subdivisent en : « a) appartenant à l'Empereur ; b) embaumés ; c) apprivoisés ; d) cochons de lait ; e) sirènes ; f) fabuleux ; g) chiens en liberté ; h) inclus dans la présente classification ; i) qui s'agitent comme des fous ; j) innombrables ; k) dessinés avec un très fin pinceau de poils de chameau ; l) et caetera ; m) qui viennent de casser la cruche ; n) qui de loin semblent des mouches[4]. »

On peut d'ailleurs songer à une « affinité élective » entre ces deux auteurs, car Pline est l'une des sources primaires dans cette espèce de « cavalcade entre érudition et fantaisie[5] » qu'est le *Manuel de zoologie fantastique* de Borges[6], étude visionnaire de « monstres et merveilles », dont les suggestions évoquent les nombreuses associations imprévues et bizarres qu'il est possible de trouver dans l'*Histoire naturelle*[7].

Le livre XXX de l'*Histoire naturelle* contient en effet une grande quantité de médicaments et de remèdes pour soigner tous les maux, qu'il s'agisse d'une douleur dans la poitrine, d'un rhume ou de petits inesthétismes tels que les furoncles et les rides.

Mais, en passant en revue les innombrables remèdes que Pline a rassemblés, on est surtout frappé par leur

4. « La Langue analytique de John Wilkins », dans *Autres Inquisitions*, Paris, Gallimard, 1957, cité dans *Œuvres complètes*, Paris, Gallimard, « Bibliothèque de la Pléiade », I, 1993, p. 749.

5. I. Calvino, *op. cit.*, p. VII ; concernant notamment le livre VIII.

6. J. L. Borges et M. Guerrero, *Manuel de zoologie fantastique*, Paris, Bourgois, 1981.

7. Pline l'Ancien, *Histoire naturelle*, livres I, VI et VII, Paris, Les Belles Lettres, 1963.

variété et leur étrangeté. Les traitements appartiennent tous aux catégories de l'horreur et du répugnant, et les propriétés curatives et thérapeutiques semblent être contenues sans exception dans les excréments et les humeurs des animaux les plus repoussants : la crotte de souris, le hachis de ver de terre, le sang de chauve-souris et les langues de serpents ne sont que quelques-uns des éléments apparemment les plus efficaces.

Et pourtant, Pline a été, des siècles durant, l'une des *auctoritas* les plus importantes de la culture classique.

La fortune de Pline « scientifique »

Conscient de ne pas agir en tant que scientifique mais en tant qu'encyclopédiste, dans son *Histoire naturelle*, en 37 livres, que nombre de critiques ont, à juste titre, définie comme un « inventaire, catalogue du monde », Pline représente l'exemple le plus significatif d'un certain « encyclopédisme » latin dont il se considère comme le fondateur[8].

Le véritable principe ordonnateur de l'ouvrage est son utilité pratique, comme le remarque Pline lui-même dans la Préface[9], où il définit sommairement les desseins, les prémisses culturelles et les caractéristiques de fond de la nouvelle encyclopédie :

> Il s'agit de la nature, c'est-à-dire de la vie, et dans ce qu'elle a de plus bas, exigeant pour une foule d'objets l'emploi de termes campagnards ou étrangers, et même jusqu'à des noms barbares, qu'il faut faire précéder d'une excuse. [...] Il nous

8. R. Schilling, « La place de Pline l'Ancien dans la littérature technique », *Revue philologique,* LII (1978), p. 272.
9. La Préface est une épître dédiée au princeps Titus, consul en 77, empereur d'abord avec Vespasien jusqu'en 71 ; et ensuite en 79.

faut toucher à tous les points que les Grecs
embrassent sous le nom de « culture encyclo-
pédique »[10].

Le secret de sa grande fortune réside probablement
dans cet objectif : l'ouvrage a circulé durant tout le Moyen
Âge, sans cesse repris par les auteurs des différentes
compilations de *rerum naturae*, d'Isidore de Séville aux
encyclopédies des XIIe et XIIIe siècles, au point qu'on a
attribué à Pline un encyclopédisme « naturaliste ».

D'autre part, Pline peint un portrait complexe et
fascinant du scientifique dans l'Antiquité : archiviste de
monstres et de prodiges naturels, fidèlement et méthodi-
quement classés ; compilateur pragmatique de catalogues ;
chercheur essayant de trouver une harmonie dans la nature,
mais finissant par en noter surtout les désordres, les
exceptions, les raretés, les merveilles philosophiques de
l'univers.

Aussi le caractère exemplaire de sa mort[11] finit-il par
se lier à l'image d'un Pline vivant pleinement son rôle
de naturaliste, et dont la *curiositas* scientifique pousse aux
limites, dans une fusion parfaite entre la vie et l'œuvre ;
ce rapport apparaît aussi dans ses habitudes de vie,
minutieusement décrites par son neveu, Pline le Jeune :

> Je suis un homme, et accaparé par mes
> fonctions : je m'occupe de ces choses-là à mes
> moments de loisir, c'est-à-dire la nuit, cela afin
> qu'aucun de vous, mes princes, ne croie que je
> passe les heures de la nuit à ne rien faire. Je vous
> consacre mes journées, j'équilibre au plus juste la
> santé avec le sommeil, et ma seule récompense,

---

10. Pline l'Ancien, *Histoire naturelle*, Préface, 13, 14.
11. La mort héroïque de Pline, lors de l'éruption du Vésuve, en 79
après J.-C., esquisse une *imago vitae* qui marquera fortement sa fortune
littéraire.

dont je suis satisfait, est de vivre un plus grand
nombre d'heures, comme dit Varron, en m'amusant
à ces choses-là. Car, à coup sûr, vivre c'est veiller[12].

Derrière sa *parsimonia temporis,* son neveu percevait
presque une loi intérieure, la manifestation quotidienne
d'une conception du travail intellectuel comme service
offert à l'humanité ; cet entendement, soutenu par un idéal
précis d'*utilitas,* est également influencé par le modèle
éthique du fonctionnaire de l'empire[13].

L'ampleur de l'œuvre de Pline est telle qu'elle fournit
encore un cadre de référence obligatoire pour la
compilation, à partir du IIIᵉ siècle après J.-C : la *Medicina
Plinii,* par exemple, une compilation pseudo-plinienne
extraite des parties médicales des écrits de Pline et d'autres
sources, sera diffusée avec succès au Moyen Âge ; et
encore les *Collectanea rerum memorabilium,* par Solin,
poussant à l'extrême la tendance, qui n'était pas inconnue
de Pline, à l'anecdote et au merveilleux.

L'*Histoire naturelle* trouve sa place dans l'histoire de
la médecine par l'emploi d'herbes curatives et entre dans
les écoles dominicaines et franciscaines, ainsi que dans
les universités, comme l'école salernitaine. C'est le Pline
des descriptions géographiques, botaniques, zoologiques
qui est consulté et lu, en particulier aux XIIᵉ et XIIIᵉ siècles,
lorsque les grandes écoles urbaines sont instituées et que
les universités prennent leur essor ; une attitude différente
commence à se faire jour vis-à-vis de la nature et des
sciences, et l'observation directe tend à s'opposer au savoir
exclusivement transmis par l'*auctoritas.* Tout au long du
XVIᵉ siècle, alors que la fortune encyclopédique et

12. Pline l'Ancien, *Histoire naturelle*, Préface, 18.
13. Sur Pline fonctionnaire impérial et encyclopédiste, voir
l'Introduction de P.-E. Dauzat, *Histoire naturelle*, livre XXXV, *La
Peinture*, Paris, Les Belles Lettres, 2002, p. VIII-XI.

scientifique du texte de Pline s'étiole, l'*Histoire naturelle* connaît une diffusion plus secrète et plus ramifiée : la somme de notions qui voudrait recouvrir l'image du monde se décompose en une mosaïque de thèmes et de sujets prêts à toutes les transformations[14].

C'est avec l'évolution de la pensée scientifique[15] que s'ouvrent des débats, parfois enflammés, entre scientifiques et spécialistes, sur l'œuvre de Pline, et l'*Histoire naturelle* « s'est trouvée convoquée au tribunal de la science moderne[16] ».

Le scientifique et naturaliste Buffon, protagoniste incontesté de la révolution scientifique et de l'histoire intellectuelle du XVIIIᵉ siècle, qui ailleurs attaque violemment Linné quant à sa classification botanique et animale[17], rend hommage à l'étendue de l'entreprise de Pline, rappelant qu'il « a travaillé sur un plan bien plus grand (que celui d'Aristote), et peut-être trop vaste. Il a voulu tout embrasser et il semble avoir mesuré la nature et l'avoir trouvée trop petite encore pour l'étendue de son esprit ». Dans toutes ses parties, Pline « est également grand[18] ».

Buffon lui-même s'étonnera du fait que, chez un naturaliste tel qu'Aldrovandi, on puisse trouver un mélange inextricable de descriptions exactes, de citations rapportées, de fables sans critique, d'observations ayant trait, sans

14. À l'époque moderne, c'est le riche commentaire publié en 1865 par le père jésuite Jean Hardouin, qui constitue le principal recueil de ces études sur Pline.

15. J. Roger, *Les Sciences de la vie dans la pensée française du XVIIIᵉ siècle*, Paris, Armand Colin, 1971, p. 34-35 : à la fin du XVIIᵉ siècle, de nombreux ouvrages de médecine se fondent encore sur les conseils pratiques d'Aristote et de Pline.

16. G. Serbat, « Pline l'Ancien », in *Aufstieg und Niedergang der römischen Welt*, W. Hease et H. Temporini (éd.), Berlin-New York, 1974, II, 32.4, p. 2102.

17. J. Roger, *op. cit.*, p. 529.

18. L'ensemble de différents jugements est relaté par Littré (éd. de Pline, 1865).

distinction, à l'anatomie, aux valeurs mythologiques d'un animal et aux usages qu'on peut en faire. Et Buffon appelle tout cela non pas une « description » scientifique mais bien une « légende[19] ».

Par la suite, si d'un côté Cuvier voit dans l'*Histoire naturelle* la preuve d'une profonde érudition et souligne qu'il est inusuel de trouver tout cela chez un homme d'Etat, de l'autre, il définit l'œuvre comme un recueil immense de précieux renseignements extrêmement utiles, mais rassemblés et exposés dans un brassage au sein duquel se mêlent à parts égales le vrai et le faux, si bien que l'autorité de toute l'opération s'en trouve fort réduite.

Quant à Littré, dans sa réaction au commentaire de Buffon qu'il estime trop favorable, il écrit avec sévérité, refusant toute comparaison avec Aristote : « Pline n'a fait que compiler et abréger, et il n'y a aucune comparaison à établir entre lui et ceux qui, ayant étudié par eux-mêmes la nature, consignèrent le résultat de leurs recherches dans leurs écrits[20]. » Le dur réquisitoire de Cuvier et de Littré a influencé le jugement des générations suivantes sur l'œuvre de Pline, et cela jusqu'à nos jours[21].

Ces aspects de l'œuvre – il s'agit d'un vaste recueil, parfois désordonné, de matériel qui en grande partie se limite à reprendre des croyances traditionnelles et même des mythes et des légendes – ont plus ou moins amené à l'abandonner dans les études scientifiques modernes et anciennes, et la plupart des critiques formulées à l'égard

---

19. M. Foucault, *op. cit.*, p. 54.

20. Fortement critique aussi H. de Blainville, professeur de zoologie au XIXe siècle, qui classait l'*Histoire naturelle* comme un ensemble de faits et d'observations sans aucun intérêt : ni scientifique, ni intellectuel, ni philosophique. Voir G. Serbat, *loc. cit.*, p. 2103.

21. L'*Encyclopédie britannique*, 1947, vol. 18, p. 78 juge « *unscientific and uncritical* » l'œuvre de Pline, bien que remarquable pour la quantité d'informations.

de Pline concordent sur le fait que cette œuvre ne peut être
définie comme scientifique.

Quel regard faut-il alors poser sur les remèdes que
Pline a rassemblés et décrits notamment dans le livre
XXX ? Appartiennent-ils à une pharmacopée désormais
disparue et trop loin de nos horizons culturels pour être
intelligible à notre esprit, ou font-ils plutôt partie d'un
domaine de connaissances dont les limites ne sont pas
vraiment bien définies, et où se mêlent des croyances et
des perceptions propres aux traditions ? Car quels sont les
domaines de la science ancienne qui ne sont aucunement
débiteurs du savoir traditionnel ? Les textes scientifiques
de l'Antiquité s'approprient souvent des idées tradition-
nelles, sans obligatoirement en expliquer ou en justifier
les raisons[22].

Le livre XXX de l'*Histoire naturelle* de Pline nous
permet de nous interroger sur ce vaste problème des
relations entre sciences biologiques et connaissance
traditionnelle à travers une perspective privilégiée qui
est celle de la pharmacopée médico-magique.

Le livre appartient à un bloc thématique se composant
des volumes XVIII-XXXII, qui exposent, dans une revue
riche en détails, les remèdes proposés par le monde animal,
après ceux qui proviennent du règne végétal[23]. Alors que

22. La distinction entre le contenu théorique des œuvres jouissant
des meilleures faveurs et les croyances traditionnelles est parfois bien
subtile, pour ne pas dire imperceptible. La littérature « scientifique »,
des auteurs hippocratiques à Aristote, jusqu'à l'Antiquité tardive, contient
souvent des indications qui correspondent de près aux préceptes les plus
communs de la connaissance traditionnelle. Cf. G. E. R. Lloyd, *Science,
Folklore and Ideology. Studies in the Life Sciences in Ancient Greece*,
Cambridge, Cambridge University Press, 1983.
23. Les livres XXIII et XXIV portent sur les médicaments tirés
des arbres, les XXV et XXVI décrivent d'une façon systématique des
plantes sauvages et leur pharmacopée, ainsi que l'histoire de la médecine ;
dans le livre XXVII, Pline classe les différents remèdes d'après la
typologie des plantes, dans une sorte de livre de recettes botaniques.

l'emploi thérapeutique des herbes suit la botanique descriptive, Pline s'occupe de l'apport du monde animal à la médecine, à plusieurs livres d'écart de la zoologie systématique ; au début du XXVIIIe livre, il affirme que c'est justement la section précédente, consacrée aux préparations médicamenteuses obtenues à partir d'herbes, qui l'a conduit à s'occuper des remèdes issus du monde animal, et il harmonise le lien entre la médecine et le monde de la magie.

Les livres XXIX et XXX se succèdent en un long assortiment de remèdes tirés des animaux et de chaque situation pathologique qu'on peut soigner à l'aide de ceux-ci, suivant le schéma classique *a capite ad calcem*. À chaque animal ou drogue-animal correspond le nombre total des usages.

Dans ces deux livres, deux précieux *excursus* initiaux, l'un sur le développement de la médecine (XXIX) et l'autre sur l'histoire de la magie (XXX) – dans un ordre qui est loin d'être fortuit –, constituent à la fois une lecture-clé jusqu'à l'anthropologie contemporaine de la conception de la magie et un témoignage fondamental des modalités de transmission d'une connaissance pratique relative aux remèdes curatifs.

La magie chez Pline

Dès le début du livre XXX de l'*Histoire naturelle*, Pline nous introduit dans une conception nouvelle et originale de la magie, en utilisant une terminologie grecque totalement différente de celle des autres auteurs latins : dans son incipit polémique, il parle ainsi de *magicas vanitates* (XXX, 1), d'« impostures magiques », et qualifie la magie de *fraudolentissima artium*, « le plus fallacieux des arts » (XXX, 1)[24].

_____

24. Voir : *magorum... portentosa mendacia* (XXIX, 68 et 81).

Même si les Romains distinguaient les pratiques
compromettant l'intégrité des personnes ou de leurs biens
par des moyens rituels et d'autres pratiques, dénuées de
malveillance, bien que tout à fait similaires en apparence,
le mot *magia* n'était pourtant pas attesté et rien n'indique
que les Romains considéraient ces pratiques comme
étrangères. Les termes *magus* et *magia*, quant à eux,
apparaissent tardivement et seulement lorsque se
développe, à l'intérieur de la culture romaine, une réflexion
consciente sur la magie. Les premières attestations de
ces deux mots se font jour comme termes ethnographiques
vers le milieu du Iᵉʳ siècle av. J.-C., dans les ouvrages de
Catulle et de Cicéron, qui tous les deux les relient à la
Perse[25], et comme termes recherchés, hellénisants, dans
la poésie du siècle d'Auguste, désignant, au moins chez
Virgile, des rites exotiques[26].

En revanche, le terme en usage est *veneficium* : terme-
clé de la législation romaine qui désigne les actions
provoquant la mort subite, généralement par des drogues ou
par empoisonnement.. En 81 av. J.-C., Sylla fait voter la
lex Cornelia de sicariis et veneficis, qui devait servir de base
à toute action légale contre la magie. La loi ne condamne
pas la magie en tant que telle, car la magie y est définie par
l'intention malveillante et non par des formules rituelles
spécifiques[27]. Sylla vise ainsi les délits qui menacent la vie
des citoyens, qu'il s'agisse d'attaques à main armée *(sicarii)*
ou d'actes plus subtils et moins visibles *(venefici)*.

25. Cicéron, *De divinatione,* I, 46.

26. L'élite romaine hellénisée s'approprie le terme grec de magie,
auquel elle associait en partie les croyances anciennes dans le *veneficium*
et dans les recettes de la médecine traditionnelle et, surtout, la nouvelle
technique divinatoire de l'astrologie.

27. Fr. Graf, *La Magie dans l'Antiquité gréco-romaine*, Paris, Les
Belles Lettres, 1994, p. 46 sq. Sur la représentation littéraire de la magie,
voir notamment A.-M. Tupet, *La Magie dans la poésie latine*, Paris, Les
Belles Lettres, 1976.

Pline n'est pas certain que *veneficium* désigne la *magia*[28], et Tacite parle constamment de *veneficium* sans jamais user d'une terminologie plus moderne qui serait, pour nous, moins équivoque. Par la suite, le terme *magia* change de signification, désignant les « pratiques nocives » et non plus la « divination », et cette évolution entraîne une nouvelle modification de la terminologie au milieu du IVᵉ siècle : alors que le terme officiel est resté *magus*, le mot usuel est devenu *maleficus*, « celui qui fait du mal ».

Dans le tableau d'ensemble dressé par Pline, la magie présente un certain nombre de caractéristiques fondamentales qui constituent un apport essentiel et original à la conception de la magie dans la Rome antique[29]. Avant toute chose, celle-ci n'est pas romaine, elle est étrangère, d'origine perse. Les philosophes grecs qui se sont laissé fasciner par la magie sont aussi sévèrement censurés que Néron qui a été initié par les mages. De Pythagore à Démocrite, les philosophes furent victimes d'un « désir fou de savoir » : leurs voyages n'étaient pas des voyages d'agrément mais plutôt des exils dans un monde barbare. Partant de la Perse, la Perse de Zoroastre où, affirme-t-il, la magie règne toujours en maître, Pline suit l'expansion de celle-ci à travers le temps, très impressionné de toute évidence par une tradition qui n'est transmise ni par écrit ni par des écoles institutionnalisées. La magie possède donc une unité fondamentale qu'elle a conservée lors de sa diffusion à travers les siècles. Dans cet immense panorama, la sphère de la magie englobe Circé,

---

28. C'est peut-être dans cette perspective qu'il convient de lire le paragraphe XXX, 17-18, où Pline oppose l'art de l'empoisonnement à celui de la magie.

29. Le changement très important voire radical qui intervient dans le développement de la magie à Rome est bien mis en lumière par Marcel Le Glay, « Magie et sorcellerie à Rome au dernier siècle de la république », in *Mélanges Jacques Heurgon*, Paris, 1977, p. 525-550, et surtout par Raffaella Garosi, « Indagini sulla formazione del concetto di magia nella cultura romana », in Paolo Xella (éd.), *Magia. Studi di storia delle religioni in memoria di R. Garosi*, Rome, 1976, p. 13-93.

Protée, et même les sirènes homériques, sans oublier les sorcières thessaliennes qui font descendre la lune ; mais aussi la législation des Douze Tables[30], les sacrifices humains[31] et l'art des druides, interdits par Tibère mais survivant au bord du monde, chez les *Britanni*[32].

D'après Pline, l'histoire de la genèse de la magie révèle comment celle-ci est née de la combinaison de trois *artes* : la médecine, la religion, l'astrologie. La médecine se trouve à l'origine de la magie, mais la magie « sous l'apparence de concourir à notre salut, […] s'est insinuée comme une médecine supérieure et plus sainte » (XXX, 2), dissimulant de cette façon son vrai visage, celui d'une médecine fausse et arrogante. Cette magie-médecine s'approprie des « forces de la religion », face auxquelles le genre humain, encore et surtout aujourd'hui, devient aveugle (XXX, 2). Ce que désigne ici le terme *religio* va bien au-delà des limites de ce qu'est pour nous la religion : il s'agit plutôt de ferveur religieuse, d'une religiosité excessive que la magie utilise pour atteindre ses propres buts[33]. Enfin, l'astrologie *(artes mathematicae)* renvoie, et Pline insiste tout particulièrement sur cet aspect (XXX, 2), à la fonction divinatoire solidement attestée de la magie.

30. Dans les Douze Tables, c'est notamment le délit contre la propriété qui est puni, ainsi que J. Scheid l'a mis en évidence : « Le délit religieux dans la Rome tardo-républicaine », in *Le Délit religieux dans la cité antique* (table ronde, Rome, 1978), Rome, 1981, p. 117-171.

31. Sur le sacrifice humain dans l'Antiquité, et notamment à Rome, voir récemment le premier numéro (1999) de la revue *Archiv für Religionsgeschichte*, 1 Band, Heft 1, 1999. /hrsg von Jan Assmann, Friz Graf, Tonio Hölscher, Ludwig Koenen, John Scheid, Stuttgart et Leipzig, B. G. Teubner.

32. Fr. Graf, *op. cit.*, p. 64.

33. Sur la redéfinition ou du moins la problématisation récente des catégories occidentales de magie et de religion, à partir de l'histoire de i'évolution de ces concepts, voir par exemple H. S. Versnel, « Some Reflections on the Relationship Magic and Religion », *Numen*, 38 (1991), p. 177-197. Voir aussi É. Benveniste, *Le Vocabulaire des institutions indo-européennes*, II, *Pouvoir, droit, religion*, Paris, Éd. de Minuit, 1969.

Ce triple lien établi par Pline n'est pas sans évoquer les triples liens opérés par le nœud, le « lier », l'« enclaver » des tablettes *(Tabulae defixionum)* ayant pour objectif le mutisme de l'adversaire, voire la mort[34].

Les deux fonctions que la magie assume ou prétend assumer, à savoir la médecine et la divination[35], ne correspondent ni à ce que nous connaissons de l'époque républicaine, durant laquelle la guérison ou la divination n'étaient pas assimilées à la magie, ni à la réalité grecque du Vᵉ ou IVᵉ siècle, lorsque la *mageìa* incluait toute pratique magique, publique autant que privée ; elles ne correspondent pas non plus à l'image parvenue jusqu'à nous par les papyrus ou les inscriptions de l'époque impériale, où prédomine la magie noire des *defixiones* et des pratiques érotiques. Bien qu'il renvoie son lecteur aux Douze Tables (XXX, 3 ; XXVIII) et relate des accusations de magie concernant des pratiques maléfiques, Pline exclut ces pratiques de magie noire dans la présentation de sa « théorie » de la magie dans le livre XXX.

D'autre part, l'association de la magie et de l'astrologie, qui occupe une place centrale dans cette théorie, renvoie à une préoccupation véritable de l'époque, et ce sont de nouveau les procès qui en apportent la preuve[36].

Aux yeux de commentateurs, cette attitude de Pline envers la magie peut relever parfois de l'incohérence : d'une part, elle est méprisée, d'autre part, plusieurs recettes magiques sont relatées sans aucune critique – il présente souvent des amulettes comme remède (XXX, 136-137, 140, etc.).

---

34. Sur les rituels magiques romains les plus répandus comportant le liage, voir par exemple Fr. Bader, « Langue liée et bouche cousue. Ov., *Fast.* 2, 571-582 », *Revue de philologie,* 66, 1992, p. 217-246.

35. Voir à ce propos *ibid.*, note 30.

36. Contre la consultation des astrologues qui accompagnent les rites magiques : voir Tac., *Ann.*, XII, 22. Au début de l'Empire, il n'existe pas de législation particulière contre ces spécialistes, mais ils sont pourtant expulsés d'Italie chaque fois qu'un particulier a recours à leur art pour se mêler des affaires de l'État.

Ainsi, par exemple, lorsqu'il dit ne pas croire à l'astrologie : « N'en ont-ils pas réparti la cure sur les douze signes du zodiaque d'après les passages du soleil et le cours de la lune, ce qui doit être entièrement rejeté, comme je le démontrerai en rapportant quelques-unes de leurs nombreuses recettes » (XXX, 96 et VII, 162), et dénonce les *magicas vanitates* (XXX, 1 sq.) ; ou encore quand, après avoir défini l'inventeur de la magie, Ostanès, comme « destructeur des lois de l'humanité » et « auteur de monstruosités » *(« eversor iuris monstrorumque artifex »)* (XXVIII, 6), il affirme : « Les formules magiques et les incantations ont-elles quelque pouvoir ? [...] Les plus savants pris individuellement *(viritim sapientissimi)* rejettent cette croyance, mais dans l'ensemble elle n'en domine pas moins, quoique inconsciemment, tous les moments de la vie » (XXVIII, 10).

Dans un autre paragraphe, il conclut avec prudence : « Il est aussi téméraire de croire que la nature obtempère à des paroles rituelles *(sacra)* que stupide de dénier à celles-ci toute valeur efficace[37] » (II, 140-141).

Il ne faut pas oublier que parfois son hésitation relève d'une habitude commune à son temps, à savoir s'incliner devant un argument d'autorité, comme par exemple un fait enregistré par les annales. Ainsi, il admet les prodiges consignés dans les archives *(ibid.,* 147) ou les prédictions attribuées aux dieux (VII, 86)[38].

Parfois, il s'agit tout simplement du respect de la tradition : voici qu'après avoir reproduit des recettes aussi étranges que les suivantes – « la cervelle de vipère attachée

37. Bien que toute recette magique soit caractérisée, en Grèce comme à Rome, par trois éléments indispensables (un objet/un matériau ; une parole, des mots et des actes), dans le livre XXX, Pline relate et met en évidence quasi exclusivement les ingrédients du remède et les gestes à accomplir.

38. Sur cette attitude des Romains, voir J. Scheid, « Les *Livres Sibyllins* et les archives des Quindécemvirs », in *La Mémoire perdue*, Rome, École française de Rome, 1998, p. 11-26.

dans un sachet de peau facilite la dentition », « la fiente de corbeau portée dans une amulette de laine guérit la toux des enfants », etc. –, il écrit : « Il est difficile de prendre au sérieux certaines recettes ; il ne faut pourtant pas les négliger, parce qu'elles font partie de la tradition (XXX, 137) ». Des formules telles que *vidi, vidimus, scio, scimus* reviennent fréquemment sous sa plume (VII, 35 s., 75 s., 83 s., etc.). Ainsi que R. Schilling le souligne, « Pline ne résiste pas à émailler son récit de *miracula*, d'anecdotes étranges ou merveilleuses, qui sont colportées par la tradition : *tradunt, ferunt* comme dans le livre VII qui fourmille d'étrangetés sur l'Afrique ou sur l'Inde quitte à se ressaisir : *hinc ad confessa* (« revenons à la réalité »), écrit-il, après une dernière évocation de mirages africains[39] » (VII, 32).

Dans le livre XXVIII, 10 s., avant de passer à l'examen des remèdes tirés de l'homme, un scrupule l'arrête, et il s'interroge sur le pouvoir qu'il faut accorder aux différentes formes que revêt chez l'homme la superstition : « C'est là, dit-il, une question très grave et toujours pendante. » Et, après avoir cité nombre d'exemples où se manifeste la croyance, il conclut : « Il existe aussi des charmes contre la grêle, contre certaines espèces de maladies, contre les brûlures, des charmes dont certains ont déjà été éprouvés, mais, devant la diversité des opinions qu'ils suscitent, j'éprouve une grande gêne à les révéler : aussi, libre à chacun d'en penser ce qu'il lui plaira » (XXVIII, 29).

C'est précisément cette apparente « ambiguïté » de Pline qui présente un grand intérêt, car elle révèle la complexité de sa position par rapport à la magie. En réalité, il est le parfait interprète de son époque : d'un côté, il est conscient des *veneficia* des magiciens qu'il attaque et, d'un autre côté, il se fie aux croyances

39. R. Schilling, « La place de Pline l'Ancien dans la littérature technique », *Revue philologique*, LII (1978), p. 280. Il s'agit aussi des formules d'introduction traditionnelles de l'art médical.

traditionnelles de type médical provenant des contextes magiques.

D'après Pline, la magie est une *scientia* ou *ars* (XXX, 1, 4, 8, 10, 13) : non seulement une science dotée d'une tradition savante, avec de nombreux livres et spécialistes étrangers et qui se transmet par la mémoire, mais aussi une tradition savante qui se manifeste dans un ensemble de pratiques, de remèdes médico-magico-astrologiques qui étaient sans nul doute présents dans le monde romain, notamment pour le traitement des plaies ou la guérison des maladies[40].

La transmission d'un savoir : la pharmacopée médico-magique

Dès la première lecture du livre XXX, on est frappé par l'abondance, la diversité et l'étrangeté des remèdes suggérés ou simplement présentés : des têtes de chiens, des langues de serpents, des pattes de grenouilles, des araignées, de la fiente de poule, des mouches écrasées, triturées et enduites, des vers de terre malaxés dans le miel. Quant aux conseils donnés aux femmes, ils sont tout bonnement époustouflants : la fiente d'épervier les rendrait fécondes, le sang de chauve-souris est indiqué pour s'épiler, à moins qu'on ne préfère du fiel de hérisson mélangé à de la cervelle de chauve-souris ; et puis, pour raffermir les seins, rien de mieux que de la coquille d'œufs de perdrix réduite en poudre et mélangée à de l'oxyde de zinc.

Difficile de ne pas sourire en lisant la plupart des prescriptions rédigées par Pline, mais plus difficile encore de ne pas les trouver répugnantes et écœurantes. Selon

40. Voir A. Ernout « La magie chez Pline l'Ancien », in M. Renard et R. Schilling (éd.), *Hommage à J. Bayet*, *Latomus*, LXX, Bruxelles, 1969, p. 190-195.

Danielle Gourévitch, cette « médecine » populaire[41] »
choisissait la substance repoussante de ces remèdes, non
seulement parce que leur caractère répugnant devait
impressionner les gens (voir également A. Ernout[42]), mais
aussi parce que l'auteur dudit traitement savait que son
client ne pourrait s'y conformer… C'est donc l'impos-
sibilité même d'accéder au remède qui permettait au
thérapeute de décliner toute responsabilité en cas d'échec
éventuel.

Ajoutons aussi que le remède exigeait souvent une
fabrication pratiquement irréalisable car les circonstances
mêmes de sa préparation étaient très improbables ; parfois,
la formulation de ces recettes médico-magiques était telle
que l'opérateur ne pouvait pas ne pas se tromper :
«Manipulant du fiel de chien, est-il vraisemblable qu'il
réussisse à ne le toucher qu'avec une plume, sans y mettre
la main[43] ? »

Malgré le caractère apparemment bizarre et aléatoire
des recettes que Pline a rédigées, ces remèdes obéissent
en réalité à certains principes propres à la pharmacopée
médico-magique de l'Antiquité.

Par exemple, dans tout le livre XXX, on voit souvent
revenir le critère de la « sympathie » et de l'« antipathie »
entre les êtres, de l'affinité et de l'incompatibilité de chaque
créature physique. Un critère selon lequel on cherche à
découvrir dans les choses les ressemblances et les
discordances. Ce principe, qui pour les Anciens se résumait
dans la formule *similia similibus curantur*, attribue une

---

41. D. Gourévitch, « Le chien, de la thérapeutique populaire aux
cultes sanitaires », *MEFRA*, LXXX, 1968, p. 246-281.

42. Voir l'introduction d'A. Ernout, Pline l'Ancien, *Histoire naturelle,
livre XXX*, Paris, Les Belles Lettres, 1963, p. 10.

43. D. Gourévitch, *loc. cit.*, p. 252. Aux vertus du répugnant peuvent
s'adjoindre, pour se renforcer, celles de la couleur : « la dent la plus
longue d'un chien noir est ainsi contre la fièvre quarte un remède aussi
étrange que le ruban d'Ionesco contre les rhumes ». Voir E. Ionesco,
La Cantatrice chauve, Paris, Gallimard, p. 45.

importance fondamentale au choix de telle ou telle partie
comme instrument thérapeutique : si un malade souffre
de la rate, une rate de chiot le guérira (XXX, 51) ; si un
autre a mal aux dents, la plus longue dent gauche d'un
chien mettra un terme à ses souffrances (XXX, 21), mais
une « banale » dent de serpent pourra très bien aussi faire
l'affaire *(ibid.)*.

Il existe également d'autres procédures[44] qui impliquent
que certaines conditions se produisent, en particulier celles
qui sont liées à la contamination : on dit, par exemple, que
l'objet à utiliser pour les soins ne doit pas toucher terre :
un « formidable » remède pour soigner les furoncles
consiste à se procurer une musaraigne, tuée et suspendue,
de manière qu'elle ne touche pas terre. Le rituel consistait
à faire passer trois fois la musaraigne autour du furoncle,
pendant que le patient et le guérisseur crachaient à chaque
passage (XXX, 34).

La maladie « passe » souvent du malade à l'objet du
rituel[45] et l'on suppose parfois que la maladie est transmise
à l'animal qui l'emporte avec lui. Généralement, l'animal
auquel la maladie est transmise meurt, « tuant » ainsi du
même coup la maladie[46]. Mais il y a plus complexe, comme
le cas des douleurs des *praecordia*, un terme habituellement
employé pour désigner les organes vitaux que les médecins
situaient autour du cœur. Selon Pline, les douleurs des
praecordia peuvent être transmises au petit d'un animal
qu'on approche du corps malade. Le phénomène pouvait
même être démontré : dans les organes internes du petit,
qu'on prélevait et qu'on lavait, on trouvait les conditions

44. R̄. French, *Ancient natural History. History of Nature*, Londres-
New York, Routledge, 1994.

45. Pline relate l'exemple des os du poulet pour soigner les maux
de dents (*HN*, XXX, 8).

46. Pline rapporte que les animaux domestiques peuvent être soignés
par des parasites, faisant planer trois fois une colombe autour du corps ;
une fois libérée, la colombe meurt et l'animal est libéré de sa maladie
(*HN*, XXX, 50).

pathologiques ; le corps du petit était ensuite brûlé pour compléter le traitement (XXX, 14, 20).

Sur le terrain scientifique et méthodologique, Pline s'intéresse surtout au rapport entre pathologie et thérapie et, par conséquent, aux remèdes contre la maladie, pas tant pour trouver la cause du mal que pour découvrir le traitement approprié : il considère que la maladie est une conséquence non seulement de la corruption physique mais également de la corruption morale, et il est convaincu que ce n'est qu'en retrouvant des mœurs intègres que l'on peut parvenir à la guérison et au salut.

Parmi les remèdes recueillis et transmis par Pline dans le livre XXX, la théorie de la *signatura rerum* revêt un rôle important : l'ensemble des caractères externes – forme, couleur, goût – à travers lesquels plantes et animaux orientent l'observation vers leur usage thérapeutique (XXVII, 98-99 ; XXVI, 58)[47].

Cette *sympatheia* tellement présente aussi dans la tradition magique – qui établit ou redécouvre les relations cachées entre les choses – classe les phénomènes et les êtres, dresse des listes de plantes et de métaux, s'exerçant dans une intense activité de classification qui en fait un point de repère pour Pline et qui s'intègre dans l'interaction universelle de la doctrine stoïque.

La doctrine stoïque, de Posidonius à Panétius, s'était approprié ce critère d'interprétation en l'érigeant comme principe universel, et toute la culture courante de la fin de la République et du Ier siècle de l'Empire est particulièrement influencée par cette doctrine. Cette nature qui agit afin que nous puissions interpréter les *signatura* selon une finalité qui est universellement bienveillante est aussi la *natura parens,* présupposé théorique de nombreux remèdes traditionnels.

---

47. La théorie des *signatura rerum* est très répandue aux XVIe et XVIIe siècles, lorsque les feuilles de la pulmonaire par leur forme soignent les affections de poumons.

Le modèle de nature merveilleuse et prodigieuse, connue et contrôlée par l'homme, qui est par ailleurs la raison première de l'existence de l'univers, ne pouvait que séduire l'encyclopédiste Diderot, métaphysicien et moraliste, « pour qui le centre de la réflexion c'est l'homme, sa nature et sa situation dans l'univers des êtres ». L'Homme est pour lui « le terme unique d'où il faut partir et auquel il faut tout ramener. La science de la nature est construite par l'homme et pour l'homme[48] ».

Cet ensemble de remèdes, avec aussi leurs amulettes et leurs talismans, constituent un incroyable héritage du fond archaïque de la pharmacopée romaine, de cette branche de la « médecine domestique », qui, tout en méprisant les magiciens, utilisait leurs remèdes.

Le vieux Caton, par exemple, conseillait à son fils de se méfier de médecins (XXIX, 14), et interdisait à son fermier de consulter les diseurs de bonne aventure[49]. Cependant il donne volontiers des recettes où le remède appliqué s'accompagne de la récitation, *carmen* (incantation) et de gestes propitiatoires[50]. Quant à Varron lui aussi cite l'incantation pour la guérison de la goutte aux pieds qu'il fallait prononcer à jeun et répéter trois fois neuf fois, en touchant la terre et en crachant[51].

Il s'agit d'une tradition qui repose sur l'ancien rôle de *paterfamilias* de la Rome des familles nobles : dépositaire d'une longue tradition où se mêlent la magie, les croyances antiques, les rites magico-religieux, il joue aussi le rôle de « *curandero* », en ayant recours aussi bien à des remèdes naturels qu'à des formules magiques.

Pline se montre très attaché à cette tradition, puisqu'il fait allusion au passé et regrette le temps où, à Rome, on

48. J. Roger, *op. cit.*, p. 676.
49. Caton, *A. C.*, 3, 4.
50. Caton, *ibid.*, ch. 70, 160.
51. Varron, *R. R.*, 1, 2, 27.

soignait les maux en trouvant dans la nature les remèdes les plus appropriés à chaque maladie.

Les Romains d'autrefois connaissaient « *certa morborum genera, cum supra trecenta essent* », plus de trois cents types de maladies[52]. Entre Pompée et Tibère se seraient ajoutées à ces maladies connues de nouvelles infections, signes d'une certaine décadence morale : des maladies dermatologiques tout d'abord, comme le *lichen* (peut-être une mycose) pour lequel on fit venir à Rome des médecins égyptiens, l'apparition de pustules sur la peau ou l'éléphantiasis (une forme de lèpre) qui cependant disparut rapidement ; des maladies intestinales aussi, comme un mystérieux *colum* dont souffrit Tibère lui-même[53].

En marge, on trouvait le savoir des guérisseurs italiques, les herboristes, les pharmaciens préparateurs de *theriaka*, les Marsi itinérants *(circulatores)* avec leurs serpents provenant des montagnes des Abruzzes et experts en venins et antidotes[54]. La médecine domestique, collection de remèdes amoureusement rassemblés par Pline, est bien représentée par ce modèle d'herboristerie autonome qu'est l'*hortulus* d'Antonio Castore[55].

Entre le IIIe et le Ier siècle av. J.-C., des changements importants se sont produits dans la communauté scientifique romaine. À côté de la médecine domestique inspirée de Caton, il en existait aussi une de type hiératique, pratiquée par les prêtres, dont l'essor s'était consolidé en 292 av. J.-C., quand sur l'île du Tibre fut construit un temple en l'honneur d'Esculape, le dieu grec de la médecine[56]. L'arrivée de

52. *HN*, XXIX, 9.

53. *HN*, XXVI, 4, 5, 9.

54. U. Capitani, « Celso, Scribonio Largo, Plinio il Vecchio e il loro atteggiamento nei confronti della medicina popolare », in *Maia*, XXIV, 1972, p. 120-140.

55. G.E.R. Lloyd, *Science, op. cit.*

56. Sur la diffusion de la médecine à Rome, et notamment étrangère, voir par exemple Mirko D. Grmek (sous la dir.), *Storia del pensiero medico occidentale. I. Antichità e Medioevo*, Bari, Laterza, 1993.

médecins grecs à Rome au cours du IIe siècle av. J.-C.
provoqua la crise du rôle de prêtre-médecin. Au Ier siècle,
la médecine romaine est donc surtout une profession
d'affranchis et de Grecs, c'est-à-dire d'étrangers[57]. Les
affranchis et les Grecs dominent tout le panorama de la
médecine romaine au niveau de sa qualification comme
« art libéral », se superposant à la couche originelle, et
certainement jamais disparue, des servants médecins, des
différents rôles thérapeutiques de rang social et intellectuel
inférieur : guérisseurs en tout genre, masseurs, pharmaciens
et herboristes *(pharmacopolae)*, accoucheuses, obstétri-
ciennes, esthéticiens[58].

Bien que Pline lui-même révèle de solides liens littéraires
avec la culture grecque, surtout avec Aristote et Théophraste,
il s'oppose aux professionnels de la médecine grecque,
présents à Rome à partir du Ier siècle av. J.-C., sous la protection
des classes les plus riches et « hellénisées » de la capitale[59].
En effet, Pline les décrit comme des médecins corrompus,
des charlatans ou des escrocs, leur attribuant souvent des
signes distinctifs peu élogieux, disant qu'ils étaient sujet aux
modes, parlant de leur *garrulitas*, c'est-à-dire leur « vide
éloquence » et de leur attirance pour l'argent facile[60].

---

57. Le premier médecin grec à Rome aurait été Archagate, en 219.
Sa renommée était celle d'un chirurgien habile, mais impitoyable, utilisant
des méthodes violentes et invasives en opposition contrastée avec les
remèdes de la tradition romaine.

58. J. André, *Être médecin à Rome*, Paris, 1987, p. 59 sq.

59. Plutôt qu'un anti-hellénisme systématique voué à démolir la
science grecque, Pline ne poursuit pas les Grecs comme tels, ni la
médecine, mais les démarches para ou anti-scientifiques ainsi que l'a
souligné G. Serbat : « Il y a Grecs et Grecs ! Quel sens donner au prétendu
anti-hellénisme de Pline ? » (Actes du colloque *Pline l'Ancien témoin
de son temps*, Salamanque-Nantes, 1987, p. 279-282).

60. *HN*, XXIX, 11. Sur la présence d'une éthique médicale à Rome
et sur le portrait moral de tout médecin romain, voir J. Pigeaud, « Les
fondements philosophiques de l'éthique médicale : le cas de Rome »,
in *Médecine et morale dans l'Antiquité. Entretiens sur l'Antiquité
classique*, Fondation Hardt, vol. XLIII, 1996.

Pour un Romain, l'éloquence siégeait au forum, de même que les raffinements théoriques excessifs n'intéressent pas la médecine romaine qui est, par tradition, peu encline à l'exercice philosophique[61], dépourvue comme elle est de modèles aussi bien diagnostiques que pronostiques. *Mederi* et *usus*, ce sont les deux catégories dont elle s'inspire, s'appuyant sur la mémoire et sur les livres de remèdes, que l'expérience thérapeutique a montré comme étant valables.

Les tons nostalgiques généralement employés se mêlent aux tons de revendication au début du livre XXIX, où il affirme que « personne n'a étudié cette matière avant nous en langue latine[62] ». Certes, Pline n'est pas sans connaître les écrits de Caton, de Marron, de Celse et de Scribon Largo, tout comme ceux d'autres auteurs[63]. Toutefois, il estime être le premier écrivain en langue latine à s'occuper de médecine en partant d'un point de vue particulier : le point de vue romain[64].

L'outil conceptuel adopté par Pline pour transmettre cette connaissance médicale, est le recueil des recettes qui est la forme historiquement privilégiée pour recevoir, cataloguer et transmettre des connaissances écrites et orales[65]. Les livres de recettes, qui étaient la seule forme de littérature médicale

---

61. *HN*, XXVI, 6, 11.
62. *HN*, XXIX, 1.
63. Celse, aristocrate et médecin lettré, écrit une vaste encyclopédie, sans oublier cependant plusieurs recettes des *rustici* et des magiciens. Un cas analogue est celui de Scribon qui écrit un recueil de recettes. Sur ces figures, voir notamment U. Capitani, « Celso, Scribonio Largo, Plinio il Vecchio... », *loc. cit.* Les témoignages de Pline et de Celse sont certainement les plus importants car, parmi les sources tant latines que grecques qui nous renseignent sur la médecine à Rome à la fin de la République et au début de l'Empire, ils ont particulièrement contribué à la construction d'un modèle interprétatif des premières phases de l'histoire de la médecine à Rome.
64. M. Vegetti et P. Manuli, *op. cit.*, p. 404.
65. Voir S. Sconocchia, « La structure de la *N.H.* dans la tradition scientifique et encyclopédique romaine », in J. Pigeaud et. J. Ozoz Reta (éd.), *Pline l'Ancien témoin de son temps, op. cit.*, p. 612-632.

présentant encore un certain intérêt pour l'exercice de la profession, contiennent de plus en plus souvent des recettes magiques et des prescriptions d'amulettes et de talismans : ainsi, à côté des formules, des enchantements et des prières, la thérapie se résume à l'utilisation de quelques éléments naturels, en général des substances communes telles que l'huile, le vinaigre, le sel, le miel, l'œuf, l'encens ou le souffre. De plus, à cette période, le livre de recettes est un genre employé par de nombreux domaines de connaissances, qu'il s'agisse de médecine, de traitements esthétiques, de conseils pharmaceutiques et alimentaires ou de poésie didactique (l'ouvrage le plus connu est *Medicamina faciei feminae*[66]). En particulier, la toxicologie et la pharmacologie, simple ou complexe, devinrent alors véritablement à la mode et influencèrent, au 1er siècle apr. J.-C., des synthèses comme celle de Celse, et des recueils plus spécifiques comme celui de Scribon, ainsi que l'œuvre de Pline, qui consacre une grande partie aux *pharmaka*. C'est à cette époque qu'apparaît Dioscoride. La toxicologie des venins animaux est quant à elle remarquablement traitée par Philoménos (IIe siècle apr. J.-C.) dans son ouvrage *Sur les animaux venimeux*. En effet, le recueil des recettes, vu comme un texte permettant de mettre au jour un ensemble de connaissances fondant l'art médical romain, continue d'être utilisé pendant nombre de siècles après la chute de l'Empire, comme une forme de littérature scientifique utile à l'exercice de la profession[67].

Il ne s'agit pas cependant du simple processus de compilation, commun à toutes les productions encyclopédiques, mais d'une attitude bien plus fondamentale : pour l'Antiquité classique et le monde byzantin jusqu'au Moyen Âge chrétien, la totalisation des connaissances se fait en reproduisant la multiplicité de la bibliothèque. L'environ-

66. Voir aussi Galien XII, 421, contre la *vitiligo alba* ; XIV, 536 ; XIV, 422-23 ; Serenus, II, 3.142-160, et Pline, évidemment, *HN*, XXX, 20-30.
67. M. Vegetti et P. Manuli, « La medicina e l'igiene », *Storia di Roma*, Turin, Einaudi, 1989, p. 389-429.

nement culturel d'alors est bien connu : le monde intellectuel est pris peu à peu d'une frénésie de classification encyclopédique, les connaissances ont tant progressé qu'elles semblent avoir atteint des sommets insurmontables, par une ramification excessive et la spécialisation des savoirs.

Dans le livre XXX de Pline, la co-présence de savoir divers, astrologie, médecine, *iathromathematika*, une branche de la médecine qui permet de diagnostiquer et de soigner des maladies en se fondant sur la correspondance entre une partie du corps et la planète[68], s'inscrit dans les grandes compilations propres de cette époque.

Cette complexité et pluralité des savoirs n'est pas sans évoquer, en effet, une sorte de *compedium* divisé en livres, élaboré par couches successives jusqu'à l'époque impériale, constitué par plusieurs textes combinant sciences astrologiques, médecine astrale, divination et où apparaissent aussi plusieurs éléments du répertoire magique qui circulait depuis le IIe siècle av. J.-C. sous le nom de *Néchepso*, parfois défini comme savant, astrologue, médecin[69].

Loin d'être ou de vouloir être des compositions homogènes et originales, par leur composition complexe et variée, ces textes – et surtout celui de Pline – non seulement attestent une grande diffusion de ces pratiques, mais constituent le moment de collecte, d'organisation et notamment de fixation de cette tradition savante après une longue période de pratique.

Cette comparaison nous conduit à nous interroger une fois de plus sur le statut de ces textes[70] et de leurs auteurs

68. Voir U. Capitani, *loc. cit.*, p. 238. Cf. XX, VIII, 28.

69. J.-L. Fournet « Un fragment de Néchepso », *Studia Varia Bruxellensia. Papyri in honorem Joannis Bingen octogenarii*, Louvain, Peeters, 2000, p. 61-72.

70. Des études récentes sur les catégories et les pratiques du savoir ont mis en évidence le rôle déterminant des pratiques lettrées à l'intérieur de l'histoire des traditions sapientiales dans la constitution de la forme et du sens du texte, voir Chr. Jacob, « La carte des mondes lettrés », in L. Giard-Chr. Jacob, *Des Alexandries. Du livre au texte*, Paris, BNF, 2001, p. 11-40.

et sur la circulation de fragments de textes relevant de sciences techniques[71] différentes que nous avons l'habitude de séparer ou d'opposer.

Comment construire une « science » ?

L'œuvre de Pline, en tant que transcription d'un savoir qui se construit à cheval entre biologie et croyances traditionnelles, constitue un instrument précieux permettant à la fois de déchiffrer et d'interpréter. Dans l'Antiquité, le savoir lié aux remèdes et aux pratiques curatives provenait principalement des connaissances traditionnelles et croyances populaires, recueillies et transmises oralement, mais, même lors du passage à l'enregistrement écrit, la tradition occupait un rôle fondamental dans la catégorisation de toutes les sciences naturelles, depuis le comportement animal jusqu'à la physionomie, en passant par l'usage de remèdes pharmaceutiques et la médecine[72].

D'un côté poète et philosophe, épris par un sentiment du mystère et de la connaissance, de l'autre, collectionneur, compilateur excessif, obsédé par son fichier de notes, à l'instar des grandes figures intellectuelles de son époque, commentateurs, bibliothécaires, médecins, analystes, Pline s'interroge sur l'organisation des connaissances, et comment s'articulent les différents champs de savoirs.

Il représente un nouveau type d'observateur, extérieur et curieux, qui confronte, analyse, redécoupe des

71. Pour une réflexion sur la problématique de littératures techniques et/ou scientifiques dans l'Antiquité romaine, voir Cl. Nicolet, *Introduction* au volume *Les Littératures techniques dans l'Antiquité romaine*, *Entretiens sur l'Antiquité classique*, Fondation Hardt, vol. XLII, 1996, p. 1-17.

72. Voir aussi G. E. R. Lloyd, *Science, op. cit.*, p. 145-154, sur l'assimilation par la littérature scientifique des croyances traditionnelles.

segments des savoirs de son temps. Des savoirs spécialisés et sectorisés, comme les savoirs des pêcheurs, des chasseurs, des cueilleurs et des herboristes : ce scientifique de l'Antiquité est peut-être le premier à les rassembler dans une *summa* de connaissances qui théoriquement cohabitent.

Le livre XXX se présente ainsi comme le lieu de réflexion et de transmission d'un savoir qui est l'ensemble des savoirs pratiques d'une « communauté ». De ce point de vue, le lecteur moderne s'intéressera à Pline de la même façon qu'à des études ethnographiques sur la médecine ou, selon la terminologie utilisée désormais dans les travaux classiques, à la connaissance indigène de la santé et du corps.

D'une part, il fournit – comme toute autre science bio-médicale[73] – des instruments précieux pour la construction d'un modèle interprétatif de la médecine à Rome. D'autre part, l'extraordinaire témoignage de Pline, tant pour les informations qu'il contient que pour la façon novatrice et conceptuelle dont il les a organisées[74], nous permet de réfléchir sur les procédés de construction sociale des catégories des désagréments corporels, et par conséquent des savoirs destinés à les interpréter et à les résoudre.

Entre savoir pratique et réflexion théorique, le livre XXX de l'*Histoire naturelle* de Pline ouvre sur

73. G. E. R. Lloyd, *Science, op. cit.*
74. Pline a donc retenu des cadres extérieurs qui lui permettent de soumettre à une certaine classification les fruits de ses observations et de ses vastes lectures. À l'intérieur de ces cadres, le lecteur se rend immédiatement compte que l'auteur procède plus par empirisme que par voie rationnelle. En effet, loin de fournir une fois pour toutes une définition exhaustive des notions-clé, il préfère procéder par touches successives, voir Shilling, *op. cit.* p. 275.
Sur l'importance de la construction des modèles sociaux et idéologiques pour réfléchir sur les réalités intellectuelles et disciplinaires de l'époque à travers le temps, voir notamment A. Grafton et N. Siraisi (éd.), *Natura Particulars : Nature and the Discipline in Renaissance Europe*, Massachusetts Inst., 1999.

un champ du savoir, un espace intellectuel entre théorie et pratique savante, où s'élaborent les catégories à travers lesquelles son époque voit et interprète le monde de la nature ; un champ du savoir que nous aimerions aujourd'hui appeler ethnoscience.

LIVRE XXX

LIBER XXX

I (1). Magicas uanitates saepius quidem antece- 1
dente operis parte, ubicumque causae locusque pos-
cebant, coarguimus detegemusque etiamnum. In pau-
cis tamen digna res est de qua plura dicantur, uel
eo ipso quod fraudulentissima artium plurimum
in toto terrarum orbe plurimisque saeculis ualuit.
Auctoritatem ei maximam fuisse nemo miretur,
quandoquidem sola artium tres alias imperiosis-
simas humanae mentis complexa in unam se redegit :
natam primum e medicina nemo dubitabit ac specie 2
salutari inrepsisse uelut altiorem sanctioremque medi-
cinam, ita blandissimis desideratissimisque promissis
addidisse uires religionis, ad quas maxime etiam nunc
caligat humanum genus, atque, ut hoc quoque sugges-
serit, miscuisse artes mathematicas, nullo non auido
futura de sese sciendi atque ea e caelo uerissime peti
credente. Ita possessis hominum sensibus triplici

LIVRE XXX

I (1). Dans les pages précédentes[1] de cet ouvrage, nous avons bien souvent réfuté, lorsque le sujet et le lieu le demandaient, les impostures magiques ; c'est elles encore que nous allons dévoiler. La magie, du reste, compte parmi le petit nombre de choses sur lesquelles il y a encore beaucoup à dire, ne serait-ce que par cela même qu'étant le plus fallacieux des arts, elle a eu le plus grand pouvoir sur toute la terre et depuis de longs siècles. Nul ne s'étonnera de l'immense autorité qu'elle s'est acquise puisque, à elle seule, elle s'est intégrée et réunit les trois autres arts[2] qui ont le plus d'empire sur l'esprit humain. Personne ne doute qu'elle est d'abord née de la médecine et que, sous l'apparence de concourir à notre salut, elle s'est insinuée comme une médecine supérieure et plus sainte ; ainsi, aux promesses les plus flatteuses et les plus souhaitées, elle a joint la puissance de la religion, sur quoi, aujourd'hui encore, le genre humain reste le plus aveugle ; puis, pour s'adjoindre aussi cette autre force, elle s'est agrégé l'astrologie[3], chacun étant avide de connaître son avenir et croyant que c'est du ciel qu'il faut l'attendre avec le plus de certitude. Tenant ainsi l'esprit humain enchaîné

1. Notamment dans le livre *HN*, XXVIII, 17-22.
2. D'après Pline, la magie naît de la combinaison de trois arts : *medicinam, religionem, astrologiam.*
3. Il s'agit de l'astrologie ou plus précisément chez Pline de la fonction divinatoire de la magie. Chez Suétone (*Nero* 40.2), le mot *mathematicus* désigne l'astrologue. Sur l'astrologie chez Pline, voir A. Le Boeuffle « Pline et l'astrologie », *Helmantica* 1986, p. 173-184.

uinculo in tantum fastigii adoleuit, ut hodieque etiam
in magna parte gentium praeualeat et in Oriente
regum regibus imperet.

II. Sine dubio illic orta in Perside a Zoroastre, ut 3
inter auctores conuenit ; sed unus hic fuerit an postea
et alius non satis constat. Eudoxus, qui inter sapien-
tiae sectas clarissimam utilissimamque eam intellegi
uoluit, Zoroastren hunc sex milibus annorum ante
Platonis mortem fuisse prodidit ; sic et Aristoteles.
Hermippus, qui de tota ea arte diligentissime scripsit 4
et uiciens centum milia uersuum a Zoroastre condita
indicibus quoque uoluminum eius positis explanauit,
praeceptorem, a quo institutum diceret, tradidit
Azonacen, ipsum uero quinque milibus annorum ante
Troianum bellum fuisse. Mirum hoc in primis, durasse
memoriam artemque tam longo aeuo, commentariis
intercidentibus, praeterea nec claris nec continuis suc-
cessionibus custoditam. Quotus enim quisque †commi † 5
auditu saltem cognitos habet qui soli nominantur,
Apusorum et Zaratum Medos Babyloniosque Marma-

---

4. Transcription très répandue du mot Zarathoustra, fondateur de
la religion mazdéenne depuis l'âge achéménide (558-330 av. J.-C.) jusqu'à
la conquête arabe (651 av. J.-C.). Connu par les Grecs depuis le v-iv^e
siècle av. J.-C. comme maître des « Chaldéens » et inventeur avec les
Magi de la magie. Voir J. Bidez et Fr. Cumont, *Les Mages hellénisés*,
Paris, Les Belles Lettres, 1973², vol. I, p. 5-163.

5. Eudoxe de Cnide (fr. 342 Lasserre), mathématicien et astronome
grec, élève d'Archytas de Tarente. Célèbre dans l'Antiquité aussi comme
médecin, géographe, philosophe, fondateur de l'École de Cyzique, il
introduit deux tendances épistémologiques nouvelles : l'axiomatisation

d'un triple lien, la magie a atteint un tel sommet
qu'aujourd'hui même elle prévaut dans une grande partie
des nations et, en Orient, commande aux rois des rois.

II. C'est là, sans aucun doute, en Perse, qu'elle est née
de Zoroastre, comme en conviennent les auteurs. Mais
n'a-t-il existé qu'un seul Zoroastre[4], n'y en eut-il pas un
autre plus tard ? On n'est pas d'accord sur ce point.
Eudoxe[5], selon qui, parmi les sectes philosophiques, la
magie était la plus illustre et la plus utile, a rapporté que
ce Zoroastre vivait six mille ans avant la mort de Platon,
opinion que partageait Aristote[6]. Hermippe[7], qui a écrit
avec beaucoup d'exactitude sur toutes les parties de cet
art, qui a commenté les deux millions de vers composés
par Zoroastre et dressé, en outre, des index de ses ouvrages,
rapporte que ce fut Azonacès[8] qui enseigna cette doctrine
à Zoroastre et que celui-ci vivait cinq mille ans avant la
guerre de Troie. Il est, à première vue, surprenant que
ces souvenirs et cet art aient survécu pendant une si longue
durée en l'absence de tout écrit dans cet intervalle et, en
outre, sans que la tradition ait été entretenue par des
intermédiaires illustres et continus. Combien de personnes,
en effet, connaissent, ne fût-ce que par ouï-dire, ces mages
dont on ne cite que le nom : Apusorus et Zaratus[9] de

« univoque » des procédés géométriques et la constitution de la pratique
géométrique en champ d'objets.

En astronomie, il construit un nouveau système planétaire (hypothèse
de 27 sphères concentriques).

6. D'après Diogène Laërce, Aristote aurait écrit sur les *Magi* dans
le premier livre *Sur la philosophie* (fr. 6 Rose).

7. Hermippe de Smyrne, disciple de Callimaque, vécut au IIIᵉ siècle
av. J.-C. Biographe d'hommes célèbres.

8. *Azonacen* (Ernout). Apollodore d'Athènes situe la prise de Troie
en 1184.

9. Autre transcription du mot Zarathoustra. Les autres mages sont
inconnus.

rum et Arabantiphocum aut Assyrium Tarmoendam,
quorum nulla exstant monumenta ? Maxime tamen
mirum est in bello Troiano tantum de arte ea silentium
fuisse Homero tantumque operis eadem exin Vlixis
erroribus, adeo ut *uel* totum opus non aliunde constet,
siquidem Protea et Sirenum cantus apud eum non 6
aliter intellegi uolunt, Circe utique et inferum euoca-
tione hoc solum agi. Nec postea quisquam dixit quo-
nam modo uenisset Telmesum, religiosissimam urbem,
quando transisset ad Thessalas matres, quarum cogno-
men diu optinuit in nostro orbe, aliena gente Troianis
utique temporibus Chironis medecinis contenta et
solo Marte fulminante. Miror equidem Achillis populis 7
famam eius in tantum adhaesisse, ut Menander quo-
que, litterarum subtilitati sine aemulo ́genitus, Thes-
salam cognominaret fabulam complexam ambages
feminarum detrahentium lunam. Orphea putarem e
propinquo eam primum pertulisse ad uicina usque su-
perstitionem a medicina prouectum, si non expers
sedes eius tota Thrace magices fuisset. Primus, quod 8

10. Protée : *Od.*, IV, 351-572 ; Sirènes : *Od.*, XII, 39-54 et 154-200 ;
Circé : *Od.*, X, 133-574 ; évocation des morts : *Od.*, XI *passim*.
　11. Telmesus (voir *HN*, V 101) : ville de la Lycie évoquée par Cicéron
(*De Div.* I, 91) à propos de l'haruspicine.
　12. Région de la Grèce continentale, la Thessalie est la terre de la
magie par antonomase chez les poètes latins. Chez Horace, Properce,
Juvénal, thessalien est synonyme de « magique ».

Médie ; Marmarus et Arabantiphocus de Babylone, ou l'assyrien Tarmoendas, tous dont il ne subsiste aucun écrit ? Mais ce qui étonne le plus, c'est le silence total que garde sur cet art Homère dans son poème de la guerre de Troie, alors qu'il en a tant parlé dans celui des erreurs d'Ulysse, au point que toute cette œuvre ne repose sur rien d'autre ; car on ne peut, du moins selon les mages, comprendre autrement, dans Homère, Protée et le chant des Sirènes ; en tout cas dans Circé et l'évocation des Enfers, il n'est question que de magie[10]. Personne non plus n'a dit, dans la suite, comment la magie était venue à Telmesse[11], ville des plus religieuses, ni quand elle avait passé chez les femmes thessaliennes[12], qui ont servi longtemps de surnom dans notre pays, quoique cet art fût étranger à cette nation, qui du moins au temps de Troie, se contentait des remèdes de Chiron[13] et ne lançait d'autres foudres que celles de Mars. Je m'étonne, en vérité, que la réputation de magie se soit attachée aux sujets d'Achille[14], au point que Ménandre, cet écrivain dont la finesse est incomparable, ait donné le nom de *Thessalienne*[15] à une comédie représentant les cérémonies mystérieuses qu'accomplissent des femmes pour faire descendre la lune[16]. Je croirais <plutôt> que c'est Orphée qui le premier a propagé de proche en proche cette superstition en s'inspirant de la médecine, si la magie n'eût été totalement ignorée de la Thrace, son pays[17]. Le premier qui, d'après mes recherches,

13 Le centaure Chiron, fils de Cronos et de Philyre, depuis Homère connu pour avoir enseigné et pratiqué la médecine et la magie.

14. Achille était le roi d'une partie de la Thessalie.

15. Comédie dont ne restent que quelques fragments (229-34 Koch).

16. La descente de la Lune est un thème magique privilégié de la poésie latine. C'est la preuve même de l'efficacité du pouvoir des magiciennes : voir Virgile, *Buc.*, 8, 69 ; Ovide, *Mét.*, VII, 207.

17. Probablement ici Pline fait allusion aux herbaires et aux lapidaires qu'on avait attribués à Orphée (voir O. Kern, *Orphicorum fragmenta*, fr. 319 s.). Sur Orphée, voir aussi *HN*, XXVIII, 34.

exstet, ut equidem inuenio, commentatus est de
ea Osthanes Xerxen regem Persarum bello quod is
Graeciae intulit, comitatus ac uelut semina artis por-
tentosae sparsit obiter infecto, quacumque com-
meauerat, mundo. Diligentiores paulo ante hunc po-
nunt Zoroastren alium Proconnensium. Quod certum
est, hic maxime Ostanes ad rabiem, non auiditatem
modo scientiae eius, Graecorum populos egit. Quam-
quam animaduerto summam litterarum claritatem
gloriamque ex ea scientia antiquitus et paene semper
petitam. Certe Pythagoras, Empedocles, Demo-   9
critus, Plato ad hanc discendam nauigauere exiliis
uerius quam peregrinationibus susceptis, hanc reuersi
praedicauere, hanc in arcanis habuere. Democritus
Apollobechen Coptiten et Dardanum e Phoenice inlus-
trauit uoluminibus Dardani in sepulcrum eius petitis,
suis uero ex disciplina eorum editis. Quae recepta ab
ullis hominum atque transisse per memoriam aeque ac
nihil in uita mirandum est ; in tantum fides istis fas- 10
que omne deest, adeo ut qui cetera in uiro probant,
haec opera eius esse infitientur. Sed frustra : hunc enim
maxime adfixisse animis eam dulcedinem constat. Ple-
numque miraculi et hoc, pariter utrasque artes efflo-
ruisse, medicinam dico magicenque, eadem aetate
illam Hippocrate, hanc Democrito inlustrantibus,

18. Ostanès, en 480 av. J.-C. apparaît comme théologien,
démonologue et magicien (voir *HN*, XXVIII, 6).

19. Île de la Propontide, aujourd'hui mer de Marmara (voir *HN*, V, 151).

20. D'après la tradition ancienne, tous les philosophes grecs avaient
poursuivi leurs études à l'étranger, pendant de longs séjours, voire de
véritables exils en Chaldée, en Égypte aussi bien qu'en Inde.

ait traité ce sujet et dont les écrits subsistent, est Ostanès[18] ;
il accompagna le roi de Perse Xerxès dans la guerre qu'il
fit aux Grecs ; disséminant sur sa route les germes de cet
art monstrueux partout où il avait passé, il en infecta le
monde. Des auteurs mieux informés situent peu de temps
avant lui un autre Zoroastre <originaire> de Proconèse[19].
En tout cas, le certain est que ce fut surtout cet Ostanès
qui inculqua aux peuples de la Grèce non le goût, mais
la rage de cette science. Et pourtant je remarque que de
toute antiquité et presque toujours on recherchа dans la
magie le plus haut éclat de la gloire littéraire. C'est ainsi
que Pythagore, Empédocle, Démocrite, Platon, pour
l'apprendre, traversèrent les mers, en exilés, à vrai dire,
plus qu'en voyageurs[20] : à leur retour, ils prônèrent la magie
et la retinrent parmi les mystères. Démocrite mit en lumière
Apollobéchès de Coptos et Dardanus de Phénicie[21] ; il alla
chercher les livres de Dardanus dans son tombeau ; quant
aux siens ils furent composés d'après la doctrine de ces
deux mages. Que cette doctrine ait été recueillie par
d'aucuns et se soit ensuite transmise par la mémoire, il
n'est rien d'aussi étonnant au monde ; il y a dans tout ceci
un tel manque de vraisemblance et une telle impiété que
ceux qui approuvent les autres livres de Démocrite[22] lui
dénient la paternité de ses ouvrages magiques. Mais ils
s'abusent, car il est reconnu que c'est lui surtout qui a
implanté ces pratiques dans les esprits qu'elle a séduits.
Il est aussi des plus étonnants que ces deux arts, c'est-à-
dire la médecine et la magie, se soient développés
simultanément, à la même époque, l'une illustrée par
Hippocrate, l'autre par Démocrite, lors de la guerre du

21. Personnage inconnu, originaire de Coptos (aujourd'hui Kuft),
cité déjà par Pline : *HN*, V, 60 ; VI, 102 et 168. D'après Welmann (Pauly-
Wissowa *s.v.*), il doit être identifié avec le rival du roi Salomon dans
Rois III, 4, 31.
22. Depuis l'Antiquité jusqu'à aujourd'hui, on doute de l'attribution
à Démocrite de ces écrits magiques (voir Pline *HN,* XXVIII, 112).

circa Peloponnensiacum Graeciae bellum, quod ges-
tum est a trecentesimo Vrbis nostrae anno. Est et alia 11
magices factio a Mose et Janne et Iotape ac Iudaeis
pendens, sed multis milibus annorum post Zoroastren.
Tanto recentior est Cypria. Non leuem et Alexandri
Magni temporibus auctoritatem addidit professioni
secundus Ostanes comitatu eius exornatus, planeque,
quod nemo dubitet, orbem terrarum peragrauit.

III. Extant certe et apud Italas gentes uestigia eius 12
in XII Tabulis nostris aliisque argumentis quae priore
uolumine exposui. DCLVII demum anno Vrbis
Cn. Cornelio Lentulo P. Licinio Crasso cos. senatus
consultum factum est ne homo immolaretur,
palamque fit in tempus illud sacra prodigiosa cele-
brata.

IV. Gallias utique possedit, et quidem ad nostram 13
memoriam. Namque Tiberii Caesaris principatus
sustulit Druidas eorum et hoc genus uatum medi-
corumque. Sed quid ego haec commemorem in arte
Oceanum quoque transgressa et ad naturae inane per-
uecta ? Britannia hodieque eam attonita celebrat tan-

---

23. La guerre du Péloponnèse dura de 431 à 404 av. J.-C.

24. Les deux magiciens qui dans Exode 7, 8 rivalisent avec Moïse
et Aaron sont appelés par un apocryphe juif de l'époque hellénistique :
Iames et Mambres. Voir Paul 2 Tim. 3, 8.

25. Ainsi que la Thrace, Chypre est considérée comme terre originaire
de la magie.

26. Inconnu ; voir *HN*, XXVIII, 6.

27. Dans le recueil des lois des *Douze Tables*, il ne s'agit pas d'une

Péloponnèse qui survint l'an 300 de Rome[23]. Il est encore une autre secte magique qui se rattache à Moïse, à Jannès, à Iotapès et aux Juifs[24], mais elle est postérieure de plusieurs milliers d'années à Zoroastre. Beaucoup plus récente est la secte de Chypre[25]. En outre, une autorité non négligeable fut donnée à la magie, au temps d'Alexandre le Grand, par le second Ostanès[26] qui eut l'honneur d'accompagner ce roi et qui, ce dont nul ne saurait douter, parcourut presque toute la terre.

III. Il est certain aussi que la magie a laissé des traces parmi les nations italiennes, par exemple dans nos lois des Douze Tables[27] et d'autres monument, comme je l'ai montré dans un livre précédente[28]. Ce n'est que l'an 657 de Rome[29], sous le consulat de Cornélius Lentulus et de B. Licinius Crassus qu'un sénatus-consulte interdit d'immoler un homme, ce qui démontre que jusqu'à cette époque on accomplissait ces monstrueux sacrifices.

IV. Les Gaules, en tout cas, ont été aussi possédées par la magie, et même jusqu'à nos jours[30]. C'est seulement, en effet, sous le principat de l'empereur Tibère que l'on supprima leurs druides et cette engeance de prophètes et de médecins. Dois-je rappeler ces interdictions concernant un art qui a traversé l'Océan et pénétré jusqu'aux lieux où la nature n'est plus que du vide ? Encore aujourd'hui la

condamnation de la magie en tant que telle, mais de ce qu'on pourrait appeler aujourd'hui la magie « noire », comme l'acte de faire traîner les *fruges* dans un autre terrain ou bien celui d'enlever la récolte d'un voisin par des sortilèges.

28. Pline, *HN,* XXVII, 14-19.

29. En 94 av. J.- C.

30. Les druides représentent la caste sacerdotale des anciens Gaulois. Leur première fonction était la divination et la promulgation de préceptes et de normes rituelles. Dans *HN*, XVI, 249, Pline les appelle *Galliarum magi*. Dans la définition *hoc genus vatum medicorumque*, Pline explicite probablement les deux traits fondamentaux de sa conception de la magie : la divination et la médecine. Sur le sujet, voir Fr. Graf, *La Magie dans l'Antiquité*, Paris, 1994, p. 62-63.

tis caerimoniis ut dedisse Persis uideri possit. Adeo
ista toto mundo consensere, quamquam discordi et
sibi ignoto, nec satis aestimari potest quantum
Romanis debeatur qui sustulere monstra in quibus
hominem occidere religiosissimum erat, mandi uero
etiam saluberrimum.

V. (2). Vt narrauit Ostanes, species eius plures 14
sunt. Namque et aqua et sphaeris et aëre et stellis et
lucernis ac peluibus securibusque et multis aliis modis
diuina promittit, praeterea umbrarum inferorumque
colloquia ; quae omnia aetate nostra princeps Nero
uana falsaque comperit ; quippe non citharae tragi-
cique cantus libido illi maior fuit, fortuna rerum huma-
narum summa gestiente in profundis animi uitiis, pri-
mumque imperare dis concupiuit nec quicquam gene-
rosius uoluit. Nemo umquam ulli artium ualidius
fauit. Ad hoc non opes ei defuere, non uires, non dis- 15
centis ingenium, quae non alia patiente mundo !
Inmensum, indubitatum exemplum est falsae artis
quam dereliquit Nero ; utinamque inferos potius et
quoscumque de suspicionibus suis deos consuluisset

---

31. D'après César (*De bello gallico* VI, 13, 10 sq.), la religion des
druides était originaire de Bretagne et par la suite elle s'était répandue
en Gaule.

32. Pline fait allusion ici aux sacrifices humains à Rome (cf. *HN*,
XVIII 12-19), qu'il classe dans un passé révolu, alors que ces pratiques
auraient perduré chez les autres peuples considérés comme étant des
barbares (Strabon, IV, 4-5 et Cicéron, *Pour M. Font.* 31). Sur l'importance
du témoignage de Pline dans la conception du sacrifice humain à Rome,

Bretagne[31] délirante le pratique par de telles cérémonies
qu'elle pourrait passer pour l'avoir donné aux Perses.
Ainsi, par tout le monde, bien qu'en discorde et s'ignorant
entre eux, <les peuples> se sont accordés sur cette doctrine,
et l'on ne saurait suffisamment estimer notre dette envers
les Romains pour avoir aboli ces monstruosités dans
lesquelles tuer un homme était un acte très religieux, et
le manger, une pratique aussi très salutaire[32].

V (2). Comme l'a enseigné Ostanès, il y a plusieurs
espèces de magie[33]. En effet, elle utilise l'eau, les boules,
l'air, les étoiles, les lampes, les bassins, les haches et
beaucoup d'autres procédés pour promettre la divination,
ainsi que le pouvoir de converser avec les ombres et les
Enfers ; toutes pratiques dont, de notre temps, l'empereur
Néron fournit la preuve qu'elles n'étaient que songes creux
et mensonges[34], car sa passion pour la magie ne fut pas
moindre que pour les chants <accompagnés> de la cithare
et les récitations tragiques, la plus haute fortune humaine
exaltant en lui les vices profonds de l'âme ; sa principale
ambition fut de commander aux dieux, et il n'eut point de
dessein plus magnanime. Nul ne favorisa jamais plus
efficacement un art. Pour cela, ne lui manquèrent ni les
richesses, ni la puissance, ni l'intelligence pour apprendre,
ni le reste dont il accabla le monde ! Quelle preuve
immense, indubitable de la fausseté de la magie, que Néron
y ait renoncé ; et que n'a-t-il consulté sur ses soupçons les

voir C. Grottanelli, « Ideologia del sacrificio umano : Roma e Cartagine »,
Archiv für Religionsgeschichte 1 (1999), p. 41-59. Le numéro de la revue
est entièrement consacré au sacrifice humain.
33. J. Bidez-Fr. Cumont II, p. 286-287 rappellent dans le com-
mentaire de ce passage la division adoptée par Varron (Servius, *Ad
Aen.* III, 359 : géomantie, aeromantie, pyromantie, hydromantie). Voir
HN, XXVIII, 104.
34. Sur les relations entre Néron et la magie, et son initiation
par les mages, voir J. Bidez-Fr. Cumont, *Rivista di Filologia* 61 (1933),
p. 146 sqq.

quam lupanaribus atque prostitutis mandasset in-
quisitiones eas ! Nulla profecto sacra, barbari licet
ferique ritus, non mitiora quam cogitationes eius
fuissent. Saeuius sic nos repleuit umbris.

VI. Sunt quaedam Magis perfugia, ueluti lenti- 16
ginem habentibus non obsequi numina aut cerni. An
obstitit forte hoc in illo ? Nihil membris defuit. Nam
dies eligere certos liberum erat, pecudes uero, quibus
non nisi ater colos esset, facile ; nam homines immo-
lare etiam gratissimum. Magus ad eum Tiridates
uenerat Armeniacum de se triumphum adferens et
ideo prouinciis grauis. Nauigare noluerat, quoniam 17
expuere in maria aliisque mortalium necessitatibus
uiolare naturam eam fas non putant. Magos secum
adduxerat, magicis etiam cenis eum initiauerat ; non
tamen, cum regnum ei daret, hanc ab eo artem accipere
ualuit. Proinde ita persuasum sit intestabilem, inritam,
inanem esse, habentem tamen quasdam ueritatis
umbras, sed in his ueneficas artes pollere, non magicas.
Quaerat aliquis quae sint mentiti ueteres Magi, cum 18
adulescentibus nobis uisus Apion grammaticae artis
prodiderit cynocephalian herbam, quae in Aegypto
uocaretur osiritis, diuinam et contra omnia ueneficia,
sed si tota erueretur, statim eum qui eruisset mori,
seque euocasse umbras ad percunctandum Homerum

---

35. Tiridate, prince des Parthes, monta sur le trône d'Arménie en
54. Ayant perdu son royaume, il fut couronné de nouveau grâce à Néron
(Dion Cassius, LXIII,2).

36. Prescriptions souvent attribuées aux *Magi* (interdiction d'uriner
dans les fleuves, Hérodote, I, 138, contre le soleil ou la lune, *HN*,
XXVIII, 69).

Enfers et n'importe quels dieux plutôt que d'avoir confié
ses enquêtes aux lupanars et aux prostituées ! Il n'est
assurément pas de sacrifices, de rite aussi barbare et
sauvage qu'on l'imagine, qui n'eussent été plus doux
que les pensées qui l'agitaient. C'est ainsi qu'avec plus de
cruauté il a rempli Rome des ombres <de ses victimes>.

VI. Les mages ont certaines défaites, prétendant, par
exemple, que les dieux n'obéissent pas ou ne laissent pas
voir à ceux qui ont des taches de rousseur. Serait-ce, par
hasard, cet obstacle qui fit échouer Néron ? Son corps était
sans défaut. Il lui était, d'autre part, loisible de choisir
les jours convenables, facile de se procurer des brebis
entièrement noires, et même très agréable d'immoler des
hommes. Le mage Tiridate[35] était venu lui apporter en sa
personne le triomphe de la guerre d'Arménie, et par là
opprimant les provinces sur son passage. Il n'avait <en
effet> pas voulu venir par mer parce que les mages
regardent comme néfaste de cracher dans la mer et de la
souiller par les autres besoins de l'homme[36]. Il avait amené
des mages avec lui et même initié Néron à des banquets
magiques ; et pourtant l'empereur qui lui donnait un
royaume ne put en recevoir l'art qu'il demandait. Soyons
donc bien persuadés que c'est une chose détestable,
inefficace, vaine, ayant cependant quelque apparence de
réalité, mais seulement dans l'art des empoisonnements,
non dans celui de la magie. Qu'on imagine ce que furent
les mensonges des anciens mages quand le grammairien
Apion[37], que nous avons vu lors de notre jeunesse, a écrit
que la plante cynocéphalie[38], appelée en Égypte *osiritis*,
est propre à la divination et combat tous les maléfices,
mais que si quelqu'un l'arrache tout entière, celui-ci meurt
sur le champ ; que lui-même ayant évoqué les ombres pour

37. Apion (Iᵉʳ s. apr. J.-C.) d'Alexandrie en Égypte. Grammairien,
élève de l'école alexandrine, dont il devint le chef après Théon.
38. Littéralement « Tête de chien ». Muflier, tête de mort
(*Antirrhinum erontium* L.), aussi gueule-de-loup.

quanam patria quibusque parentibus genitus esset,
non tamen ausus profiteri quid sibi respondisse diceret.

VII (3). Peculiare uanitatis sit argumentum quod 19
animalium cunctorum talpas maxime mirantur tot
modis a rerum natura damnatas, caecitate perpetua,
tenebris etiamnum aliis defossas sepultisque similes.
Nullis aeque credunt extis, nullum religionum capacius
iudicant animal, ut, si quis cor eius recens palpitans-
que deuoret, diuinationes et rerum efficiendarum
euentus promittant. Dente talpae uiuae exempto 20
sanari dentium dolores adalligato adfirmant. Cetera
ex eo animali placita eorum suis reddemus locis, nec
quicquam probabilius inuenietur quam muris aranei
morsibus aduersari eas, quoniam et terra orbitis, ut
diximus, depressa aduersatur.

VIII. Cetero dentium doloribus, ut iidem narrant, 21
medetur canum qui rabie perierunt capitum cinis
crematorum sine carnibus instillatus ex oleo cyprio per
aurem cuius a parte doleant, caninus dens sinister maxi-
mus, circumscarifato qui doleat, aut draconis os e spi-
na, item enhydridis; est autem serpens masculus et
albus. Huius maximo dente circumscarifant, aut in
superiorum dolore duos superiores adalligant, e diuerso
inferiores. Huius adipe perunguontur qui crocodilum 22

---

39. Traditionnelle *vexata quaestio* depuis Sémonide et Pindare.

40. La taupe étant considérée comme aveugle (mais voir Aristote,
HA I 9), on lui attribuait le don de la clairvoyance. Voir *HN*, IX 178 et
HN, IX, 139.

interroger Homère sur sa patrie et ses parents, dit ne pas oser déclarer ce qui lui fut répondu[39].

VII (3). Voici une preuve particulière des mensonges des mages : de tous les animaux, c'est la taupe[40] qu'ils admirent le plus, elle qui est à tant d'égards maltraitée par la nature, condamnée à une cécité perpétuelle, enfouie de plus dans d'autres ténèbres où elle est comme enterrée. Il n'est pas de viscères auxquels ils accordent plus de confiance, il n'est pas d'animal qu'ils regardent comme plus propre aux rites religieux, au point qu'à celui qui avalera un cœur de taupe frais et palpitant, ils promettent de connaître par divination, le déroulement des événements futurs. Ils affirment qu'on guérit les maux de dents en attachant sur soi une dent arrachée à une taupe vivante. Quant à leurs autres allégation touchant cet animal, nous en parlerons en leur place ; ce qu'on y rencontrera de plus vraisemblable, c'est que les taupes combattent les morsures de musaraignes puisque, comme nous l'avons dit, la terre prise au fond des ornières les combat également.

VIII. Au reste, selon leur dire, on guérit les maux de dents avec la cendre de têtes de chiens morts de la rage et qu'on a brûlées sans leurs chairs ; on l'instille avec de l'huile de henné[41] dans l'oreille, du côté de la douleur ; on se sert aussi de la plus longue dent gauche d'un chien pour scarifier la <gencive de la> dent douloureuse, ou d'un os de l'épine du dragon ou d'une *enhydris*[42] (couleuvre d'eau) ; celle-ci doit être mâle et blanche. Avec la plus longue dent de cette couleuvre, on scarifie la gencive, ou dans la douleur des dents d'en haut, on attache en amulette deux dents de la mâchoire supérieure et, dans celle des dents d'en bas, deux dents de la mâchoire

41. Sur l'huile de henné, voir *HN*, XII, 109. Le *cypros* est le henné, voir J. André, *Lexique des termes de botanique en latin*, Paris, Klincksieck, 1956 *s.v.*, souvent confondu avec le *Ligustrum*.
42. Les Grecs appellent *enhydris* le serpent d'eau, voir aussi *HN*, XXXII, 82.

captant. Dentes scarifant et ossibus lacertae e fronte
luna plena exemptis ita ne terram adtingant. Col-
luunt dentibus caninis decoctis in uino ad dimidias
partes. Cinis eorum pueros tarde dentientes adiuuat
cum melle. Fit eodem modo et dentifricium. Cauis
dentibus cinis e murino fimo inditur uel iocur lacer-
tarum aridum. Anguinum cor, si mordeatur adal- 23
ligeturue, efficax habetur. Sunt inter eos qui murem
bis in mense iubeant mandi doloresque ita cauere.
Vermes terreni decocti in oleo infusique auriculae
cuius a parte doleant, praestant leuamentum. Eorun-
dem cinis exesis dentibus coniectus ex facili cadere
eos cogit, integros dolentes inlitus iuuat ; comburi
autem oportet in testo. Prosunt et cum mori radice in
aceto scillite decocti ita ut colluantur dentes. Is quo- 24
que uermiculus qui in herba Veneris labro appellata
inuenitur, cauis dentium inditus mire prodest. Nam
urucae brassicae † eius † contactu cadunt, et e malua
cimices infunduntur auribus cum rosaceo. Harenulae

43. Ce sont les chausseurs de la ville de Tentyra en Égypte, située
sur la rive occidentale du Nil, dont Pline parle au livre VIII, 92. Voir
aussi Sénèque, *Nat. Q.*, IV, 2, 15.

44. Ces prescriptions sont répandues dans les rituels magiques. Le
contact avec la terre élimine tout pouvoir magique aux plantes, aux
animaux ainsi qu'aux remèdes mêmes. Voir Pline *HN*, XX, 6 ; XXIII,
163 ; XXIV, 12 ; XXV, 171, etc.

inférieure. Les chasseurs de crocodiles s'enduisent de la graisse de cet animal[43]. On scarifie les gencives avec les os du front d'un lézard extraits pendant la pleine lune et sans qu'ils aient touché la terre[44]. On fait un bain de bouche avec des dents de chien bouillies dans du vin jusqu'à réduction de moitié. La cendre de ces dents, avec du miel, favorise la dentition chez les enfants où elle tarde à se produire ; on en fait aussi, de la même manière, un dentifrice. Dans les dents creuses, on introduit de la cendre de crottes de rat ou du foie desséché de lézard[45]. Mordre le cœur d'un serpent ou le porter en amulette passe pour être efficace <pour les dents>. Il en est parmi les mages qui prescrivent de manger un rat deux fois par mois, ce qui préserve des maux de dents. Les vers de terre, bouillis dans l'huile et injectés dans l'oreille du côté douloureux, soulagent la souffrance. Leur cendre, introduite dans les dents cariées, les fait tomber facilement et, en application, apaise les douleurs de celles qui sont intactes, mais les vers doivent être brûlés dans un pot de terre[46]. Bouillis avec de la racine de mûrier dans du vinaigre scillitique[47], ceux-ci servent encore à se laver les dents. Le ver qu'on trouve, dans la plante appelée bassin de Vénus[48], introduit dans les dents creuses, leur est aussi merveilleusement utile. Quant à la chenille <de la feuille> du chou[49], elle fait par son contact tomber les dents ; on injecte aussi dans les oreilles, avec de l'huile rosat, les pucerons de la

45. Contre la douleur des dents, on prescrivait souvent de porter une amulette faite de la dent des animaux, voir Seren., LVIII, 1031.

46. Les interdictions concernant l'usage des métaux dans la préparation des remèdes sont très fréquentes chez Pline. L'interdit porte sur le contact avec le fer, notamment dans la récolte des plantes. Voir A. Delatte, *Herbarius*, Liège, Paris, 1961.

47. Le mot *Scille* désigne d'abord la scille et ensuite, par comparaison, des plantes à bulbe, voir J. André *s.v.*

48. *Labrum Veneris*, « baignoire de Vénus » ; en français : « Cabaret des oiseaux » (*Dipsacus follonum* L.). Voir *HN*, XXV, 171.

49. Cheville du chou aussi chez Marcellus, XII, 64.

quae inueniuntur in cornibus coclearum, cauis den-
tium inditae, statim liberant dolore. Coclearum ina-
nium cinis cum murra gingiuis prodest, serpentis cum
sale in olla exustae cinis cum rosaceo in contrariam
aurem infusus, anguinae uernationis membrana cum
oleo taedaeque resina calefacta et auri alterutri
infusa ; adiciunt aliqui tus et rosaceum. Eadem, cauis 25
indita, ut sine molestia cadant praestat. Vanum
arbitror esse circa Canis ortum angues candidos mem-
branam eam exuere, quoniam neutrum in Italia
uisum est, multoque minus credibile in tepidis regio-
num *tam* sero exui. Hanc autem uel inueteratam cum
cera celerrime euellere tradunt. Et dens anguium
adalligatus dolores mitigat. Sunt qui et araneum 26
animal ipsum sinistra manu captum tritumque in
rosaceo et in aurem infusum cuius a parte doleat,
prodesse arbitrentur. Ossiculi gallinarum in pariete
seruati fistula salua tacto dente uel gingiua scarifata
proiectoque ossiculo statim dolorem abire tradunt,
item fimo corui lana adalligato uel passerum cum oleo
calefacto et proximae auriculae infuso. Pruritum
quidem intolerabilem facit, et ideo utilius est passeris
pullorum sarmentis crematorum cinerem ex aceto
infricare.

---

50. Notamment pour soigner les caries, voir Marcellus, 12, 31, et
Serenus, 239.

51. *Coclea*, les escargots étaient cassés en morceaux pour favoriser
la cicatrisation des blessures (Celse, V, 2), cuits comme émollients (V,
15) ou bien torréfiés pour soigner le prolapsus de l'utérus (V, 21).

mauve[50], les petits grains de sable qu'on trouve dans les
corne des limaçons[51], introduits dans les cavités des dents,
font aussitôt disparaître la douleur. La cendre des <coquilles
de> limaçons vides, avec de la myrrhe, est bonne pour les
gencives, ainsi que celle d'un serpent brûlé avec du sel
dans une marmite, injectée avec de l'huile rosat dans
l'oreille du côté opposé, et que la peau dont se dépouillent
les serpents au printemps, chauffée avec de l'huile et de
la résine de *taeda*[52] et injectée dans l'une ou l'autre oreille ;
quelques-uns y ajoutent de l'encens et de l'huile rosat. Cette
même préparation introduite dans les dents creuses a
l'avantage de les faire tomber sans souffrance. C'est une
fable, je pense, de dire que les couleuvres blanches se
débarrassent de cette peau vers le lever du Chien[53], parce
que ni l'un ni l'autre de cela ne se voit <en Italie>, et
qu'il est bien moins croyable que, dans les pays chauds,
cette mue se produise si tard. On dit pourtant que cette
peau, même conservée, incorporée à de la cire fait tomber
les dents très rapidement. Une dent de couleuvre portée en
amulette calme aussi les maux de dents. Il en est qui
estiment salutaire d'injecter dans l'oreille du côté
douloureux une araignée capturée de la main gauche et
broyée dans de l'huile rosat. On dit qu'un petit os de poule,
au canal médullaire intact, conservé dans un <trou de>
muraille chasse aussitôt la douleur si on le met en contact
avec la dent <malade> ou si on en scarifie la gencive et
qu'on jette ensuite cet os ; la fiente de corbeau enveloppée
dans de la laine aurait la même propriété, ou la fiente de
moineau chauffée dans de l'huile et versée dans l'oreille
voisine <de la dent malade>[54]. Ce remède provoque
toutefois une démangeaison intolérable, aussi vaut-il mieux
faire des frictions avec de la cendre de jeunes moineaux
brûlés sur des sarments et délayée dans du vinaigre.

52. *Taeda* : espèce d'épicea cultivée (*Picea excels* L.), cf. J. André, *s.v.*
53. Autour du 19 juillet.
54. Voir § 94.

IX. (4.) Oris saporem commendari adfirmant 27
murino cinere cum melle si fricentur dentes ; admis-
cent quidam marathi radices. Pinna uolturis si scal-
pantur dentes, acidum halitum faciunt ; hoc idem hys-
tricis spina fecisse ad firmitatem pertinet. Linguae
ulcera et labrorum hirundines in mulso decoctae
sanant, adeps anseris aut gallinae rimas, oesypum cum
galla, araneorum telae candidae et quae in trabibus
paruae texuntur. Si feruentia os intus exusserint, lacte
canino statim sanabuntur.

X. Maculas in facie oesypum cum melle Corsico, 28
quod asperrimum habetur, extenuat, item scobem
cutis in facie cum rosaceo inpositum uellere — qui-
dam et butyrum addunt —, si uero uitiligines sint, fel
caninum prius acu conpunctas, liuentia et suggillata
pulmones arietum pecudumque in tenues consecti
membranas calidi inpositi uel columbinum fimum.
Cutem in facie custodit adeps anseris uel gallinae. 29
Lichenas et murino fimo ex aceto inlinunt et cinere
irenacei ex oleo ; in hac curatione prius nitro ex aceto
faciem foueri praecipiunt. Tollit ex facie uitia et
coclearum, quae latae et minutae passim inueniuntur,
cum melle cinis. Omnium quidem coclearum cinis spis-

55. *Marathrum, feniculum (Foeniculum vulgare)*, cf. J. André *s.v.*
56. Nombreux sont les médicaments tirés du chien dans les livres
HN XXIX et XXX : il est censé procurer la plupart des humeurs (sang,
salive, urine, lait) qui sont à la base des remèdes médico-magiques
rapportés par Pline. Sur l'usage du chien dans la thérapeutique, voir
notamment D. Gourévitch, « Le chien, de la thérapeutique populaire aux
cultes sanitaires », *MEFRA* 80 (1968), p. 247-281.

IX (4). Pour donner bonne haleine, on conseille de se frotter les dents avec de la cendre de rat dans du miel ; certains y ajoutent de la racine de fenouil[55]. Se curer les dents avec une plume de vautour rend l'haleine aigre ; le faire avec un piquant de porc-épic affermit les dents. On guérit les ulcérations de la langue et des lèvres avec des hirondelles bouillies dans du vin miellé ; les gerçures <des lèvres> avec de la graisse d'oie ou de poule, du suint mélangé de noix de galle ou avec des toiles blanches d'araignées ou ces petites toiles qu'elles tissent entre les poutres. Si l'on s'est brûlé l'intérieur de la bouche avec quelque aliment trop chaud, le lait de chienne guérira sur le champ[56].

X. Les taches du visage s'effacent avec du suint dans du miel de Corse[57], qui passe pour très âpre ; les écailles de la peau de la face, en y appliquant du suint avec de l'huile rosat, sur de la laine – certains y ajoutent du beurre – ; mais si ces taches sont du vitiligo, on y applique, après les avoir piquées avec une aiguille, du fiel de chien. Pour les meurtrissures et les ecchymoses, on se sert du poumon de bélier ou de brebis coupé en tranches minces et appliqué chaud, ou encore de fiente de pigeon. On entretient la peau du visage avec de la graisse d'oie ou de poule. Quant au lichen[58], on le badigeonne avec des crottes de rat dans du vinaigre et de la cendre de hérisson dans de l'huile ; mais pour ce traitement il est prescrit de fomenter d'abord la face avec du nitre dans du vinaigre. On fait aussi disparaître les altérations du visage avec, mélangée de miel, la cendre des limaçons, gros et petits qu'on trouve communément[59].

---

57. *Oesypum* : graisse de la laine (lanoline) utilisée en médecine et cosmétique pour préparer des emplâtres suppuratifs (Celse, V, 19,10).

58. Dermatose prurigineuse et inflammatoire qui frappe le visage et l'avant-bras ; voir *HN*, XXVIII, 37 ; Dioscoride, *Eup.*, I, 121.

59. Cendre d'escargots, voir § 75 et 136. Citée par Ovide probablement dans un passage perdu des *Medicamina faciei*, cette médecine est connue par Diosc., II 56, Archigène (Galien, XII, 977), Celse, IV, 75.

sat, calfacit smectica ui et ideo causticis miscetur,
psorisque et lepris et lentigini inlinitur. Inuenio et for-
micas Herculaneas appellari, quibus tritis adiecto sale
exiguo talia uitia sanentur. Buprestis animal est 30
rarum in Italia, simillimum scarabaeo longipedi. Fal-
lit inter herbas bouem maxime, unde et nomen
inuenit, deuoratumque tacto felle ita inflammat ut
rumpat. Haec cum hircino sebo inlita lichenas ex facie
tollit septica ui, ut supra dictum est. Volturinus san-
guis cum chamaeleontos albae, quam herbam esse
diximus, radice et cedria tritus contectusque brassica,
lepras sanat, item pedes locustarum cum sebo hircino
triti, uaros adeps gallinaceus cum cepa subactus.
Vtilissimum et in facie mel in quo apes sint immor-
tuae, praecipue tamen faciem purgat atque erugat
cygni adeps. Stigmata delentur columbino fimo ex
aceto.

XI. Grauedinem inuenio finiri si quis nares 31
mulinas osculetur. Vua et faucium dolor mitigatur
fimo agnorum priusquam herbam gustauerint in
umbra arefacto, uua suco cocleae acu transfossae
inlita, ut coclea ipsa in fumo suspendatur, hirundinum
cinere cum melle ; sic et tonsillis succurritur. Tonsillas 32

60. Affection accompagnée de démangeaison ; traduit souvent par gale.
61. *Formica Herculanea* : espèce de fourmi, utilisée en médecine
pour les maladies de la peau. Voir Marcellus, XIX,14.
62. Coléoptère venimeux qui provoque chez le bœuf inflammations
et enflures. Sur l'empoisonnement chez l'homme, voir Scrib. L. 190.

En réalité, la cendre de tous les limaçons, douée de propriétés détersives, resserre et échauffe et c'est pour cela qu'on l'introduit dans les caustiques et qu'on l'applique contre la gale[60], les desquamations et les taches de rousseur. Je lis qu'on appelle fourmis d'Hercule[61] des fourmis qui, broyées avec un peu de sel, guérissent ces mêmes affections. Le bupreste[62] est un animal rare en Italie ; il ressemble beaucoup à un scarabée à longues pattes. Ce sont les bœufs surtout qui l'avalent avec l'herbe sans s'en apercevoir : de là son nom ; il leur touche alors le fiel et provoque une telle inflammation qu'ils en meurent. Appliqué avec du suif de bouc, le bupreste guérit le lichen de la face, grâce, comme on vient de le dire, à son pouvoir septique. Le sang de vautour pilé avec la racine de chamaeléon blanc[63], que nous avons dit être une plante, et avec de la résine de cèdre, le tout recouvert d'une feuille de chou, guérit les desquamations, ce que font aussi les pattes de sauterelles écrasées avec du suif de bouc ; la graisse de poule pétrie avec de l'oignon guérit les boutons. Le miel dans lequel sont mortes des abeilles est aussi très bon pour le visage[64], mais c'est surtout la graisse de cygne qui nettoie le mieux la face et en efface les rides. Les marques imprimées <au fer> sont détruites par la fiente de pigeon dans du vinaigre.

XI. Je lis qu'on arrête le rhume de cerveau en embrassant les naseaux d'une mule[65]. On apaise les maux de la luette et de la gorge avec la fiente, séchée à l'ombre, d'agneaux qui n'ont pas encore mangé d'herbe ; on traite la luette par des applications de suc de limaçons obtenu en les perçant avec une aiguille, les limaçons étant suspendus à la fumée ; ou encore par de la cendre d'hirondelles dans du miel ; on soigne aussi les amygdales

63. Nom de plantes à feuilles aux couleurs changeantes, voir J. André, *s.v.*

64. Le miel est un ingrédient très commun à la fois pour ses propriétés médicales et comme excipient.

65. Voir *HN*, XXVIII, 57 ; catarrhe du nez. Voir Celse, IV, 5, 2.

et fauces lactis ouilli gargarissatio adiuuat, multipeda
trita, fimum columbinum cum passo gargarizatum,
etiam cum fico arida ac nitro impositum extra. Aspe-
ritatem faucium et destillationes leniunt cocleae —
coqui debent inlotae demptoque tantum terreno con-
teri et in passo dari potui ; sunt qui Astypalaeicas
efficacissimas putent et † inissima † earum —, gryllus
infricatus, aut si quis manibus quibus eum contriuerit
tonsillas attingat.

XII. Anginis felle anserino cum elaterio et melle 33
citissime succurritur, cerebro noctuae, cinere hirun-
dinis ex aqua calida poto ; huius medecinae auctor est
Ouidius poeta. Sed efficaciores ad omnia quae ex
hirundinibus monstrantur pulli siluestrium — figura
nidorum eas deprehendit —, multo tamen efficacis-
simi ripariarum pulli ; ita uocant in riparum cauis
nidificantes. Multi cuiuscumque hirundinis pullum
edendum censent, ut toto anno non metuatur id
malum. Strangulatos cum sanguine comburunt in 34
uase et cinerem cum pane aut potui dant. Quidam et
mustelae cinerem pari modo admiscent ; sic ad stru-

66. Une des Sporades (voir *HN*, IV, 71).
67. Remède préparé avec le jus de concombre sauvage ; voir *HN*,
XX, 5 ; *HN*, XX VII, 74.

de cette façon. Les gargarismes de lait de brebis calment les inflammations des amygdales et de la gorge, qu'on traite aussi avec des mille-pattes écrasés, de la fiente de pigeon dans du vin de raisin sec, en gargarisme ou appliquée extérieurement avec une figue sèche et du nitre. Les limaçons adoucissent l'irritation et les catarrhes de la gorge – ils doivent être cuits non lavés et débarrassés seulement de la terre – puis écrasés et donnés en boisson dans du vin de raisin sec ; certains regardent ceux d'Astypalée[66], même les plus… de cette espèce, comme les plus efficaces. On calme aussi ces maux en frottant <la gorge> avec un grillon ou en touchant les amygdales avec les doigts qui l'ont écrasé.

XII. On soulage très rapidement les angines avec du foie d'oie auquel on ajoute de l'*élatérion*[67] et du miel, avec de la cervelle de chouette, de la cendre d'hirondelle prise dans de l'eau chaude ; cette dernière médication fut indiquée par le poète Ovide. Mais de tous les remèdes que fournissent les hirondelles[68], ce sont les petits des hirondelles sauvages qui sont le plus actifs – on reconnaît celles-ci à la forme de leur nid –, et de beaucoup plus efficaces sont les petits des hirondelles de rivage, ainsi nommées parce qu'elles font leurs nids dans les trous des berges. Beaucoup pensent qu'il suffit de manger un petit d'hirondelle de n'importe quelle espèce pour n'avoir pas à redouter l'angine de toute l'année. On étrangle les hirondelles, puis on les brûle avec leur sang dans un récipient et on donne cette cendre avec du pain, ou dans un breuvage. Certains y mélangent une quantité égale de cendre de belette ; ainsi préparé on donne ce remède pour les écrouelles, et on l'administre chaque jour, en boisson,

68. Le ventre des hirondelles était censé abriter la légendaire pierre chelidonia *(lapis chelidonius)* aux propriétés magiques. La cendre des hirondelles augmentait le charme masculin, alors que le sang aidait les cheveux à pousser.

mae remedia dant et comitialibus cotidie potui. In sale
quoque seruatae hirundines ad anginam drachma bi-
buntur, cui malo et nidus earum mederi dicitur potus.
Milipedam inlini anginis efficacissimum putant ; alii 35
XX tritas in aquae mulsae hemina dari per harundi-
nem, quoniam dentibus tactis nihil prosint. Tradunt
et murem cum uerbenaca excoctum, si bibatur is
liquor, remedio esse, et corrigiam caninam ter collo
circumdatam, fimum columbinum uino et oleo per-
mixtum. Ceruicis neruis, opisthotono ex milui nido
surculus uiticis adalligatus auxiliari dicitur, (5) stru- 36
mis exulceratis mustelae sanguis, ipsa decocta in uino ;
non tamen sectis admouetur. Aiunt et in cibo sump-
tam idem efficere, uel cinerem eius sarmentis conbus-
tae <cui> miscetur axungia. Lacertus uiridis adal-
ligatur ; oportet post dies XXX alium adalligari. Qui-
dam cor eius in argenteo uasculo seruant ad femin*inas*
strumas et u*iril*es. Cocleae cum testa sua tusae inli- 37
nuntur, maxime quae fructectis adhaerent, item cinis
aspidum cum sebo taurino inponitur, anguinus adeps
mixtus oleo, item anguium cinis ex oleo inlitus uel
cum cera. Edisse quoque eos medios abscisis utrimque
extremis partibus aduersus strumas prodest, uel cine-

---

69. Le mille-pattes joue un rôle très significatif dans la pharmacopée
classique pour soigner les ulcères, les otites (bouilli et inséré dans
l'oreille), les angines et comme amulette contre la fièvre quarte.

aux épileptiques. Pour l'angine, on fait absorber aussi, à
la dose d'une drachme, des hirondelles conservées dans
le sel ; en outre, un nid d'hirondelle pris dans une boisson
passe pour guérir cette maladie. On pense que le mille-
pattes[69] appliqué localement est très efficace contre les
angines ; d'autres prescrivent d'en écraser vingt dans
une hémine d'hydromel et de les absorber avec un roseau
parce que le remède perd son efficacité s'il touche les
dents. On dit encore qu'un rat cuit avec de la verveine et
dont on boit le bouillon est un bon remède, de même
qu'une courroie en peau de chien tournée trois fois autour
du cou, et que la fiente de pigeon délayée dans du vin et
de l'huile. On guérit, dit-on, les torticolis et l'*opisthotonos*[70]
avec un brin de vitex pris à un nid de milan et porté comme
amulette. (5.) Pour les scrofules ulcérées, on emploie le
sang de belette et l'animal lui-même bouilli dans du vin,
ce qu'on ne doit cependant pas appliquer sur les scrofules,
qui ont été incisés. On dit aussi que manger une belette
produit le même effet, ou encore la cendre obtenue en la
brûlant sur des sarments et qu'on mélange à de l'axonge.
On- attache <au malade> un lézard vert qu'il faut, au bout
de trente jours remplacer par un autre. Certains conservent
dans un petit vase d'argent un cœur de lézard <qu'ils
utilisent> contre les scrofules des femmes et des hommes.
<Pour cette affection> on applique <encore> des limaçons
broyés avec leur coquille, surtout ceux qui s'attachent aux
arbustes ; de la cendre d'aspic avec du suif de taureau ;
de la graisse de couleuvre[71] mélangée d'huile ; de la cendre
de couleuvre avec de l'huile ou avec de la cire. Il est bon
aussi, pour combattre les scrofules, de manger le milieu
du corps de la couleuvre après avoir retranché chaque

70. Rigidité du corps et notamment de la nuque : voir Celse, IV, 6,
1 ; voir *HN*, XXVIII, 192 et XIX, 197.
71. D'après Dioscoride, II, 76.19, la graisse du serpent aussi bien
que sa peau sont utilisées dans les remèdes ophtalmologiques.

rem bibisse in nouo fictili ita crematorum, efficacius
multo inter duas orbitas occisorum. Et gryllum inli- 38
nere cum sua terra effossum suadent, item fimum
columbarum per sese uel cum farina hordeacia aut
auenacia ex aceto, talpae cinerem ex melle inlinere.
Alii iocur eiusdem contritum inter manus inlinunt et
triduo non abluunt. Dextrum quoque pedum eius
remedio esse strumis adfirmant. Alii praecidunt caput
et cum terra a talpis excitata tusum digerunt in
pastillos pyxide stagnea et utuntur ad omnia quae
intumescant, et quae apostemata uocant quaeque in
ceruice sint ; uesci suilla tunc uetant. Tauri uocantur 39
scarabaei terrestres ricino similes — nomen cornicula
dedere, alii pediculos terrae uocant — ; ab his quoque
terram egestam inlinunt strumis et similibus uitiis et
podagris, triduo non abluunt. Prodest haec medicina
in annum, omniaque his adscribunt quae nos in gryllis
rettulimus. Quidam et a formicis terra egesta sic
utuntur. Alii uermes terrenos totidem quot sint
strumae adalligant, pariterque cum iis arescunt. Alii 40
uiperam circa Canis ortum circumcidunt ut diximus,

72. En médecine il est souvent utilisé contre les otites ; sous son
nom grec *Troxallis*, il est prescrit pour guérir les ulcères (*HN*, XXX,
117) et pour faciliter les règles (*HN*, XXX, 129). Voir I. C. Bearis, *Insects
and other Invertebrates in Classical Antiquity*, University of Exeter,
1988, p. 78-80.
73. *Taurus* : une espèce de scarabée, prescrite dans les remèdes
contre la scrofule ; chez Pline, est cité aussi comme amulette efficace

extrémité de l'animal, ou de le brûler dans un vase de terre neuf et d'en boire la cendre ; il est de beaucoup plus efficace que ces couleuvres aient été tuées entre deux ornières. On conseille encore des onctions avec un grillon[72] qu'un a extrait avec la terre qui lui est attachée ; avec la fiente de pigeon seule ou avec de la farine d'orge ou d'avoine dans du vinaigre ; de la cendre de taupe dans du miel. D'autres appliquent un foie de taupe écrasé dans les mains et ne lavent la région qu'après trois jours. On affirme aussi qu'une patte droite de la taupe est un remède pour les scrofules. D'autres coupent la tête de l'animal, la broient avec la terre qu'il soulève, puis en composent des pastilles <qu'ils gardent> dans une boîte d'étain et dont ils se servent pour toutes les tuméfactions, pour celles qu'on appelle apostèmes comme pour les maux qui siègent au cou ; ils interdisent alors de manger du porc. On appelle « taureaux » des scarabées de terre qui ressemblent à des tiques : ils doivent ce nom à leurs petites cornes ; d'autres les nomment « poux de terre » ; on applique la terre qu'ils ont fouillée sur les scrofules, et autres maux semblables, on s'en sert aussi pour la goutte, on ne nettoie pas la région avant trois jours. Cette médication vaut pour un an, et on leur attribue toutes les propriétés que nous avons rapportées à propos du grillon. Certains emploient de la même façon la terre fouillée par les fourmis[73] ; d'autres attachent autant de vers de terre qu'il y a de scrofules, et celles-ci se dessèchent en même temps que les vers. D'autres, vers le lever du Chien, coupent les extrémités d'une vipère

contre la fièvre quarte et comme animal capable d'annoncer les désastres naturels. Chez Galien (XIV, 243K), bouilli dans l'huile, ce taurus est efficace contre les otites, alors qu'en médecine vétérinaire il est censé soigner les animaux qui souffrent de léthargie (Chiron 376).

Il est important de rappeler que cet animal est très présent dans les envoûtements magiques dans les *Papyrus grecs magiques* pour obtenir l'aide des divinités telles Hélios (*PGM*, IV,751) ou Séléné (IV, 65, 2456). Voir aussi Horoapollo, II, 41, 160.

dein mediam comburunt, cinerem eum dant bibendum
ter septenis diebus, quantum prenditur ternis digitis ;
sic strumis medentur, aliqui uero circumligantes lino
quo praeligata infra caput uipera pependerit donec
exanimaretur. Et milipedis utuntur addita resinae
terebinthinae parte quarta, quo medicamento omnia
apostemata curari iubent.

XIII. Vmeri doloribus mustelae cinis cum cera 41
medetur. Ne sint alae hirsutae, formicarum oua
pueris infricata praestant ; item mangonibus, ut lanu-
go tardior sit pubescentium, sanguis e testiculis
agnorum cum castrantur. Qui euolsis pilis inlitus et
contra uirus proficit.

XIV. Praecordia uocamus uno nomine exta in 42
homine. Quorum in dolore cuiuscumque partis si
catulus lactans admoueatur adprimaturque his par-
tibus, transire in eum dicitur morbus, idque exinterato
perfusoque uino deprehendi uitiato uiscere illo quod
doluerit homini, sed obrui talis religio est. Ii quoque 43
quos Melitaeos uocamus stomachi dolorem sedant ad-
plicati saepius ; transire morbos aegritudine eorum
intellegitur, plerumque et morte. (6.) Pulmonum
quoque uitiis medentur et mures, maxime Africani,
detracta cute in oleo et sale decocti atque in cibo
sumpti. Eadem res et purulentis uel cruentis excrea-
tionibus medetur.

74. Sur les différents emplois de l'aspic en médecine, voir *HN*,
XXIX, 65. La vipère est capturée lors de la plus grande chaleur pour
augmenter l'efficacité caustique du remède, voir *HN*, XXIX, 70 et 121.

75. La cire des abeilles était utilisée dans les mixtures cicatrisantes
ou bien émollientes (Celse, V, 14 e 15). Elle est aussi à la base de la
cosmétique ancienne.

comme nous l'avons indiqué[74], puis en, brûlent le milieu
et font boire de cette cendre ce qu'on en peut prendre avec
trois doigts pendant trois fois sept jours ; ils guérissent
ainsi les scrofules ; certains entourent les scrofules d'un
fil de lin avec lequel on a suspendu une vipère par le cou
jusqu'à ce qu'elle soit morte. On se sert aussi des mille-
pattes en leur ajoutant un quart de térébenthine, remède
qu'on prescrit pour guérir tous les apostèmes.

XIII. La cendre de belette avec de la cire guérit les
douleurs d'épaule[75]. Pour empêcher les aisselles des enfant
de se garnir de poils, il faut les leur frotter avec des œufs
de fourmis ; de même les marchands d'esclaves, pour
retarder la naissance des poils chez les adolescents, les
frictionnent avec le sang de testicules d'agneaux qu'on
châtre. Ce sang, appliqué après l'épilation des aisselles,
en combat aussi la mauvaise odeur[76].

XIV. Nous appelons d'un seul mot, *praecordia*[77], les
viscères de l'homme. S'ils souffrent en quelqu'une de leurs
parties et qu'on presse sur cet endroit un petit chien qui
tète encore, le mal, prétend-on, passe à l'animal, ce que l'on
reconnaît en l'éventrant et en arrosant de vin ses entrailles :
on voit alors, altéré, le viscère qui chez l'homme était
malade ; mais c'est une obligation religieuse d'enterrer cet
animal. Ceux que nous appelons chiens de Mélita[78], appliqués
à de fréquentes reprises sur l'estomac, en apaisent les
douleurs : on constate que le mal a passé en eux, car ils
deviennent malades et, le plus souvent, meurent. (6) Les rats,
principalement ceux d'Afrique[79], guérissent aussi les
affections des poumons dépouillés et bouillis dans l'huile
avec du sel, on les prend comme aliment. Ce même remède
guérit aussi les expectorations de pus ou de sang.

76. Souvent il s'agit des garçons destinés à la prostitution (voir
Martial, IX, 5, 4 ; Suétone, *Dom.*, 7, 1).
77. Terme utilisé ici pour désigner non seulement le diaphragme,
mais toute la région épigastrique.
78. Île de la Dalmatie, aujourd'hui Mélite ; voir *HN*, III, 152.
79. Espèce inconnue.

XV. Praecipue uero coclearum cibus stomacho. In 44
aqua eas subferuefieri intacto corpore earum oportet,
mox in pruna torreri nihilo addito atque ita e uino
garoque sumi, praecipue Africanas. Nuper hoc conper-
tum plurimis prodesse. Id quoque obseruant ut nume-
ro inpari sumantur. Virus tamen earum grauitatem
halitus facit. Prosunt et sanguinem excreantibus
dempta testa tritae in aquae potu. Laudatissimae 45
autem sunt Africanae, ex iis Iolitanae, Astypalaeicae,
Aetnaeae Siculae modicae, quoniam magnitudo duras
facit et sine suco, Baliaricae quas cauaticas uocant,
quoniam in speluncis nascuntur, laudatae ex insulis et
Caprearum, nullae autem cibis gratae neque ueteres
neque recentes. Fluuiatiles et albae uirus habent, nec
siluestres stomacho utiles, aluom soluont, item
omnes minutae. Contra marinae stomacho utiliores,
efficacissimae tamen in dolore stomachi ; e laudatis
traduntur quaecumque uiuae cum aceto deuoratae.
Praeterea sunt quae ἀκέρατοι uocantur, latae, multi- 46
fariam nascentes, de quarum usu dicemus suis locis.
Gallinaceorum uentris membrana, inueterata et
inspersa potioni destillationes pectoris et umidam
tussim, uel recens tosta lenit. Cocleae crudae tritae
cum aquae tepidae cyathis tribus si sorbeantur,

80. Voir *supra* note 51.
81. *Garum* : terme attesté depuis Varron, il désigne une saumure
préparée à partir de la macération des viscères des poissons (voir Horace,
Sat., II, 8, 46 ; Petr., 36.3). Sur l'usage du *garum* en médecine, voir
HN, XX, 34 et 55.

XV. Mais le meilleur remède pour l'estomac est de manger des escargots[80]. Il faut d'abord les faire légèrement bouillir dans de l'eau en les laissant intacts, puis les griller sur de la braise sans y rien ajouter et les absorber avec du vin et du garum[81] ; on recommande surtout les escargots d'Afrique. L'efficacité de ce traitement a été récemment reconnue chez plusieurs malades. On conseille aussi d'en prendre un nombre impair. Cependant leur odeur forte donne parfois mauvaise haleine. Ils sont bons aussi pour les crachements de sang ; on les retire alors de leur coquille et les donne écrasés dans de l'eau. Les plus estimés sont ceux d'Afrique – notamment ceux de Iol – ceux d'Astypalée[82] ; les escargots d'Etna en Sicile de moyenne grosseur, parce que les gros sont durs et sans suc, ceux des Baléares appelés cavatiques[83] parce qu'ils vivent dans des grottes. On vante aussi ceux de l'île de Caprée ; mais, vieux ou jeunes, ils ne font jamais un mets agréable. Les escargots de rivière et les escargots blancs ont une odeur fétide, ceux des bois irritent l'estomac et relâchent l'intestin, comme tous ceux de petite espèce. Au contraire les escargots de mer sont très bons pour l'estomac ; toutefois, c'est dans les douleurs de cet organe qu'ils sont le plus efficaces ; le mieux, dit-on, est de les avaler vivants avec du vinaigre, de quelque espèce soient-ils. Il existe, en outre, d'autres escargots appelés *acérates* (sans cornes), ils sont larges et naissent en beaucoup d'endroits ; nous en dirons les usages en son lieu[84]. Le jabot des volailles[85], conservé et mélangé à la boisson, ou employé frais et grillé, atténue les catarrhes des bronches et la toux humide. Les escargots crus avalés broyés avec trois cyathes d'eau tiède, calment la toux. On calme aussi les catarrhes en s'entourant

82. En Mauritanie, Iol, comme colonie, était nommée Césarée. Aujourd'hui Cher-chel en Algérie. Astypalée est une Sporade (voir § 32).

83. Sur les escargots qui vivent dans les trous, voir *HN*, VIII, 140.

84. Promesse que Pline n'a pas tenue.

85. Voir Marcellus, XVI, 28.

tussim sedant. Destillationes sedat et canina cutis
cuilibet digito circumdata. Iure perdicum stomachus
recreatur.

XVI. Iocinerum   doloribus   medetur   mustela 47
siluestris in cibo sumpta uel iocinera eius, item
uiuerra porcelli modo inassata, suspiriosis multipeda,
[alii centipedam uocant] ut ter septenae in Attico
melle diluantur et per harundinem bibantur ; omne
enim uas nigrescit contactu. Quidam torrent sexta-
rium in patina donec candidae fiant, tunc melle
miscent et ex aqua calida dari iubent in cibo. Cocleae 48
iis quos linquit animus aut quorum alienatur mens
aut quibus uertigines fiunt, ex passi cyathis tribus
singulae contritae cum sua testa et calefactae in potu
datae diebus plurimum nouem ; aliqui singulas primo
die dedere, sequenti binas, tertio ternas, quarto duas,
quinto unam ; sic et suspiria emendant et uomicas.
Esse animal locustae simile sine pennis quod trixallis 49
Graece uocetur, Latinum nomen non habeat, aliqui
arbitrantur, nec pauci auctores hoc esse quod grylli
uocentur ; ex his XX torreri iubent ac bibi e mulso
contra orthopnoeas. Sanguinem expuentibus cocleae,
si quis inlotis protropum infundat uel marina aqua
ita decoquat et in cibo sumat, aut si tritae cum testis
suis sumantur cum protropo ; sic et tussi medentur.
Vomicas priuatim sanat mel in quo apes sint demor- 50
tuae. Sanguinem reicientibus pulmo uolturinus uitigi-

86. La perdrix est souvent utilisée dans les médicaments. Voir par
exemple Pline, *NH*, XXIX, 126.

87. Sous la forme grecque *troxallis* chez Dioscoride, II, 52.

l'un quelconque des doigts avec de la peau de chien. Le
bouillon de perdrix[86] revigore l'estomac.

XVI. On guérit les douleurs du foie en mangeant une
belette des bois ou son foie, ou un furet rôti à la manière
d'un cochon de lait ; on soulage l'asthme avec le mille-
pattes [d'autres l'appellent centipède] : on en incorpore
trois fois sept à du miel attique et on aspire cette préparation
avec un roseau : tous les vases en effet noircissent à son
contact. Certains en grillent un setier dans une poêle
jusqu'à ce qu'ils blanchissent, puis les mélangent au miel
et prescrivent de les donner en aliment avec de l'eau
chaude. Pour les syncopes, l'aliénation mentale et les
vertiges, on donne dans trois cyathes de vin de raisin sec
un seul escargot broyé avec sa coquille et chauffé : cette
boisson se prend habituellement pendant neuf jours ;
quelques-uns donnent ainsi un escargot le premier jour,
deux le lendemain, trois le troisième jour, deux le
quatrième, un seul le cinquième ; ils traitent aussi de cette
façon l'asthme et les vomiques. Il est, suivant certains, un
animal semblable à la sauterelle <mais> sans ailes, appelé
en grec *trixallis*[87] et qui n'a pas de nom latin ; beaucoup
d'auteurs pensent que c'est le même insecte que le grillon.
On ordonne d'en faire griller vingt et de les absorber dans
du vin miellé, contre l'orthopnée[88]. Pour les crachements
de sang, on verse sur des escargots sans les laver soit du
vin de mère-goutte[89], soit de l'eau de mer, ce dans quoi
on les fait cuire, puis on les mange, ou bien après les avoir
broyés avec leurs coquilles, on les prend avec du vin de
mère-goutte : de cette façon ils guérissent aussi la toux.
Le miel où sont mortes des abeilles guérit particulièrement
les vomiques[90]. À ceux qui crachent le sang on donne le

88. Forme grave d'angine qui oblige à respirer en se tenant bien droit,
déjà citée dans le *Corpus Hippocraticum* (éd. Littré V, p. 678 ; 706).
   89. Mère-goutte, premier jus du vin. Voir *HN*, XIV, 85.
   90. Plus précisément, émission de pus.

neis lignis conbustus, adiecto flore mali Punici ex
parte dimidia, item cotoneorum liliorumque isdem
portionibus, potus mane atque uesperi e uino, si
febres absint, si minus, ex aqua in quá cotonea
decocta sint.

XVII. Pecudis lien recens magicis praeceptis super 51
dolentem lienem extenditur, dicente eo qui medeatur
lieni se remedium facere. Post hoc iubent in pariete
dormitorii eius tectorio includi et obsignari anulo
ter*que* nouies ea*d*em dici. Caninus si uiuenti
eximatur et in cibo sumatur, liberat eo uitio. Quidam
recentem superinligant. Alii duom dierum catuli ex 52
aceto scillite dant ignoranti uel irenacei lienem, item
coclearum cinerem cum semine lini et urticae addito
melle, donec persanet. Eo liberat et lacerta uiridis
uiua in olla ante cubiculum dormitorium eius cui
medeatur suspensa, ut egrediens reuertensque attingat
manu, cinis e capite bubonis cum unguento, mel in
quo apes sint mortuae, araneus et maxime qui lycos
uocatur.

---

91. Exemple explicite du principe qui est à la base de tout remède
médico-magique, à savoir *similia similibus curantur.*

poumon du vautour brûlé sur des sarments en y ajoutant
moitié de fleurs de grenadier, ou des fleurs de cognassier
ou de lis dans la même proportion : cela se boit matin et
soir dans du vin s'il n'existe pas de fièvre, sinon, dans une
décoction de coings.

XVII. Les mages, ordonnent d'étendre une rate fraîche
de mouton sur la rate malade[91], tandis que celui qui
applique ce remède dit que c'est pour la rate qu'il le fait.
Il est prescrit d'enfermer ensuite cette rate dans un mur
de la chambre à coucher du malade, de la recouvrir de
mortier qu'on scelle avec un anneau en redisant, trois fois
neuf fois les mêmes paroles <que ci-dessus>[92]. Une rate
de chien extirpée sur l'animal vivant et absorbée en aliment
délivre des affections de ce viscère. Certains l'attachent
fraîche <sur la partie malade>. D'autres donnent à l'insu
du malade la rate d'un petit chien de deux jours[93] dans
du vinaigre scillitique, ou celle d'un hérisson ; on fait
prendre aussi de la cendre de limaçons avec de la graine
de lin, de la graine d'ortie et du miel jusqu'à complète
guérison. On débarrasse encore de cette maladie en
suspendant dans un pot, à l'entrée de la chambre à coucher
un lézard vert vivant, de façon que celui que l'on traite,
en sortant et en rentrant, puisse le toucher de la main ;
on emploie encore la cendre de tête de hibou dans un
onguent, du miel où sont mortes des abeilles, une araignée
surtout celle qu'on appelle *lycos* (araignée-loup)[94].

92. Ainsi que le remarquait M. Mauss à propos des rituels magiques :
à tout rite manuel correspond nécessairement un rite oral ; voir « Esquisse
d'une théorie générale de la magie », dans *Sociologie et anthropologie*,
Paris, PUF, 1993, p. 47-53.
    93. Le chien fournit les remèdes pour une angine, une rage de dents,
la fièvre quarte, la gale ou bien la goutte, mais aussi pour le mal aux
oreilles ou les problèmes de rate. Voir *supra* note 56.
    94. Sur cette espèce d'araignée, voir Aristote, *HA,* IX 39, 3 et Pline,
HN, 79 ; XXIX, 84 ; § 104.

XVIII. Vpupae cor lateris doloribus laudatur, 53
coclearum cibus in ptisana decoctarum ; et per se
inlinuntur. Canis rabiosi caluariae cinis potioni insper-
gitur. — Lumborum dolori stelio transmarinus capite
ablato et intestinis decoctus in uino cum papaueris
nigri denarii pondere dimidio eo suco bibitur ; lacertae
uirides decisis pedibus et capite in cibo sumuntur,
cocleae tres contritae cum testis suis atque in uino
decoctae cum piperis granis XV. Aquilae pedes 54
euellunt in auersum a suffragine ita ut dexter dextrae
partis doloribus adalligetur, sinister laeuae. Multipeda
quoque quam oniscon appellauimus medetur denarii
pondere ex uini cyathis duobus pota. Vermem terre-
num catillo ligneo ante fisso et ferro uincto inpositum
aqua excepta perfundere et defodere unde effoderis
Magi iubent, mox aquam bibere catillo, mire id
prodesse ischiadicis adfirmantes.

XIX (7). Dysintericos recreant femina pecudum 55
decocta cum lini semine <ea> aqua pota, caseus
ouillus uetus, sebum ouium decoctum in uino austero.
Hoc et ileo medetur et tussi ueteri ; dysintericis stelio
transmarinus ablatis intestinis et capite pedibusque ac
cute decoctus aeque et <in> cibo sumptus, cocleae
duae cum ouo, utraque cum putamine contrita atque
in uase nouo addito sale et passi cyathis duobus aut

---

95. Oiseau migrateur de la Méditerranée mis en relation avec la
croissance de la vigne. Mot onomatopéique (Ernout-Meillet).

96. Décoction d'orge, très utilisée dans la médecine grecque (voir
dans le *Corpus Hippocraticum*, le *Devictu acutorum*).

XVIII. On vante le cœur de la huppe[95] pour les douleurs des côtés, ainsi que de manger des limaçons bouillis dans de la tisane[96] ; on applique aussi ces limaçons seuls. On saupoudre les boissons avec la cendre du crâne d'un chien enragé. – Contre les douleurs lombaires, on prend un stellion d'outre-mer dont on ôte la tête et les entrailles, puis on le fait bouillir dans du vin avec un demi-denier de pavot noir, et on boit ce liquide ; on mange un lézard vert après lui avoir retranché la tête et les pattes, ou trois limaçons broyés avec leur coquille, et bouillis dans du vin avec quinze grains de poivre. On arrache les pattes d'un aigle en les rompant en sens inverse de la flexion du jarret et l'on attache la patte droite à droite, la gauche à gauche, selon le côté douloureux. Le mille-pattes que nous avons appelé *oniscos*[97], pris à la dose d'un denier dans deux cyathes de vin, guérit aussi cette affection. Les mages ordonnent de mettre un ver de terre dans une écuelle déjà fendue et ligaturée avec du fer, de l'humecter avec de l'eau et de l'enterrer à l'endroit d'où l'on a déterré le ver, puis de boire de l'eau dans cette écuelle. Ils assurent que c'est un remède merveilleux pour la coxalgie[98].

XIX (7). On rétablit les dysentériques en leur faisant absorber l'eau où l'on a fait bouillir des cuisses de mouton avec de la graine de lin, ou du vieux fromage de brebis, ou du suif de mouton bouilli dans du vin âpre. Ceci guérit en outre l'*ileus*[99] et la toux invétérée ; pour la dysenterie on donne aussi un stellion d'outre-mer bouilli, après lui avoir ôté les intestins, la tête, les pattes et la peau, et à prendre comme aliment ; deux escargots et un œuf pilés l'un et l'autre avec la coquille, chauffé dans un récipient

97. *Oniscos* : cloporte. Diminutif de *onos*, utilisé par Pline comme l'équivalent de *multipeda/milipeda*.

98. Du grec *ischiadiké*, sciatique (voir *HN*, XXVIII, 111).

99. Torsion grave des intestins, étendue et dangereuse pour la vie du malade. Galien (VII, 69) définit l'*ileus* comme le mauvais fonctionnement de la capacité excrétoire des intestins.

palmarum suco et aquae cyathis tribus subferuefacta
et in potu data. Prosunt et combustae, ut cinis 56
earum bibatur in uino, addito resinae momento.
Cocleae nudae, de quibus diximus, in Africa maxime
inueniuntur, utilissimae dysintericis, quinae combus-
tae cum denarii dimidii pondere acaciae ; ex eo
cinere dantur coclearia bina in uino myrtite aut quo-
libet austero cum pari modo caldae. Quidam omnibus 57
Africanis ita utuntur, alii totidem Africanas uel
latas infundunt potius et, si maior fluctio sit, addunt
acaciam fabae magnitudine. Senectus anguium dysin-
teriae et tenesmis in stagneo uase decoquitur cum
rosaceo, uel si in alio, cum stagno inlinitur. Ius ex
gallinaceis isdem medetur, sed ueteris gallinacei
uehementius salsum ius aluom ciet. Membrana 58
gallinarum tosta et data in oleo ac sale coeliacorum
dolores mulcet — abstineri autem frugibus ante et
gallinam et hominem oporteat —, fimum columbi-
num tostum potumque. Caro palumbis in aceto decoc-
ta dysintericis et coeliacis medetur, turdus inassatus
cum myrti bacis dysintericis, item merulae, mel in
quo apes sint inmortuae decoctum.

100. Acacia dont on tire la gomme arabique décrite pas Pline *HN*,
XXIV, 109.
101. Voir Pline, *NH*, XXIX, 79, et Celse, II, 30, 2.

neuf soit avec du sel et deux cyathes de vin de raisin sec,
soit avec du suc de dattes et trois cyathes d'eau, à prendre
en boisson. On se sert aussi d'escargots brûlés dont on fait
boire la cendre dans du vin avec un peu de résine. Les
limaçons nus dont nous avons parlé se trouvent surtout en
Afrique ; très efficaces dans la dysenterie, on en fait brûler
cinq avec un demi-denier pesant d'acacia[100], et l'on
administre deux cuillerées de cette cendre dans du vin
de myrte ou n'importe quel vin âpre coupé d'un volume
égal d'eau chaude. Certains emploient ainsi tous les
escargots et limaçons d'Afrique ; d'autres administrent,
de préférence en lavement, un même nombre de limaçons
d'Afrique mais les gros et, si la diarrhée est importante,
ils y ajoutent gros comme une fève d'acacia. Contre la
dysenterie et le ténesme, on emploie la vieille peau des
serpents, bouillie avec de l'huile rosat dans un vase d'étain
ou, si l'on se sert d'un récipient d'une autre manière, on
l'applique avec une spatule d'étain. Le bouillon de volaille
guérit les mêmes affections, mais le bouillon d'une vieille
poule, très fortement salé, relâche l'intestin[101]. Le jabot
d'une poule grillé et donné dans de l'huile et du sel apaise
les douleurs du mal céliaque[102] – mais il faut que la poule
et le malade s'abstiennent au préalable d'aliments
végétaux[103] – ; <pour cette maladie> on donne aussi de
la fiente de pigeon grillée, dans une boisson. La chair de
ramier bouillie dans du vinaigre guérit la dysenterie et le
mal céliaque ; une grive rôtie avec des baies de myrte,
ou un merle, la dysenterie ; ou du miel où sont mortes des
abeilles, en décoction.

---

102. Le mal cœliaque (du grec *koilìa* = ventre) décrit par les Anciens
est différent de celui connu aujourd'hui sous le même nom (maladie de
Gel-Hesver) ; voir aussi *HN*, XXVIII, 72.
    103. Abstinence alimentaire aussi contre les maux de tête, voir
HN, XXIX, 113.

XX. Grauissimum <uentris> uitium ileos appel- 59
latur. Huic resisti aiunt discerpti uespertilionis san-
guine, etiam inlito uentre subueniri. Sistit aluom
primum coclea sicut diximus in suspiriosis temperata,
item cinis earum quae uiuae crematae sint, potus ex
uino austero, gallinaceorum iocur assum aut
uentriculi membrana quae abici solet, inueterata
admixto papaueris suco — alii recentem torrent ex
uino bibendam —, ius perdicum et per se uentriculus 60
contritus ex uino nigro, item palumbis ferus ex posca
decoctus, lien pecudis tostus et in uino tritus, fimum
columbinum cum melle inlitum, ossifragi uenter are-
factus et potus, iis qui cibos non conficiant utilissimus,
uel si manu tantum teneant capientes cibum. Quidam
adalligant ex hac causa, sed continuare non debent :
maciem enim facit. Sistit et anatum mascularum 61
sanguis. Inflationes discutit coclearum cibus, tormina
lien ouium tostus atque e uino potus, palumbus ferus
ex posca decoctus, adips otidis ex uino, cinis ibidis
sine pennis crematae potus. Quod praeterea traditur
in torminibus mirum est ; anate adposita uentri
transire morbum anatemque emori. Tormina et melle 62
curantur in quo sunt apes inmortuae decocto. Coli
uitium efficacissime sanatur aue galerita assa in cibo

XX. L'affection intestinale la plus grave est appelée *iléus*. On la soulage, dit-on, avec le sang d'une chauve-souris dépecée, et encore en frictionnant le ventre avec l'animal lui-même. En premier lieu, un escargot préparé comme nous l'avons dit en parlant de l'asthme, arrête la diarrhée ; de même la cendre d'escargots obtenue en les brûlant vivants, prise dans du vin âpre ; le foie de volaille rôti ou le jabot qu'on jette habituellement, conservé et additionné de suc de pavot – d'autres le font prendre frais et grillé, dans du vin – ; on l'arrête encore avec le bouillon de perdrix ou le jabot de cet oiseau broyé seul dans du vin noir, avec un ramier sauvage bouilli dans de l'oxycrat[104], une rate de brebis grillée et écrasée dans du vin, de la fiente de pigeon dans du miel, en onction. L'estomac d'orfraie[105] desséché et pris dans un breuvage est très bon pour ceux qui ne digèrent pas leurs aliments ; il agit même en le tenant seulement dans la main au cours du repas. Quelques-uns, pour cette raison, le font porter en amulette, mais on ne doit pas le garder longtemps, car il fait maigrir. Le sang de canard mâle arrête aussi la diarrhée. Manger des escargots dissipe la flatulence ; la rate de mouton grillée et prise dans du vin calme les tranchées, de même qu'un ramier sauvage bouilli dans l'oxycrat, que la graisse d'outarde dans du vin, de la cendre d'ibis brûlé sans les plumes et prise en boisson. Ce que l'on rapporte en outre pour les tranchées tient du merveilleux : que si l'on applique un canard sur le ventre, du malade le mal passe sur le canard, et celui-ci meurt. On guérit encore les tranchées avec du miel où sont mortes des abeilles et qu'on a fait bouillir. La maladie du colon se guérit parfaitement en mangeant une alouette rôtie[106]. Certains prescrivent

104. Mélange de vinaigre et d'eau. *Oxykraton* en grec.

105. Oiseau des mers australes *(Macronectes giganteus)* ; voir Pline, *HN*, X, 13.

106. Voir Dioscoride, II, 54, et Serenus, 574. Sur la « colite », voir *HN*, XXVI, 9 ; 56, 6.

sumpta. Quidam in uase nouo cum plumis exuri iubent
conterique in cinerem, bibi ex aqua coclearibus ternis
per quadriduom, quidam cor eius adalligari femini ;
alii recens tepensque adhuc deuorari. Consularis Aspre- 63
natum domus est in qua alter e fratribus colo libe-
ratus est aue hac in cibo sumpta et corde eius armilla
aurea incluso, alter sacrificio quodam facto crudis
laterculis ad formam camini atque, ut sacrum perac-
tum est, obstructo sacello. Vnum est ossifrago intes-
tinum mirabili natura omnia deuorata conficienti ;
huius partem extremam adalligatam prodesse contra
colum constat. — Sunt occulti interaneorum morbi, 64
de quibus mirum proditur : si catuli, priusquam
uideant, adplicentur triduo stomacho maxime ac
pectori et ex ore aegri suctum lactis accipiant, tran-
sire uim morbi, postremo exanimari dissectisque
palam fieri aegri causas ; [mori] humari debere eos
obrutos terra. Magi quidem uespertilionis sanguine
contacto uentre in totum annum caueri tradunt aut
in dolore, si quis aquam *ter* pedes *e*luens haurire
sustineat.

de la brûler avec ses plumes dans un récipient neuf, de la réduire en poudre et de prendre cette cendre dans de l'eau, à la dose de trois cuillérées pendant quatre jours ; d'autres veulent qu'on s'attache à la cuisse le cœur d'une alouette qu'on doit, selon d'autres, avaler frais et encore chaud. Il existe une famille consulaire du nom d'Asprénas[107] comprenant deux frères dont l'un fut guéri du *colum* en mangeant cet oiseau et en en portant le cœur enfermé dans un bracelet d'or ; l'autre en fut délivré par un certain sacrifice accompli dans une chapelle de briques crues construite en forme de cheminée et qui fut murée une fois le sacrifice achevé. L'orfraie n'a qu'un seul intestin qui, par une surprenante propriété, digère tout ce qu'elle avale ; il est certain que la partie terminale de cet intestin, portée comme amulette, est bonne pour le *colum*. Il y a des maladies secrètes des organes internes à propos desquelles on raconte des faits merveilleux[108] : si on applique pendant trois jours surtout sur l'estomac et sur la poitrine du malade des petits chiens avant qu'il y voient, et s'ils reçoivent de sa bouche des gorgées de lait, ils gagnent sa maladie et finalement en meurent ; en les ouvrant, on découvre la nature de l'affection du sujet ; <une fois morts>, on doit les enfouir en les recouvrant de terre. Les mages enseignent aussi qu'en se touchant le ventre avec du sang de chauve-souris on est immunisé pour l'année entière, ou que, si l'on souffre déjà, on guérit en acceptant de boire, par trois fois, l'eau où l'on se lave les pieds.

107. Famille consulaire dont parle Suétone, *Aug.*, 43, 6.
108. C'est dans ce paragraphe que Pline résume un des principaux buts du livre XXX, à savoir transmettre toute forme de connaissance, bien que provenant du monde « merveilleux » de la magie.

XXI (8.) Murino fimo contra calculos inlinere 65
uentrem prodest. Irenacei carnem iucundam esse
aiunt, si capite percusso uno ictu interficiatur prius-
quam in se urinam reddat. Haec caro ad hunc modum
occisi stillicidi*um* uesicae emendat, item suffitus ex
eodem. Quod si urinam in se reddiderit, eos qui car-
nem comederint stranguriae morbum contrahere
traditur. Iubent et uermes terrenos bibi ex uino aut 66
passo ad comminuendos calculos, uel cocleas decoctas
ut in suspiriosis, easdem exemptas testis tres tritasque
in uini cyatho bibi, sequenti die duas, tertio die unam,
ut stillicidium urinae emendent, testarum uero
inanium cinerem ad calculos pellendos, item hydri iocur
bibi uel scorpionum cinerem aut in pane sumi ,[uel si-
quis *cum* locusta edit], lapillos, qui in gallinaceorum 67
uesica aut in palumbium uentriculo inueniantur,
conteri et potioni inspergi, item membranam e uen-
triculo gallinacei aridam uel, si recens sit, tosta*m*,
fimum quoque palumbinum in faba sumi contra
calculos et alias difficultates uesicae, similiter pluma-
rum cinerem palumbium ferorum ex aceto mulso et
intestinorum ex his cinerem coclearibus tribus; e nido
hirundinum *gl*ebula*m* diluta*m* aqua calida, ossifragi
uentrem arefactum, turturis fimum in mulso decoctum 68
uel ipsius discoctae ius. Turdos quoque edisse cum
bacis myrti prodest urinae, cicadas tostas in patellis,
milipedam oniscon bibisse et in uesicae doloribus

XXI (8). Il est bon contre les calculs, de frictionner le ventre avec de la fiente de rat[109]. On dit que la chair du hérisson est agréable s'il est tué d'un seul coup frappé sur la tête, avant qu'il ne répande sur lui son urine[110]. La chair de l'animal tué de cette façon guérit la strangurie, même en fumigation. Mais s'il a rendu sur lui son urine, ceux qui ont mangé de sa chair sont, dit-on, atteints de strangurie. On prescrit aussi pour dissoudre les calculs de prendre des vers de terre dans du vin ou du vin de raisin sec, ou des escargots bouillis, comme on l'a dit pour l'asthme. Pour guérir la rétention d'urine, il faut en absorber, dans un cyathe de vin, trois qu'on a sortis de leur coquille et écrasés, en prendre deux le lendemain et un seul le troisième jour. Pour chasser les calculs[111], on donne la cendre de leurs coquilles vides, le foie du serpent d'eau ou la cendre de scorpion soit en boisson soit à prendre dans du pain [ou à manger avec une sauterelle] ; les petites pierres trouvées dans le jabot des volailles ou l'estomac des ramiers : on les broie puis on les verse dans un breuvage ; le jabot de volaille desséché, ou grillé s'il est frais. On fait prendre encore contre les calculs et les autres incommodités de la vessie de la fiente de ramier dans une fève, on donne de même la cendre de plumes de ramiers dans de l'oxymel et celle de leurs intestins à la dose de trois cuillerées, un petit morceau de nid d'hirondelle délayé dans de l'eau chaude, un estomac d'orfraie desséché, de la fiente de tourterelle bouillie dans du vin miellé, ou le bouillon de cet oiseau. Il est bon aussi pour les affections urinaires de manger des grives avec des baies de myrte, des cigales grillées à la poêle, de prendre dans une boisson le mille-pattes dit *oniscos*[112] et,

---

109. Voir Dioscoride, II, 80, 5, où il est question de boire dans un liquide la fiente du rat.

110. Sur le hérisson, voir Pline, *HN,* VIII, 133, 35.

111. Voir Ps.Galien, XIV, 242.

112. Pour l'*oniscon* (cloporte), voir *supra* note 97 et *HN*, XXIX, 136.

decoctum agninorum pedum. Aluom ciet gallinaceorum
discoctorum ius et acria mollit, ciet et hirundinum
fimum adiecto melle subditum.

XXII. Sedis uitiis efficacissima sunt oesypum — 69
quidam adiciunt pomphol*yg*em et rosaceum —, cani-
ni capitis cinis, senecta serpentis ex aceto, si rhagades
sint, cinis fimi canini candidi cum rosaceo — aiunt
inuentum Aesculapii esse eodemque et uerrucas
efficacissime tolli —, murini fimi cinis, adeps cygni,
adeps bouae. Procidentia ibi sucus coclearum punctis
euocatus inlita repellit. Adtritis medetur cinis muris 70
siluatici cum melle, fel irenacei cum uespertilionis ce-
rebro et canino lacte, adeps anserinus cum cerebro et
alumine et oesypo, fimum columbinum cum melle,
condylomatis priuatim araneus dempto capite pedi-
busque infricatus ; ne acria perurant, adeps anserinus
cum cera Punica, cerussa, rosaceo, adeps cygni. Haec 71
et haemorroidas sanare dicuntur. *Ischi*adicis cocleas
crudas tritas cum uino Aminneo et pipere potu pro-
desse dicunt, lacertam uiridem in cibo ablatis pedibus,
interaneis, capite ; sic et stelionem adiectis huic

pour les douleurs de la vessie, la décoction de pieds
d'agneau. Le bouillon de volailles très cuites relâche le
ventre et adoucit les âcretés, de même que la fente
d'hirondelle, mélangée de miel, en suppositoire.

XXII. Pour les affections du siège : sont très efficaces
le suint[113] que quelques-uns mélangent de pompholyx[114]
(tuthie) et d'huile rosat –, la cendre de tête de chien, la
dépouille de serpent dans du vinaigre ; s'il existe des
rhagades, la cendre des crottes de chien blanches avec
de l'huile rosat – remède trouvé, dit-on par Esculape et
qui fait aussi disparaître parfaitement les verrues –, la
cendre de fiente de rat, la graisse de cygne, la graisse du
serpent bova. On réduit le prolapsus du rectum par
l'application de suc d'escargots obtenu par piqûres. On
guérit les écorchures du siége avec la cendre de rat des
bois dans du miel ; par le fiel de hérisson avec la cervelle
de chauve-souris et le lait de chienne ; par la graisse d'oie
avec sa cervelle, de l'alun et du suint ; par la fiente de
pigeon avec du miel ; on traite spécialement les
condylomes[115] en les frictionnant avec une araignée dont
on a ôté la tête et les pattes. Pour les brûlures causées
par d'âcreté des matières, on emploie la graisse d'oie
mélangée de cire de Carthage[116], de céruse et d'huile rosat ;
la graisse de cygne. Ces remèdes, dit-on, guérissent aussi
les hémorroïdes. Pour la coxalgie, on dit qu'il est bon de
prendre en boisson des escargots crus broyés avec du vin
d'Aminnée[117] et du poivre ; de manger un lézard vert après
lui avoir enlevé les pattes, les entrailles et la tête, ou un
stellion traité de la même façon et additionné de trois

113. Sur les propriétés du corps gras de la laine, voir *HN,* XXIX, 35.
114. Oxyde impur de zinc, voir aussi *HN,* XXXIV, 128.
115. « Petites tumeurs dermiques de l'anus et de la vulve » (Dr.
Pépin cité dans l'éd. Ernout).
116. Voir *supra* note 75.
117. Vin produit dans la région de la Campanie, Pline, *HN,* XIV, 21,
et Caton, *Agr.,* 7, 1.

papaueris nigri obolis tribus ; ruptis, conuolsis fel
ouium cum lacte mulierum. Verendorum formicationi- 72
bus uerrucisque medetur arietini pulmonis inassati
sanies, ceteris uitiis uellerum eius uel sordidorum
cinis ex aqua, sebum ex omento pecudis, praecipue a
renibus, admixto pumicis cinere et sale, lana sucida ex
aqua frigida, carnes pecudis combustae ex aqua,
mulae ungularum cinis, dentis caballini contusi farina
inspersa, testibus uero farina ex ossibus canini capitis
sine carne tusis. Si decidat testium alter, spumam
coclearum inlitam remedio esse tradunt. Taetris ibi 73
ulceribus et manantibus auxiliantur canini capitis re-
centes cineres, cocleae paruae <uel> latae, contritae
ex aceto, senectus anguium ex aceto uel cinis eius, mel
in quo apes sint inmortuae, cum resina, cocleae nudae
quas in Africa gigni diximus, tritae cum turis polline
et ouorum albo ; tricesimo die resoluont ; aliqui pro
ture bulbum admiscent. Hydrocelicis stelionis mire 74
prodesse tradunt, capite, pedibus, interaneis ademptis,
relicum corpus inassatum — in cibo id saepius
datur —, sicut ad urinae incontinentiam caninum
adipem cum alumine schisto fabae magnitudine,
cocleas Africanas cum sua carne et testa crematas

oboles de poivre noir ; sur les ruptures et les entorses, on
applique du fiel de brebis avec du lait de femme. On guérit
les démangeaisons et les verrues des parties sexuelles avec
le suc d'un poumon rôti de bélier : pour les autres affections
<de ces organes>, on a recours à la cendre de toison de
bélier, même souillée, dans de l'eau ; au suif des entrailles
de mouton[118], surtout à celui des rognons, mélangé de
pierre ponce pulvérisée et de sel ; à la laine grasse dans
de l'eau froide ; à la chair de mouton brûlée, dans de l'eau ;
à la cendre de sabot de mule, à la poudre d'une dent de
cheval broyée et répandue sur le mal ; pour les testicules,
on emploie la poudre des os d'une tête de chien, broyés
sans la chair. Si l'un des testicules est abaissé, on préconise
comme remède l'application de bave d'escargots. On traite
les ulcères répugnants de ces parties, même ceux qui
suintent, avec les cendres fraîches d'une tête de chien ;
des escargots petits ou gros broyés dans du vinaigre ; la
dépouille de serpent ou sa cendre, dans du vinaigre ; du
miel où sont mortes des abeilles, avec de la résine ; les
escargots sans coquille qui, comme nous l'avons dit, se
trouvent en Afrique[119], broyés avec de la poudre d'encens
et du blanc d'œuf, et qu'on n'enlève qu'au bout de trente
jours ; quelques-uns leur ajoutent un oignon à la place
d'encens. Pour l'hydrocèle[120], on recommande le stellion
comme un remède merveilleux : après avoir ôté la tête,
les pattes et les entrailles, on grille ce qui reste du corps,
on le fait manger à de fréquentes reprises, de la même
façon que pour l'incontinence d'urine, on donne de la
graisse de chien avec gros comme une fève d'alun de
plume[121] ; de la cendre d'escargots d'Afrique brûlés avec

118. En effet, l'épiploon (omentum) n'est pas en rapport avec les
reins (voir Dr. Pépin, cité par Ernout).
119. Voir § 56 et HN, XXIX, 112.
120. Hernie du scrotum, contenant de l'eau.
121. Alun naturel sous la forme de filaments soyeux, semblables
aux barbes d'une plume.

poto cinere, anserum trium linguas inassatas in cibo.
Huius rei auctor est Anaxilaus. Panos aperit sebum 75
pecudum cum sale tosto, murinum fimum admixto
turis polline et sandaraca discutit, lacertae cinis et ipsa
diuisa inposita, item multipeda contrita admixta
resina terebinthina ex parte tertia — quidam et
sinopidem admiscent —, cocleae contusae et per se,
cinis inanium coclearum cerae mixtus. Discussoriam
uim habet fimum columbarum per sese uel cum farina
hordeacia aut auenacia inlitum. Cantharides mixtae
calce panos scalpelli uice auferunt. Inguinum
tumorem cocleae minutae cum melle inlitae leniunt.

XXIII. (9.) Varices ne nascantur, lacertae san- 76
guine pueris crura ieiunis a ieiuno inlinuntur. Poda-
gras lenit oesypum cum lacte mulieris et cerussa,
fimum pecudum quod liquidum reddunt, pulmones
pecudum, fel arietis cum sebo, mures dissecti impositi,
sanguis mustelae cum plantagine inlitus et uiuae
combustae cinis ex aceto ac rosaceo, si pinna inlinatur
uel si cera et rosaceum admisceatur, fel caninum ita
ne manu attingatur sed pinna inlinatur, fimum
gallinarum, uermium terrenorum cinis cum melle
ita ut tertio die soluantur. Aliqui ex aqua inlinere 77
malunt, alii ipsos aceta*buli* mensura cum mellis cyathis

leur chair et leur coquille, prise en boisson ; trois langues
d'oie grillées, en aliment. Anaxilaüs[122] est l'inventeur de
ce <dernier> remède. Le suif de mouton avec du sel grillé
ouvre les *panus*[123], qu'on résout avec la fiente de rat
mélangée de poudre d'encens et de sandaraque, avec la
cendre de lézard ou l'animal lui-même fendu et appliqué
en topique, avec des mille-pattes broyés et mélangés d'un
tiers de térébenthine – quelques-uns y ajoutent de la terre
de Sinope[124] –, avec des escargots broyés même sans rien
d'autre, avec la cendre d'escargots vides mélangée à de
la cire. La fiente de pigeon appliquée seule ou additionnée
de farine d'orge ou d'avoine, a une vertu résolutive. Les
cantharides mélangées de chaux enlèvent les *panus* aussi
bien que le scalpel. Les petits escargots appliqués avec du
miel atténuent le gonflement des aines[125].

XXIII (9). Pour empêcher la naissance des varices, on
enduit, étant à jeun, les jambes des enfants également à
jeun, avec du sang de lézard. On calme la goutte avec du
suint additionné de lait de femme et de céruse, avec la
fiente liquide du mouton, le poumon de mouton, le fiel de
bélier avec du suif, des rats ouverts en deux appliqués
sur le mal, le sang de belette en liniment avec du plantain,
la cendre de cet animal brûlé vif, dans du vinaigre et de
l'huile rosat et appliquée avec une plume, même si elle
est mélangée de cire et d'huile rosat ; le fiel de chien qu'on
ne doit pas toucher avec la main mais étendre avec une
plume ; la fiente de poule ; la cendre de vers de terre
avec du miel et qu'on n'enlève qu'au bout de trois jours.
D'aucuns préfèrent appliquer cette cendre dans de l'eau ;
d'autres les vers eux-mêmes et ils en mettent un plein

122. Sur Anaxilaos de Larissa, magicien et médecin, voir *HN*,
XXVIII, 181.
123. *Panus*, tumeurs inguinales.
124. Argile riche en fer utilisée souvent par les Anciens comme résolutif.
125. Tumeurs inguinales.

tribus, pedibus ante rosaceo perunctis. Cocleae latae
potae tollere dicuntur pedum et articulorum dolores ;
bibuntur autem binae in uino tritae. Eaedem
inlinuntur cum he*l*xines herbae suco ; quidam
ex aceto intriuisse contenti sunt. Sale quidam cum
uipera crematus in olla noua, saepius sumpto
aiunt podagra liberari ; utile esse et adipe uiperino
pedes perungui. Et de miluo adfirmant, si inueterato 78
tritoque quantum tres digiti capiant bibatur ex aqua
aut si pedes sanguine <*eius perunguantur. Inlinuntur
et columbarum sanguine*> cum urtica uel pennis
earum, cum primum nascentur, tritis cum urtica. Quin
et fimum earum articulorum doloribus inlinitur, item
cinis mustelae aut coclearum, et cum amylo uel traga-
cantha. Incussos articulos aranei telae commodissime
curant. Sunt qui cinere earum uti malint, sicut fimi
columbini cinere cum polenta et uino albo. Articulis 79
luxatis praesentaneum est sebum pecudis cum cinere
e capillo mulierum. Pernionibus quoque inponitur se-
bum pecudum cum alumine, canini capitis cinis aut
fimi murini. Quod si pura sint ulcera, cera addita ad
cicatricem perducunt <*soricum*> uel glirium cremato-
rum fauilla ex oleo, item muris siluatici cum melle,
uermium quoque terrenorum cum oleo uetere, et

126. Vase à contenir le vinaigre pendant les repas ; un *acetabulum*
correspondait à un quart de l'hémine, soit 15 drachmes.

127. Le mot désigne la pariétaire aussi bien que le liseron des champs,
voir J. André, *s.v.*

128. Voir *HN*, XXIX, 120, et Dioscoride, II, 16, 2, où il est prescrit
pour soigner les maladies des yeux.

acétabule[126] avec trois cyathes de miel après avoir d'abord
enduit les pieds d'huile rosat. Les gros limaçons pris dans
une boisson enlèvent, dit-on, les douleurs des pieds et des
articulations ; il faut en absorber deux, écrasés dans du
vin. On les emploie aussi en liniment avec le suc de la
plante <appelée> helxine[127] ; quelques-uns se contentent
de les écraser dans du vinaigre. Certains disent que du
sel brûlé avec une vipère[128], dans une marmite neuve et
pris à doses répétées, délivre de la goutte, et qu'il est, en
outre, efficace de se frotter les pieds avec de la graisse
de vipère. On garantit aussi le même effet avec le milan
conservé et pilé dont on prend une pincée dans de l'eau,
ou <en se frottant> les pieds avec le sang <de l'oiseau.
On enduit encore les pieds de sang de pigeon> avec de
l'ortie ou avec les plumes nouvellement poussées, pilées
avec de l'ortie. De plus, la fiente de pigeon s'applique sur
les articulations douloureuses, de même que la cendre de
belette ou d'escargots et cela avec de l'amidon ou de
l'adragante[129]. Les toiles d'araignée guérissent parfaitement
les contusions articulaires[130]. Certains préfèrent employer
la cendre de ces toiles, ou encore la cendre de fiente de
pigeon dans de la polenta et du vin blanc. Pour les
luxations, le suif de mouton avec de la cendre de cheveux
de femme[131] est un remède souverain. Sur les engelures,
on applique aussi du suif de mouton avec de l'alun ; de la
cendre de tête de chien ou de la fiente de rat. Sur les ulcères
détergés <ces mêmes substances> avec addition de cire
produisent la cicatrisation, de même que la cendre <de
souris> ou de loir avec de l'huile, la cendre du rat des bois
avec du miel, ou celle de vers de terre avec de la vieille huile

129. « Épine de bouc », espèce d'astragale épineuse, dont on tire
une gomme citée par Pline *HN*, XIII, 115. Voir J. André, *s.v.*
130. Après Pline, la toile d'araignée apparaît souvent comme remède :
voir, par exemple, Serenus, 956.
131. La cendre des cheveux des femmes est utilisée aussi pour
soigner les maladies des yeux, voir *HN*, XXVIII, 71.

cocleae quae nudae inueniuntur. Vlcera omnia pedum 80
sanat cinis earum quae uiuae combustae sint, fimi
gallinarum cinis, exulcerationes columbini fimi ex oleo.
Adtritus calciamentorum ueteris sole*ae* <exustae>
cinis, agninus pulmo et arietis sanant, dentis caballini
contusi farina priuatim subluuiem, lacertae uiridis
sanguis subtritos et hominum et iumentorum pedes
sublitus, clauos pedum urina muli mulaeue cum luto
suo inlita, fimum ouium, iocur lacertae uiridis uel
sanguis flocco inpositus, uermes terreni ex oleo, ste-
lionis caput cum uiticis <*foliis*> pari modo tritum
ex oleo, fimum columbinum decoctum ex aceto,
uerrucarum omni*a* gener*a* urina canis recens cum suo 81
luto inlita, fimi canini cinis cum cera, fimum ouium,
sanguis recens murinus inlitus uel ipse mus diuolsus,
irenacei fel, caput lacertae uel sanguis uel cinis totius,
membrana senectutis anguium, fimum gallinaceum
cum oleo ac nitro. Cantharides cum uua taminia intri-
tae exedunt, sed ita erosas aliis quae ad persananda
ulcera demonstrauimus, curari oportet.

et les limaçons sans coquilles[132]. La cendre de limaçons brûlés vivants guérit tous les ulcères des pieds ; la cendre de fiente de poule et de pigeon dans de l'huile en guérit les ulcérations. Les écorchures produites par les chaussures se guérissent, par la cendre d'une vieille semelle brûlée, par le poumon d'agneau et celui de bélier ; la poudre d'une dent de cheval broyée convient surtout aux suppurations qui se forment sous les ongles, le sang de lézard vert s'applique en liniment sur les attritions des pieds de l'homme et des bêtes de somme. On détruit les cors aux pieds en y appliquant de l'urine de mulet ou de mule avec la boue qu'elle forme, avec la fiente de brebis, le foie du lézard vert ou son sang appliqué sur un tampon de laine ; des vers de terre dans de l'huile ; une tête de stellion pilée avec un même volume de <feuilles de> vitex, dans de l'huile ; de la fiente de pigeon bouillie dans du vinaigre. On fait disparaître toutes les espèces de verrues[133] par l'urine fraîche de chien appliquée avec sa boue, la cendre de crottes de chien avec de la cire, la fiente de brebis, des onctions de sang frais de rat ou avec le rat lui-même ouvert, en deux, le fiel de hérisson, la tête ou le sang d'un lézard ou la cendre de tout l'animal, la vieille peau d'un serpent, la fiente de poule avec de l'huile et du nitre. Les cantharides broyées avec de l'*uva taminia*[134] rongent les verrues, mais il faut traiter ensuite les érosions <consécutives> par les autres remèdes que nous avons exposés pour la guérison des ulcères.

132. *Cocleae nudae,* voir § 56.
133. Voir Dioscoride, *Eup.*, I, 168 ; Serenus, 1095.
134. *Uva taminia,* baie de la *tamnus communis,* voir *HN*, XXIII, 17. *Cantharides*, insectes très utilisés en pharmacopée pour leur principe actif. On soignait ainsi les maladies de la peau, l'alopécie, les abcès. Si on l'avalait, elle se transformait en poison (voir *HN*, XIX, 96).

XXIV (10). Nunc praeuertemur ad ea quae totis 82
corporibus metuenda sunt.

Fel canis nigri masculi amuletum esse dicunt Magi
domus totius suffitae eo purificataeue contra omnia
mala medicamenta, item sanguinem canis respersis
parietibus genital*e*que eius sub limine ianuae defos-
sum. Minus mirentur hoc qui sciunt foedissimum ani-
malium in quantum magnificent, ricinum, quoniam
uni nullus sit exitus saginae nec finis alia quam morte
diutius in fame uiuenti : septenis ita diebus durare
tradunt, at in satietate paucioribus dehiscere ; hunc 83
ex aure sinistra canis omnes dolores sedare adalli-
gatum. *E*un <*dem in*> dicium in augurio uitalium
habent ; nam si *a*eger *ei* respondeat qui intulerit a
pedibus stanti interrogantique de morbo, spem uitae
certam esse, moriturum nihil respondere. Adiciunt ut
euellatur ex aure laeua canis cui non sit alius quam
niger colos. Nigidius fugere toto die canes conspectum 84
eius qui e sue id animal euellerit scriptum reliquit.
Rursus Magi tradunt lymphatos sanguinis talpae ad-
spersu resipiscere, eos uero qui a nocturnis diis Faunis-

XXIV (10). Passons maintenant aux maladies qui
s'attaquent au corps tout entier. Le fiel d'un chien noir
mâle est, disent les mages, une amulette pour toute la
maison si l'on y fait, avec lui, des fumigations et des
purifications contre tous les maléfices ; ils conseillent,
de même, le sang de chien[135] en aspersion sur les murs,
et la verge de cet animal, enfouie sous le seuil de la porte.
Ce qui va suivre doit moins surprendre ceux qui savent
en quelle estime les mages tiennent le plus répugnant
des animaux, la tique[136], parce que c'est le seul à n'avoir
pas d'issue pour ses aliments, le seul dont la digestion ne
se termine que par la mort, et chez qui la faim prolonge
la vie : ils disent en effet que la tique peut vivre ainsi
sept jours, mais crève en moins de temps quand elle se
rassasie. D'après eux, prise à l'oreille gauche d'un chien
et attachée en amulette, elle calme toutes les douleurs. De
plus, les mages en tirent des indications touchant les forces
vitales : car, si un malade répond à celui qui, lui apportant
une tique et se tenant debout au pied de son lit, l'interroge
sur sa maladie, ce malade a la certitude de vivre ; s'il ne
répond rien, c'est qu'il doit mourir. Ils ajoutent d'arracher
la tique à l'oreille gauche d'un chien de couleur
entièrement noire. Nigidius[137] a laissé dans ses écrits que
les chiens fuient, toute la journée, la vue de celui qui a
arraché une tique à un cochon. Les mages enseignent en
outre que les délirants retrouvent la raison quand on les
asperge de sang de taupe, et que ceux que tourmentent les
divinités nocturnes et les Faunes[138] sont délivrés <de leurs

135. Voir § 121 ; sur le sacrifice des chiens en Italie, voir Ovide, *Fastes*,
IV, 908, 936 ; Columelle, II 21, 4 ; Plutarque, *Quaest. rom.*, 21, 8, 10.
136. Le sang de la tique était prescrit par les médecins latins pour
traiter l'*ignis sacer* (*HN*, XXX, 106) et les ulcères (Serenus, 692). C'était
aussi une amulette contre toutes les souffrances.
137. Polygraphe d'inspiration néopythagoricienne, source de
nombreux livres de Pline.
138. Sur les cauchemars causés par les Faunes, voir *HN*, XXV, 29,
et Lucrèce, IV, 580-594.

que agitentur, draconis lingua et oculis et felle intes-
tinisque in uino et oleo decoctis ac sub diu nocte refri-
geratis, perunctionibus matutinis uespertinisque libe-
rari.

XXV. Perfrictionibus remedio esse tradit Nicander 85
amphisbaenam serpentem mortuam adalligatam uel
pellem tantum eius, quin immo arbori quae caedatur
adalligata non algere caedentis, faciliusque succedere.
Itaque sola serpentium frigori se committit, prima
omnium procedens et ante cuculi cantum. Aliud est
cuculo miraculum : quo quis loco primum audiat ali-
tem illam, si dexter pes circumscribatur ac uestigium
id effodiatur, non gigni pulices, ubicumque spargatur.

XXVI. Paralysin cauentibus pinguia glirium 86
decoctorum et soricum utilissima tradunt esse, milipe-
das ut in angina diximus potas ; phthisim sentientibus
lacertam uiridem decoctam in uini sextariis tribus ad
cyathum unum, singulis coclearibus sumptis per dies
donec conualescant, coclearum cinerem potum in
uino ;

cauchemars> par des friction pratiquées matin et soir avec
la langue, les yeux, le fiel et les entrailles, du <serpent>
dragon[139], bouillis dans du vin et de l'huile, puis refroidis
en plein air, pendant la nuit.

XXV. D'après Nicandre[140], on combat les refroidis-
sements en portant sur soi, et mort, le serpent <appelé>
amphisbène, ou seulement sa peau et, même, il dit que si
on l'attache à un arbre qu'on abat, les bûcherons ne
souffrent pas du froid et l'abattent ainsi plus facilement.
Aussi est-ce le seul des serpents qui s'expose au froid et
le premier de tous qui se montre, avant même le chant
du coucou. Autre merveille pour le coucou : si, dans
l'endroit où l'on entend cet oiseau pour la première fois,
on trace une ligne autour du pied droit et qu'on enlève la
terre de son empreinte, il ne viendra pas de puces partout
où l'on répandra cette terre.

XXVI. Pour ceux qui craignent la paralysie, on
préconise comme très utile la graisse de loir et de souris
bouillis, les mille-pattes en boisson comme nous l'avons
indiqué pour l'angine[141] ; pour les phtisiques, un lézard
vert bouilli dans trois setiers de vins réduits à un cyathe
et dont on prend une seule cuillerée par jour, jusqu'à
complet rétablissement ; la cendre d'escargot prise dans
du vin ;

139. Les serpents fournissaient diverses substances tant pour la
préparation de philtres que pour celle des remèdes. Galien serait allé
consulter les Marses connus comme chasseurs de serpents, afin de
composer des thériaques (Kuhn 12, 316).
140. Nicandre, *Theriaca* 377 sq. ; voir Élien, *Nat. an.*, VIII, 6.
141. Voir § 35.

XXVII. Comitialibus morbis oesypum cum murrae 87
momento et uini cyathis duobus dilutum magnitudine
nucis abellanae, a balineo potum, testiculos arietinos
inueteratos tritosque dimidio denarii pondere in aquae
uel lactis asinini hemina. Interdicitur uini potus
quinis diebus ante et postea. Magnifice laudatur et 88
sanguis pecudum potus, item fel cum melle, praecipue
agninum, catulus lactens sumptus, absciso capite
pedibusque ex uino et murra, lichen mulae potus in
oxymelite cyathis tribus, stelionis transmarini cinis
potus in aceto, tunicula stelionis quam eodem modo
ut anguis exuit, in potu. Quidam et ipsum harundine
exinteratum inueteratumque bibendum dederunt, alii
in cibo ligneis ueribus inassatum. Operae pretium est 89
scire quo modo praeripiatur, cum exuerit, membrana
hiberna alias deuoranti eam, quoniam nullum animal
fraudulentius inuidere homini tradunt, inde stelionum
nomine in maledictum translato. Obseruant cubile eius
aestatibus ; est autem in loricis ostiorum fenestrarum-
que aut camaris sepulcrisue. Ibi uere incipiente fissis
harundinibus textas opponunt qu <asi n> assas qua-
rum angustiis etiam gaudet, eo facilius exuens circum-
datum torporem ; sed relicto non potest remeare. Ni- 90
hil ei remedio in comitialibus morbis praefertur. Pro-

---

142. *Male comitiale*. Il s'agit de l'épilepsie qui provoquait
l'annulation des *comitia*, autrement dénommée *morbus maior* (voir Celse,
III, 23) ; on considérait l'épilepsie comme une maladie très dangereuse
qui avait son origine dans une souffrance cérébrale et qui était héréditaire.
Voir J. André, « Chronologie des noms latins de trois maladies », in G.
Serbat (éd.), *Études de médecine romaine*, Centre Jean- Panerme, Presses
universitaires de Saint-Étienne, 1988, p. 11

XXVII. Pour l'épilepsie[142], le suint avec un peu de myrrhe dont on délaie gros comme une noisette dans deux cyathes de vin à prendre après le bain ; des testicules de bélier conservés et pilés[143], à la dose d'un demi-denier dans une hémine d'eau ou de lait d'ânesse. On interdit de boire du vin pendant les cinq jours précédant et suivant ce remède. On fait aussi <pour l'épilepsie> un magnifique éloge du sang du mouton en boisson, de son fiel, surtout du fiel d'agneau[144], avec du miel ; d'un petit chien qui tette, pris, après lui avoir coupé la tête et les pattes, dans du vin avec de la myrrhe ; du lichen de mule[145] en boisson dans trois cyathes d'oxymel ; de la cendre du stellion d'outre-mer prise dans du vinaigre ; de la peau dont le stellion[146] se dépouille comme le serpent, dans un breuvage. Certains ont fait prendre en boisson le stellion lui-même éventré avec un roseau et conservé ; d'autres l'ont donné en aliment, rôti sur une broche de bois. Il importe, de connaître la façon de lui dérober rapidement sa dépouille autrement, lorsqu'il se débarrasse de sa peau d'hiver, il la mange, aucun animal ne déployant, dit-on, plus de ruses pour frustrer l'homme ; aussi est-ce de là que le nom de « stellion » est devenu une injure. On observe l'endroit où il gîte pendant l'été, généralement dans les revêtements des portes et des fenêtres, dans les lieux voûtés ou les tombeaux. C'est là qu'au début du printemps on tend des sortes de passes tressées avec des roseaux fendus, dont l'étroitesse lui plaît d'autant mieux qu'il s'y dépouille plus facilement de la vieille peau qui l'entoure ; mais dès qu'il l'a quittée il ne peut s'en retourner. Rien n'est préférable

---

143. Sur l'usage des testicules de mammifères pour soigner l'épilepsie, voir *HN*, XXVIII, 224 et 226.

144. Fiel d'agneau, voir Serenus, LVI, à propos de l'épilepsie.

145. C'est une partie interne des pattes des équidés : voir *HN*, XXVIII, 180.

146. Espèce de lézard, voir S. Byl, « Le stelio dans la *N.H.* de Pline », *Helmantica* 37 (1986), p. 117-130.

dest et cerebrum mustelae inueteratum potumque et
iocur eius, testiculi quoque uoluaque aut uentriculus
inueteratus cum coriandro, ut diximus, item cinis,
siluestris uero tota in cibo sumpta. Eadem omnia
praedicantur ex uiuerra. Lacerta uiridis cum condi-
mentis quae fastidium abstergeant, ablatis pedibus
ac capite, coclearum cinis addito semine lini et urticae
cum melle unctu sanant. Magis placet draconis cauda 91
in pelle dorcadis adalligata ceruinis neruis uel lapilli
e uentre pullorum hirundinum sinistro lacerto adnexi ;
dicuntur enim excluso pullo lapillum dare. Quod si
pullus is detur incipienti in cibo quem primum
pepererit, cum quis primum temptatus sit, liberatur
eo malo ; postea medetur hirundinum sanguis cum
ture uel cor recens deuoratum. Quin et e nido earum
lapillus inpositus recreare dicitur confestim, adalliga-
tus in perpetuom tueri. Praedicatur et iocur milui 92
deuoratum et senectus serpentium, iocur uolturis
tritum cum suo sanguine ter septenis diebus potum,
cor pulli uolturini adalligatum. Sed et ipsum uoltu-
rem in cibo dari iubent et quidem satiatum humano
cadauere. Quidam pectus eius bibendum censent in

à ce remède dans l'épilepsie. Il est bon aussi[147] de faire
prendre en boisson la cervelle conservée de la belette ainsi
que son foie, ses testicules ou sa matrice ou son estomac
conservé, avec de la coriandre, comme nous l'avons dit[148] ;
on donne même la cendre de l'animal ou la belette sauvage
tout entière comme aliment. On attribue ces mêmes
propriétés au furet. Le lézard vert dont on a coupé les
pattes et la tête, assaisonné, de condiments qui combattent
le dégoût, la cendre de limaçons additionnée de graines
de lin et d'ortie avec du miel, employée en liniment,
guérissent aussi l'épilepsie. Les mages prescrivent de porter
au bras gauche une queue de dragon dans de la peau de
chevreuil attachée avec des nerfs de cerf ou les petites
pierres tirées du ventre des jeunes hirondelles ; on prétend,
en effet, que les hirondelles font avaler une petite pierre
à leurs petits dès qu'ils sont éclos. Si l'on fait absorber
aux épileptiques, au début du premier accès, le premier
petit pondu par une hirondelle, ils sont délivrés de la
maladie. On traite ensuite l'épilepsie par le sang
d'hirondelle avec de l'encens[149], ou par le cœur de l'oiseau
avalé frais. On dit de plus qu'une petite pierre, prise dans
leur nid et appliquée sur le malade, le fait aussitôt revenir
à lui et que, portée en amulette, elle met pour toujours à
l'abri du mal : on préconise aussi le foie de milan en
ingestion ainsi que la dépouille de serpent ; le foie du
vautour pilé avec son sang et pris en boisson pendant trois
fois sept jours ; le cœur d'un jeune vautour porté en
amulette. Quant au vautour lui-même, on ordonne aussi
d'en faire manger, et cela lorsque il s'est gavé d'un cadavre
humain. Certains estiment qu'on doit prendre en boisson
la chair de sa poitrine dans une coupe <de bois> de

147. Le cerveau de la belette est recommandé aussi par Dioscoride,
II, 25 ; *Eup.*, I, 18.
148. Voir Pline, *HN*, XXIX, 60.
149. Sur l'utilisation en médecine des hirondelles, voir *supra* note 68.

cerrino calice, aut testes gallinacei ex aqua et lacte,
antecedente quinque dierum abstinentia uini, ob id
inueterato*s*. Fuere et qui muscas uiginti unam rufas,
et quidem a mortuo, in potu darent, infirmioribus pau-
ciores.

XXVIII. (11). Morbo regio resistunt sordes au- 93
rium aut mammarum pecudis denarii pondere cum
murrae momento et uini cyathis duobus, canini
capitis cinis in mulso, multipeda in uini hemina,
uermes terreni in aceto mulso cum murra, gallina, si
sit luteis pedibus prius aqua purificatis, dein collutis
uino quod bibatur, cerebrum perdicis aut aquilae in 94
uini cyathis tribus, cinis plumarum aut interaneorum
palumbis in mulso ad coclearia tria, passerum cinis
sarmentis crematorum coclearibus duobus in aqua
mulsa. Auis icterus uocatur a colore ; quae si specte-
tur, sanari id malum tradunt et auem mori. Hanc pu-
to Latine uocari galgulum.

XXIX. Phreneticis prodesse uidetur pulmo pecu- 95
dum calidus circa caput alligatus. Nam muris cere-
brum dare potui ex aqua aut cinerem mustelae uel
etiam inueteratas carnes irenacei quis possit furenti,
etiamsi certa sit medicina ? Bubonis quidem oculo-

---

150. « Espèce de chêne » (*quercus cemis* L.). Voir J. André, *s.v.*

151. Sur la jaunisse, maladie royale, voir notamment *HN*,
XXVIII, 74.

152. La crasse des ovinés, notamment ceux de l'Attique, était utilisée
pour plusieurs remèdes, voir *HN*, XXIX, 35.

153. *Similia similibus curantur.*

cerrus[150], ou des testicules de coq dans de l'eau et du lait
après s'être abstenu de vin pendant les cinq jours
précédents ; pour cet emploi, on conserve ces testicules.
Certains aussi ont fait prendre dans un breuvage vingt et
une mouches rousses, et cela capturées sur un cadavre, en
nombre moindre pour les sujets plus faibles.

XXVIII (11). On combat la jaunisse[151] avec le cérumen
du mouton[152] ou la crasse des mamelles de la brebis à la
dose d'un denier, avec un peu de myrrhe, dans deux
cyathes de vin ; avec la cendre de tête de chien dans du
vin miellé ; un mille-pattes dans une hémine de vin ; des
vers de terre dans de l'oxymel avec de la myrrhe ; en
faisant boire du vin où l'on a trempé les pattes d'une poule
à pattes jaunes[153], après les avoir nettoyées à l'eau, avec
de la cervelle de perdrix ou d'aigle dans trois cyathes de
vin ; de la cendre de plumes ou d'entrailles de ramier dans
du vin miellé, à la dose de trois cuillérées ; avec deux
cuillerées de cendre de moineaux, brûlés sur des sarments,
dans de l'eau miellée. Il existe un oiseau appelé *icterus*[154]
en raison de sa couleur ; on dit que si un malade <atteint
de la jaunisse> le regarde, il est aussitôt guéri et que
l'oiseau meurt. Je pense que c'est celui qu'en latin on
appelle *galgulus*.

XXIX. Dans la *phrénitis*[155], il semble que le poumon
de mouton[156], attaché chaud autour de la tête, soit efficace.
Quant à faire boire un malade fou furieux une cervelle
de rat ou de la cendre de belette dans de l'eau, ou encore
de lui faire avaler de la chair conservée de hérisson, qui
le pourrait même si c'étaient là des remèdes infaillibles ?

154. « Le loriot » qui a donné la dénomination technique à la jaunisse,
galgulus/galbulus, dérivé de *galbus* « jaune vert » (Ernout-Meillet, *Dict.
étym., s.v.*).
155. Chez Pline, désigne une sorte de folie ; chez les médecins grecs,
indique le délire causé par la fièvre. Voir C. Aurelianus, *De morbis
acutis*, I.
156. Voir Serenus, 91.

rum cinerem inter ea quibus prodigiose uitam ludi-
ficantur acceperim, praecipueque febrium medicina
placitis eorum renuntiat. Namque et in duodecim signa 96
digessere eam sole transmeante iterumque luna, quod
totum abdicandum paucis e pluribus edocebo, siqui-
dem crematis tritisque cum oleo perungui iubent
aegros, cum Geminos transeat sol, cristis et auribus
et unguibus gallinaceorum ; si luna, radiis barbisque
eorum ; si Virginem alteruter, hordei granis ; si 97
Sagittarium, uespertilionis alis ; si Leonem luna,
tamaricis fronde, et adiciunt satiuae ; si Aquarium,
e buxo carbonibus tritis. Ex istis confessa aut certe
uerisimilia ponemus, sicuti lethargum olfactoriis exci-
tari et inter ea fortassis mustelae testiculis inueterat*is*
aut iocinere usto. His quoque pulmonem pecudis cali-
dum circa caput adalligari putant utile.

XXX. In quartanis medicina clinice prope- 98
modum nihil pollet. Quam ob rem plura eorum
remedia ponemus primumque ea quae adalligari
iubent : puluerem in quo se accipiter uolutauerit, lino
rutilo in linteolo, canis nigri dentem longissimum.
Pseudosp*hecem* uocant uespam quae singularis
uolitat ; hanc sinistra manu adprehensam subnectunt,

---

157. Cette médecine, qui associe les prescriptions du médecin avec
les signes du Zodiaque, est nommée par les Anciens iatromathématique.
    158. Recommandé aussi par Serenus, VII, 7, pour soigner les délires
(Ernout).